용병의
전쟁

이원호 장편소설

용병의 전쟁

한결미디어
HANGYEOL
MEDIA

믿기지 않으시겠지만 제가 어렸을 때 천재(?)였다고 합니다. 만 세 살도 안 되어서 천자문을 다 떼고 시내 간판의 한자를 줄줄 읽고 다녔다는 것입니다.

우신상회(友申商會)를 벗 우, 믿을 신, 장사 상, 모을 회, 이렇게 말입니다. 세 살짜리가요. 그것을 증언해주실 집안 어른들도 모두 돌아가셨으니까 다 잊혀졌을 것입니다. 더욱이 나이가 들면서 초등, 중·고등, 대학 이렇게 거치는 동안 성적도 중하 정도였으니 이제야 그런 말 꺼내면 '실없는 놈' 소리 듣기 딱 좋겠지요.

그런데 오늘, '저자의 말'을 기회로 이 말씀을 드리는 것은 제 어머니에 대한 사무침 때문입니다.

아시는 분은 아시지만 제가 24년 전까지만 해도 무역회사를 경영했습니다. 감히 말씀드리는데, 유능한 세일즈맨이었고 '전설'로도 불렸습니다. 그러다 폭삭 망했지요. 부도가 나서 거지가 되었습니다.

부도가 난 날이 1990년 10월 10일입니다. 그런데 얼마 전에 돌아가신 어머니의 일기장을 찾아 읽었더니 이런 내용이 있었습니다. 심장이 내려앉는 것 같았지요.

1990년 10월 19일자, 제가 부도가 난 지 9일이 지난 후였습니다. (그땐 제가 도망 다니느라 정신이 없을 때였지요.)

4

내용을 요약해서 적습니다.

노 선생(아마 역술인인 것 같음)한테 갔더니 원호가 2년 안에 걸출한 성공인으로 재기할 것이라고 한다. 나는 믿는다. 원호는 천재였다. 원호는 다시 일어난다.

걸출(?)하게 성공했는지는 알 수 없으나 과연 저는 그 2년 안에 '밀리언셀러 소설'을 두 번이나 썼고 이렇게 '대중소설가'가 되었습니다.

그 노 선생의 점괘가 맞았다는 것보다 내 어머니가 그렇게 간절하게 믿어주신 것에 감동합니다. 저자의 말을 이것으로 대신합니다.

이 책, 공항에서 사셨습니까? 다 읽으시면 보관하세요. 복을 나눠드릴 테니까요.

'믿음이라는 복'을 말씀입니다.

건강하십시오.

저도 열심히 더 좋은 소설 쓰겠습니다.

2014년 6월

이원호

차례

1장
변신

참모장실 앞에 선 순간 한성진은 가슴이 무겁게 느껴지더니 머릿속으로 만감이 교차했다. 인간은 짧은 순간에도 수백 가지 생각이 스쳐 지나간다. 군 생활은 19세의 나이에 육사에 입학했을 때부터 계산하면 13년, 장교 생활은 9년째가 되었다. 이제 특전사 대위로서 군 생활을 마감한다. 열심히 살았고 조국 대한민국에 대한 충성심과 애정은 변함이 없다. 심호흡을 한 한성진이 두 번 노크를 하고 나서 문을 열었다.

"어, 왔나?"

참모장 권기출 대령, 내년에 장군 진급이 될 권기출은 추종하는 부하가 많다. 지도력이 강하고 공사 구분이 엄격해서 미래의 참모총장감, 그 권기출이 책상에 앉은 채로 다가선 한성진을 지그시 본다. 뒤쪽 벽에 걸린 시계가 오후 3시 정각을 가리키고 있다. 이윽고 권기출이 묻는다.

"정리는 다 되었나?"

"예, 참모장님."

권기출의 가슴에 시선을 준 한성진이 자르듯 말했다. 전역서는 이미 육본에 접수되었다. 이제 다 끝났다.

"너, 앞으로 뭐 할 거냐?"

마침내 권기출이 어깨를 늘어뜨리며 한성진을 보았다. 방어가 풀린 상태, 눈빛도 가라앉아 있다.

"아직 결정하지 못했습니다."

한성진도 어깨의 힘을 빼고 대답했다. 그러자 자리에서 일어선 권기출이 소파로 다가가더니 앞쪽 자리를 가리켰다.

"여기 앉아라. 이야기할 것이 있다."

그러고는 소파에 앉는다. 한성진이 자리에 앉았을 때 권기출이 억양 없는 목소리로 말한다.

"넌 군인으로 적성에 맞는 놈이야. 하지만 운이라는 게 있지. 운명이라는 말이 맞는가 모르겠다."

맞는 말이다. 오근제 같은 놈은 군(軍)과 운이 맞는 것이겠지. 적성은 둘째다. 군과 적성에 맞는다고 출세하더냐? 다 시대와 시류에 영합해야된다. 오근제처럼 말이다. 그때 권기출이 말을 이었다.

"지금 너한테 이런 말 하는 것이 부끄럽지만 꼭 해야겠다."

권기출의 시선이 옆쪽으로 비켜져 있었으므로 한성진을 긴장했다. 다시 권기출의 말이 이어진다.

"네 행동은 오래 기억될 것이다. 장교들의 입에서 입으로 전해지면서 이 군대에 아직도 너 같은 장교가 남아 있을 것이라는 기대를 품게 만들어줄 테니까."

한성진은 소리 죽여 숨을 뱉는다. 그렇다. 한 달 전에 한성진은 여단 정훈참모 오근제 소령을 공개석상에서 폭행했다. 그것은 오근제가 장교들을 모아놓고 정훈교육을 하던 중에 '김정일 위원장'이라고 꼭 위원장

칭호를 붙였기 때문이다. 질문 시간에 북한군은 우리 대통령을 부를 때 대통령 칭호를 붙이느냐고 한성진이 묻자 오근제는 벌컥 화부터 내었다. 그러더니 너 같은 주전론자가 남북 간 평화공존에 해가 된다고 질타했던 것이다. 그래서 벌떡 일어난 한성진이 너 같은 놈이야말로 매국노이며 암세포라고 맞받아 고함을 쳤다. 화가 난 오근제가 한성진을 멱살을 잡은 것이 실수였다. 오근제는 얼굴을 받쳐 코뼈가 부러지고 이가 다섯 대가 부서지는 중상을 입은 것이다.

그때 권기출이 입을 열었다.

"곧 너한테 연락이 오는 데가 있을 거다."

한성진의 시선을 받은 권기출이 말을 잇는다.

"우연히 네 이야기를 했더니 그쪽에서 대단한 관심을 보이더구나."

그러고는 자리에서 일어섰으므로 한성진은 그것이 뭐냐고 묻지 못했다. 이것으로 한성진의 13년 군 생활이 끝난 것이다.

핸드폰의 벨이 세 번째로 울리고 있다. 일분 간격으로 30초간 울렸다가 끊기기를 세 번째다. 침대에서 일어나 앉은 한성진이 입맛을 다셨다. 목이 말랐기 때문에 일어난 것이다. 제대한 지 오늘이 닷새째, 이곳은 경기도 일산의 10평짜리 오피스텔 안, 벽시계가 오전 10시 반을 가리키고 있다. 한성진이 냉장고로 다가가는 동안 탁자 위에 놓인 핸드폰의 벨소리가 그쳤다. 제대 소식을 뒤늦게 들은 동기 중의 한 명일 것이다. 어제도 열 명이 넘는 동기들의 전화를 받았다. 이러다 차츰 줄어들고 잊혀지겠지. 그쯤은 세상 물정을 안다. 냉장고를 열고 생수병을 꺼낸 한성진이 벌컥이며 물을 삼킨다.

어젯밤에도 동기 셋과 함께 대취했다. 모두 현역으로 한 놈은 소령, 이번 사건만 없었다면 한성진도 내년 초에 소령 진급이 될 군번이었다.

그러나 군법회의에 회부되지 않고 대위 계급장을 붙인 채 예편한 것만 해도 다행이다. 그때 다시 전화벨이 울렸으므로 한성진이 물병을 입에서 떼었다. 물병을 냉장고에 넣고 탁자로 다가간 한성진이 이 끈질긴 놈의 전번을 확인했다. 모르는 번호다. 입맛을 다신 한성진이 전화기를 귀에 붙였다.

"예비역 대위 한성진입니다."

"나, 권기출 참모장 소개로 전화를 합니다."

낮지만 굵은 목소리, 억양이 없고 발음이 정확하다. 군인 같다. 어깨를 편 한성진의 자세가 저절로 곧아졌다.

"예, 말씀하십시오."

"전화 괜찮겠나?"

대뜸 반말, 그러나 거부감이 느껴지지 않는 것이 저쪽의 자연스러움보다 이쪽의 습관 때문일 것이다.

"예, 괜찮습니다."

"여긴 서울인데, 오늘 저녁때쯤 만날 수 있을까? 일을 상의하고 싶네."

그렇게 말한 사내가 덧붙였다.

"나도 예비역, 별 셋을 달았네."

그 순간 숨을 들이켠 한성진이 대답했다.

"예, 뵙겠습니다. 시간과 장소를 말씀해주시면 찾아가겠습니다."

중장이면 군사령관이다. 한성진이 닷새 전까지 근무했던 여단장은 별 하나짜리 준장, 특전사령관이 중장이다. 이윽고 통화를 끝낸 한성진이 다시 냉장고를 열었다. 술을 빨리 깨려고 물을 더 마시려는 것이다. 중장이 왜 보자고 하는지 전혀 생각하지 않은 것은 13년 동안의 습관 때문이다. 자신은 중장이 아니라 원수의 명령에 따르지 않아도 되는 예비역 신분이라는 것을 잊어먹고 있다.

그리고 오후 7시가 되었을 때 한성진은 논현동의 일식집 '도쿄'의 밀실로 들어선다. 그러자 자리에 앉아 있던 두 사내가 일어나 맞는다.

"어서 오게. 내가 전화한 박현종이네."

하고 백발의 노인이 먼저 손을 내밀었다. 곧은 몸에 눈빛이 강하다. 한성진의 손을 흔드는 악력도 세다.

"난 장병훈입니다."

또 한 사내는 50대 초반쯤으로 부드러운 인상에 약간 비만형 체격이었고 옷차림이 세련되었다. 인사를 마친 셋이 자리에 앉았을 때 박현종이 식탁을 눈으로 가리키며 웃었다.

"종업원 오가는 게 번거로워서 미리 시켜 놓았네. 괜찮겠지?"

식탁 위에는 회에다 요리, 술까지 가득 차려놓아진 것이다. 한성진이 따라 웃었다.

"괜찮습니다."

"자네 이야기를 듣고 우리 일에 적임자라는 생각이 들었어."

술 주전자를 들면서 박현종이 말을 잇는다.

"물론 본인이 싫다면 그만이지."

도대체 무슨 일인가?

"자네, 탈북자 이야기 들어보았지?"

불쑥, 박현종이 물었으므로 한성진이 받은 술잔을 내려놓았다. 한국에 오면 '새터인'이라고 부르는 그들을 만나본 적은 없다. 긴장한 한성진이 대답했다.

"예, 들었습니다."

"탈북자와 관련된 사업이야."

사업이라, 한성진은 시선만 주었고 박현종이 말을 잇는다.

"우리 단체는 탈북자 안내와 보호 두 사업부로 나뉘어져 있네. 탈북자 안내는 말 그대로 안내해서 한국으로 입국시키는 업무고 보호는 그들을 온갖 위험으로부터 지켜주는 것인데,"

박현종이 정색하고 한성진을 보았다.

"자네가 보호팀을 맡아주었으면 하네."

"아, 예."

했지만 한성진의 표정은 밋밋했다. 감동이 일어나지 않는 것이다. 김정일 위원장 해가면서 남북공조를 주장한 회색분자를 만인환시리(萬人環視裡)에 팼지만 탈북자 보호라니, 같은 분위기 같으면서도 아니다. 전혀 상상도 못한 일이다. 그때 장병훈이 입을 열었다.

"얼마 전까지 우리 단체에서 보호팀은 없었습니다. 그런데 자꾸 사고가 발생하고 북한 측이 전문적인 암살자를 보내 우리 요원은 물론 탈북자까지 해치는 바람에 보호팀의 신설이 시급하게 된 것이지요."

한성진의 시선을 잡은 장병훈이 말을 잇는다.

"물론 생명이 위험한 일이어서 애국심이나 동정심만으로 참여를 부탁드릴 수는 없습니다. 참여는 본인이 결정하시면 됩니다. 그리고 만일 참여하신다면 보수는……."

장병훈의 시선이 박현종에게로 옮겨졌다. 박현종이 말을 잇는다.

"우리는 후원단체로부터 경비를 지원받는 입장이네. 하지만 자네한테는 경비 외에 월 300만 원씩 지급해주겠네."

그때 한성진이 처음으로 입을 열었다.

"그럼 제 활동지역은 조중 국경지역입니까?"

"그렇지."

박현종이 머리를 끄덕였다.

"때로는 안내팀과 함께 태국이나 베트남 국경까지 이동할 경우도 있을 거네. 그리고,"

박현종이 심호흡을 하고 나서 똑바로 한성진을 보았다.

"북한 내부로 잠입할지도 모르겠네."

"보호팀은 저 혼자입니까?"

"본부 요원으로는."

그래놓고 박현종이 말을 잇는다.

"중국 현지에 동조자가 있네. 그들을 수시로 운용할 수 있지."

그들은 아직 식탁에 놓인 음식에는 젓가락도 대지 않았다. 박현종이 들자는 듯 손을 펴 보이면서 웃었다.

"갑자기 이런 제의를 받고 놀랐겠군. 당연하지. 자, 들게."

한성진이 조금 전에 받아놓은 술잔을 들었더니 박현종이 말을 잇는다.

"자네 경력을 권 대령한테서 듣고 가슴이 뛰더구먼. 하지만 시간이 좀 지나고 나니까 같이 일하자고 하기가 망설여졌네."

그럴 것이다. 한성진은 이해가 되었다. 자신은 특전대 특공팀장으로 양성되었다. 이른바 살인 기계다. 6개월 동안 미국 특전단의 교관과정을 수령한 후에 아프가니스탄, 이라크에서 6개월 동안 미군 팀장으로도 작전을 수행했다. 그때 받은 동성무공훈장은 지난번 사건 때 아무런 도움이 되지 못했다. 한 모금에 소주를 삼킨 한성진이 백발의 예비역 중장을 보았다.

"생각할 시간이 필요합니다. 중장님."

어쨌든 난데없는 일이다.

"두 놈뿐입니다."

다가선 윤경태가 말하자 최강일은 손목시계부터 보았다. 가로등도 없는 좁은 골목 안은 어둡다. 야광침이 10시 10분을 가리키고 있다. 윤경태가 말을 이었다.

"누구를 기다리는 것 같지는 않습니다. 둘이 장사 이야기를 하면서 술을 마시고 있습니다."

"안내원은?"

최강일이 묻자 윤경태가 바짝 다가붙어 섰다. 윤경태의 몸에서 단고기 냄새가 맡아졌다. 방금 골목 밖의 단고기 식당 '개성식당'에서 나온 것이다.

"예, 출입구 앞에 앉아 있습니다."

숨결에서도 고기 냄새가 났다.

"식당 안에 손님이 여섯 자리를 차지했고 스무 명이 됩니다. 그중 여자가 여섯입니다."

"좋아, 그럼 놈들이 밖으로 나왔을 때 잡아라."

주머니에서 담배를 꺼낸 최강일이 입에 물었다. 윤경태가 서둘러 라이터를 켜 담배 끝에 불을 붙였다.

"알겠습니다. 조장 동지."

개성식당 안에는 한국에서 온 사업가 행세를 하는 정기준이 조선족으로 추측되는 사내와 만나고 있다. 또한 정기준은 조선족 안내원을 대동하고 있었는데 무기를 소지하고 있는 것이 분명했다. 윤경태가 골목 밖으로 사라지자 최강일은 담배 연기와 함께 긴 숨을 뱉는다. 정기준이 엔지에 온 것은 12일 전, 첫날부터 최강일 조(組)의 감시대상이 되어 있었던 것이다.

이맛살을 찌푸린 박용호가 핸드폰을 바꿔 쥐었다. 신호음이 다섯 번째 울리고 있다. 옆에 서 있던 유근상이 어깨를 늘어뜨리며 말했다.

"진동으로 해놓은 것 같습니다."

"방심했어."

일곱 번째 신호음이 울렸을 때 박용호가 눈을 치켜뜨고 말했다.

"시발, 우리가 타깃이 되다니."

"공안에 연락할까요?"

불쑥 물었던 유근상이 박용호의 시선을 받더니 외면했다. 박용호가 입을 벌렸다가 닫은 것은 기가 막히다는 표현일 것이다. 신호음이 아홉 번째 울렸을 때다.

"여보세요."

정기준의 목소리가 울렸으므로 박용호가 숨을 들이켰다.

"이봐, 존스, 대피!"

존스는 정기준의 암호명, 암호명을 부른 것은 대지급을 의미한다. 그때 정기준이 허덕이며 말했다.

"지금 화장실 창문으로 나와 뛰고 있어! 다음에!"

"그, 그럼 알고 있었구나!"

"조금 전……."

하고 통화가 끊겼으므로 박용호가 어깨를 늘어뜨렸다.

"간발의 차이인가?"

그러나 표정이 어둡다.

"이쪽으로 나갔어!"

소리친 윤경태가 화장실 창문을 손으로 가리켰다.

"쫓아라! 멀리 안 갔어!"

뒤쪽에 몰려섰던 조원들이 우르르 밖으로 뛰어나갔다. 훈련이 잘된 조원들이어서 부딪치지도 않고 말 한마디 없다.

윤경태는 식당의 홀로 뛰어나오면서 어금니를 물었다. 식당 안의 분위기는 어수선했다. 그러나 모두 겁에 질려서 웅성거리기만 할 뿐 움직이지 않는다. 식당 안에 있던 두 사내, 정기준과 만나던 사내와 안내역은 이미 조원들에게 잡혀 밖으로 끌려나간 것이다. 그러나 이번 작전의 주역, '한국 놈 사업가'는 간발의 차이로 놓쳤다. 화장실에 가는 시늉을 하고 도망친 것이다. 밖에서 잡으려고 기다렸다가 놓쳤다.

우측 골목길로 뛰어든 정기준이 가쁜 숨을 고르면서 달리는 속력을 줄였다. 식당 안의 두 테이블, 다섯 놈이 수상했다. 그쪽도 노련했지만 이쪽 또한 전문가인 것이다. 국정원 경력 17년, 그중 5년은 중국과 베트남에서 근무했던 정기준이다. 조선족 얼굴만 봐도 한국에 다녀왔는지를 구분해낼 수 있다고 농담으로 말할 정도가 되었다. 그러나 오늘 같은 경우는 처음 겪는다. 놈들은 대놓고, 아니, 노골적으로 이쪽을 잡으려고 했다. 그래서 식당의 다섯 놈은 여느 때처럼 감시, 위협용으로 생각했던 것이다. 하지만 화장실에 가는 척하고 식당 뒷문 밖을 살폈더니 이번은 달랐다. 빈틈없이 둘러싸고 있는 것은 잡으려는 의도였다. 전면전인가? 휴전 기간은 끝났는가? 골목 밖으로 나온 정기준이 숨을 헐떡이며 주머니에 든 핸드폰을 꺼내 들었다. 동료 박용호에게 연락을 하려는 것이다.
이미 문을 닫은 상가의 벽에 등을 붙이고 서서 정기준이 번호를 여섯 자리까지 눌렀을 때다. 정기준은 앞으로 다가서는 두 사내를 보았다. 길 건너편 상가의 불빛을 등에 받은 두 사내는 몸체의 윤곽만 선명하게 드러났다. 눈을 치켜뜬 정기준이 핸드폰의 마지막 번호까지 누른 것은 17년 경력이 자연스럽게 만들어낸 경륜일 것이었다.
그때 왼쪽 사내가 손을 뻗었는데 다른 손은 뒤로 젖혀진 채 주먹이 되어 있다. 잡았을 때 반항하면 주먹이 날아올 것이었다. 동시에 오른쪽 사내가 반 발짝 더 비껴서면서 몸의 중심을 왼발에 실었다. 오른발로 후려차기 직전이다. 그러나 정기준은 둘의 예상을 뛰어넘었다. 펄쩍 뛰어

오르면서 왼쪽 놈의 사타구니를 차올렸는데 몸이 와락 둘 사이로 붙여졌다. 그 순간이다.

"앗!"

짧은 외침이 터지면서 둔탁한 충격음이 두 번 울렸다. 정기준의 발길질이 빗나간 대신 떨어지면서 후려친 주먹이 왼쪽 사내의 관자놀이에 맞았다. 그리고 오른쪽 사내의 발끝이 정기준의 등에 박힌 것이다.

"음."

허리를 숙였던 정기준이 머리를 들었을 때 왼쪽 사내는 한쪽 무릎을 꿇는 중이었고 오른쪽 사내는 마악 몸을 돌리는 참이었다. 늦었다. 정기준의 머릿속에서 이사이의 말이 울렸고 가슴이 무거워졌다. 총이 있었다면, 짧은 순간에도 인간은 수백 가지 생각을 한다. 그러나 몸을 비튼 정기준이 다시 와락 다가갔다. 두 팔을 벌린 자세, 곧 같이 죽겠다는 자세다.

"이 새끼, 너 북한 놈이지?"

정기준의 목소리가 울린 순간 사내의 발길이 날아와 가슴을 찼다. 급소다. 숨을 들이킨 정기준이 뒤로 쓰러지면서 악을 쓰듯 소리쳤다.

"북한군, 맞지?"

다시 발길이 날아와 머리를 찼지만 이번에는 두 손으로 다리를 잡았다. 정기준의 외침이 다시 어둠 속을 울렸다.

"네놈들 모두 몇 놈이야! 이십 명? 탈북자 체포조냐? 보위성 특별반이냐?"

"저 새끼 입 막아!"

뒤쪽에서 소리가 들렸고 곧 서너 명의 그림자가 덮치듯 다가왔다. 한쪽 다리가 잡힌 사내가 이제는 주먹을 휘둘러 정기준의 어깨를 쳤다.

"이 새끼들! 호텔에서 봤던 놈들이구나! 너! 호텔 벨보이 놈이지!"

다음 순간 뒷머리를 강타당한 정기준의 상반신이 땅바닥에 부딪치면서 소리가 뚝 끊겼다.

"이 새끼들! 호텔에서 봤던 놈들이구나! 너! 호텔 벨보이 놈이지!"

핸드폰에 녹음된 정기준의 목소리를 다시 들으면서 박용호가 숨을 들이켰다.

"이 새끼들."

그때 유근상이 말했다.

"본부에 보고하겠습니다."

박용호는 대답하지 않았다. 정기준은 작전 중 사고를 당했다. 사고 직전에 핸드폰을 켜놓고 마지막 순간을 동료에게 들려준 것은 유언이나 같다. 요원의 유언.

커피 잔을 내려놓은 김예원이 한상진을 보았다. 얼굴이 하얗게 굳어져 있다.

"그럼 군대 그만뒀단 말야?"

"그렇다니까?"

한상진이 빙글빙글 웃었다.

"이젠 나, 민간인이야. 군복 입을 일 없어. 너도 군복 멋이 안 난다고 했잖아?"

"……"

"네가 흉본 대로 뻣뻣한 행동, 짧은 머리, 그리고 여유 없는 시간과는 끝이야."

"……"

"이젠 시간 많아."

"어쩜 그럴 수가 있어?"

정색한 채 김예원이 물었으므로 마침내 한성진을 허세를 지우고 쓰게 웃었다.

"미안해. 어쩔 수가 없었어. 상의해서 될 일이 아니었고."

"왜 그만뒀는데?"

"사고 때문에."

김예원이 시선을 주었지만 한성진은 외면한 채 말을 잇지 않았다. 초등학교 교사인 김예원은 현실적이다. 허세를 싫어하고 깔끔해서 흐트러진 모습을 보인 적이 없다. 2년 전, 경부선 KTX 옆자리에 우연히 같이 앉게 된 후로 사귀어 왔으니 이제 서로 알건 다 아는 사이, 다시 김예원이 한 마디씩 차분하게 말한다.

"그럼 앞으로 어떻게 살아갈 건지 말해봐."

"글쎄."

한성진이 물끄러미 김예원을 보았다. 언제부터인가 김예원을 사랑한다고 생각했다. 그러나 그것을 표현한 적은 없다. 김예원의 부드럽고 향기로운 몸을 안고 있으면 행복했다. 열기에 휩싸인 붉은 얼굴, 고양이 울음소리 같은 쾌락의 탄성을 들으면서 이대로 세상이 끝나도 좋겠다는 생각을 한 적도 있다. 그러나 지금 눈앞의 김예원도 현실이다. 김예원의 시선을 받은 한성진도 한 마디씩 분명하게 말했다.

"아직 확실한 건 없어. 하지만 난 열심히 살 자신은 있어."

"……."

"좌절하지 않아, 나는."

그 순간 김예원의 눈을 응시하던 한성진은 이제 헤어질 때가 되었다는 직감을 받는다. 김예원에게는 손에 잡히는 현실이 필요하다. 군인 머리가 짧고 기계처럼 움직인다면서 비웃었어도 얼마든지 적응하며 살 수가 있었을 김예원이다. 그러나 지금의 자신은 아니다.

"알아."

하고 김예원이 짧게 말했지만 눈동자의 초점이 잡혀져 있지 않았다. 한성진이 물끄러미 김예원을 보았다. 크게 웨이브된 머리가 어깨에 닿았고 갸름한 얼굴이 그늘에 덮여져 있다. 곧은 콧날과 도톰한 입술이 항상 반쯤 벌려져 있는 것은 어린애 같기도 했고 깨물어주고 싶은 충동을 느끼게 한다. 이윽고 한성진이 말했다.

"당분간 나, 좀 나갔다 올 거야."

"으응?"

김예원의 눈동자에 초점이 잡히더니 한성진의 시선과 마주쳤다. 그 순간 한성진의 심장 박동이 빨라졌다. 저도 모르게 말이 나온 것이다. 나갔다 온다고 한 것은 곧 외국이다.

"어디로?"

김예원이 묻고 한성진은 숨을 들이켰다.

아직 결정하지 않았는데 갈 곳이 있다는 시늉을 내려고 나갔다 온다고 해버렸다. 김예원의 시선을 받은 한성진이 대답했다.

"중국."

"무슨 일로?"

"누가 사업을 같이 하자고 해서."

"무슨 사업?"

"그건 나중에."

김예원과는 이것으로 끝이다. 당분간 나간다고 했으니 찾지도 않겠지.

박현종의 사무실은 '동방무역' 이라는 상호가 붙여져 있었는데 5층 건물의 5층이었다. 을지로 3가의 대로에서 50미터쯤 떨어진 안쪽의 사무실 밀집지역이다. 30평쯤 되어 보이는 사무실에는 두 사내와 여직원 하

나가 앉아 있었는데 뒤쪽의 사내가 지난번에 만났던 장병훈이다. 한성
진이 들어서자 장병훈은 활짝 웃는 얼굴로 자리에서 일어섰다.

"어서 오십시오. 기다리고 계십니다."

장병훈이 안쪽 사무실로 한성진을 안내했다. 장병훈을 따라 안으로
들어선 한성진은 소파에 앉아 있는 박현종을 보았다. 박현종도 이를 드
러내고 웃었다.

"왔구만, 한 대위."

박현종이 경례 대신 머리를 숙여 인사를 하는 한성진에게 계급을 불
렀다. 둘이 자리에 앉았을 때 박현종이 한성진에게 말했다.

"일을 맡겠다니 고맙네. 아마 곧 자네도 일에 긍지와 자부심을 느끼게
될 것이네."

머리만 숙여 보인 한성진에게 박현종이 말을 잇는다.

"우선 자네 직급부터 정하지. 자넨 보호팀장으로 앞으로는 한 부장이
라고 부르도록 하지. 이쪽은 장병훈 상무고 나는 사장으로 통하네."

그때 장병훈이 말을 잇는다.

"나는 관리를 맡고 사장님은 작전을 총괄하고 계셔. 한 부장은 사장님
지시만 받으면 되는 거야."

이제 장병훈도 하대를 했다. 머리를 끄덕인 한성진이 둘에게 물었다.

"직원은 몇 명입니까?"

"안내팀이 둘 나가 있어."

대답은 박현종이 했다. 박현종의 눈짓을 받은 장병훈이 자리에서 일
어서더니 탁자 밑에서 영사기를 꺼내 버튼을 눌렀다. 그러자 옆쪽 흰 벽
에 중국 지도가 펼쳐졌다. 장병훈이 영사기를 조절하자 조중 국경지역
이 확대되면서 붉은 점이 수백 개 드러났다. 서너 개씩 뭉쳐진 것도 있
고 둘씩, 셋씩 모인 것도 있다. 하나씩 모인 점도 수십 개다. 장병훈이

붉은 빛 레이저로 점들을 가리키면서 말을 잇는다.

"이 붉은 점이 우리하고 연락이 된 입국 대기자들이야. 우린 입국 의사를 밝힌 탈북자를 입국 대기자라고 부르네. 현재 대기자는 275명, 중국 땅에 흩어진 탈북자는 우리 계산으로 6만 7,000여 명인데 내륙에서 종적을 찾지 못한 숫자까지 합하면 10만이 넘을 것 같네."

"그렇게 많습니까?"

놀란 한성진이 묻자 박현종이 쓴웃음을 지었다.

"짐승보다 못한 취급을 받지. 양 한 마리 값도 못 되는 값으로 팔려간다네."

다시 장병훈이 말을 잇는다.

"현재 제1안내팀은 태국 국경으로 접근 중이고 제2안내팀이 엔지에 있는데……."

장병훈의 시선이 박현종에게로 옮겨졌다. 그때 어깨를 부풀렸다 내린 박현종이 말했다.

"지금 열흘째 제2안내팀이 움직이지 못하고 있어. 팀장 고재석이 실종되고 보좌역 오 과장이 현지 안가에서 대기자 6명하고 고립되어 있는 상황이야."

"실종된 이유는 뭡니까?"

"현지 협조자를 따라 대기자를 만나러 갔다가 같이 실종되었어. 그러고 나서 협조자 두 명이 연달아 공안에 체포되는 바람에 오 과장은 대기자들과 움직이지 못하고 있네."

그러더니 박현종이 굳어진 얼굴로 한성진을 보았다.

"현지 상황에 대한 기본 지식도 없이 이런 부탁을 하는 것이 무리일지 모르지만 누구 손이라도 빌려야 할 입장이야. 한 부장, 한번 부딪쳐 주겠나?"

마지막 말이 한성진의 몸을 움직이게 만들었다. 감동시킨 것이다. '한 번 부딪쳐주겠나?' 하고 박현종이 물은 것을 말한다. 만일 민족, 애국심, 또는 생명 따위의 단어가 들어갔다면 움직이지 않았다. 한성진은 솔직하고 단순한 표현을 좋아하는 것이다.

이틀 후 오후 5시 반, 한성진은 엔지 상공에 떠 있다. 비행기는 착륙을 하려고 바퀴가 내려진 상태, 주위 승객들은 대부분 관광객이다.

"우리는 비밀 단체야. 대기업 몇 곳의 후원금으로 유지되고 있는데 정부 측과는 전혀 관계가 없어."

떠나기 전 박현종이 동방무역의 입장을 말해주었다.

"물론 정부는 우리가 하는 일을 알고 있을 거야. 정보기관이 지금도 모니터링을 하고 있겠지만 개입하지 않아."

그러고는 얼굴을 일그러뜨리며 웃었다.

"북한이나 중국 정부하고 마찰이 일어나는 것을 원치 않으니까 말야. 그래서 이런 일이 터져도 우리가 자체적으로 해결할 수밖에 없다네."

"얼마나 희생되었습니까?"

불쑥 한성진이 물었더니 박현종은 외면한 채 대답했다.

"고 팀장까지 다섯, 모두 실종 상태로 되어 있지만 살해당한 것이 분명해. 살해자는 북한군 특수부대 요원이라는 소문이 있어."

그러면서 박현종이 덧붙였다.

"그 다섯 명이야말로 민족과 자유를 위하여 목숨을 바친 용사들이지. 이름도 알리지 못한 채 흔적도 없이 사라진 영웅이야."

다섯 명이나 되다니, 놀란 한성진이 눈만 치켜떴을 때 박현종의 말이 이어졌다.

"그리고 중국 땅에서 조선족 협조자로 공안에 잡혀가거나 북한군에게 처형당한 영웅은 수십 명이야. 우리는 위장된 평화와 선린의 그늘에서 치열한 전쟁을 치르고 있는 거야."

그때 비행기가 착륙하면서 지면에 바퀴가 닿았다. 생각에서 깨어난 한성진이 창밖을 보았다. 이제 새로운 세상이 펼쳐졌다.

공항 건물을 나온 한상진은 관광객과 함께 휩쓸렸다. 백두산 관광을 온 한국 관광단을 따라 시내 호텔에 투숙했을 때는 오후 7시, 방에 옷 가방만 내려놓은 한성진이 로비로 내려와 핸드폰의 버튼을 눌렀다. 로비는 한국인들로 떠들썩했다. 벌써부터 술에 취해 있는 남녀도 보인다.

"여보세요."

핸드폰에서 한국어가 울렸으므로 한성진이 긴장했다. 협조자다. 서울에서 출발하기 전에 연락을 했지만 저쪽은 아직 한성진의 이름도 얼굴도 모른다. 서로 약속된 암호로 상대방을 확인했기 때문이다. 한성진이 대답했다.

"예, 정규 아빠입니다. 지금 뵐 수 있죠?"

정규 아빠가 한성진의 식별 암호다. 그러자 사내가 대답했다.

"예, 고려호텔 건너편 편의점에서 8시에 뵙시다."

그러고는 전화가 끊겼다. 이 사내의 이름은 이천수, 본사는 이천수를 통해서 팀장 고재석의 실종과 제2안내팀의 상황을 알게 된 것이다. 한상진이 고려호텔 앞에 도착한 것은 6시 45분이다. 택시에서 내린 한상진이 로비로 들어서서 길 건너편의 편의점을 보았다. 이미 거리는 어둠에 덮여져 있었지만 거리는 불빛이 환하다. 한성진은 곧 편의점 앞에서 겨드랑이에 둥글게만 신문을 끼고 서 있는 사내를 보았다. 이천수다. 그것이 이천수를 구분하는 표식이다. 이천수는 40대쯤으로 마른 체격이었지만 뼈대가 굵었다. 한가한 표정으로 사람들 사이에 끼어 서 있었는데 힐끗 이쪽을 보았다. 이쪽에서 겨냥하고 있는 줄 아는 것 같다.

한성진이 다가가 섰을 때 이천수의 시선이 손에 쥔 점퍼로 옮겨졌다. 한성진은 손에 가을 점퍼를 쥐고 있었던 것이다. 이것이 이쪽의 표식이다. 그때 이천수가 몸을 돌리더니 발을 떼었고 두 걸음 간격을 두고 한성진이 뒤를 따른다. 인도에는 통행인이 많았으므로 가끔 어깨가 부딪쳤고 걸음이 늦춰졌다. 50미터쯤 걸은 이천수가 오른쪽 골목으로 꺾어졌을 때 더 혼잡해졌다. 이곳은 식당가다. 한국의 '먹자골목'과 비슷했다.

행인을 헤치며 다시 50미터쯤 나아간 이천수가 다시 왼쪽 골목으로 꺾어져 들어섰다. 따라 들어선 한성진이 숨을 들이켰다. 이쪽은 주택가다. 갑자기 행인이 줄어드는 바람에 한성진은 저도 모르게 뒤를 돌아보았다. 그때 이천수가 머리만 돌리고 말했다.

"오른쪽 두 번째 골목으로 들어가세요. 난 뒤따라가겠습니다."

한성진은 잠자코 발을 떼었고 이천수가 뒤로 처졌다. 어느덧 주위는 어두워졌다. 드문드문 가로등만 켜져 있을 뿐이다. 두 번째 골목 안으로 들어선 한성진은 좌우로 낡은 단층 주택이 이어져 있는 것을 보았다.

이곳은 가로등도 없어서 더 어둡다. 똑같이 생긴 주택에서 비친 불빛이 골목까지 뻗어 나와 있을 뿐이다. 행인도 뚝 끊겼으므로 한성진은 왼쪽 담장에 등을 붙이고 섰다. 오줌 지린내가 맡아졌다. 그때 골목 입구로 이천수가 들어섰다. 서둘러 다가온 이천수가 손으로 오른쪽 두 번째 대문을 가리켰다.

"저 집입니다. 거기서 이야기하십시다."

그러고선 어둠 속에서 이를 드러내며 웃었다.

"체포조 놈들의 감시가 심해서요. 내 땅에서도 마음 놓고 못 다닌단 말입니다."

이천수의 뒤를 따라 발을 떼던 한성진이 문득 내 땅이란 중국 땅을 가리킨다는 것을 깨닫는다. 이천수는 중국 국적인 것이다. 문을 자물쇠로 연 이천수가 안쪽의 전등 스위치를 켜자 내부가 드러났다. 문안은 다섯 평쯤 되는 토방이다. 토방 안쪽에 방 두 개가 나란히 붙여졌고 오른쪽은 부엌, 왼쪽은 창고였다. 이천수가 창고 옆으로 뚫린 통로를 앞장서 빠져나갔으므로 한성진은 뒤를 따랐다. 그러자 곧 뒷마당이 나왔다. 밤하늘이 드러나면서 10미터쯤 앞에 대문과 담장이 보였다. 그쪽이 대문인 셈이다. 마당이 보이는 방문 앞마루에 걸터앉은 이천수가 손으로 옆쪽을 가리켰다.

"앉으시오. 이곳은 아직 안전합네다. 내 친구의 집이거든요."

옆에 앉은 한성진에게 이천수가 말을 잇는다.

"내 친구는 한족이지요. 시정부에서 일하는 당원이란 말입니다."

"오 과장이 어디 있는지 아십니까?"

한성진이 묻자 이천수가 머리를 끄덕였다.

"압니다. 하지만 연락이 안 돼요."

오 과장이란 제2안내팀의 팀장 보좌역 오현서를 말한다. 한성진의 시선을 받은 이천수가 말을 이었다.

"이곳에서 북쪽으로 10km쯤 떨어진 우가촌에 있습니다. 가구 수가 20호쯤 되는 작은 마을인데 마을 앞 도로에 공안 검문소가 세워지는 바람에 갑자기 감옥에 갇힌 꼴이 되어버렸단 말입니다. 열흘 전부터 핸드폰도 꺼진 상태가 되어 있어요."

"누구 집에 있습니까?"

"동포 할머니인데 잘 걷지를 못해요. 시내에서 쫓겨 세 번째로 옮긴 안가란 말입니다."

그러고는 이천수가 길게 숨을 뱉는다.

"이곳이 가장 안전한 곳인데 내 친구가 며칠 전에야 비워줬단 말입니다."

이천수의 찌푸린 얼굴을 본 한성진이 소리죽여 숨을 뱉었다. 박현종은 이천수가 수당을 받고 일을 한다고 했다.

"체포조에 대해서 아시는 대로 말씀해주시죠."

한성진이 말하자 이천수가 머리를 끄덕였다.

"3년쯤 전에도 체포조가 몰려나왔던 적이 있었지요. 그때도 북조선에 흉년이 들어서 아사자가 속출했었는데……."

주머니에서 담배를 꺼낸 이천수가 입에 물었다.

"내 눈앞에서 탈북자를 끌고 간 적도 있습니다. 공안이 옆에 있었어도 반쯤 죽여 놓은 탈북자를 짐승처럼 질질 끌고 갔습니다. 그런데 지금은 그때보다 더한 것 같단 말입니다."

한성진의 시선을 받은 이천수가 길게 숨을 뱉었다.

"닷새 전에 시내 안가에 숨어 있던 탈북자 셋은 시체가 되어서 차에 실려 갔다고 합니다. 한 명은 반항하자 총으로 쏴 죽인 후에 시체를 싣고 갔다는 것입니다."

"……."

"이번에 고 선생도 끌려간 것이 아닌 것 같습니다. 죽여서 묻어버리면 아무도 찾지 못하거든요."

"……."

"땅이 얼마나 넓습니까?"

그때 한성진이 불쑥 물었다.

"체포조에 협조하는 조선족도 있겠지요?"

"당연하지요."

이천수의 두 눈이 어둠 속에서 번들거렸다.

"북조선을 왕래하는 사업가 놈들이 협조하고 있지요. 북조선 당국에 잘 보여야 되니까요. 탈북자를 잡아 한족에게 팔아먹는 조선족도 있고 남으로 보내준다면서 사기를 치는 놈들도 있습니다."

"……."

"전에는 탈북자를 동정해서 서로 감춰주고 먹여주고 했지만 지금은 달라졌어요. 탈북자가 많아진데다 면역이 되었기 때문인지 못 본 척하고 귀찮아합니다."

"먼저 우가촌에서 오 과장을 빼내야 될 것 같은데요."

그러나 이천수가 머리부터 저었다.

"무모한 일입니다. 오 과장 혼자만 있는 게 아니거든요. 대기자 6명이 함께 있습니다. 오 과장은 그들을 두고 혼자 나오려고 하지 않을 겁니다."

한성진의 시선을 받은 이천수가 쓴웃음을 지었다.

"한 부장님보다 제가 오 과장에 대해서 잘 알 겁니다."

밤이 깊어가면서 옆쪽 민가의 소음이 가깝게 들려왔다. 그만큼 주위가 조용해지고 있다는 표시였다. 이천수는 뒤쪽 토방의 불만 켜놓아서 마당은 짙은 어둠에 덮여 있다. 한성진은 이천수의 신상카드를 외우고 있다. '43세, 엔지대학 농업교육과 졸업, 10년간 중학교 교원을 하다가 2002년에서 2006년까지 한국에서 생활, 귀국 후 엔지에 식당과 잡화점을 차림, 처와 18세, 15세짜리 2남이 있음. 탈북자 사업을 돕기 시작한 것은 2007년부터이며 한국에서 이천수와 인연을 맺었던 김학선의 소개를 받았기 때문임.'

김학선은 이천수가 일했던 '성남식품'의 사장, 또한 동방무역의 후원자이기도 한 것이다. 그때 이천수가 다시 입을 열었다.

"나도 처음에는 이런 일에 몰두하는 사람들을 이해하지 못했습니다."

이천수의 목소리가 마당에 낮게 덮여지는 느낌이 든다.

"그러다 나도 빠져들기 시작했습니다. 내 처가 나보고 미쳤다고 할 정도로 말이지요."

머리를 든 이천수가 다시 이를 드러내고 소리 없이 웃었다.

"그래서 나는 오 과장의 지금 심정을 이해할 수가 있는 것입니다."

한성진은 외면했다. 이들은 딴 세상 사람들 같았기 때문이다.

오후 5시 반, 문을 두드리는 소리가 들렸으므로 오현서는 긴장했다. 옆에 앉아 있던 윤정옥도 몸을 굳히고 있다.

"이모님, 수덕이요!"

사내의 외치는 소리가 들렸을 때 옆방 문이 열렸다.

"저놈이 웬일이래여?"

집주인 할머니 홍씨다. 여기서는 병수 할머니로 부르는 홍금덕 할머니, 82세, 아들 내외와 손자 병수까지 칭다오로 보내놓고 8년째 우가촌에서 혼자 산다. 우가촌은 본래 우씨 집성촌이었지만 우씨는 세 집밖에 안 남았고 모두 타성(他性)이다. 하지만 조선족이 대부분이다. 방문이 열리더니 홍씨가 얼굴만 디밀고 오현서에게 말했다.

"수덕이는 엔지에 사는 내 조카여, 동생 아들놈인디 왜 찾아왔는지 몰겠구먼."

"이모님, 얼릉 문 좀 열어요!"

다시 문 두드리는 소리가 나면서 사내가 외치자 홍씨가 입맛을 다셨다.

"벨일 없을 겨, 공안은 저런 놈 앞세우고 안 와, 글고 체포조가 중국 사람 집에 함부로 못 들어온다고"

그러고는 몸을 돌렸으므로 방안의 시선이 모두 오현서에게 옮겨졌다. 여섯 쌍의 눈이다. 그때 홍씨가 문 쪽에 대고 소리치는 소리가 들렸다.

"이놈아! 문 부서진다! 갑자기 웬일로 찾아왔다냐!"

옆집과는 20미터쯤 떨어진데다 왕래도 없는 편이어서 집안에서는 제법 자유롭게 운신했다. 대기자들이다. 그러나 열흘 동안 박혀 있었더니 참는 데에 이골이 난 그들도 신경이 예민해져 있다.

"선생님, 제가 나가 보고 올까요?"

옆에 붙어 있던 윤정옥이 자리에서 일어섰다. 그때 창문 틈으로 마당 쪽을 보던 박순실이 다급하게 말했다.

"아이구, 할머니하고 같이 들어와."

오현서도 자리에서 일어나 그쪽으로 다가갔다. 박순실이 비켜준 문틈으로 보았더니 마당을 가로질러 홍씨와 사내가 다가오고 있다. 50대 후반쯤의 사내는 비대한 체격에 후줄근한 차림이다. 이곳에서는 옷차림으로 신분을 금방 구분할 수 있다. 홍씨의 조카 수덕이란 사내는 노동자 계급으로 형편은 중하(中下)다. 홍씨는 사내를 부엌 건너편 방으로 데려갔는데 일부러 이쪽과 거리를 둔 것이다.

대문 쪽을 살핀 오현서가 방안을 둘러보며 말했다.

"별일 없을 것 같으니까 할머니가 내보낼 때까지 기다립시다. 그리고,"

심호흡을 한 오현서가 말을 잇는다.

"이삼일만 더 기다렸다가 마을 뒤쪽 산을 넘어 나가기로 하죠. 이젠 좀 나아졌으니까요."

하면서 오현서가 손을 뻗어 허리를 만졌다. 두 번째 아지트를 빠져나오면서 계단에서 굴러떨어져 허리를 삐었던 것이다. 핸드폰도 박살이 났기 때문에 우가촌으로 오기 전에 겨우 서울과 연락을 했다. 그때 발자국 소리가 들렸으므로 방안 모두가 긴장했다. 신발 끄는 발자국 소리는 홍씨다. 관절염이 심해서 홍씨는 겨우 걷는다.

"이봐, 오 선생."

홍씨가 문밖에서 부르더니 문을 손바닥만큼만 열었다. 오현서가 다가가자 홍씨가 말했다.

"저놈이 누구 심부름을 왔어. 핸드폰을 갖고 왔다니께 만나봐."

놀라 눈만 크게 뜬 오현서를 향해 홍씨가 말을 잇는다.

"서울에서 온 사람이래여, 사장님이 보냈다는구먼. 거짓말은 아닌 것 같으니께 얼릉 나허고 저 방으로 가 보자고."

어쩔 수 없다. 지금 상황에서는 믿는 수밖에 없지 않겠는가?

"여기 있습니다."

오현서가 앞쪽에 앉자마자 사내가 주머니에서 꺼낸 핸드폰을 내밀었다. 사내의 얼굴은 상기되었고 콧등에는 땀방울이 돋아나 있다. 오현서가 핸드폰을 받았더니 사내는 이제 바지 주머니를 뒤적거리고 나서 접혀진 쪽지를 꺼내었다.

"이건 전화번호올시다. 여기로 전화를 해달라고 하더구만요."

"누가요?"

마침내 오현서가 묻자 사내가 힐긋 옆쪽의 홍씨에게 시선을 주었다.

"예, 서울에서 온 한 부장이라고 했습니다. 전화해보시면 알 거라고 하데요."

전화는 중국제다. 구조가 단순해서 오히려 통화에는 편하다. 오현서는 마침내 핸드폰을 열고 쪽지도 폈다. 그리고 버튼을 누르는 동안 홍씨와 조카는 숨을 죽이고 있다. 집안은 조용하다. 방에 박힌 대기자 여섯 명도 긴장하고 있을 것이다.

버튼을 누른 오현서가 핸드폰을 귀에 붙였을 때 신호음이 두 번 울리고 나서 연결이 되었다.

"여보세요."

한국말, 숨을 들이켠 오현서가 대뜸 묻는다.

"누구세요?"

"누군 누구겠어요? 데리러 온 사람이지."

퉁명스럽지만 자연스럽긴 해서 오현서의 어깨가 조금 내려앉았다. 그러나 다시 묻는다.

"처음 듣는 목소린데 누군지는 정확히 밝히셔야죠."

"밝힌다고 압니까? 난 당신을 그곳에서 빼내라는 지시를 받았을 뿐이니까. 내 말부터 들어요."

오현서의 어깨가 더 내려갔다. 꾸짖는 것 같은 사내에게 왠지 신뢰가 갔기 때문이다. 의지하고 싶은 충동이 일어난 것 같다. 그때 사내가 물었다.

"거기, 몇 명입니까?"

"저까지……"

했다가 힐끗 홍씨 조카에게 시선을 주었던 오현서가 몸을 돌리고 목소리를 낮췄다.

"일곱요."

"좋아요. 내가 오후 9시 정각에 전화를 할 테니까 준비하고 있어요."

"무슨……."

"떠날 준비 말이오. 그리고,"

사내의 목소리가 낮아졌다.

"거기 있는 최씨나 집주인한테도 그런 눈치는 보이지 마시도록, 그럼."

그러고는 통화가 끊겼으므로 오현서가 핸드폰을 귀에서 떼었다.

"자, 잘 되셨지요?"

오현서의 시선을 받은 사내가 밝아진 표정으로 물었다. 이 사내의 성이 최씨였다. 그러고 보니 통화를 한 사내는 아직 성만 알뿐 이름도 모른다.

"예, 고맙습니다."

"그럼 이모님, 전 가봐야겠습니다."

사내가 자리에서 일어서며 말하더니 무안한 듯 뒷머리를 손을 긁었다.

"죄송하구만요, 이모님. 모처럼 뵙는데도 빈손으로 왔습니다요."

"아이구, 니가 돈 달라고 하지 않는 것만 해도 다행이다."

했지만 홍씨의 얼굴에도 웃음기가 떠올라 있다. 사내가 방을 나가면서 오현서에게 눈인사를 했다. 홍씨와 함께 최수덕을 배웅하고 돌아온 오현서가 방안의 남녀에게 말했다.

"자, 준비해요. 오늘 밤에 나가야 될 것 같아요."

방 안에서 소리 없는 활기가 일어났다. 65세, 64세의 부부, 그리고 37세인 박순실과 8살짜리 아들, 45세 의사 출신 민동호와 16살짜리 윤정옥까지 여섯이다. 오현서가 이들의 인도자인 것이다.

담배 연기를 길게 내뿜은 최강일이 앞에 선 윤경태를 보았다. 오후 6시, 엔지 시 교외의 안가는 조용하다. 요원들이 모두 빠져나갔기 때문이다.

"그 자식 질기구만."

최강일이 이 사이로 말했다.

"계속해서 시간을 끌고 있어. 그러면서 구출되기를 기다리는 것이라구."

윤경태는 잠자코 시선만 주었다. 둘은 지금 지하실에 잡혀 있는 국정원 직원 정기준 이야기를 하는 중이다. 정기준은 계속해서 거짓 자백으로 이쪽을 지치게 하고 있다. 그럴듯하게, 그리고 확인이 어렵게 진술하는 바람에 죽이지도 살리지도 못하고 있는 것이다.

"그놈들이 탈북자 지원 임무를 띠고 온 것은 맞는 것 같습니다. 조장동지."

윤영철이 말했다.

"안내원 놈이 자백하지 않았습니까?"

자백한 안내원은 고문을 받다가 오늘 아침에 사망했다. 그래서 밤에 묻으려고 시체를 자루에 담아 놓았다. 재떨이에 담배를 비벼 끈 최강일이 자리에서 일어섰다. 중국인처럼 헐렁한 바지에 점퍼 차림이었지만 고급장교의 행색은 은연중에 내보이는 법이다. 최강일의 흔적은 구두였는데 잘 닦여진 구두는 고급 수제화다. 180센티가 넘는 키에 떡 벌어진 어깨, 알맞게 그을린 피부와 윤곽이 뚜렷한 용모는 호남형이다. 40대 중반이지만 30대 후반쯤으로 보이는 최강일은 보위부 소속 현역 상좌로 탈북자 사이에서는 '사냥꾼'으로 불린다. 최강일이 마치 짐승을 사냥하는 것처럼 무자비하게 탈북자를 살해, 납치해왔기 때문이다. 최강일은 잔인하고 끈질겼다. 조선족들이 보는 앞에서 직접 탈북자를 살해한 적이 한두 번이 아니다.

최강일은 자신이 사냥꾼으로 불린 것에 만족했고 오히려 선전을 하는 셈이었다. 그때 방안으로 사내 하나가 들어섰으므로 둘의 시선이 옮겨졌다. 사내가 부동자세로 서서 보고했다.

"홍병수가 죽었습니다."

"뭐이?"

최강일이 눈을 치켜떴다가 곧 입맛을 다셨다. 홍병수는 정기준과 함께 단고기 식당에 있다가 잡힌 조선족이다. 안내원 유석기가 죽더니 이제 홍병수까지 죽은 것이다. 고문 후유증이다. 무지막지하게 치고, 부러뜨리고 칼로 찌르는 터라 고문을 받으면 대부분 죽는다. 최강일이 지시했다.

"정기준이는 아직 죽이지 말도록."

"예, 조장 동지."

"깔딱거리면 좀 보살펴주라우, 아직 쓸모가 있단 말이야."

"알겠습니다."

"유석기 시체까지 완벽하게 처리하라우, 공안이 알면 시끄럽게 된다."

둘은 중국인민인 것이다. 공안이 탈북자 처리는 대충 눈을 감아주지만 중국 국적의 조선족은 입장이 다르다. 잘못 걸리면 추방이 아니라 중국 감옥에 갈 수도 있다. 부하가 방을 나갔을 때 손목시계를 본 윤경태가 말했다.

"외곽 순찰을 돌고 오겠습니다."

최강일은 머리만 끄덕였다. 탈북자 한 무리가 지금 안내자를 잃고 외곽지역에 은신 중이다. 그래서 의심이 가는 외곽지역 네 곳에 정탐병을 보내 탐문하고 있는 것이다. 물론 그 남조선 안내팀장 놈은 이미 시체가 되어서 땅속에 들어가 있다.

버스정류장에서 내린 박용호가 주위를 두리번거리다가 곧 발을 뗴었다.

오후 6시 반, 11월 초여서 길가 가게는 모두 불을 밝혔다. 20미터쯤 걷던 박용호가 허름한 식당 안으로 들어서자 테이블에 앉아 있던 사내 하나가 눈인사만 했다. 박용호의 팀원 유근상이다.

"김석주는 집에 있습니다."

앞쪽 자리에 앉은 박용호에게 유근상이 말했다. 다가온 주인 여자에게 박용호가 국수를 주문했다. 유창한 중국어여서 여자는 시선도 주지 않고 돌아갔다. 식탁이 셋뿐인 작은 식당에는 손님이 그들뿐이다. 유근상이 말을 이었다.

"자식이 하난 줄 알았는데 둘입니다. 큰놈이 초등학교에 다니는 것 같습니다."

박용호는 잠자코 밖을 보았다. 유근상은 지금까지 동방호텔 벨보이인 김석주를 감시하고 있었던 것이다. 김석주는 정기준이 납치당하면서도 핸드폰으로 정체를 밝혀준 놈이다. 오늘 김석주는 비번으로 호텔 근무를 하지 않고 집에서 쉬는 중이었다.

"어떻게 하실 겁니까?"

유근상이 조심스럽게 물었다. 이제 국정원은 옌지 지역에 정보원 하나만 남은 상황이다. 그 살아남은 정보원도 베이징으로 피신시켰는데 왜냐하면 정기준과 함께 잡힌 안내원이 동료 둘을 불었기 때문이다. 그 둘 중 하나는 잡혔고 하나는 실종상태다. 흑룡강성의 중심이며 조선족 자치구의 수도인 옌지의 기반이 이번에 궤멸 상태가 된 것이다. 유근상의 시선을 받은 박용호가 입을 열었다.

"시발, 눈에는 눈, 피에는 피다."

놀란 유근상이 숨을 죽였고 박용호의 말이 이어졌다.

"본부에서 별도 지시가 없는 상황이니까 내가 알아서 할 거다."

8시 반이 되었을 때 초소에서 두 명이 나오더니 도로 안쪽의 마을로 다가갔다. 조금 전에 마음에서 온 두 사내가 초소로 들어갔는데 교대를 한 것 같다. 마을에서 저녁을 먹는 모양이었다. 마을과의 거리는 100미터 정도, 우가촌은 그 마을을 지나 3백 미터쯤 더 안쪽으로 들어가야 된다. 1차선 차도는 앞쪽 마을까지만 뻗쳐졌고 우가촌은 사람 둘이 겨우 나란히 걸을 만한 샛길이 있을 뿐이다. 한성진은 옥수수밭 사이에 앉아 초소를 보았다. 초소와의 거리는 50여 미터 정도, 이곳은 길 건너편이어서 초소가 한눈에 들어온다. 아래쪽 마을까지 버스를 타고 온 후에 이곳까지는 1킬로 정도를 걸어온 것이다.

"딱 길을 막고 있는 셈이군요."

이천수가 옥수수 대를 두 손으로 분지르면서 말했다. 베어낸 옥수수 대가 주위에 잔뜩 쌓여 있었으므로 몸을 숨기기는 좋았다. 이천수는 초소를 말하고 있는 것이다. 길가에 10피트짜리 컨테이너박스를 개조한 초소 창문으로 불빛이 흘러나왔다. 초소 상주 인원은 네 명, 둘씩 교대

근무를 하는 것이다. 한성진이 잠자코 핸드폰의 버튼을 눌렀다. 그것을 본 이천수가 쥐고 있던 옥수수 대를 땅바닥에 던졌다. 서늘한 바람이 불어와 머리칼을 날렸다.

벨이 울린 순간 오현서는 손목시계부터 보았다. 8시 40분이다. 발신자는 한 부장이다. 가슴이 뛰었으므로 오현서는 핸드폰을 쥔 채 먼저 심호흡부터 했다. 이곳은 부엌 옆쪽 벽이다. 8시 30분이 되었을 때부터 벽에 등을 붙이고 서 있던 것이다. 앉아있으면 허리가 더 아팠는데 그렇다고 누워 있을 수만은 없었다.

이윽고 오현서가 핸드폰을 귀에 붙였다.

"여보세요."

"한입니다."

대뜸 그렇게 말한 사내가 한 마디씩 또박또박 끊어 말했다.

"지금 바로 나올 수 있지요?"

"지금요?"

"그래요, 지금."

"어디로요?"

"초소 앞으로."

"네?"

놀란 오현서가 벽에 붙여진 허리를 떼었다. 그러나 허리를 떼어가는 것 같은 통증이 왔으므로 오현서는 이를 악물었다.

그때 사내가 다시 말했다.

"초소까지 오는 데 얼마나 걸리겠어요?"

"네? 15분, 아니, 20분 정도."

"그럼 9시 5분까지……."

그러자 오현서가 사내의 말을 잘랐다.

"도대체 무슨 말이에요? 공안이 있는 초소까지 오라니요? 우릴 공안한테 인계한다는 건가요? 나는 도무지……."

"공안은 없을 겁니다."

이번에는 사내가 말을 잘랐다.

"서둘러요, 어서."

그리고는 통화가 끊겼으므로 오현서는 어금니를 물었다.

"차가 올 시간이 되었는데요."

손목시계를 본 이천수가 말했을 때 한성진이 몸을 일으켰다.

"길가에서 기다려요."

한성진이 말하자 따라 일어선 이천수가 물었다.

"어떻게 하시려는 겁니까?"

"할 수 없지."

옥수수밭을 나오면서 한성진이 말을 이었다.

"초소에 있는 놈들을 때려눕히는 수밖에 없어."

"예에?"

놀란 이천수가 뒤를 따르다가 우뚝 걸음을 멈췄다. 한성진이 이제 도로로 나와 초소를 향해 걷는다. 주위는 이미 짙은 어둠에 덮여져서 초소의 불빛만 뚜렷하게 드러났다. 거리는 이제 30미터 정도밖에 되지 않는다. 눈을 치켜떴던 이천수가 입을 열었다가 저도 모르게 발을 떼었다. 그러나 두 걸음을 걷다가 멈춰 섰다. 한성진과의 거리는 6~7미터로 떨어졌다.

"저기, 한 선생."

다급하게 불렀지만 한성진은 못 들은 척 초소를 향해 거침없이 다가

간다. 그때 초소에서 사내 하나가 나왔다. 공안이다. 문이 반대편에 있어서 갑자기 솟아난 것 같다. 뒤쪽의 이천수는 질겁했지만 한성진은 걸음을 늦추지 않는다.

초소 앞의 공안이 다가오는 한성진을 우두커니 보았다. 점퍼 차림에 두 손은 바지 주머니에 넣었고 슬리퍼를 신었다. 불빛을 받은 얼굴이 환하게 드러났다. 잘생긴 얼굴이다. 공안의 시선이 이쪽으로 향해져 있으므로 이천수의 다리가 무거워졌다. 이제 한성진과 공안과의 거리는 5~6미터로 가까워졌다. 이천수와의 거리는 20미터는 더 된다.

그때 공안이 소리쳐 물었다. 물론 중국어다.

"여기, 유천마을에 사는 사람인가?"

그러나 한성진은 대답 대신 웃었다.

"예, 그렇습니다."

뒤쪽의 이천수가 알아듣고 다급하게 소리쳐 말했다. 한성진한테 물었는데 이천수가 대답한 꼴이다.

"버스도 지나지 않았는데 걸어서 온 거야?"

다시 공안이 묻자 이제는 서둘러 거리를 좁힌 이천수가 대답했다.

"예, 아래쪽 마을에 들렀다가 오는 길이오."

"근데 넌 입이 없어?"

이제 두 걸음 앞으로 다가온 한성진에게 공안이 쓴웃음을 짓고 물었다.

"왜 바보같이 웃기만 하는 거야?"

그때 바짝 다가선 한성진이 주먹을 휘둘러 공안의 턱을 쳤다. 정통으로 턱을 맞은 공안이 홀떡 머리를 젖혔을 때 두 눈으로 머리칼을 움켜쥔 한성진이 앞으로 당기면서 무릎으로 얼굴을 찍었다.

둔탁한 충격음이 두 번 들렸을 뿐 신음 소리도 들리지 않았다. 그러자 공안의 겨드랑이를 안아 초소 문 옆에 눕힌 한성진이 문을 열었다. 눈앞에 리시버를 끼고 핸드폰을 손에 쥔 공안이 의자에 앉아 있다가 눈썹을 찌푸리며 일어섰다.

"누구야? 무슨 일인데?"

귀에서 리시버를 빼면서 묻던 공안은 와락 다가선 한상진이 휘두른 주먹을 머리를 젖혀 피했다.

"이 새끼."

놀란 공안이 눈을 치켜떴지만 다시 날아든 왼쪽 주먹은 피하지 못했다.

"털컥!"

오른쪽 턱이 비뚤어지도록 강타당한 공안이 비틀거렸을 때 다시 한성진의 주먹이 날았다. 얼굴을 연타당한 공안이 주저앉았을 때 다시 발끝이 명치끝에 박혔다. 신음을 뱉은 공안은 온몸을 새우처럼 굽히며 쓰러졌다.

"이 형, 그놈을 안으로 끌고 와!"

한성진이 안에서 소리쳤다. 밖에서 주위를 살피던 이천수가 어깨를 늘어뜨렸다.

초소 안이 심상치 않았을 경우에는 도망칠 작정이었던 것이다.

2장
사냥

"전해주라는 물건이라니?"

안에서 묻는 소리가 들렸는데 물론 중국어다. 이어서 신발 끄는 소리가 들렸다.

"도대체 뭐란 말야?"

이것은 조선말이다. 박용호는 머리를 돌려 옆에 선 유근상을 보았다. 어둠 속에서 눈동자가 번들거리고 있다. 그때 문 안에서 사내가 다시 물었다.

"무슨 물건이오?"

"글쎄, 나도 모르겠소, 무거우니까 빨리 문 좀 여시오."

박용호가 중국어로 말하자 빗장 당기는 소리가 들리더니 판자로 만든 문이 삐걱이며 열렸다. 모습을 드러낸 집주인이 동방호텔 벨보이 김석주다. 정기준을 납치해간 일당 중 하나, 탈북자 체포조의 현지 행동책이다.

"뭐요?"

물으면서 김석주는 박용호가 든 신문지로 싼 꾸러미를 보았다. 그때 박용호가 꾸러미를 내밀었다.

"모르겠소, 무겁습니다."

김석주가 두 손을 뻗어 꾸러미를 잡았다. 그 순간 꾸러미 밑에서 빠져 나온 박용호의 손이 옆으로 후려치는 동작을 했다.

"컥!"

김석주의 입에서 그런 외침이 들리면서 두 손으로 목을 감싸 쥐었다. 짙은 어둠 속이었지만 손가락 사이로 시커먼 물체가 뿜어져 나오고 있다. 핏발이다.

"크억!"

이제 목을 감싸 안은 김석주가 주저앉으면서 목청껏 고함을 질렀으나 그 소리밖에 안 나왔다. 몸을 돌린 박영호는 발을 뗐고 그 뒤를 유근상이 따른다. 신문지 꾸러미는 돌덩이를 싸서 묶은 것이다.

승합차가 멈춰 섰을 때는 오후 9시 8분이다. 약속 시간보다 8분 늦었다. 초소 앞에서 쭈뼛거리던 승합차는 5미터쯤 더 가고 나서 멈춰 섰는데 운전석에 앉은 사내가 초소를 힐끗거리고 있다. 그때 초소에서 나온 이천수가 운전사 쪽으로 다가갔다.

"아이구, 천수야."

어둠 속에서 운전사가 얼굴을 펴고 웃었다.

"안 보여서 걱정했잖아?"

"잠깐만 기다려, 형."

다가선 이천수가 운전사 옆쪽에 서서 담배를 꺼내 내밀었다.

"초소 공안들은 어디 있어?"

운전사가 묻자 이천수가 라이터를 켜 담배 끝에 붙여주었다.

"안에."

"그럼 공안들하고 초소 안에 있었어?"

"그렇다니까?"

"언제부터 그렇게 친해진 거냐?"

"좀 됐어."

말을 하면서도 이천수가 어둠에 덮인 마을 쪽을 힐끗거렸다.

앞장서 걷던 오현서가 마을 앞을 지날 때 걸음이 늦춰졌다. 이제 초소가 보인다. 그런데 초소 앞길에 승합차 한 대가 세워졌고 공안 하나가 검문을 하고 있는 것이다. 일렬횡대로 따르던 여섯 명의 시선도 모두 그쪽으로 쏠려져 있다.

"선생님."

바로 뒤를 따르던 윤정옥이 떨리는 목소리로 불렀다. 지금 일곱 명은 샛길에서 차량 한 대가 다닐 수 있는 1차선 도로로 나온 참이다. 이제 어둠 속이었지만 숨을 곳도 없다. 50미터쯤 옆쪽 마을에서 개 짖는 소리가 들렸다. 사람들의 이야기 소리도 들린다. 마침내 걸음을 멈춘 오현서가 어금니를 물었다. 공안한테 걸어가란 말인가? 바지 주머니에 든 핸드폰을 쥐었을 때다. 진동으로 바꿔놓은 핸드폰이 떨었으므로 오현서가 질색을 했다. 그러면서도 꺼내 보았더니 발신자가 한 부장이다. 오현서는 서둘러 핸드폰을 귀에 붙였다.

"여보세요."

"서둘러요, 승합차는 우리 편이오."

한 부장의 목소리가 귀에 울렸다.

"어서 타요."

다가온 오현서에게 이천수가 말했다. 이천수는 이미 승합차 문을 열어놓고 기다리고 있다.

"서둘러요."

"자아, 빨리."

오현서와 시선을 마주치지도 않고 이천수가 뒤를 따르는 일행에게도 재촉했다. 윤정옥부터 차에 타도록 하면서 오현서가 차 옆으로 붙어 섰다. 그러고는 이천수를 보았다. 40대의 마른 체격, 초조한 듯 이맛살이 찌푸려져 있다.

"저기, 한 부장이시죠?"

틈을 타서 오현서가 물었지만 이천수는 박순실의 아들 안정훈을 안아 태우느라고 못 들었다. 그다음 순서는 서준영, 박숙희 부부가 오른다.

"한 부장님."

다시 오현서가 불렀을 때 이천수가 머리를 돌렸다. 그때 초소 안에서 공안이 나왔으므로 오현서는 숨을 들이켰다. 장신에 넓은 어깨, 눈을 치켜떴고 다가온 기세가 사납다.

"어서 타요."

두 노부부에 이어서 의사 민동호가 탔을 때 이천수가 오현서에게 말했다. 그러나 오현서의 시선은 다가오는 공안에게 박힌 채 움직이지 않는다. 그때 이천수가 다가온 공안을 가리키며 말했다.

"이 분이 한 부장이시오."

승합차가 속력을 내었을 때 한성진이 옆에 앉은 오현서를 보았다.

"어디 아픕니까?"

이것이 한성진이 오현서에게 한 첫 말이다. 한성진의 시선을 받은 오현서가 머리를 끄덕였다.

"허리를 삐었어요."

차에 오를 때 오현서가 허리를 비틀면서 겨우 올랐기 때문이다. 한성진이 시선을 준 채 다시 물었다.

"치료는?"

"파스를 붙였습니다."

"걸을 만해요?"

"오래 걷기는 힘들겠어요."

"조금 전에 보니까 어렵겠던데."

"괜찮아요, 해보겠습니다."

"이봐요, 마음만으로 되는 일이 아닙니다."

낮은 목소리였지만 누르는 느낌을 받은 오현서가 저절로 어금니를 물었다. 차 안은 조용해서 주변 사람들은 다 들었을 것이다. 엔진음이 커지면서 차는 더욱 속력을 내어 달려가고 있다. 엔지 서쪽의 고속도로로 달려가고 있는 것이다. 그때 한성진이 말했다.

"오늘은 될 수 있는 한 엔지에서 멀리 떨어지기로 합니다."

"현장에서 즉사했습니다."

윤경태가 굳어진 얼굴로 최강일을 보았다. 밤 10시 10분, 윤경태는 김석주의 피살 현장까지 둘러보고 온 길이다.

"집안에는 아내하고 두 아들이 있었는데 옆집에서 뭘 가져왔다고 하더랍니다. 그것을 받으려고 나갔다가 당했습니다."

"……."

"칼로 목을 잘렸습니다. 공안 측은 목을 한 번에 절반쯤이나 절단한 것을 보면 전문가 소행이라는 것입니다."

"국정원 놈들이야."

의자에 등을 붙인 최강일이 입을 열었다. 시선을 든 윤경태는 숨을 삼켰다. 최강일이 웃고 있었기 때문이다. 그러나 두 눈은 번들거리고 있다. 자리에서 일어선 최강일이 창가로 다가가 어둠에 덮인 마당을 보았다.

"그놈들이 복수를 한 것이라구."

"그렇다면 그놈들이 한판 붙자는 뜻입니까?"

물기 없는 목소리로 윤경태가 물었다. 이런 경우는 처음이다. 그동안 남조선 국정원과 수없이 부딪쳤지만 패턴은 똑같았다. 이쪽은 공격적이었고 남조선은 수세적으로 일관된 행동을 보였던 것이다. 몸을 돌린 최강일이 윤경태를 보았다.

어느덧 웃음기는 사라졌고 눈썹이 치켜 올려졌다.

"조선족 사이로 소문을 내, 곧 정기준을 평양으로 압송해간다고 말야."

"알겠습니다. 조장 동지, 그렇게만 소문을 내면 됩니까?"

"더 자세하게 나가면 함정인지 바로 알게 될 테니까 그 정도로 해."

최강일이 가는 눈을 좁히면서 웃었다.

"함정인지 아닌지 긴가민가하면서도 움직이지 않고는 배기지 못할 거다. 그러면 냄새가 풍기는 것이지."

정기준은 이제 시키면 시키는 대로 움직이는 로봇이 되어 있었다. 의지와 기력까지 상실한 터라 뇌에 저장된 모든 정보를 본인이 의식하지도 못한 상태에서 쏟아내고 있는 것이다. 그래서 최강일은 국정원의 엔지 파견 전력, 탈출로, 탈북자 압송로까지 모두 파악한 상태다. 물론 국정원 측은 정기준이 납치된 직후에 모든 아지트를 폐쇄했고 접선방법을 바꾸었으며 정보원을 피신시켰지만 한 발 늦은 것이 많다. 첫째, 정보원 대부분이 제거되었다. 함께 잡힌 안내원과 정보원이 먼저 자백했기 때문이다. 둘째 루트가 봉쇄되었고, 전력이 노출되었다.

이제 남은 것은 요원 둘, 정보원 두어 명뿐이다. 거의 궤멸 수준에 이른 것이다.

"우린 얼마든지 인원을 채울 수 있어."

어깨를 편 최강일이 말을 이었다.

"남은 두 놈만 잡으면 이번 작전은 성공했다고 보고할 만하다."

승합차가 길림(吉林)에 도착했을 때는 오전 3시가 되어갈 무렵이다. 길림 외곽의 한산한 거리에서 차를 세운 한성진이 차 안을 둘러보며 말했다.

"자, 모두 내립시다."

조용하던 차 안이 다급하게 움직였다. 차 안에서 밖을 둘러보던 이천수가 한성진에게 물었다.

"이 근처에 숙소가 있습니까?"

모두 차 밖을 보았다. 드문드문 불이 켜진 상가가 좌우로 뻗쳐졌고 인적은 드물다. 한성진이 머리만 끄덕이자 옆에 앉은 오현서가 탈북자들에게 말했다.

"내리면 바로 길가 벽에 붙어서요, 둘씩 짝을 지어서, 간격은 조금 벌리고, 알고 계시죠?"

인솔에 익숙한 태도다. 문이 열리면서 오현서가 먼저 내렸는데 인도에 한쪽 발을 딛다가 비틀거렸다. 그러나 곧 중심을 잡더니 길가로 다가갔다. 뒤를 윤정옥이 따른다. 그때 한성진이 주머니에서 100불짜리 지폐 다섯 장을 꺼내 운전사에게 건네주었다.

"자, 받아요."

"고맙습니다."

조선족 운전사가 몸을 돌리더니 지폐를 두 손으로 받았다. 40대 중반쯤의 사내는 웃음 띤 얼굴이다. 이천수의 외사촌 형이다. 트럭 운전사인

그를 이천수가 이번 작전에 끌어들인 것이다. 물론 위험한 일이니만치 엔지에서 길림까지 탈북자 싣고 가는데 500불로 계약을 했다. 그때 이천수가 운전사에게 말했다.

"형, 우린 만나지 않은 거요, 알았소?"

"어, 그래, 난 둔화에 다녀온 거야. 걱정하지 말라우."

그러더니 운전사가 한성진에게 손을 내밀어 악수를 청했다.

"앞으로 이런 일 있으면 꼭 불러주시라요."

"알겠습니다."

차에서 내린 한성진이 길가에 서서 주위를 둘러보았다. 간간이 차량만 지날 뿐 행인은 보이지 않는다.

상가 벽 쪽에 붙어선 탈북자 여섯 명도 보이지 않는다.

잘 은신하고 있는 것이다. 그때 이천수가 다가와 옆에 붙어 섰다.

"숙소가 어딥니까?"

"여기서 다시 전화를 해야 돼요."

한성진이 핸드폰을 꺼내 들고 주위를 둘러보았다.

"그쪽에서 데리러 올 거요."

깊은 밤이어서 주위는 정적에 덮여 있다. 한성진이 몸을 돌려 상점의 어두운 벽에 붙어선 오현서 옆으로 다가가 섰다. 오현서는 윤정옥과 나란히 서 있었는데 눈의 흰자만 뚜렷하게 드러났다.

오현서의 시선을 받은 한성진이 잠자코 핸드폰 버튼을 눌렀다. 이제는 한성진이 안내역이 되었다. 오현서의 탈출라인은 모두 노출되었을 것이기 때문이다. 핸드폰을 귀에 붙인 한성진의 시선이 오현서와 다시 마주쳤다가 곧 비껴났다.

엔지 시 공안부장 구소춘은 50대 초반으로 경력이 내년이면 30년이다. 공안 동기가 길림성 공안국장이라고 하지만 그걸 확인한 사람은 없고, 조중 국경 근처의 훈춘 공안부장이 구소춘의 친구인 것은 사실이었다. 훈춘 공안부장 유엽이 업자로부터 뇌물을 받은 죄로 체포되었을 때 언론에서 발표한 친구 중의 하나에 구소춘이 끼어 있었기 때문이다. 유엽의 진술에서 나온 말이었으므로 구소춘은 당하는 수밖에 없었다.

그것이 석 달 전이었는데 오늘 구소춘은 또다시 공안부장의 얼굴에 똥칠을 한 것 같은 수모를 당했다. 엔지 북서쪽으로 3킬로 지점에 위치한 제12초소가 강도의 기습을 받아 공안 두 명이 중상을 입은 것이다. 기가 막힐 일은 강도 두 명이 초소 안의 무기까지 다 털어가 버렸다. 권총 4정, 실탄 250발, 초소원 둘의 지갑까지 모조리 쓸어간 것이다.

"무기를 가져간 이상 상부에 보고하는 수밖에 없습니다."

정보과장 위강이 말하자 구소춘의 얼굴이 경련을 일으켰다. 양쪽 볼이 심하게 흔들려서 뭘 씹는 것 같다.

"안 돼."

구소춘이 눈을 부릅뜨고 위강을 보았다. 위강은 30대 중반으로 군(軍) 장교 출신이다. 공안 간부로 특채된 지 3년밖에 되지 않아서 아직 물이 덜 들었다. 이를 악물었다 푼 구소춘이 말을 이었다.

"그럼 다 망한다. 나뿐만이 아니야. 너도 옷을 벗게 된단 말야."

"아니, 부장님, 그럼 어떻게 하신다는 겁니까? 보고를 안 하면 문제가 더 커질 겁니다."

공안부장실 안에 둘이 있었지만 위강이 목소리를 낮췄다. 오전 9시 반이다.

"이미 공안 모두가 알고 있는 사실입니다. 부장님."

"무기는 탈취되지 않았어."

이윽고 구소춘이 이 사이로 말했다. 어안이 벙벙한 표정을 짓고 있는 위강에게 구소춘이 말을 이었다.

"공안 부기전과 용포는 서로 싸우다가 다친 것이다. 그래서 둘은 근무 중 싸운 죄로 중징계를 받는다."

"그, 그게 무슨 말인지⋯⋯."

그 순간 위강은 아침 일찍부터 구소춘의 심복인 형사과장 양상이 부장실을 들락거렸다는 것을 떠올렸다. 사건을 축소 조작한 것이다. 피해를 당한 공안 둘도 얼씨구나 하고 협조했을 것이다. 근무 중 강도를 당해 무기까지 빼앗겼다면 최소한 5년은 감옥에 있어야 한다. 근무 중 싸워 상처를 입은 것은 석 달쯤 대기발령을 받고 나서 복직될 것이었다. 위강의 시선을 받은 구소춘이 똑바로 시선을 주었다. 이제는 얼굴이 떨지 않는다.

"이건 다 좋은 거다. 잘 생각해, 멍청아."

눈을 뜬 오현서가 문밖의 구시렁거리는 목소리를 들었다. 남녀의 목소리였고 중국어다. 상반신을 일으키면서 오현서가 손목시계를 보았다. 오전 9시 45분, 5시쯤 잠이 들었으니 다섯 시간은 잔 셈이다.

방안에는 여섯 명이 어지럽게 누워 있었는데 눈을 뜬 사람은 민동호 하나뿐이다. 오현서의 시선을 받자 민동호도 상반신을 일으켜 벽에 등을 붙이고 앉았다.

"더 주무세요."

오현서가 말하자 민동호는 웃음 띤 얼굴로 머리를 저었다.

"충분히 잤습니다."

"몸은 어떠세요?"

"견딜 만합니다."

민동호는 폐암 3기라고 했다. 평양 국립의료원 의사였다는 그가 스스

52

로 말한 터라 모두 그런 줄 알고 있다. 옷을 입고 잤기 때문에 머리만 매만진 오현서는 몸을 일으켰다. 조심스럽게 다리를 딛는 오현서를 민동호가 불안한 표정으로 바라보았다. 창백한 피부에 마른 체격, 눈의 흰창에 실핏줄이 드러나서 첫눈에 보아도 병자다. 국경을 넘으면 바로 병원에 넣어야만 한다. 일어선 순간 허리에 격심한 통증이 왔으므로 오현서는 신음했다. 더 심해졌다. 어젯밤 다섯 시간이나 차 안에 앉아 있었던 것이 상태를 악화시킨 것 같다.

"괜찮습니까?"

민동호가 다시 물었다.

"됐어요."

이를 악문 오현서가 발을 디디며 말했다. 그러나 가슴은 절망감으로 내려앉았다. 이 상태에서 여행은 불가능하다. 방문을 연 오현서는 응접실 소파에 앉아 있는 이천수와 집주인 여자를 보았다. 주인 여자는 50대 후반쯤의 중국인으로 인상이 좋았다.

"이제 일어났수?"

오현서를 본 여자가 중국어로 인사를 했으므로 오현서가 얼굴을 펴고 웃었다.

"예, 아주머니, 잘 잤습니다."

중국어로 인사한 오현서가 소파 끝 쪽에 앉자 이천수가 걱정스런 얼굴로 물었다.

"괜찮습니까?"

"좀 힘들겠어요."

어깨를 늘어뜨린 오현서가 말을 이었다.

"통증이 심해서 걷기가 어려워요."

"그래서 한 부장이 박 선생하고 침놓는 사람을 모시러 갔습니다."

53

이천수가 말하자 오현수는 입을 다물었다. 박 선생은 주인 여자의 조카다. 다시 말하면 박 선생이란 사내의 이모가 주인 여자인 것이다. 박 선생 아버지가 한족하고 결혼했기 때문이다. 이곳은 길림 시 서북쪽 주택가의 단층 주택이다. 낡았지만 건평이 꽤 넓었고 창고와 뒷마당까지 있었으므로 답답하지는 않았다. 그때 주인 여자가 자리에서 일어서며 말했다.

"내가 아침 준비를 해야겠네."

중국어였지만 오현서는 알아들었다. 틈만 나면 중국어 공부를 했기 때문이다. 여자의 뒷모습을 보면서 이천수가 말했다.

"박 선생은 나도 처음 만납니다."

오현서도 박 선생은 물론 이곳 아지트도 처음인 것이다. 아는 사람은 한 부장 하나뿐이었다. 이천수가 힐끗 오현서를 보았다.

"하긴 오 선생도 어제 처음 만났군요."

오현서는 보조 역할이어서 팀장 고재석이 정보원과 안내원을 접촉해 왔기 때문이다. 가능한 한 점조직으로 운용하고 노출을 억제했기 때문에 오현서도 이천수한테 접촉한 적이 없다. 그때 방안에서 두런거리는 소리가 났다. 일행들이 깨어난 모양이다. 그러나 선뜻 밖으로 나오는 사람은 없다. 어느덧 단련이 되어서 오현서가 나오라고 해야 나오는 것이다.

마루방으로 들어선 유근상의 얼굴은 상기되어 있다. 오전 11시 반이다. 유근상은 시내에서 정보원을 만나고 온 것이다.

"팀장, 조선족 사이에 소문이 쫙 퍼졌습니다. 탈북자들하고 국정원 요원을 내일 밤 북한으로 송환한다는 겁니다."

이곳 마루방은 한낮인데도 서늘하다. 벽에 기대선 박용호가 시선만 주었고 유근상이 입술을 비틀며 웃었다.

"모두 다섯 명이라는 구체적인 내용까지 퍼졌습니다. 이건 함정입니다."

"……."

"놈들은 이미 우리 측 정보는 모두 갖고 있다고 봐도 될 겁니다. 그러니 아예 뿌리를 뽑겠다는 의미지요. 김석주를 우리가 처치한 것도 알 테니까요."

그러더니 생각이 났다는 표정을 짓고 박용호를 보았다.

"엔지 북서쪽 교외의 공안 제12초소가 괴한들의 습격을 받아 공안 둘이 중상을 입었다는 소문이 퍼져 있습니다."

"공안 초소가?"

"예, 그런데 공안부는 그것을 공안끼리의 싸움으로 처리해서 덮었다는군요."

"……."

"그런데 말입니다. 초소에 있던 무기까지 탈취당했다는 겁니다. 공안부는 그것이 드러나면 문책을 당할까 봐 입을 막았지만 이미 소문으로 퍼져 나가고 있습니다."

"누구 소행일까? 강도가 그럴리가 없는데 말야."

머리를 기울인 박용호가 혼잣말을 했다. 강도단이 공안을 습격한 일은 전무후무한 것이다. 그래서인지 공안부는 당황해서 덮으려고 한다. 박용호가 유근상을 보았다. 눈이 번들거리고 있다.

"혹시 공안하고 북한 측하고 마찰이 있었던 것이 아닐까?"

"그런 기미는 없습니다."

바로 머리를 저은 유근상이 말을 이었다.

"북한 놈들이 아무리 사이코 새끼들이라고 해도 공안 초소를 치지는 않습니다."

방안에 잠깐 정적이 덮여졌다. 그러나 당장 발등에 불이 떨어진 박용호 입장에서는 공안 초소 습격사건이 강 건너 불이나 비슷했다.

한성진과 박 선생이 데려온 사내는 70대쯤의 노인이다. 백발에 이가 여러 개 빠진데다 마르고 허리가 굽어진 몸이어서 나이를 더 먹었는지도 모른다.

"침쟁이요."

박 선생이 웃음 띤 얼굴로 말했다. 30대 후반쯤의 박 선생은 둥근 얼굴에 배가 나온 비대한 체격이다. 당황한 오현서가 소파에서 일어서다가 이맛살을 찌푸리고 다시 앉는다. 밖에 나와 있던 윤정옥과 박순실, 그리고 8살짜리 아들 안정훈이 노인을 보았다. 노인이 환자가 오현서인 것을 알아보고는 중국어로 말했다.

"음, 방에 데려가 엎드리도록 해."

"자, 어서."

그 말을 들은 주인 여자가 서둘렀고 이천수의 통역을 들은 박순실과 윤정옥이 오현서 옆에 붙었다. 방에 있던 박숙희 씨도 나와 거들었으므로 오현서는 떠메다시피 방으로 들어갔다. 노인과 함께 한 떼의 여자가 안방으로 들어서자 응접실에는 남자 셋이 남았다. 한성진, 이천수, 그리고 박 선생이다.

"여기서 폐를 좀 끼쳐야 될 것 같습니다."

한성진이 말하자 박 선생이 누런 이를 드러내고 웃었다.

"나야 대가를 받고 하는 일이니까 얼마든지 계셔도 됩니다."

이천수가 힐끗 한성진을 보았다. 대가라니 금시초문이다. 분위기를 눈치 챈 듯 박 선생이 말을 이었다.

"내 동생이 지금 서울에서 일하고 있지요. 동생의 연락을 받고 방을 빌려 드리는 것입니다. 그러니 믿으셔도 됩니다."

이천수가 소리 죽여 숨을 뱉었다. 그런 상황이면 믿을 만한 것이다. 엔지나 단둥, 투먼에도 이런 인연으로 안가를 만들어놓았다. 한국의 가족은 인질이나 같으니 쉽게 배신하지 못하는 것이다. 더구나 대가를 받는데다 한국의 가족도 일자리를 보장받는다. 원윈이다. 그때 안방에서 노인이 나왔다. 노인의 얼굴이 찌푸려져 있다.

"허리가 많이 부었어."

노인이 앞쪽 소파에 앉으면서 중국어로 말을 이었다.

"닷새는 치료해야 거동할 수 있어."

"그럼 다 낫습니까?"

이천수가 묻자 노인은 입맛을 다셨다.

"걸을 수가 있단 말야. 서둘지 마."

"치료는 매일 받아야겠지요?"

이번에는 박 선생이 묻자 노인이 머리를 끄덕였다.

"매일 두 번 침을 맞아야 돼. 부항도 뜨고."

일당으로 미화 100불을 받은 노인이 만족한 표정으로 응접실을 나갔다. 박 선생이 노인을 배웅하려고 따라 나갔으므로 응접실에는 둘이 남았다. 그때 이천수가 말했다.

"그럼 난 엔지로 돌아가겠습니다. 이제 내 할 일은 다한 셈이니까요."

"수고했어요."

이천수의 임무는 엔지 탈출로 끝나는 것이다. 한성진이 손목시계를 보더니 말을 이었다.

"지금 출발하실 겁니까?"

"그래야지요."

그러자 한성진이 주머니에서 지폐를 꺼내 한 장씩 세더니 이천수에게 내밀었다.

"1,000불입니다. 받으시지요."

"아니, 너무 많이 쓰시는 것 아닙니까?"

놀란 이천수가 물었다. 이번 계약은 500불이었기 때문이다. 그러자 한성진이 쓴웃음을 지었다.

"내가 받은 수당도 있으니까요."

한성진의 수당을 경비로 쓴다는 말이었다.

핸드폰을 귀에 붙인 한성진이 현관문을 열고 마당으로 나왔다. 오후 8시 반, 마당은 어둠에 덮여져 있다.

"예, 접니다."

한성진이 대답하자 곧 장병훈의 목소리가 울렸다.

"한 부장, 고생 많구만."

"아니, 할 만합니다. 그런데 무슨 일입니까?"

한국은 오후 9시 반이다. 그때 장병훈이 말했다.

"한 부장, 내가 불러준 전화번호로 연락을 해봐."

그러더니 곧 번호를 불러주었으므로 한성진이 손바닥에 적고 나서 물었다.

"누굽니까?"

"국정원이야."

긴장한 한성진의 귀에 장병훈의 목소리가 이어졌다.

"갑자기 연락이 왔어, 엔지 쪽에 우리 요원이 있느냐고 묻길래 있다고 했어."

"……."

"무슨 일인지 모르지만 도움을 받으면 좋지, 그러니까 연락해봐."

"알았습니다."

"상황은 어때?"

"리더가 허리를 삐어서 움직이기 힘듭니다. 최소한 일주일은 이곳에 있어야 될 것 같습니다."

"실종된 요원은 가능성이 없는 것 같아."

장병훈의 목소리가 낮아졌다.

"될 수 있는 한 그곳에서 빨리 벗어나야 할 텐데 말야."

그러고는 통화가 끊겼으므로 한성진은 핸드폰을 귀에서 떼었다.

방으로 들어온 박순실이 오현서의 옆에 앉았다. 엎드려 있기만 했더니 가슴이 답답해서 오현서는 겨우 모로 누워 있던 참이었다.

"좀 어떠세요?"

걱정스런 표정으로 박순실이 묻자 오현서는 웃기만 했다. 박순실은 서른일곱, 지금 두 번째 탈북을 했고 남편은 병으로 죽었다는 것만 안다. 지난번에는 탈북 브로커에게 사기를 당해 중국 돈 3만 위엔만 날리고 중국에서 1년을 방황하다가 돌아갔다는 것이다. 방바닥에 두 손을 짚은 박순실이 오현서를 내려다보았다.

방에는 둘뿐이다.

"과장님, 제가 지난번에 이곳 길림에서 1년 가깝게 지냈습니다."

긴장한 오현서가 박순실을 보았다. 박순실은 자강도 강계에서 중학교 교원이었다고 했다. 그늘진 얼굴에 언제나 깔끔해서 아무리 분위기가 어수선해도 옷차림과 얼굴이 단정했다. 오현서는 그런 분위기의 박순실에게 호감을 느끼고 있었던 것이다.

"그런데요?"

박순실이 망설이는 것 같았으므로 오현서가 재촉하듯 물었다. 숨을 들이켠 박순실이 말을 이었다.

"제가 이곳 인신매매단에게 잡혀 넉 달간 몸을 팔았지요."

놀란 오현서가 숨을 죽였고 박순실의 말이 이어졌다.

"국경까지 안내한다는 조선족을 만나러 갔다가 일행 둘과 함께 잡혔어요. 그래서 그 다음 날부터 중국인을 상대로 몸을 팔게 되었습니다."

박순실의 말끝이 떨렸고 눈 주위가 상기되었지만 오현서의 시선을 받더니 입술 끝을 올리며 웃었다. 그러나 엷은 입술이 희미하게 떨리고 있다.

"그 말씀 드리지 않으려다가 왠지 불안해서 그럽니다."

목소리를 낮춘 박순실이 말을 이었다.

"내가 있던 곳에는 탈북한 여자가 30명이 넘게 있었습니다. 서로 말도 못하게 했지만 시간이 지나자 그곳 위치도 알게 되었고 그곳을 중국인과 조선족이 공동으로 운영한다는 것도 알게 되었지요."

"……."

"내가 있는 동안만 넷이 죽었어요. 셋은 마약 중독으로 죽고 하나는 자살했습니다. 오래 있던 여자한테 들었는데 그전에는 더 많이 죽었다고 합니다."

"……."

"죽으면 밤에 시체를 싣고 나가 버리고 옵니다. 개, 돼지보다 못한 취급을 받지요."

손끝으로 눈 밑의 물기를 닦은 박순실이 말을 이었다.

"그놈들은 조선족 사이에 빈틈없이 정보원을 깔아 놓았다고 자랑을 했어요. 그래서 이렇게 오늘도 침쟁이를 불러들인 것이 나는 불안합니다."

"그러네요."

오현서가 머리를 끄덕였다. 단아하게만 보였던 박순실이 그런 참혹한 과거가 있을 줄은 생각도 못했던 것이다. 그때 박순실이 말을 이었다.

"그놈들은 탈북자 체포조하고도 수시로 연락을 합니다. 체포조가 잡은 여자를 그놈들한테 팔아넘기기도 한단 말입니다. 나는 그렇게 끌려온 여자를 10명도 더 봤단 말입니다."

다시 박순실의 목소리가 떨렸다. 오현서는 심호흡을 하고 나서 말했다.

"저기, 밖에서 한 부장님 좀 불러주시겠어요? 정훈 어머니도 같이 들어오시면 좋겠어요."

정훈 어머니가 박순실이다. 8살짜리 아들 안정훈을 데리고 있었기 때문이다.

오현서가 요약해서 설명을 했고 박순실은 미흡한 부분을 보완했다. 오현서의 이야기가 끝났을 때 한성진이 박순실에게 물었다.

"거기, 위치를 안다구요?"

"네, 압니다."

박순실이 외면한 채 대답했다.

"집 세 채 담을 헐어서 사용하고 있었어요. 시 변두리였는데 강가의 사당도 기억납니다. 역에서 버스가 다녔고 민가하고는 200미터쯤 떨어진 곳이었어요."

눈을 가늘게 뜨고 지난 기억을 더듬는 박순실의 얼굴이 상기되었다. 다시 한성진이 물었다.

"어떻게 탈출했지요?"

"빨래하러 나왔다가 강물로 뛰어들었어요. 초겨울이어서 놈들은 내가 강에 뛰어들리라고는 상상도 못 했겠지요."

"……"

"난 미리 몸을 비닐로 감싸고 테이프로 붙이고 나서 옷을 껴입었지요. 강물은 물살이 빠르고 깊어서 한 시간이나 떠내려갔습니다. 건너편에 닿았는데 놈들이 다리를 건너와 기다리는 바람에 다시 뛰어들어서 한 시간을 더 떠내려갔다가 헤엄쳐 나왔습니다."

"……."

"온몸이 얼어서 얼어 죽을 뻔했습니다."

그때 한성진이 머리를 돌려 오현서를 보았다.

"거처를 옮깁시다."

밤 12시 반, 길림 시에서 동쪽으로 10km 떨어진 성천동은 축산농가가 많아서 민가가 밀집되지 않고 대부분 떨어져 있다. 대부분 축사를 끼고 있기 때문이다. 차에서 내린 한성진이 오현수의 겨드랑이에 손을 넣어 밖으로 끌어내었다. 오현서는 발을 땅에 디뎠을 뿐 혼자서 서지도 못하는 상황이다.

"자, 업혀요."

한성진이 등을 내밀자 오현서는 어금니를 물더니 업혔다. 먼저 내린 일행은 윤준호의 뒤를 따라 비탈길을 오르고 있다. 50미터쯤 위쪽으로 단층 주택이 보였고 차를 세운 곳은 돼지 축사 옆이다. 오늘 밤에 이곳으로 거처를 옮긴 것이다. 집주인 조카 박 선생은 놀라 무슨 일이냐고 물었다가 급한 일이라고 하자 당황했다. 오히려 탈북자들보다 더 겁에 질려 한성진과 변변히 인사도 하지 못했다. 집주인인 중국 여자가 일찍 잠이 들었으므로 일행은 소리 없이 빠져나왔는데 윤준호가 가져온 트럭의 짐칸에 타고 이곳까지 온 것이다. 오현서의 몸을 추켜 올린 한성진이 발을 떼었다.

"미안해요."

등에 업힌 오현서가 한성진의 목을 두 손으로 끌어안으면서 말했다. 가슴이 등에 딱 붙었기 때문에 젖가슴의 촉감이 느껴졌다. 떨어졌을 때보다 몸이 가벼워진 느낌이 든다. 한성진이 대답 대신 말했다.

"거처 옮기는 것이 가장 급한 것 같아서 본사에 연락도 하지 않고 옮긴 겁니다."

오현서는 대답하지 않았고 한성진이 말을 이었다.

"국정원에서 연락을 해달라는 전갈을 받았어요."

"어디서요?"

놀란 듯 생생한 목소리로 오현서가 묻자 한성진은 한번 추켜 업었다. 비탈길은 가팔랐고 둘이 나란히 걸으면 딱 맞을 정도로 좁다. 절반도 못 왔는데 숨이 가빠졌다.

"본사에게 연락이 온 겁니다."

"무슨 일일까요?"

"글쎄, 모르겠는데."

숨을 고른 한성진이 말을 이었다.

"그보다 박순실 씨가 말한 강가의 인신매매단 소굴을 가야겠는데."

"……."

"오 과장이 움직이지 못하는 동안에 말예요. 나까지 집안에서 빙빙 돌기도 뭣 하니까 가야겠어."

"본사 승인을 받아야 되지 않을까요?"

오현서가 조심스럽게 묻자 한성진은 다시 추켜 업었다.

"앞을 가로막는 장애물을 제거하는 경우로 생각하면 됩니다. 일일이 승인받을 필요도 없고 나한테 그만한 재량은 있다고 생각해요."

"가서 어떻게 하실 건데요?"

"엔지 공안 초소에서 권총과 실탄을 가져왔어요. 다 쏴 죽이는 거지."

"……."

"그런 놈들은 세상에서 없애야 돼. 한국에서 사형 집행이 중지된 지 얼마나 된 지 아시오?"

"……."

"10년이 넘었어. 그래서 사형 선고를 받은 사형수 수백 명이 국민 세금을 수십억씩 낭비하면서 지금도 형무소에서 호의호식하고 있어."

"……."

"그러니까 극악한 범죄가 늘어나는 거요. 수십 명을 살해한 살인마도 잘 먹고 잘살거든."

"……."

"다 죽일 거요."

그 순간 온몸에서 소름이 돋아난 오현서가 몸을 굳혔다. 그리고 한성진과 닿아 있는 모든 부분이 차갑게 느껴졌다.

새벽 1시 반, 핸드폰이 진동으로 떨자 유근상이 집어 들고 발신자를 보았다. 없다. 그러나 유근상은 핸드폰을 귀에 붙였다. 엔지 시내의 안가 안이다.

"여보세요."

"서울에서 연락받고 전화 드린 겁니다."

불쑥 사내가 말하자 유근상은 상반신을 폈다. 주위가 조용하다. 그러나 마루방 건너편의 박용호도 아직 잠이 들지 않았을 것이다. 유근상이 입을 열었다.

"예, 기다리고 있었습니다. 지금 엔지 근처에 계십니까?"

"좀 떨어져 있습니다."

그러더니 사내가 되물었다.

"무슨 일입니까?"

"만나야 할 일이 있어서요."

유근상이 서두르듯 말을 이었다.

"내일 엔지에서 뵐 수 있을까요?"

"어디서 말입니까?"

"오후 3시쯤 연락을 드리지요. 5시쯤 만나는 것으로 하십시다."

"알겠습니다."

한성진이 선선히 승낙했으므로 유근상은 어깨를 늘어뜨렸다. 이미 한성진에 대해서는 모두 파악하고 있는 것이다.

"그럼 내일 뵙지요."

유근상이 말했을 대 저쪽에서 전화가 끊겼다. 역시 군인이다. 핸드폰을 귀에서 뗀 유근상은 한성진한테서 아직도 군인 기질이 배어 있다는 것이 느껴졌다. 역시 이곳 작전은 군인에게 맞는 것 같다.

윤준호는 한중경제협력 사업의 일환으로 축산기술훈련생에 선발되어 한국에서 기술교육을 받은 후에 5년 동안 체류했다. 1년간 교육을 받고 나서 아예 한국에서 축산업을 했던 것이다. 그러다가 돼지 값이 폭락하자 양돈장을 처분하고 귀국했는데 그가 세운 '대동축산'은 꽤 알려진 양돈장이었지만 지금은 돼지 100여 마리가 사육되고 있다.

다음 날 오전 9시 반, 윤준호와 한성진이 축사 옆에서 마주 보고 서 있다. 윤준호는 40대 후반으로 마른 체격에 피부가 검다. 2년 전부터 윤준호는 홀아비 신세다. 아내가 두 아들을 데리고 베이징으로 유학을 갔기 때문이다. 그래서 기를 쓰고 처자식 주거비, 학비를 대었지만 베이징 물가를 감당하기 힘들어서 돼지만 자꾸 줄어들었다. 지금은 인부도 없이 혼자서 양돈장을 운영하는 중이다.

한성진이 입을 열었다.

"지금 말하지만 어제까지 머물던 곳이 위험한 것 같아서 나왔습니다. 인도자가 허리를 삐어서 경솔하게 외부 침술사를 불러들였거든요."

윤준호는 머리만 끄덕였다. 과묵한 성품 같다. 한성진에게 윤준호는 길림지역의 마지막 안가다. 서울을 떠날 때 '동방무역'으로부터 윤준호의 연락처를 받아온 것이다. 한성진이 말을 이었다.

"보셨다시피 인도자 상태가 좋지 않습니다. 그래서 며칠이 될지 모르지만 당분간 여기 머물러야 할 것 같은데요."

"마침 인부도 없으니까 인부 행세를 하면 되겠습니다."

윤준호가 힐끗 위쪽의 단층집을 보았다.

"여자는 내 안식구나 친척 노릇을 하구요, 그리고 여긴 이웃에서도 찾아오지 않는 곳이오, 가끔 도축업자가 돼지 가지러 올 뿐이지요."

"본사에서 숙식비를 지급하라고 했습니다."

주머니에서 지갑을 꺼낸 한성진이 윤준호를 보았다.

"나까지 식구(食口)가 일곱입니다. 하루 숙식비를 얼마로 쳐 드릴까요?"

"200불만 주시지요."

외면한 채 말한 윤준호가 말을 이었다.

"밥도 찬도 형편없고 잠자리도 더럽지만 내가 요즘 돈이 궁합니다. 두 자식이 대학 다니는데 지난달 생활비도 절반밖에 보내지 못했거든요."

"먼저 1,000불 드리지요."

지갑에서 지폐를 꺼내면서 한성진이 말했다.

"그럼 닷새분 선금을 드린 셈이 됩니다."

길림 시 고속버스터미널 왼쪽의 대륙빌딩은 5층 건물이었는데 겉면이 검은 유리로 덮여져서 찾기가 쉽다. 오전 10시 반 대륙빌딩 3층의 '길림무역' 사무실 안에서 두 사내가 마주 보고 앉아 있다. 안쪽의 사내는 길림무역 사장 오택규, 앞에 앉은 사내가 방금 찾아온 '금강산무역'의 부대표 진각승이다.

"무슨 용무가 있습니까?"

오택규가 담배를 빼어 물며 묻자 진각승이 소파에 등을 붙였다. 둘 다 50대 초반이지만 체격은 대조적이다. 오택규는 비대한 체격에 대머리였지만 진각승은 키가 컸고 단정한 용모에 머리숱이 짙다. 진각승이 입을 열었다.

"젊고 쓸 만한 여자가 둘, 그리고 열대여섯짜리 계집애가 하나, 이번은 특상품이 되겠습니다."

오택규는 담배 연기만 내뿜었고 진각승의 말이 이어졌다.

"젊은 여자 둘은 배우가 뺨 맞을 만한 미모요, 열대여섯짜리 계집애도 그렇고, 그런데 젊은 년 하나가 허리를 삐어서 오도 가도 못한다는 거야."

"일행이 셋뿐이오?"

오택규가 묻자 진각승은 쓴웃음을 지었다.

"일곱인가 여덟, 나머지는 노인 둘, 병자로 보이는 남자 한 놈에 칠팔 세짜리 아이 하나, 안내자격으로 건강한 놈이 하나."

"걸리적거리는 것들이 많군."

"그거야 죽여 묻으면 되지."

"아이는 쓸모가 있겠군, 남자는 귀찮아."

"얼마 주시겠소?"

진각승이 묻자 오택규가 담배를 재떨이에 비벼 껐다. 거래를 한두 번 한 것은 아니어서 상담 속도가 빠르다.

"3,000원씩 셋이면 9,000원, 애까지 1만 원 내지."

"특급이라고 하지 않았소? 3만 원 내시오. 지난번에는 두 당 5,000원 아니었소? 갑자기 왜 후려 깎으시는 거요?"

진각승이 눈을 치켜뜨자 살벌한 인상이 되었다. 그것을 본 오택규가 피식 웃었다.

"지난번 데려간 다섯 년 중 세 년이 성병, 피부병에 걸린 만신창이였소. 그래서 지금도 약값만 쏟아 붓고 있단 말이오. 나머지 두 년도 비실거려서 두 달 동안 손님을 다섯 명도 받지 못했다는 거요."

"어쨌든 1만 원에는 안 됩니다."

"1만 5,000에 끝냅시다."

이제는 오택규가 진각승을 노려보았다.

"싫으면 그만두시고, 나도 이곳저곳 뜯기는 데가 많아서 적자요."

진각승이 대륙빌딩 앞에 대기시켜 놓은 차에 올랐을 때 핸드폰의 벨이 울렸다. 차가 출발했고 진각승은 핸드폰을 귀에 붙였다. 부하 문명곤이다.

"무슨 일이야?"

"예, 부대표 동지."

해놓고 문명곤이 주춤거렸으므로 진각승이 버럭 소리쳤다.

"빨리 말하라우!"

오택규와는 1만 5,000위엔에 합의했다. 예상의 절반 가격이 되었으니 기분이 좋을 리가 없다. 그때 문명곤이 말했다.

"그놈들이 내뺐습니다. 부대표 동지."

"뭬야?"

"어젯밤에 그놈들이 모두 내뺐단 말씀입니다. 부대표 동지."

"……."

"집에 중국인 에미나이가 하나 있을 뿐입니다. 그래서 박인기를 잡으러 보냈습니다."

박인기는 집주인 여자의 조카 박 선생을 말한다. 이제 진각승은 어금니를 문 채 눈만 부릅떴고 문명곤의 말이 이어졌다.

"박인기는 지금 그놈 집에 있다고 합니다. 그놈을 잡아서 주리를 틀면……."

"잠깐."

문명곤의 말을 막은 진각승이 운전사의 뒤통수를 노려보며 말했다.

"잘 들어."

"예, 부대표 동지."

진땀이 배어 나온 문명곤의 얼굴이 눈앞에 선했으므로 진각승이 노려보면서 한 마디씩 말을 잇는다.

"박인기를 아직 잡지 말고 감시만 하라우."

"예에?"

"대신 지금 즉시 최강일한테 연락을 해서 박인기가 탈북자들을 제 이모집에 숙박시켰다는 것을 알려주라우."

"예, 부대표 동지."

"침쟁이한테서 정보를 들었다는 말도 전해. 침쟁이 주소도 알려주고."

"예, 부대표 동지."

"그 탈북자 새끼들은 체포조한테 넘긴다는 말이다. 알았나? 체포조가 박인기를 잡아달라고 부탁하면 잡으라구."

"알겠습니다. 부대표 동지."

문명곤도 소좌 출신인 것이다. 진각승이 어떤 심중인지 짐작하고 있을 터였다.

핸드폰을 귀에서 뗀 진각승이 심호흡을 했다. 1만 5,000을 받으니 차라리 던지고 싶었는데 잘 되었다. 체포조한테 15만 원 가치의 생색을 낸 셈이 될 것이다.

책상 위에 지도를 펴놓은 박용호가 방으로 들어서는 유근상에게 물었다.

"한성진이 무기는 다 갖고 있을까?"

"다 버리지는 않았을 것입니다."

앞에 선 유근상이 지도를 내려다보면서 대답했다. 엔지에서 조중 국경까지의 통로가 붉은 줄로 그려져 있었는데 국경 근처에서 4개가 되었다. 엔지를 빠져나가는 길은 두 개, 그것이 6km쯤 남쪽에서 하나로 되었다가 5km쯤 남쪽에서 갈라지는 것이다. 이것은 탈북자 체포조가 퍼뜨린 '포로 호송로'이다. 이것이 함정인 줄 번연히 알면서도 박용호는 접근하지 않을 수가 없다. 지도를 보면서 박용호가 혼잣소리로 말했다.

"한성진이 제12초소를 습격한 범인인 줄은 아직 우리만 알고 있는 것 같군."

유근상은 대답하지 않았다. 아직 공안도, 탈북자 체포조도 모르고 있는 것은 사실이다. 만일 안다면 공안은 당장 국제문제화시킬 테니까, 이것은 엔지 공안부장이 막을 수가 없는 일이다. 유근상의 시선이 엔지 북서쪽 제12초소가 위치한 지점으로 옮겨졌다. 국정원과 탈북자 인도사업을 하는 동방무역과는 아직 공식적인 관계를 맺지 않았다. 그러나 국정원은 동방무역의 인도팀장이 실종되고 또 한 명이 쫓기는 상황을 방관할 수만은 없다. 또한 동방무역의 안가 대부분도 파악한 상태였으니 12초소의 사고를 아래쪽 동방무역 안가와 연결시킬 수가 있었던 것이다.

"한성진을 컨트롤하라는 지시야."

불쑥 박용호가 말했으므로 유근상이 긴장했다. 박용호는 이제야 본부의 지시사항을 털어놓는다. 박용호가 말을 이었다.

"한성진이 이런 식으로 나가면 엄청난 문제가 발생될 수 있어, 본부에서는 한성진을 귀국시키든지 내 장악 하에 두라는 지시야."

"그게 가능할까요?"

유근상이 그렇게 물었다가 다시 정정했다.

70

"동방무역 본사에 협조를 구하는 것이 빠르지 않을까요?"

"그것이."

입맛을 다신 박용호가 유근상을 보았다. 얼굴에 쓴웃음이 번져 있다.

"그곳 사장이 거물이야. 예비역 중장인데 우리 사장님하고도 인연이 있어."

머리를 저은 박용호가 말을 잇는다.

"아마 그쪽에서는 도와주지는 못할망정 쪽박이나 깨지 말라고 길길이 뛰겠지, 그럼 우리 사장님도 어쩔 수가 없는 노릇이야."

"……."

"그래서 아직 사장님한테까지는 보고를 못 했어."

"골치 아픈데요."

이맛살을 찌푸린 유근상도 혼잣소리를 했다. 사장님이란 곧 국정원장을 말한다. 동방무역의 사장이 원장과 인연이 있는 거물이니 함부로 할 수도 없는 노릇이다. 그리고 현실이 그렇다. 이쪽은 사비를 들여 목숨을 걸고 탈북자를 돕고 있는데 국가는 도대체 뭘 하고 있는가? 하면서 대들면 장황한 국제정세로 변명하다가 얻어맞을 수도 있을 것이었다.

승용차 뒷좌석에 기대앉은 최강일이 문득 손목시계를 보았다. 오후 12시 반, 차는 맹렬한 속도로 달려가고 있다. 옆자리에 앉은 부관 윤경태가 손목시계를 보는 시늉을 하면서 말했다.

"박인기와 중국인 침술사는 지금쯤 동곡리로 호송되었을 것입니다. 조장 동지."

동곡리는 매음촌을 말한다. 윤경태가 말을 이었다.

"진 부대표 동지도 기다리고 있겠다고 했습니다."

최강일이 머리를 돌려 뒤쪽 창으로 뒤를 보았다. 승합차 두 대가 기를

71

쓰고 따라오는 중이다. 두 대의 승합차에는 요원 15명이 타고 있는 것이다. 모두 사복 차림에 제각기 총기를 휴대하고 있다. 숨을 들이켠 최강일이 의자에 등을 붙였다.

안내자까지 여덟 명이면 팀장 고재석이 이끌던 제2안내팀이 맞다. 부팀장 겸 보좌역인 오현서가 이끌고 있는 것이다. 팀장 고재석은 거기까지 자백하고 고문을 견디지 못하고 죽었다. 젊은 놈이 혈압이 높은 줄은 예상하지 못했던 것이 실책이다. 그놈을 더 다그쳤다면 안가와 협조자, 본부 상황까지 다 들을 수 있었을 것이었다. 그러나 아직 희망이 있다. 이제 꼬리를 잡은 셈이나 같은 것이다.

"1번 작전은 잠시 보류다."

최강일이 말하자 윤경태가 머리를 끄덕였다.

"알겠습니다. 정보원들한테 소문을 내지요. 언제라고 말할까요?"

"삼사일 후에."

뱉듯이 말한 최강일의 얼굴에 웃음이 떠올랐다.

"이건 내 마음대로다."

1번 작전은 포로 북송작전을 말한다.

오후 3시 1분 전에 핸드폰이 진동을 했다. 한성진이 바지 주머니에 든 핸드폰을 쥔 채 주위부터 보았다. 이곳은 엔지 버스터미널 안이다. 주위에 가득한 한국 관광단의 소음 때문에 대합실 안은 떠들썩했다. 한성진은 기둥 옆으로 옮겨가면서 핸드폰을 꺼내 보았다. 새벽에 전화해온 사내다.

"여보세요."

응답했더니 사내가 대뜸 물었다.

"지금 어디십니까?"

"버스터미널입니다."

"그럼 잘되었네요. 한 시간 후에 거기서 만나지요. 제가 연락드릴게요."

전화가 끊겼으므로 한성진이 다시 주위를 둘러보았다. 관광지로 떠나는 한국 단체관광객 사이에 끼어 있는 한성진도 영락없는 일행이다. 등에는 배낭을 메었고 등산모에 선글라스, 그리고 목에는 카메라를 걸었으며 등산화에 등산복 차림이다. 벽 쪽의 벤치로 다가간 한성진이 관광객 사이에 앉았다. 옆쪽에는 40대쯤의 여자 둘이 앉았는데 짝퉁 이야기에 열중하고 있다.

"난 작년에 칭다오에서 가방하고 시계를 샀다가 세관에서 다 뺏겼어."

선글라스를 낀 끝쪽 여자가 말했다.

"재수 없게 그 자식이 날 콕 찍더라니까, 나하고 같이 간 년은 나보다 더 샀는데 걸리지 않았어."

"녹용이 좋다던데, 내 친구는 녹용 사가지고 들어가서 배로 남겼대."

"녹용이? 난 비아그라가 좋다던데, 싸, 여기가."

"가짜야."

한성진 옆에 앉은 여자가 힐끗 이쪽에 시선을 주고 나서 목소리를 낮췄다.

"다이어트 약이 좋대. 그거, 아이 태반으로 만들었다는 거야."

한성진은 외면했다. 관광 나오면 들뜨게 마련이고 쇼핑하는 것은 자유다. 그러나 왠지 고깝게 들리는 것이다. 아니 구역질이 난다. 전에 이런 말을 들었다면 한 귀로 듣고 다른 귀로 흘렸을 것이다. 그때 옆에 앉은 여자가 머리를 돌려 한성진을 보았다.

"아저씨, 어디서 오셨어요?"

여자의 눈빛이 반짝였다. 눈가의 주름을 화장으로 감췄고 입술에 진홍빛 루주를 발랐다. 육감적인 용모다.

"예, 저는 서울."

"몇 명이 오셨는데요?"

"일행이 열 명쯤 되었는데 다 헤어졌습니다."

"그럼 우리 동행할까요?"

대뜸 여자가 제의했고 그 옆쪽 선글라스가 킥킥 웃었다.

"김 여사, 영계 잡았네."

"그럼 어때?"

선글라스의 말을 막은 여자가 똑바로 한성진을 보았다.

"우린 둘이에요. 일정이 사흘 남았는데 같이 다녀요, 어때요?"

그때 한성진이 퍼뜩 머리를 들고 말했다.

"저기, 오늘 저녁에 전화 드릴 테니까 전화번호 적어주시죠. 제 번호도 알려드릴 테니까요."

"아이구, 아이구."

다리뼈가 부러진 박인기가 땅바닥에 엎드려 비명을 뱉었다. 부러진 다리가 거꾸로 붙여져 있어서 끔찍한 형상이었지만 물러선 사내들은 눈 한번 끔벅하지 않는다. 동곡리 영업장의 본채 창고 안이다. 박인기 주위의 사내들은 최강일과 윤경태, 그리고 부하들이다. 팔짱을 끼고 선 최강일이 말했다.

"이제 팔 하나 부러뜨려."

"예."

철근 파이프를 쥔 사내가 대답하더니 미처 박인기가 시선을 들 여유도 주지 않고 팔을 내려쳤다.

"으아악!"

처절한 비명이 창고 안에 울렸고 팔목이 부러져 덜렁거렸다.

"아이구, 사람 살려어!"

박인기가 악을 썼다.

"다 말하겠습니다! 다!"

최강일은 차분한 시선으로 박인기를 보았다. 놈이 탈북자의 행방을 모르는 것은 확실했다. 그러나 빠뜨린 정보가 있을 수도 있다. 안가의 위치, 탈북자의 인적사항에다 안내자의 특징, 그리고 이번에 합류한 안내자 구조원의 정체까지, 그렇다. 이번 박인기의 고문으로 확실한 소득이 하나 있기는 했다. 그것은 안내자 구조원의 등장이다. 안내자 오 과장이 한 부장이라고 부른 인물, 30대 중반쯤으로 건장한 체격, 인상착의까지 다 녹음해 놓았으니 참고가 될 것이었다.

오후 4시 45분, 터미널 건너편의 커피숍으로 들어선 한성진이 곧장 주방을 지나 화장실로 다가갔다. 그러나 화장실 옆쪽 모퉁이를 꺾더니 뒷문을 열고 밖으로 나온다. 그때 문 앞 골목에 멈춰 서 있던 택시의 뒤쪽 문이 열렸다.

"타시죠."

차 안에서 사내가 말했고 한성진은 서둘러 뒷좌석에 올랐다. 택시는 곧 골목을 빠져나와 차도로 들어섰다. 그때 뒤쪽을 확인한 사내가 손을 내밀었다.

"유근상입니다."

"한성진입니다."

악수를 나눈 유근상이 다시 뒤쪽을 보고 나서 말을 이었다.

"그쪽도 고생 많으시네요."

"그러니까 말입니다."

한성진의 맞장구가 의외였는지 유근상이 시선을 주었다. 입맛을 다신 한성진이 말을 이었다.

"거긴 업무 중에 사고가 나면 국가에서 보상이라도 해주겠지만 난 개죽음이죠. 이것 잘못 걸린 것 같습니다."

"그럴리가요."

외면한 유근상이 쓴웃음을 지었다.

"좋은 일 하고 계시는데 인정하는 사람들이 있겠지요."

"누가요?"

"아니, 여러분들이……."

"국정원에서요?"

이제는 유근상의 얼굴에 만들어져 있던 쓴웃음도 지워졌다. 그때 한성진이 말머리를 돌렸다.

"어디로 가는 겁니까? 이 택시는 믿을 만합니까?"

"예, 믿을 만합니다."

의자에 등을 붙인 유근상의 시선이 백미러에서 운전사와 마주쳤다. 운전사도 한국말을 알아듣는다는 표시였다.

택시가 멈춘 곳은 시내 변두리의 어수선한 시장 앞이다. 택시에서 내린 유근상이 앞장을 섰고 한성진이 뒤를 따른다. 재래시장이어서 이곳은 현지인으로 혼잡했다. 앞장선 유근상이 거침없이 시장 안으로 들어가더니 좁은 골목으로 꺾어져 들어섰다. 그리고는 한참이나 이 골목 저 골목으로 방향을 바꾸고 나서 마침내 국수 가게 뒷문으로 들어섰다.

"자, 여기로."

뒷문 앞은 바로 좁은 통로였고 끝 쪽 문을 열자 창고가 나왔다. 헝겊 칸막이 바깥이 국수 가게다. 창고 안에 앉아 있던 사내가 일어섰는데 얼굴에 웃음을 띠고 있다. 40대쯤의 점퍼 차림에 장신이다.

"어서 오시오. 한성진 씨."

사내가 손을 내밀며 말했다.

"내가 이쪽 책임자 박용호요."

"반갑습니다."

악수를 나눈 한상진이 먼저 배낭부터 벗었다. 권한 플라스틱 의자에 앉은 한상진이 주위를 둘러보는 시늉을 했다. 5평쯤 되는 창고 안쪽에 밀가루 포대가 쌓여 있고 그 옆에는 부서진 찬장이 놓여 있었다. 바닥에 휴지, 깨진 그릇이 뒹굴어서 걸음을 조심해야 했다. 천장에는 형광등 한 개가 켜져 있지만 불빛이 흔들리고 있다. 그때 박용호가 물었다.

"12초소에서 가져온 총기, 지금도 갖고 있습니까?"

박용호의 시선을 받았을 때 한상진이 입술 끝을 올리며 웃었다.

"예, 배낭에 넣고 다닙니다."

박용호의 시선이 옆에 놓인 배낭을 스치고 지나갔다.

"몇 정이죠?"

"넉 정, 실탄은 200발 정도."

"가지고 다니는 건 위험한데……."

"오히려 맨손으로 다니는 게 더 위험하다고 생각합니다만."

한성진이 박용호를 똑바로 보았다.

"걱정하실 것 없습니다. 폐 끼치지 않을 테니까요. 그런데 무슨 일입니까?"

"한 형이 잘못되면 국제문제가 일어납니다. 그러니까 앞으로는 우리 지시를 따르셔야 되겠습니다."

부드럽게 말한 박용호의 시선이 배낭으로 옮겨졌다.

"저 안에 들었다는 권총도 곧 버리시구요. 큰일 납니다."

"……."

"그리고 앞으로의 계획도 말씀해주셔야겠습니다."

"도와주시게요?"

"아, 당연히 도와야죠."

"어떻게 말씀입니까?"

그 순간 창고 안에 잠깐 정적이 덮여졌다. 한성진과 박용호가 시선을 부딪친 채 입을 다물었다. 뒤쪽에 선 유근상은 입안에 고인 침을 삼키지도 못하고 있다.

이윽고 박용호가 입을 열었다.

"보호해드리지요. 그러니까 협조해주십시오. 탈북자들이 지금 어디 있습니까? 인도자 한 명까지 같이 있지요?"

"길림에 있어요."

뒤쪽 유근상이 숨 들이켜는 소리를 내었다. 머리를 끄덕인 박용호가 다시 물었다.

"모두 일곱 명 맞지요?"

"맞습니다."

"앞으로 어떻게 하실 겁니까?"

"인도자가 허리를 삐어서 움직일 수가 없어요. 그래서 모두 대기 중입니다."

"위치는?"

그러자 한상진의 얼굴에 쓴웃음이 번져 졌다.

"길림 외곽이라는 것만 말씀드릴게요."

"어딥니까?"

그때였다. 앞쪽 국수 가게가 떠들썩해지더니 휘장이 걷히면서 사내 하나가 서둘러 들어섰다. 그러고는 낮게 소리쳤다.

"공안 검문입니다."

소스라치며 자리에서 일어선 박용호가 한성진에게 말했다.

"뒤로 나갑시다."

"어디로 말입니까?"

"따라와요."

앞장서 창고를 나간 박용호가 단숨에 뒷문을 나왔다. 그 뒤를 한성진이 배낭을 걸쳐 메며 따른다. 골목을 서둘러 빠져나가면서 박용호가 말했다.

"지난번 초소사건 때문에 그런 거요."

골목을 두 번째 꺾어졌을 때 박용호가 주춤 걸음을 멈췄다. 사람 둘이 나란히 걸으면 꽉 차는 골목이다. 그런데 10미터쯤 앞에서 사람들의 통행이 막혀져 있다. 검문인 것이다.

"이런 빌어먹을."

이 사이로 말한 박용호가 몸을 돌렸을 때 한성진과 부딪쳤다. 그때 한성진이 말했다.

"뒤쪽도 막혔어요."

뒤쪽에서 사람들이 오고 있었지만 꺾어지는 입구가 소란스럽다.

"뚫고 나갑시다."

한성진이 말하자 박용호가 어금니를 물었다가 풀면서 웃었다.

"이런 빌어먹을, 내가 공안에 불심검문에 걸리다니 이게 무슨 꼴이야?"

그때 사람 두 명을 사이에 두고 따라오던 유근상이 바짝 붙었다. 얼굴이 굳어져 있다. 유근상이 박용호에게 다가섰다.

"공안이 대규모 병력을 파견한 것 같습니다."

그들은 멈춰서 있었는데 앞쪽이 10여 명의 행인들에게 막혀져 있기 때문이다. 행인의 머리통 사이로 공안 둘의 모습이 보였다. 그때 박용호가 눈을 크게 떴다.

"이 친구 어디 간 거야?"

한성진을 찾는 것이다.

"아니?"

거의 동시에 머리를 치켜든 둘은 사람들 사이로 헤쳐 나가는 한성진의 뒷모습을 보았다. 둘이 잠깐 입만 딱 벌리고 있을 때였다.

"땅! 땅!"

두 발의 총성이 골목 안을 울렸고 사람들이 일제히 비명을 질렀다.

3장
조직의 붕괴

"두 명 다 중상이라고 합니다."

얼굴이 하얗게 굳어진 윤경태가 말했다.

윤경태는 방금 엔지 공안의 전화를 받은 것이다. 동곡리의 본채 건물 안이다. 오후 7시 반, 최강일은 방금 안채 주방에서 길림무역 사장 오택규와 저녁 식사를 마치고 마악 떠나려는 참이었다. 힐끗 주방 쪽에 시선을 준 최강일이 현관 밖으로 나왔다. 안에는 아직 오택규가 있는 것이다. 다가선 윤경태가 말을 이었다.

"권총으로 쏘고 달아났다는 것입니다. 관광객 차림이었고 30대의 건장한 체격이라고 했습니다."

"그놈이 12초소를 때린 거야. 그놈 권총도 초소에서 나온 것이 틀림없어."

이 사이로 말한 최강일이 쓴웃음을 지었다.

"병신 같은 공안 놈들, 음식을 입에 대주어도 먹지를 못하는군."

엔지 시 북서쪽 재래시장에서 필수품을 구입했다는 정보는 바로 박인기한테서 나온 것이었다. 하지만 체포조 인력으로는 재래시장을 단속하기에 역부족이다. 그래서 공안에 정보를 준 것인데 눈 뜨고 당해버렸다.

"조장 동지, 엔지 시는 비상입니다. 공안은 대청소를 시작할 것입니다."

윤경태가 서두르듯 말을 잇는다.

"덕분에 탈북자도 약 먹은 파리떼처럼 밖으로 튀어나오지 않겠습니까?"

이제 하나씩 껍질이 벗겨지면서 윤곽이 드러나고 있다. 놈을 놓치기는 했지만 공안은 이제 전 병력을 동원해서 수색할 것이었다. 놈이 쏜 권총은 12초소에서 빼앗은 권총이 분명했다. 곧 탄도검사가 나오겠지만 확인이 된다면 길림성 전체가 비상상황이 될 것이다. 윤경태의 시선을 받은 최강일이 머리를 끄덕였다.

"좋아, 당분간 이곳에서 상황을 보기로 하자. 우리한테 해로울 건 없다."

전화벨이 울린 순간 오현서는 숨을 들이켰다. 오후 8시 반, 저녁을 마친 일행은 모두 숙소 안에 들어와 있다. 이제는 침도 맞지 못하는 터라 낮에 윤준호가 준 파스를 허리에다 붙이고 모로 누워 있던 참이다. 발신자를 보았더니 한성진이다. 오현서는 서둘러 핸드폰을 귀에 붙였다.

"여보세요."

"나, 오늘 못 갑니다."

한성진이 억양 없는 목소리로 말했다.

"별일 없지요?"

"네."

"허리는 어때요?"

"그냥……."

"윤 선생이 준 파스를 당분간 붙이고 계세요. 내가 여기서 약을 좀 사갈 테니까."

"언제 오시는데요?"

"내일이나 모레쯤."

그러더니 다시 말을 이었다.

"여기 검문이 심해져서 나가기가 힘들어졌는데 방법이 있겠죠."

"무슨 일이 있어요?"

오현서가 물었을 때 방으로 박순실 모자가 들어섰으므로 곧 말을 맺었다.

"다시 연락주세요. 기다릴게요."

핸드폰을 내려놓던 오현서가 신음했다.

어깨 동작으로도 허리에 통증이 온 것이다. 오현서의 상반신을 베개 위에 눕힌 박순실이 목소리를 낮추고 말했다.

"서 선생 부부가 창춘의 친척집으로 가겠다고 한다는데요. 민 선생한테서 들었습니다."

바짝 다가앉은 박순실이 말을 이었다.

"이렇게 숨어만 있는 것이 불안하고 답답하다는군요. 민 선생한테 같이 가자고 했답니다."

"……."

"민 선생이 오 과장님이 나을 때까지만 기다려 보자고 했더니 더 부담을 드리는 것이라면서 움직이지도 못하는 오 과장님 옆에 기생충처럼 더 이상 붙어 있을 수가 없다고 했다는데요."

"저 좀 일으켜 주세요."

오현서가 손을 들면서 말했다.

"저, 나가서 서 선생 부부를 좀 만나겠어요."

"제가 불러오지요."

당황한 박순실이 오현서의 손을 잡으며 말했다. 그러더니 자리에서 일어서며 아들 안정훈에게 이른다.

"정훈아, 과장님 손잡아 드리고 있어."

10분쯤 지났을 때 밖에서 쿵쾅거리며 문이 여닫는 소리가 났으므로 오현서가 긴장했다. 그러다 밖이 조용해졌다. 오현서가 제 엄마가 시킨 대로 자신의 손을 두 손으로 움켜쥐고 앉은 8살짜리 안정훈에게 말했다.

"밖에 누가 있나 보고 오너라."

"예."

벌떡 일어난 정훈이가 밖으로 뛰어 나가더니 금방 돌아왔다.

"아무도 없어요. 아줌마."

"엄마도?"

"예, 없어요."

"의사 아저씨도?"

"예."

안과의였다는 민동호는 거의 움직이지 않는 성품이다.

"다 어디 갔을까?"

불안해진 오현서가 정훈의 손을 쥐었을 때 현관문이 열리는 소리가 들리더니 여럿의 발자국 소리가 울렸다. 긴장한 오현서가 상반신을 겨우 세웠을 때 방 안으로 여럿이 들어섰다. 앞장을 선 것이 박순실, 윤정옥, 그리고 민동호다. 그러고 보니 서 선생 부부만 빼고 다 들어왔다. 그때 박순실이 소리치듯 말했다.

"과장님, 서 선생 부부가 내뺐어요!"

박순실을 말을 윤정옥이 잇는다.

"제 지갑에서 1,500원도 꺼내 갔어요, 어쩌면 좋아요. 선생님."

두 손으로 얼굴을 가린 윤정옥이 소리 내어 울었다.

"난 돈이 이제 하나도 없어요. 선생님."

오현서는 어금니를 물었다. 북한에서 둘이 다 교사를 지냈다는 부부다.

"다른 사람은요?"

그렇게 묻자 자신의 목소리가 떨리는 것을 듣고는 오현서가 외면했다. 목이 메었기 때문이다.

"총, 이리 내시오."

손을 내민 박용호가 다가서며 말했다. 엔지 시 동남쪽의 양가촌은 오래된 구역이다. 이제 양씨는 많이 이주해서 몇 가구 남아 있지 않지만 고택(古宅)은 그대로다. 지금 박용호 일행이 들어와 있는 단층 저택도 200년도 더 된 고택이었다.

고택의 응접실 안이다. 마룻바닥이 깔린 우중충한 응접실 안에 세 사내가 마주 보고 서 있다. 한성진과 박용호, 그리고 유근상이다. 한성진이 다가선 박용호에게 배낭에서 권총을 꺼내주었다. 한 자루, 두 자루, 세 자루째 받았을 때 다가온 유근상이 거들었다. 박용호한테서 권총을 받아간 것이다. 그때 한성진이 허리를 폈으므로 박용호가 손을 내밀었다.

"또 한 자루."

"그건 안 되겠습니다."

앞에선 박용호를 똑바로 응시하면서 한성진이 말을 이었다.

"이건 내 호신용으로 갖고 있어야 될 것 같습니다."

한성진이 허리춤을 손바닥으로 가볍게 쳤다.

"실탄하고 말입니다."

"곤란한데."

했지만 박용호의 눈동자가 흔들렸다. 오늘, 한성진의 권총이 없었다면 재래시장 골목에서 빠져나오지 못했을 것이었다.

"이봐요, 한성진 씨, 당분간은……."

"지시는 받겠지만 내 무장은 놔두셨으면 합니다. 날 무장해제시키라는 상부의 지시가 있었습니까?"

"그건 없었지, 하지만……."

"오늘 같은 경우는 어떻게 처리하실 겁니까?"

한성진이 다그치듯 물었으므로 마침내 박용호가 어깨를 늘어뜨렸다.

"내가 처리하겠어. 내 지시로 돌파했다고 하지."

그때 유근상이 가볍게 헛기침을 했다.

"아마 지금쯤 공안에서는 권총 탄도검사를 끝냈을 겁니다."

둘은 대답하지 않았다. 예상하고 있었기 때문이다.

밤 10시 반, 토방 끝에 앉아 담배를 빼어 문 한성진이 어둠 속에서 다가오는 물체를 보았다. 사람, 유근상이다. 다가온 유근상이 한성진의 옆에 앉더니 손을 내밀었다.

"한 형, 담배 한 대 빌립시다."

한성진이 담뱃갑을 내밀자 유근상이 한 대를 빼물고 갑을 돌려주었다. 고택 안도 조용하다. 1미터쯤 높이의 토방 위로 마루방과 7, 8개의 침실, 복도와 응접실로 사용되는 청으로 구성된 고택(古宅)은 평수로 300평은 될 것이다. 담배 연기를 내뿜은 유근상이 앞쪽을 향한 채 입을 열었다.

"중국 국경 조직이 이번에 다 부서지고 있어요."

머리를 돌린 한성진이 유근상의 옆얼굴을 보았다. 유근상은 30대 후반쯤으로 한성진보다 대여섯 살 연상으로 보였다. 그래도 박용호보다는 부담이 적은 상대다.

유근상이 말을 이었다.

"지금 간부급 요원 하나가 북한군 특수부대에 납치되었는데 그를 미끼로 우리 조직을 궤멸시키려는 공작을 진행 중이오."

"……."

"벌써 요원 둘이 피살된 것이 확인되었고 협조자 셋이 살해되었어요. 그리고 협조자 둘이 실종, 간부요원 하나가 체포된 상황이라니까 붕괴 직전이지."

"……."

"놈들은 간부요원을 북한으로 압송시킨다는 정보를 흘려놓고 우리를 유인하고 있었는데……. 그러다가 이번 사고가 일어난 것이지."

머리를 든 유근상이 한성진을 보았다.

"오늘 저녁에 조선족 정보원들 사이로 깔린 소문을 들었어요. 놈들이 퍼뜨린 것인데 압송을 늦춘다는 거요."

"북한 특수부대 규모는 어느 정도지요?"

불쑥 한성진이 묻자 유근상이 담배를 땅바닥에 문질러 껐다.

"탈북자 체포조를 겸하고 있는데 대장이 보위부 상좌인 최강일이고 중국에 데려온 요원은 100명 정도, 조선족 행동대는 200명, 그리고 동북 3성에 조선족 사업가, 또는 현지 사업체를 설립한 북한 무역상들까지 합하면 막강한 인적 네트워크를 형성하고 있지요. 더구나 공안에도 협조자가 있어서 오히려 기동력이나 정보력은 공안보다 더 낫습니다."

"내가 할 일은 뭡니까?"

손에 쥐고 있던 담배를 구두 바닥에 비벼 끄면서 한성진이 말했다.

"지금은 그쪽에서 절 도와주실 상황이 아닌 것 같아서 그럽니다."

유근상은 대답하지 않았고 한성진이 머리를 돌려 옆얼굴을 보았다.

"내 생각을 말씀드릴까요?"

"해보세요."

"날 보자고 한 건 도와주려는 게 아니라 탈북자 인도조에서 날 빼내어서 다른 짓 못하게 묶어두려는 의도 같은데 내 말이 틀렸습니까?"

"……."

"맞군요, 그렇죠?"

유근상은 여전히 옆얼굴만 보였고 한성진의 말이 이어졌다.

"그쪽 본부에서 상황을 키우지 마라. 그놈 잡아둬라. 이렇게 지시를 했기 때문에 날 장악하고 있으려는 의도겠죠."

"……."

"현장이 얼마나 급박한지 알지도 모르고 그저 골치 아픈 외교 문제 또는 남북 간 상황 악화를 겁내는 고위층 놈들입니다. 그놈들의 정치적인 결정에 현장 요원들만 죽어 나가는 거죠. 맞죠?"

"어쨌든 한 형은 당분간 우리들하고……."

"그럼 탈북자들하고 인도자 한 명이 또 죽습니다."

"안 됩니다."

유근상이 길게 숨을 뱉으며 머리를 저었다.

"이건 한 형 본부에서도 승인했습니다."

"내 회사에서도 말입니까?"

한상진이 눈을 치켜떴다. 그렇다면 탈북자, 그리고 인도자인 오현서까지 그냥 놔두란 말인가?

밤 12시 10분, 밖에 나갔다 돌아온 박용호가 굳어진 얼굴로 한성진과 유근상을 불렀다. 박용호가 직접 분위기를 탐색하고 온 것이다.

"안 되겠어. 밖은 마치 전시상황 같아, 이곳도 언제 들이닥칠지 모르겠는데."

박용호의 시선이 한성진에게 옮겨졌다.

"한 형, 길림의 안가는 안전한 거요?"

"자신할 수는 없습니다."

한성진의 이맛살이 찌푸려졌다. 자신은 이곳의 초짜인 것이다. 탈북자 인도팀의 보호역으로 파견되었을 뿐인 초짜 용병이다. 그런 자신에게 안가의 안전성을 묻다니, 얼마나 다급하면 이런단 말인가?

고택 안은 조용하다. 셋뿐인 것이다. 조선족 정보원까지 대부분 소진시킨 상황이 되었다. 이제 아무도 믿지 못하고 있는 것 같다. 그때 한성진이 물었다.

"팀장님, 이런 상황이면 절 놔두시는 게 낫지 않습니까?"

놀란 듯 박용호와 유근상이 마주 보았고 한성진의 말이 이어졌다.

"저까지 끌고 다니시려면 힘들 것 같은데요. 절 보내주시죠."

"나아, 참."

와중에도 박용호의 얼굴에 쓴웃음이 떠올랐다. 어디선가 아이 울음소리가 들렸다. 그만큼 조용하다는 증거일 것이다. 고택의 불은 다 꺼놓아서 밖에서 흘러들어온 빛에 세 사내의 얼굴만 희미하게 드러났다. 박용호가 토방 위쪽의 나무 문지방에 엉덩이 끝만 걸치고 앉더니 아래쪽에 선 한성진을 보았다.

"이봐, 한성진 씨, 군 출신이니까 이해가 빠를 것 같아서 단도직입적으로 말하겠는데."

박용호의 목소리가 점점 굵어졌다.

"우리 임무는 대북 정보수집과 조중 국경을 통해 유입되는 공작원, 마약, 위조지폐 색출 및 저지야. 또한 조선족 동포를 포섭, 친한 조직을 결성하는 것도 포함이 돼."

박용호가 주머니에서 담배를 꺼내 불을 붙여 무는 동안 주위에서 풀벌레 소리만 들렸다. 길게 연기를 뱉은 박용호가 말을 이었다.

"그런데 탈북자 체포조가 대거 투입되면서 우리가 쌓아놓은 조직이 산산조각 났어. 요원들이 살해, 실종되고 정보원들은 무자비하게 처형되었어. 우리 옌벤 지역 국정원 조직은 붕괴상태야."

어둠 속에서 박용호가 흰 이를 드러내고 소리 없이 웃었다.

"이건 탈북자 인도와 공작 임무를 별개로 취급한 본부의 판단 착오야. 아니, 북한 심기를 거스르지 않으려는 정치인 놈들의 무사안일, 탁상 행정이 빚어낸 참극이지."

한성진이 숨을 들이켰다. 박용호 같은 고참이 조직을 비판하는 것에 긴장이 되었기 때문이다. 하긴 조직을 그렇게 만든 정치권을 향한 불만이긴 했다. 그때 한성진의 바지 주머니에 든 핸드폰이 진동을 했다. 주위는 조용해서 그 진동음을 박용호도 들었는지 말을 멈췄다.

핸드폰을 꺼내는 한성진이 발신자가 오현서인 것을 보았다. 심호흡부터 하고 난 한성진이 핸드폰을 귀에 붙였다. 밤 12시 반이다.

"옮겨야 할 것 같아요."

한성진의 응답 소리가 들렸을 때 오현서가 대뜸 말했다. 겨우 벽에 기대앉은 오현서가 앞쪽에 쪼그리고 앉아 있는 윤정옥을 보았다. 방 왼쪽 구석에는 박순실이 정훈이를 안고 잠이 들었고 민동호는 옆방에 있다. 한성진이 대답하지 않았지만 오현서는 말을 이었다.

"서 선생 부부가 도망쳤어요. 저한테 짐이 되지 않겠다고 했지만 정옥이 지갑에서 1,500위엔까지 훔쳐서 달아났습니다."

"……"

"창춘의 친척집으로 간다고 했다는데 확실하지는 않습니다."

"……"

"저녁에 전화 주시고 나서 얼마 안 되었을 때 일이 일어났어요. 미안

90

해서 지금까지 말씀드리지 못하고 있다가⋯⋯."

"거기서 기다려요."

마침내 한성진의 목소리가 수화구를 울렸다. 한성진이 말을 이었다.

"움직이지 말아요. 내가 갈 때까지는, 지금 움직이면 안 됩니다."

핸드폰을 귀에서 뗀 한성진이 앞쪽의 박용호와 유근상을 보았다.

"팀에서 부부가 도망쳐 나갔습니다. 인도자가 허리를 다쳐서 안가에 은신하고 있는 사이에 탈북자 지갑에서 돈까지 훔쳐서 달아났다고 합니다."

"⋯⋯."

"60대 부부인데 교사 출신이라고 했습니다. 그런데 그것들이 도망치다 잡히면 안가가 발각되겠지요."

한성진이 똑바로 박용호를 보았다.

"난 지금 이곳을 탈출해서 길림으로 가야겠습니다."

박용호는 입을 꾹 다문 채 움직이지 않았고 한성진의 말이 이어졌다.

"솔직히 조직이 붕괴되었는데 지시를 이해할 인원이나 있습니까? 날 잡는 것이 무슨 의미가 있습니까?"

"낯 뜨겁군."

마침내 쓴웃음을 지은 박용호가 혼잣소리처럼 말했다.

"자업자득이야."

"제가 도와주지 않으면 인도자를 포함해서 넷이 죽습니다. 이미 둘은 사지로 빠져 들었구요."

한성진이 몸을 세웠을 때 박용호가 외면한 채 말했다.

"좋아, 먼저 가, 우리도 곧 따라갈 테니까 길림에서 만나자구."

오전 3시 반, 이마의 땀을 손등으로 닦은 한성진이 앞쪽 도로를 보았다. 도로는 텅 비었다. 차량 통행도 뚝 끊겨져 있어서 희미하게 길바닥만 드러나 있다. 이곳은 엔지 시 서북방 국도변이다. 고속도로가 뚫린 후부터 국도는 마을간 왕래에만 이용되고 있는 것이다. 땅바닥에 지도를 펴놓은 한성진이 만년필형 플래시를 켜 위치를 체크했다. 시내에서 빠져나올 때 힘이 들었을 뿐 일단 교외로 나오자 속도가 빨라졌다. 시내는 거리마다 검문소가 설치되었고 통행인, 차량 검문을 하는 바람에 세 번이나 길을 돌아야 했고 한 번은 공안의 코앞에서 몸을 피했던 것이다. 직선거리로 1.5km밖에 안 되는 시 외곽 도로까지 나오는데 2시간 반이 걸렸다. 풀숲에 쪼그리고 앉은 한성진이 다시 주변을 확인했다.

이곳이 엔지 서북방 운암마을 앞쪽 도로가 맞다. 운암마을은 도로를 건너 300미터쯤 안으로 들어가야 한다. 11월 초순이었지만 북방의 날씨는 차다. 새벽이어서 대기는 얼음 위를 스치고 오는 것 같다. 이윽고 한성진이 주머니에서 핸드폰을 꺼내 쥐었다. 버튼을 누르자 신호음이 한번 떨어지고 나서 연결이 되었다. 기다리고 있었기 때문이다.

"여보세요."

정보원 겸 안내원 이천수다. 엔지로 돌아와 있던 이천수에게 연락을 해놓았던 것이다. 목소리를 낮춘 한성진이 말했다.

"B지역에 도착했어요."

"알겠습니다."

대답한 이천수가 먼저 통화를 끝냈다. 미리 지도에 예상 도주로를 8개 구역으로 나눠 놓았는데 여기서 B구역이란 운암마을 앞쪽 도로를 말한다. 이것은 이천수를 처음 만났을 때부터 약속된 신호인 것이다. 다시 손목시계를 내려다본 한성진이 풀숲에 납작 엎드렸다. 그러자 쏟아지듯 잠이 몰려왔으므로 엎드린 채 순식간에 잠이 들었다. 그러나 열어놓은 귀로는 온갖 소음이 다 들린다. 풀벌레 소리가 악단의 연주 소리처럼 크게 울리고 있다.

"우리도 철수하자."

핸드폰을 귀에서 뗀 박용호의 얼굴이 일그러져 있다. 오전 4시 10분, 박용호는 방금 직속상관인 작전실장과 통화를 끝낸 것이다. 박용호가 탁자 위에 놓인 서류를 정리하며 말했다.

"날이 밝기 전에 엔지를 벗어나자구."

"한성진하고 같이 떠날 걸 그랬습니다."

서랍에서 꺼낸 서류를 앞쪽 페치카의 불덩이에 던져 넣으면서 유근상이 말했다.

"네 시간만 잡아놓았으면 같이 떠날 수가 있었을 텐데요."

"이봐, 너, 심사가 편치 않는 거냐?"

불쑥 박용호가 묻자 유근상이 주춤했다가 대답했다.

"패잔병 같은 기분이 들어서 그럽니다."

박용호는 이제 배낭만 꾸렸고 유근상의 말이 이어졌다.

"한성진하고 같이 떠났다면 탈북자 구출하는 기분이라도 났을 텐데 말입니다."

"쓸데없는 감상."

꾸짖듯 말했지만 더 이상 박용호는 말을 잇지 못했고 유근상이 던진 서류로 페치카의 불길이 더 높아졌다. 고택의 주방 옆 거실에는 불을 켜지 않았지만 페치카의 불길로 사물이 드러났다. 유근상의 표현도 맞다. 엔지에 본부를 둔 국정원 해외공작반 2팀은 붕괴되었다. 파견원 넷 중 둘이 납치, 실종되었으며 정보원과 협력자 라인 중에서 살아남은 숫자는 서너 명뿐이다. 지금 그들에게도 대피령을 내린 상태여서 이곳 마지막 안가인 고택에도 파견원 둘만 남아 있는 상황인 것이다. 한때 10여 명의 정보원에 20여 명의 협력자를 거느렸던 2팀의 처참한 붕괴다. 모두 뿔뿔이 흩어진데다 대부분 노출된 상태여서 기존 체제는 다시 주워 담을 수도 없고 폐기시켜야만 한다. 이윽고 짐을 꾸린 둘은 주방 뒷문으로 나왔다.

"오전 9시쯤 고 노인한테 연락해서 집안 단속을 하라고 해."

고택을 올려다보면서 박용호가 말했다. 고노인은 중국인으로 고택 주인이다. 2팀을 고 노인에게 연간 3만 위엔의 임대료를 지불하고 고택을 사용하고 있었던 것이다. 82세의 고 노인과 부인은 교외의 농장에서 살고 있었는데 외딸 식구가 10여 년 전에 사고로 다 죽어서 세상에 인연은 두 부부뿐이다. 2팀에게는 적당한 임대주였다. 고택의 쪽문을 나온 박용호가 자물쇠를 채우면서 혼잣말을 했다.

"한성진이 어디까지 갔는지 모르겠군."

왼쪽 도로에서 자동차 불빛이 비쳤을 때는 오전 4시 20분, 한성진이 한 시간 가깝게 기다린 후였다. 그동안 자동차가 10대 가깝게 지나갔지만 이번에 오는 차는 가장 속도가 늦다. 어둠이 걷혀지고는 있었지만 새벽안개까지 긴 터라 차체는 거의 눈앞에 다가와서야 드러났다. 천막 뚜껑을 씌운 1톤 트럭이다.

자리에서 일어선 한성진이 길가로 다가갔을 때 라이트에 비친 모습을 본 트럭이 멈춰 섰다. 운전석에 앉아 있던 이천수가 손을 들어 아는 체를 했다. 얼굴에 웃음이 떠올라 있다. 운전석에서 뛰어내린 이천수가 짐칸으로 한성진을 안내하며 말했다.

"비닐하우스에서 키운 채소를 실었습니다. 공간을 만들어놓았으니까 들어가 계시지요."

과연 안에는 채소가 가득 쌓였다. 이천수가 구석의 박스를 들어내자 안으로 공간이 보였다.

"검문이 아주 까다로웠습니다. 이 차 행선지에다 제 신분까지 확인했으니까 길림에서도 체크를 할 겁니다."

이천수가 머리까지 저어 보였다.

"아마 고속도로는 검문이 더 심하겠지요."

"고생하셨습니다. 이 형."

트럭에 오르면서 한성진이 말하자 이천수는 쓴웃음을 지었다.

"앞으로가 고생입니다. 한 부장님, 지금까지는 일도 아닙니다."

그렇다. 길림까지 국도로 10시간 이상을 달려야 하는 것이다.

은신처는 운전석 바로 뒤쪽 짐칸에 상자를 좌우에 세워 공간을 만든 것이다. 배추 더미를 다 치워야 공간이 드러나게 되어 있었지만 반대로 꽉 갇혀진 상태가 되었다. 발각이 되면 도망칠 수가 없는 상황이다. 그러나 바로 뒤쪽 운전석의 이천수와는 이야기도 할 수 있는데다 밖의 소음이 다 들렸다. 트럭을 출발시키면서 이천수가 뒤쪽 한성진에게 말했다.

"무슨 일 있으면 가볍게 칸막이를 치면 됩니다. 그럼 알 수가 있으니까요."

앞쪽을 향한 채 이천수가 소리쳐 말을 이었다.

"갑자기 돌발 사고가 일어나 탄로가 되었을 때 위를 덮은 상자를 밀어 올리면 몸을 빼낼 수 있을 겁니다. 위에는 배추가 엷게 쌓여 있으니까요."

하지만 천장 천막과는 공간이 좁다. 몸을 뒹굴어 빠져나와야 할 것이다.

"투먼행 첫차지요?"

버스에 오른 공안이 웃음 띤 얼굴로 가이드에게 물었다. 웃음 띤 인상이 좋다.

"그렇습니다."

조선족 가이드가 따라 웃으며 차 안을 둘러보는 시늉을 했다.

"모두 한국 관광객입니다. 22명."

머리를 끄덕인 공안이 건성으로 차 안을 둘러보고는 몸을 돌렸다.

"관광 잘하시오."

"감사합니다."

가이드가 중국어로 인사를 했을 때 공안이 생각났다는 표정을 짓고 말했다.

"참, 곧 여권 검사가 있습니다."

뭐야? 하는 표정을 지은 가이드의 얼굴이 굳어졌고 운전사가 뒤를 돌아보았다. 엔지 버스터미널에서 500미터쯤 떨어진 검문소에서 관광객을 실은 투먼행 첫 버스가 검문을 받고 있다. 오전 5시 15분, 인사하러 올라온 것 같은 인상 좋은 공안이 내려가자 이제는 공안 두 명과 사복 차림의 사내 두 명이 들어섰다.

"자, 여권을 준비하시기 바랍니다."

공안이 말하자 가이드가 통역했다.

"분위기가 좀 이상하다."

박용호가 여권을 꺼내면서 옆에 앉은 유근상에게 말했다.

"뒤쪽 사복 놈들이 걸려."

"저희들 여권은 완벽합니다. 컴퓨터 조회에도 문제없습니다."

딴 이야기를 하는 것처럼 유근상이 웃음 띤 얼굴로 말했다.

"아냐, 저 새끼가 핸드폰으로 사진을 보고 있다. 어디선가 그림을 잡은 거야."

창밖을 향한 채로 박용호가 입술을 달싹이지도 않고 말했다.

"권총은?"

"제 배낭에 있습니다."

"이리 내라. 여권 꺼내는 것처럼 천천히."

공안은 이제 네 칸 간격을 두고 다가와 있다. 자리에서 일어선 유근상이 선반에서 배낭을 내릴 때 공안 뒤쪽의 사복 사내 하나가 힐끗 시선을 주었다. 유근상이 배낭 위쪽 지퍼를 열더니 바닥에 내려놓았다. 그러자 박용호가 배낭 안으로 손을 뻗쳤다. 배낭 안에는 실탄이 장전된 러시아제 토가레프권총이 들어 있는 것이다. 권총을 쥔 박용호가 옷가지와 함께 꺼내 옆쪽 자리의 시선을 피한 후에 점퍼 안에서 안전장치를 풀었다. 그러고는 심호흡을 했을 때 공안이 다가와 손을 내밀었다.

"여권."

박용호가 다른 손에 쥐고 있던 여권을 내밀었을 때 뒤쪽 사복이 제 핸드폰을 눈여겨보더니 시선이 박용호에게 옮겨졌다.

"잠깐 일어나시죠."

그 순간 박용호는 물론 유근상도 숨을 들이켰다. 사복이 한국어를 한 것이다. 사복이 박용호를 응시한 채 말을 이었다.

"그대로 자리에서 일어나 밖으로 나오시지요. 쓸데없는 짓 마시고."

"당신 누구요?"

눈을 치켜뜬 박용호가 묻자 사내는 누런 이를 드러내며 웃었다.

"난 공안 보조야."

"북조선에서 온 것 같은데."

"따라 나오라우."

사내가 눈을 부릅뜬 순간이다. 자리에서 일어선 박용호가 권총을 빼내 공안들을 겨누었다.

"손들어!"

이것은 중국어다.

"움직이면 쏜다!"

놀란 공안 둘이 번쩍 손을 들었으나 사복 둘은 주춤했다. 한 명의 손이 불쑥 가슴으로 들어간 순간이다.

　"타앙!"

　버스 안에 요란한 총성이 울리면서 사복이 쓰러졌다. 말대꾸를 하던 사내다.

　"밖으로 나가!"

　권총을 겨누면서 박용호가 소리쳤다.

　"관광객들도 모두 밖으로 나가!"

　그 순간 앞쪽 가이드를 포함한 관광객이 밖으로 쏟아져 나갔고 박용호도 휩쓸려 나갔다. 버스에서 뛰어 나온 관광객이 이리저리 흩어져 도망간다. 그때 박용호가 권총을 내던지며 번쩍 손을 들었다. 그것을 본 공안들이 달려들었고 다시 박용호 주변은 아수라장이 되었다.

　잠이 들었던 한성진이 바지 속의 핸드폰이 진동을 하는 바람에 깨어났다. 트럭 안은 어둡다. 그래서 핸드폰의 액정 화면이 더욱 선명하다. 발신자는 유근상, 트럭은 흔들리면서 끈질기게 달리고 있다. 왠지 불길한 예감이 든 한성진이 숨을 고르고는 핸드폰을 귀에 붙였다.

　"여보세요."

　"한 형, 납니다."

　유근상의 목소리가 떠 있다. 억양이 분명치 않고 앞뒤가 들린 느낌.

　"웬일입니까?"

　오전 6시 5분 전이다. 그때 가쁜 숨소리를 뱉던 유근상이 말했다.

　"엔지를 벗어나다가 팀장이 체포되었어요. 30분쯤 전입니다."

　"……"

　"난 같이 있다가 팀장이 날 빼내려고 공안 쪽 조선족을 쏘고 투항을 하는 바람에 도망칠 수 있었습니다."

"……."

"버스 안에서 검문을 당한 것이라 그 방법밖에 없었어요. 팀장이 날 빼낸 겁니다."

유근상이 빼낸 것을 강조하고 있는 것은 박용호에 대한 미안함 때문일 것이다.

그때 한성진이 말했다.

"그럼 이쪽으로 오시지요."

"아니, 난 이제 이곳에 있을 겁니다."

숨을 고른 유근상이 말을 이었다.

"팀장까지 공안에 잡힌 상황에서 나까지 도망칠 수는 없지. 이곳에서 땅굴을 파고 들어가서라도 기다려야지."

"내가 도와드릴 일은 없습니까?"

"거기 일 끝나면 이쪽으로 와주실 수 있습니까?"

불쑥 물었던 유근상이 말을 잇는다.

"난 한 형 같은 행동가가 필요합니다. 오늘 팀장은 버스 안에서 조선족 놈을 쏘았어요! 그놈들은 우리 사진을 갖고 있는 것 같았습니다. 팀장의 얼굴을 제 핸드폰 사진과 비교하더니 곧장 다가왔으니까 말요."

"……."

"그렇다면 그놈이 탈북자 체포조로부터 정보를 받았거나 아니면 공안과 체포조의 합동작전일 겁니다."

그러더니 유근상이 이 사이로 말을 맺는다.

"나도 이곳에서 죽든지 체포당하든지 할 거요. 본부는 더 이상 사건을 확대시키지 않으려고 도와주지 않을 테니까 말입니다."

핸드폰을 덮은 한성진이 차체에 등을 붙이고는 눈을 감았다. 두 다리는 길게 뻗을 수 있었지만 상반신은 직각으로 세워야 한다. 트럭은 거칠게 요동을 치면서도 끈질기게 달려가고 있다. 무료했는지 이천수가 라디오를 켜 놓았는데 중국 노래만 이어졌다. 공안이 대대적으로 검문에 나선 것은 모두 자신 때문이다.

자신이 원인을 제공한 것이다. 국정원의 엔지 조직은 이제 팀장까지 체포되었으니 붕괴된 것이나 같다. 한성진의 감은 눈앞에 어젯밤 열변을 토하던 박용호의 모습이 떠올랐다. 목소리도 아직 귀에 선명하게 남아 있다.

오전 10시, 회의실에 모인 면면을 보면 국정원장 황영일, 제2차장 이경훈, 해외사업국장 백길성, 그리고 작전실장 유기준까지 넷이다. 해외사업을 총괄하는 백길성이 간략하게 브리핑을 했고 작전책임자인 작전실장 유기준이 상황보고를 마친 후여서 회의실의 분위기는 어둡고 무겁다. 일단 아무도 먼저 입을 떼지 않는다. 절차상 2차장이 나서야겠지만 무슨 방법이 있겠는가? 국정원장의 머릿속에는 청문회장, 대통령 등의 그림만 왔다 갔다 할지도 모른다. 결국 행정가 출신의 황영일이 입을 열었다. 그는 대통령의 최측근으로 국정원장으로 임명되기 전에는 행자부 장관을 지냈다.

"그럼 조중 국경의 조직이 붕괴된 것이란 말요?"

"아직 요원이 남아 있습니다만."

작전실장 유기준이 기를 쓰고 말했을 때 황영일은 코웃음을 쳤다.

"아니, 금방 브리핑했잖아? 파견요원 넷 중 한 명이 사망, 또 한 명은 납치, 그리고 한 명이 체포되었으니 넷 중 셋이 당했어. 하나 남았다구."

손가락 하나를 세워 보인 황영일이 이글거리는 눈으로 셋을 보았다.

"거기에다 정보원, 협조자도 다 죽고, 체포되고 흩어졌는데 붕괴가 아 니라구?"

"……."

"도대체 어떻게 일을 하는 거야?"

"……."

"이거, 북한에서 걸고 들어가겠는데, 체포된 요원이 둘이나 된다면 자 백을 받아서 선전이라도 하면……."

"한 명은 공안에 체포되었습니다만."

다시 유기준이 말했을 때 황영일의 시선이 이경훈에게 옮겨졌다.

"체포조가 떠들 것 같소?"

"그들도 중국 영토 안에서 불법 행위를 하고 있는 터라 당장에 공식 항의는 하지 않을 것 같습니다만……."

"그렇다면 다행이고."

어깨를 부풀렸다가 내린 황영일이 말을 이었다.

"지금 공안에 체포되었다는 요원, 어떤 신분으로 들어가 있소?"

"예, 한우통상이란 농산물 수입업체 지사 형식으로 들어가 있습니다."

해외사업국장 백길성이 열심히 자료를 읽는다.

"회사 실제 매출 실적도 있고 거래선도 갖춰져 있어서 위장은 잘 되어 있습니다만."

"자백할 가능성은?"

"공안에 잡혀있다면 안심이 됩니다만……."

힐끗 이경훈의 눈치를 살핀 백길성이 말을 이었다.

"중국 측이 우리 요원임을 알게 되면 북한 측에 넘길 가능성이 많습니 다. 북한 측도 강력하게 요구할 것입니다."

"……."

"지금 상황에선 북한 측이나 중국 측이 우리 요원임을 알고 있다고 봐야 합니다. 따라서……."

"북한으로 넘긴단 말이지?"

황영일이 묻자 백길성의 시선이 내려졌다.

"예, 원장님, 그럴 가능성이……."

"전혀 모르는 일이야."

황영일이 백길성의 말을 자르고는 엄격한 표정으로 말을 이었다.

"그리고 지금 이 시간부터 그, 2팀인가 뭔가 하고의 연락도 끊도록, 이미 다 붕괴된 조직이니 연락할 곳도 없겠지만 말요."

모두 숨을 죽였고 황영일의 시선이 2차장 이경훈에게로 옮겨졌다.

"2차장, 잘 아시겠소?"

"예, 원장님."

"국정원은 요즘 엔지에서 일어난 일에 전혀 관계가 없단 말이오."

"알겠습니다."

"그럼 이것으로 끝냅시다."

자리에서 일어선 황영일이 손목시계를 보았다. 오늘 청와대에서 대통령과 점심 약속이 있는 것이다.

"또 무슨 일이야?"

이맛살을 찌푸린 박현종이 묻자 이경훈은 입맛부터 다셨다. 오전 11시 반, 을지로의 동방무역 사무실 안이다.

"또 뭐가 안 풀려?"

다시 박현종이 꾸지람 같은 말이 이어졌다.

"자네 말대로 다 해주지 않았냐 말이야. 우리 한성진을 자네 팀장한테 보내 무장해제까지 시켜주었어. 아마 한성진이는 자네들이 내 상전인 줄 알 거라구. 그런데 또 왜 온 거야?"

"예, 그것이……."

"자네들의 그, 행시 패스한 행정가 출신 원장이 정치권 비위 맞출 일을 하라던가? 아니면 야당하고 무슨 타협을 해놓고 나온 거야?"

"죄송합니다. 사령관님."

2차장 이경훈은 육군 소장 출신으로 박현종이 2군 사령관 시절에 참모장을 지낸 인연이 있다. 깊은 인연이다. 그리고 육사 3년 후배로 같은 럭비팀원이었기도 했던 것이다. 이번에 한성진의 무기 반납도 이경훈이 박현종에게 요청해서 이루어진 일이다. 그때 이경훈이 말을 이었다.

"이제 저희들은 손을 쓸 수가 없게 되었습니다. 사령관님, 엔지에서 오늘 아침에 팀장이 공안한테 잡혔는데도 말입니다."

어금니를 물었다 푼 이경훈이 박현종을 노려보았다.

"도와주십시오. 사령관님."

한성진이 축사로 들어섰을 때는 오후 2시 30분이 되어 있었다.

"아이구, 지금 오십니까?"

깜짝 놀란 윤준호가 쥐었던 삽을 내던지고 다가왔다. 한성진은 이천수와 동행이었다.

"별일 없지요?"

위쪽 사택을 눈으로 가리킨 한성진이 물었다. 오기 전에 주변을 살피기는 했다.

"예, 하지만……."

"둘이 나갔다면서요?"

"예, 두 부부가……."

"들었습니다."

103

발을 뗀 한성진이 윤준호에게 말을 이었다.

"오늘 떠나려고 합니다."

"떠나시게요?"

되묻는 윤준호의 얼굴에 순간적으로 안도의 표정이 떠올랐다가 지워졌다. 사택의 현관 안으로 들어섰을 때 먼저 윤정옥이 맞았다.

"선생님!"

깜짝 놀라 소리친 윤정옥의 얼굴이 금방 빨갛게 달아올랐다. 반가움이 온 얼굴에서 묻어났다.

"응, 그래."

머리를 끄덕여 보였을 때 방문이 열리더니 박순실과 아들 정훈이가 한꺼번에 달려 나왔다.

"아이구, 오셨어요?"

박순실의 얼굴도 상기되었고 눈에는 물기까지 고였다. 정훈이는 달려 나왔지만 어머니의 바지를 움켜쥐고 엉덩이 뒤로 숨는다. 방으로 들어선 한성진은 마악 몸을 일으켜 앉은 오현서를 보았다.

"몸은 어때요?"

다가앉은 한성진이 묻자 오현서가 머리칼을 쓸어 올리면서 웃었다.

"큰일났네요. 인도해줘야 할 제가 오히려 짐이 되어서요."

"밖에 차를 대기시켜놓았으니까 떠납시다."

대뜸 말한 한성진이 방안을 둘러보는 시늉을 했을 때 마지막 남은 탈북자 민동호가 방안으로 들어왔다.

"오셨습니까?"

민동호가 허리를 굽혀 인사를 하더니 힘들게 구석에 앉는다. 이제 탈북자 넷에 인도자 한 명의 팀이 다 모였다. 한성진이 이끌어야 할 팀이다. 모두의 시선을 받은 한성진이 입을 열었다.

"안가를 만들어놓았어요. 이곳에서 차로 한 시간 거리니까 자, 준비해요. 10분 후에 출발합니다."

한성진의 눈짓을 받은 일행이 잘 훈련된 병사처럼 일제히 일어나 방을 나갔다. 방에 둘이 남았을 때 오현서가 어두운 표정으로 물었다.

"안가는 어떻게 구하셨어요?"

"이천수 씨 친척 집입니다. 할머니 한 분만 살고 계신데 집이 크고 깨끗했어요. 그 집은 국정원, 동방무역 어떤 곳에도 관계가 없는 곳이오. 내가 개발해낸 곳이지."

"죄송해요. 제가 이렇게 되어서 서씨 부부가 도망치게 만들었어요."

"그 사람들이 체포조 정보원일 리는 없지만 잡히면 이곳을 자백할 겁니다."

말을 그친 한성진이 조심스런 시선으로 오현서의 허리를 보았다.

"움직일 수는 있습니까?"

한성진이 떠나기 전보다 허리 상태는 더 악화되어 있었다. 일어서지도 못할 정도가 되어서 오현서는 한성진의 등에 업혀 축사 마당까지 내려왔다. 축사 마당에는 엔지에서부터 달려온 낡은 트럭이 세워져 있었는데 옆에 선 윤준호의 얼굴이 환했다. 그것은 트럭에 실렸던 채소를 일부만 남겨놓고 모두 돼지 사료로 내려놓았기 때문이다.

"돼지가 15일간은 먹을 수 있습니다."

들뜬 표정으로 윤준호가 말을 이었다.

"비싸서 채소를 먹이지 못했는데 돼지들 무게가 팍 늘어날 겁니다."

이천수의 도움을 받아 다시 일행이 트럭 짐칸에 타는 동안 한성진이 축사 귀퉁이로 윤준호를 데려가 말했다.

"윤 선생, 폐를 끼치고 갑니다."

"그런데 제가……."

바지 주머니에서 구겨진 달러를 꺼낸 윤준호가 한성진에게 내밀었다.

"닷새분을 주셨으니 하루분 200불을 돌려드려야……."

윤준호의 손을 민 한성진이 쓴웃음을 지었다.

"왜 이러십니까? 받아두시지요."

"배추 값만 해도 5,000위엔, 500불이 넘습니다."

윤준호가 손을 거둬들이지 않았으므로 한성진이 뒤로 물러났다.

"위험수당이라고 생각하시고."

정색한 한성진이 윤준호를 보았다.

"만일 무슨 일이 있으면 공안부터 부르십시오. 체포조가 공안을 당할 수는 없으니까요. 떠나면 그만입니다."

"알고 있습니다."

쓴웃음을 지은 윤준호가 한성진을 보았다.

"난 중국인민입니다. 저놈들이 날 어떻게 할 수 없지요. 아예 도둑이 들끓는다고 공안한테 순찰을 강화시켜달라고 요청할 작정입니다."

머리를 끄덕인 한성진이 소리죽여 숨을 뱉었다. 인간은 누구나 본능적으로 방어막을 만드는 것 같다. 짐승과 달리 머리로 만든다. 윤준호도 북한 탈북자 체포조가 닥쳤을 때의 대응 방법을 생각해두고 있었던 것이다.

새 안가는 길림 시 동북쪽 주택가였는데 단층 저택으로 마당이 넓었고 방이 여덟 개나 되었다. 중국식이어서 마루방에 마루 복도가 깔렸고 청에는 관운장의 나무조각상을 모셔놓았다. 집주인 왕 노파는 80세의 고령이었지만 정정했다. 왕 노파는 한족으로 이천수의 부인 유랑의 할머니다. 이천수의 부인 유랑은 한족인 것이다. 왕 노파가 한성진에게 업혀 들어오는 오현서를 보더니 이천수에게 물었다.

"어디 다친 거냐?"

"허리를 삐었어요, 할머니."

"언제?"

"한 열흘 되었습니다."

"치료는 받았느냐?"

"아직, 침만 몇 방 놓다가……."

"잠깐만 내가 보자."

한성진을 옆방으로 끌고 간 왕 노파가 오현서를 침대에 엎드려 놓더니 셔츠를 들쳐 허리를 보자마자 대번에 말했다.

"나하고 병원에 가자."

놀란 이천수가 옆에 선 한성진에게 통역했다. 그때 왕 노파가 다시 말했다.

"이대로 두면 허리를 못 쓴다. 우리 동네에 잘하는 병원이 있다. 지금 당장 가야만 한다."

이천수의 통역을 들은 한성진이 결심한 표정으로 말했다.

"갑시다."

오현서가 겨우 머리를 들었지만 상기된 얼굴로 눈만 깜박였고 한성진이 말을 이었다.

"할머니 모시고 가십시다."

오현서는 다시 머리를 떨어뜨렸다.

병원은 낡은 2층 건물이었는데 안으로 들어가자 의외로 넓었다. 상가 복판에 위치한 건물이어서 병원 간판도 눈에 띄지 않았다. 접수구의 간호사에게 왕 노파가 한마디 했더니 곧장 안쪽 진료실로 안내되었는데 대기자가 10여 명이나 있었지만 아무도 불평하지 않았다.

오현서를 업은 한성진이 진료실로 들어서자 왕 노파가 이천수에게 말했다.

"네 처라고 해라."

"예, 할머니."

이천수가 한성진에게 통역하자 업혀 있던 오현서의 얼굴이 새빨개졌다. 곧 의사가 들어섰는데 50대쯤의 대머리에 비대한 체격이다. 의사가 왕 노파를 보더니 이를 드러내며 웃었다. 왕 노파가 오현서를 가리키며 떠들썩한 목소리로 상태를 설명하자 의사는 연신 머리를 끄덕였다. 이윽고 의사가 이천수에게 말했고 이천수가 통역했다.

"제 처를 침대에 반듯이 엎드리게 하라는군요."

눈을 뜬 한성진은 잠깐 동안 이곳이 어딘가를 몰라 당황했다. 눈앞이 흐려져서 사물 윤곽이 흐렸기 때문이다. 그때 냄새가 맡아졌다. 소독약 냄새, 병원 특유의 비린 공기가 맡아지면서 곧 이곳이 병원인 것을 깨달았다. 오현서의 병실이다. 눈을 깜빡여 초점을 맞춘 한성진이 상반신을 일으켰다. 이곳은 2인실이었지만 병상 하나가 비었기 때문에 그곳에 누웠다가 잠이 든 것이다. 그때 한성진은 이쪽을 바라보고 있는 오현서와 시선이 마주쳤다. 오현서는 모로 누워 있었는데 허리에 부목을 대었고 배까지 붕대로 감았다. 다리도 고정시켜 놓았기 때문에 그 상태로 누워 있어야 한다. 벽시계가 새벽 1시 반을 가리키고 있다. 병원 안은 조용하다. 이천수는 왕 노파와 함께 저택으로 돌아갔는데 아침에 돌아올 것이었다. 오늘 밤은 한성진이 병실 간병인으로 남은 것이다.

"괜찮아요?"

물었던 한성진이 문득 시선을 모으고는 병상에서 내려와 신발을 신었다.

"화장실?"

한성진이 묻자 오현서의 얼굴이 붉어졌다.

"죄송해요."

"깨우지 그랬어요."

다가간 한성진이 조심스럽게 오현서를 안아 들었다. 자주 안고, 업어서 이제는 익숙해졌다. 안고 화장실로 가면서 한성진이 농담을 했다.

"자주 안고 업어서 이젠 익숙해졌군."

한성진의 힘을 덜어주려고 한 팔을 목에 감았던 오현서가 팔을 내렸다. 그래서 한성진이 오현서를 당겨 안았다. 오현서의 가슴이 한성진의 가슴에 비스듬히 안겨졌다. 화장실은 병실 복도 옆이다. 문을 열고 들어가 오현서를 변기 위에 앉힌 한성진이 허리를 펴고 말했다.

"다 끝났으면 불러요."

오현서가 머리만 끄덕이자 한성진도 밖으로 나갔다. 그러고는 빈 화장실에 대고 말했다.

"내가 아니더라도 다른 사람들이 다 했을 겁니다. 그렇게 생각하면 돼요."

화장실 앞 복도에 등을 붙이고 서 있던 한성진이 바지 속의 핸드폰이 진동으로 떠는 것을 느꼈다. 핸드폰을 꺼내보았더니 발신자는 서울 동방무역이다. 서둘러 핸드폰을 귀에 붙인 한성진이 응답했다.

"예, 접니다."

"지금 어딘가?"

박현종의 목소리였으므로 한성진이 긴장했다. 지금은 새벽 두 시가 되어가고 있다. 급한 일인 것 같다.

"예, 12지점에 와 있습니다."

중국 각 지역을 번호로 나누었는데 일괄성이 없어서 엔지는 7번이고

6번은 베이징이다. 핸드폰의 위치 추적이 가능한 상황이지만 현재 위치를 그대로 불러줄 수는 없는 노릇이다. 그때 박현종이 다시 물었다.

"상황은?"

"아파서 열흘은 쉬어야 합니다."

"그럼 넌 7번으로 돌아가 일해라."

"네?"

"네가 필요하다."

그러더니 박현종의 목소리가 엄격해졌다.

"그리고 그쪽에서도 네가 필요하다고 했다. 난 네가 자랑스럽다."

한성진이 숨을 죽인 순간 통신이 끊겼다.

"저기요."

안에서 가늘게 울리는 목소리에 정신을 차린 한성진이 벽에 붙였던 등을 떼었다. 다시 목소리가 울리고 있다. 오현서다.

"저기요."

숨을 들이켠 한성진이 화장실로 들어서면서 대답했다. 여러 가지 응답을 할 수 있었지만 심장이 거칠게 뛰는 바람에 말이 이렇게 나왔다.

"다 쌌어요?"

오현서는 대답하지 않았다.

복도에 발자국 소리가 늘어나는 바람에 한성진은 침대에서 일어나 앉았다. 옆쪽 오현서는 눈을 감고 있었지만 눈꺼풀이 떨리고 있다. 깨어 있는 것이다. 신발을 신고 복도로 나왔더니 양동이나 세숫대야를 든 남녀가 분주히 오갔고 환자복 차림은 한 곳으로 몰려가고 있다. 그들을 따라간 한성진은 세면장에 닿았다. 환자들은 이곳에서 세수를 하고 움직일 수 없는 환자들을 위해 물을 받아가 씻기는 것이다. 오전 6시 10분이다. 중국인들의 목소리는 크고 떠들썩하다. 웃음소리도 커서 곧 사방이 소란스러워졌다. 한성진도 빈 양동이와 세숫대야를 찾아들고 더운물을 가득 받았다. 더운 물을 받은 양동이를 들고 병실로 들어서자 오현수가 물었다.

"왜요?"

"왜는? 세수하고 씻어야지."

혼잣소리처럼 말한 한성진이 대야에 물을 붓고 나서 오현서의 겨드랑이에 두 손을 넣어 상반신을 일으켰다. 허리에 부담이 되지 않도록 두발을 딛지 않은 경우에는 겨드랑이를 받쳐 들고 있어야 한다.

"자, 세수해요."

오현서가 잠자코 세수를 했다. 비누를 집어주자 비누칠까지 해서 얼굴과 목, 팔을 걷어 올리고 팔목까지 씻는다. 이윽고 씻기를 마친 오현서가 불편한 기색을 보였으므로 한성진은 서둘러 눕혔다. 수건을 건네주자 오현서가 닦으면서 말했다.

"고맙습니다. 오랜만에 씻었어요."

"이 선생한테 크림을 사오라고 하지요."

세숫대야에 물을 버리고 온 한성진이 다시 물을 받더니 침대 끝 쪽으로 다가갔으므로 오현서가 누운 채 물었다.

"왜요?"

"내가 발 씻겨 드리려고."

"아, 싫어요."

질색을 한 오현서가 다리를 오므리려고 했다가 신음을 했다. 허리 근육을 건드린 것이다. 오현서의 얼굴이 새빨갛게 달아올랐다. 그러나 대야를 오현서의 발 밑에 놓은 한성진이 환자복을 무릎 위까지 걷어 올렸다.

"아, 싫다구요!"

오현서가 소리쳤지만 다리를 움직이지는 않았다. 한성진이 오현서의 다리 밑의 종아리부터 씻으면서 혼잣소리처럼 말했다.

"때가 많네."

오현서의 다리는 희고 윤기가 흘렀다. 날씬한 종아리였다. 발가락도 가지런했고 갸름한 달걀형이다. 둘째 발가락이 몇 밀리쯤 더 커서 균형이 잘 잡혀졌다. 한성진이 오현서의 발을 더운물에 담가 주물러 씻기면서 말했다.

"땟물이 많이 나오는데요."

오현서가 발가락을 움츠렸다가 결국 한성진에게 다리를 맡겼다. 다리와 발에 비누칠까지 한 한성진이 대양의 물을 버리고는 깨끗하게 헹구었다. 이윽고 다시 대야의 물을 버리고는 다리를 수건으로 닦으면서 한성진이 말했다.

"나, 오늘 다시 엔지로 내려가야 되겠어요."

놀란 오현서가 눈을 크게 떴지만 입을 열지는 않았다.

"사장님이 내려가라고 지시하셨습니다."

"……"

"무슨 일인가는 이야기 안 하는 게 낫겠습니다. 만일의 경우를 생각해서요."

"……"

"이곳은 당분간 이 선생이 맡아준다고 했습니다."

그때 오현서가 한성진을 보았다.

"얼마나 걸릴 것 같아요?"

"글쎄, 그것은."

한성진의 시선이 오현서의 눈동자에 잡힌 듯 한동안 떼어지지 않았다.

"잘 모르겠지만 곧 돌아올 겁니다."

한성진의 시선이 지금까지 닦고 있던 오현서의 발가락으로 옮겨졌다. 시선을 받은 발가락이 안으로 굽혀져 있다.

"돌아올 겁니다."

머리를 든 한성진이 다시 오현서를 보았다. 오현서의 얼굴이 다시 붉어져 있다.

지하실로 들어선 최강일에게 윤경태가 말했다.

"10분쯤 후면 자백할 겁니다."

그때 목이 찢어질 것 같은 사내의 비명이 울렸으므로 최강일이 쓴웃음을 지었다.

"손톱을 빼는 거냐?"

"예, 조장 동지."

따라 웃은 윤경태가 앞장을 섰다.

"지금 두 대째 뽑았습니다. 세 대를 뽑으면 될 것 같습니다."

"이젠 손톱 뽑는 소리인지 손가락 자르는 소리인지 분간이 간다니까."

그때 이번에는 여자의 비명이 울렸다. 사무실로 들어가던 최강일이 말을 이었다.

"저 년은 이빨을 빼는 것 같군."

"잘 맞추셨습니다. 조장 동지."

체포조가 60대 두 부부를 잡은 것은 어젯밤 11시경이다. 둘은 한국인 관광객으로 위장하고 베이징행 버스를 타고 가다가 휴게소에서 잡혀 길림으로 돌아온 것이다. 버스터미널의 정보원이 둘을 가려낸 것이다. 사무실의 책상 위에는 두 부부의 소지품이 널려져 있었는데 관광객의 물품이 아니었다. 지도와 구급약, 옷가지, 칼과 빵 봉지, 지갑에는 6,000위엔 정도의 돈과 사진이 들어 있다. 탈북자 중 다른 건 다 버려도 마지막 순간까지 버리지 못하는 물건이 있다. 그것이 사진이다. 두 부부도 자식들과 함께 찍은 사진이 두 장이었는데 한 장의 배경이 북한이었다. 체포조는 척 보면 배경을 안다. 그때 방문이 열리더니 부하 하나가 들어섰다. 눈에 생기가 띄어져 있다.

"자백했습니다. 그놈들은 옌벤에서 넘어온 제2팀의 탈북자들입니다."

순간 최강일과 윤경태의 두 눈에도 생기가 띄어졌다.

"그렇군."

최강일이 웃음 띤 얼굴로 말했고 윤경태가 다그치듯 물었다.

"나머지는 어디 있다는 거야?"

"둘이 팀을 빠져나왔다는 겁니다. 부관 동지."

"나머지는?"

"길림시 동쪽 10km 지점의 성천동 축사에 있답니다."

부하의 목소리가 사무실을 울렸다. 윤경태가 머리를 돌려 최강일을 보았다.

"조장 동지, 놈들이 이곳에 있습니다."

어느덧 윤경태의 얼굴이 상기되어 있다.

눈을 뜬 유근상이 먼저 손목시계부터 보았다. 오전 8시 반이다. 밖은 조용했다. 어젯밤 늦게까지 떠들어대던 학생들은 모두 나간 모양이다. 이곳은 옌지 시 북부 상가 지역 안에 위치한 민박집이다.

한국 여행자들이 줄어들면서 민박집 경기는 시들해졌는데 이곳은 여전히 손님이 많았다. 상가 지역 복판에 있는데다 가격이 쌌기 때문인 것 같다. 다시 눈을 감았던 유근상은 문득 자신이 한성진을 기다리고 있다는 것을 깨닫고 숨을 들이켰다. 머리칼이 솟는 느낌이 들 정도로 부끄러웠으므로 유근상의 눈이 떠졌다.

탈북자 체포조에 대응하는 전략이 민간단체인 탈북자 인도팀보다 뒤처지는 것이다. 인도팀은 적극적으로 헤쳐 나가는데 반하여 국정원은 수동적으로 문제를 일으키지 않는 범위에서 해결했다. 그 결과가 바로 이것이다. 조중 국경의 국정원 조직이 붕괴되었고 요원은 이제 단 하나 남았다. 그것도 지금 인도팀 보호자의 지원을 기다리는 상황이 되었다. 보호자 한성진이 오면 그들의 안가를 활용하여 몸을 숨겨야만 한다. 인도팀의 안가가 더 넓게 퍼져 있었기 때문이다. 어젯밤에 이곳 민박집에 투숙한 후부터 1인실 밖으로 나가지 않았지만 소리는 다 들었다.

이 '제주' 민박집 주인인 진용은 중국인이다. 진용의 부인이 한국인인 것이다. 한국 유학을 다녀온 진용은 30대 초반으로 아버지가 엔지 시공산당위원회 간부다. 따라서 공안이 함부로 검문하러 들어오지 않는 것이다. 유근상은 주머니에 넣어둔 핸드폰을 꺼내 수신 목록을 보았다. 옷을 그대로 입고 잤기 때문에 몸이 더부룩한 느낌이 들었지만 어쩔 수 없다. 수신 목록은 비어 있었다. 어제 목록만 적혀 있을 뿐이다. 어제의 마지막 목록에 한성진의 전번이 찍혀져 있다.

"빌어먹을."

상반신을 일으킨 유근상이 투덜거렸다. 자신의 신세가 한심하게 느껴졌기 때문이다. 본부와는 통신이 끊긴 상태였고 더 이상 연락도 되지 않는다. 본부에서 수신을 차단시켰기 때문이다. 이제 자신은 고립되었다. 본부의 고위층이 은밀하게 손을 써서 탈북자 인도단체인 동방무역 측에 협조를 부탁했고 이제 지시는 한성진을 통해 받게 된 것이다. 이게 무슨 추태인가? 이게 국가기관인가?

정치권의 눈치나 살피는 수뇌부, 종북 세력이 모든 곳에 침투되어 있는 현 상황에서 우리는 개죽음을 당하고 있다. 그때 밖이 소란스러워 졌으므로 유근상이 긴장했다. 중국어로 사내들이 떠들고 있다. 그때 날카로운 여자 목소리가 들렸는데 한국어다.

"글쎄, 공안이 갑자기 수색을 하면 어쩌라는 거야! 우리 남편이 올 때까지 기다리라고 해!"

조선족 종업원에게 소리 지르는 주인 여자다. 여자가 다시 소리쳤다. 모두 들으라는 것이다.

"한꺼번에 다섯 명이나 몰려오다니, 우리 민박집에 범죄자가 숨어 있다는 거야, 뭐야!"

유근상은 몸을 솟구쳐 일어났다. 배낭을 어깨에 메면서 방안 신발장에 든 신발을 발에 꿰었다. 이곳 2층 1인실 뒤쪽에 비상계단이 두 개 있었는데 하나는 뒤쪽 마당으로 또 하나는 베란다로 통했지만 열쇠가 채워져 있다. 방을 나온 유근상이 한걸음에 복도를 뛰어 베란다로 통하는 비상문 앞에 섰다. 2층은 조용하다. 좌우로 방이 12개였으니 방에 들어 있는 손님도 있을 것이다. 유근상이 열쇠를 비틀자 곧 자물쇠가 풀렸다. 어젯밤 자물쇠를 열고는 구멍만 맞춰 놓았던 것이다. 곧 문을 열고 밖으로 나간 유근상은 베란다에서 이웃집 마당으로 뛰어내렸다. 높이가 4미터쯤 되었기 때문에 발이 땅바닥에 닿는 순간 낙법으로 두 손으로 바닥을 치면서 몸을 굴렸지만 발이 어긋난 것 같다. 발목이 시큰하더니 몸을 굴리던 유근상의 입에서 신음이 터졌다.

특급버스가 엔지 터미널에 도착했을 때는 오후 4시 반이다. 버스에서 내린 한성진 앞으로 여자가 다가왔다. 오늘은 진홍색 점퍼를 입었고 몸에 딱 붙는 바지가 육감적이다. 김 여사다. 친구를 떼어놓고 혼자 나온 것이다.

"아유, 만나기 힘들어."

다가온 김 여사가 대뜸 한성진의 팔을 끼었다. 지난번 이곳 터미널에서 전화번호만 받은 여자다. 선글라스를 낀 친구와 함께 있었는데 오늘은 떼어놓은 것 같다. 몸을 딱 붙이고 걸으면서 김 여사가 코 먹은 목소리로 물었다.

"그동안 길림에 다녀온 거야?"

"응, 급한 일이 있어서."

한성진도 말을 놓았다. 머리를 돌린 한성진이 김 여사를 보았다.

"누님, 나, 급한데, 어디 조용한 데 없을까? 우리 둘만 있는데 말야."

"어머, 어머, 어머, 나, 미쳐."

눈을 흘긴 김 여사가 몸을 더 붙이고 걸으면서 사지를 꼬았다. 행인들이 많아서 몸이 부딪쳤지만 전혀 상관하지 않는다.

"저기 모퉁이에 괜찮은 호텔이 있어, 내가 방 잡을게."

"급해 누님."

"나, 오늘 시간 많으니까 천천히 해."

김 여사의 두 눈이 어느덧 번들거리고 있다. 백주 대낮에, 그것도 인파가 들끓는 거리에서 커다랗게 이런 말을 주고받는 것도 자극이 될 것이었다. 그때 한성진이 손을 뻗어 김 여사의 엉덩이를 힘껏 쥐었다가 놓았다.

"아야야."

김 여사가 엄살을 부리자 한성진이 거침없이 말했다.

"걱정 마, 누님. 나, 넣고 한 시간은 넉넉하게 견디니까 말야."

"어머, 어머, 어머."

"그동안 누님 세 번은 죽여줄게."

김 여사의 발걸음이 빨라졌고 어느덧 호텔이 눈앞으로 다가왔다.

4장
복수

눈을 뜬 김 여사가 앓는 목소리로 물었다.

"자기야, 어디 있어?"

방안은 비린 정액의 냄새로 가득 차 있다. 오후 5시 반, 김 여사는 침대에 알몸으로 누워 사지를 제멋대로 벌린 자세다. 머리를 든 김 여사가 주위를 두리번거리다가 곧 화장실에서 나오는 한성진을 보더니 활짝 웃었다.

"자기야, 씻었어?"

이제는 목소리에 애교가 섞여져 있다.

"응, 그런데 누님, 옷 입어."

팬티 차림의 한성진이 바지를 꿰면서 말했다.

"호텔 바꿔야겠어. 여긴 너무 지저분해."

"응? 어디로?"

상반신을 일으킨 김 여사의 풍만한 젖가슴이 늘어졌다. 배의 지방질은 3겹이다. 한성진이 호언한 대로 김 여사와는 한 시간 가깝게 알몸으로 뒹군 것이다. 그동안 김 여사는 세 번이나 홍콩에 다녀왔다. 한성진이 정색하고 말했다.

"응, 국제호텔, 연락해봤더니 특실이 남아 있다고 해서 예약해놓았어."

"국제호텔 특실?"

김 여사의 두 눈이 크게 떠졌다. 어느덧 시트를 당겨 늘어진 젖가슴을 가린 김 여사가 다시 물었다.

"비쌀 텐데, 자기, 돈 많아?"

"내가 뭘 하는 사람인지 누님한테 말 안 했던가?"

"증권관계 일 한다면서?"

"그래, 주식 투자가야."

김 여사의 팬티를 찾아 건네준 한성진이 얼굴을 펴고 웃었다.

"누님, 멋진 방에서 끝내주게 놀자구, 누님하고 나하고는 궁합이 맞아."

체육관 건너편 운동복 가게 앞에 택시가 멈춰 섰을 때 곧 유근상이 다가왔다. 가게 안에서 기다리고 있었던 것이다.

유근상은 다리를 절룩이고 있었지만 서둘러 택시 뒷자리에 오르더니 길게 숨을 뱉었다.

"다리가 부었어."

택시는 바로 출발했는데 그때 반대편 창가에 앉은 김 여사가 한성진에게 물었다.

"누구야?"

김 여사가 국제호텔로 가던 택시가 갑자기 체육관 건너편에서 멈추더니 말도 없이 사내 하나가 합석한 것에 불안해진 것이다. 가운데 끼어 앉은 한성진이 웃음 띤 얼굴로 유근상을 소개했다.

"누님, 내 직장 선배인 유 부장이셔."

"아, 예, 유 부장입니다."

하면서 유근상이 건성으로 머리를 끄덕였고 김 여사도 외면한 채 답례했다.

"남쪽 샛길로 갔다가 우회전해서 북상하는 수밖에 없습니다."

갑자기 택시 운전사가 말하는 바람에 조금 안정되어 가던 안의 분위기가 어수선해졌다. 김 여사가 어리둥절한 표정으로 다시 한성진을 보았지만 택시 운전사가 말을 잇는다.

"이 시간대는 저녁 먹는 시간이어서 공안 검문이 심하지 않습니다. 그리고 이 길은 조금 전에 갔다 왔는데 검문이 없었단 말입니다."

그때 김 여사가 머리를 돌려 한성진을 보았다.

"무슨 이야기야?"

"누님은 가만있으면 돼."

한성진이 앞쪽을 향한 채로 말했을 때다. 반대편 창가에 앉은 유근상이 머리를 돌려 김 여사를 보았다.

"30분만 입 닥치고 앉아 있으면 길가에 내려 드릴 테니까 엔지로 돌아가시오."

김 여사는 입만 벌린 채 숨을 죽였고 유근상의 말이 이어졌다.

"우린 한국 기관원이오. 지금 공안과 북한군한테 쫓기고 있는데 김 여사를 끼워놓고 관광객으로 위장하고 있는 겁니다. 그러니까 30분만 입 다물고 앉아 있어요."

그때 운전사가 차의 속력을 줄이면서 말했다.

"저기, 관광버스를 검문하고 있는데요."

운전사는 이천수의 외사촌형 김복남이다. 지난번에 한성진과 오현서의 팀을 승합차에 싣고 길림까지 다녀온 경험이 있는 터라 이제는 노련

했다. 앞쪽을 본 한성진은 도로 한쪽에 관광버스 두 대가 멈춰 서서 공안의 검문을 받는 모습을 보았다. 오후 6시 반, 주위는 이제 어두워지고 있다. 그때 한성진이 말했다.

"1차선, 2차선은 차를 보내는데, 1차선으로 붙읍시다."

공안들이 길가에 서서 차 안을 들여다보고는 손짓으로 보내고 있다. 머리를 돌린 한성진이 김 여사에게 말했다.

"누님이 가운데로 옮겨 앉아."

"왜?"

했지만 한성진의 표정을 본 김 여사가 창가에서 자리를 바꿨다. 이제 한성진과 유근상이 창가로 옮겨졌다.

"천천히"

유근상이 김복남에게 말했다.

"웃어주시오. 운전사 선생."

"염려 마십시오."

김복남이 앞쪽을 향한 채로 소리치듯 말했다. 이제 길 복판에 서 있는 공안과는 20미터 거리가 되었다. 택시 앞에 차가 네 대가 서행하고 있다.

"누님, 웃어줘요."

한성진이 김 여사에게 말했다.

"자연스럽게 말요."

머리를 돌린 김 여사를 본 한성진의 얼굴에 웃음이 떠올랐다. 김 여사의 얼굴에 웃음이 번져 있었기 때문이다.

"나 몰라."

그 얼굴로 김 여사가 말했을 때 바로 앞쪽 승합차를 본 공안이 손으로 길가를 가리켰다. 그러자 그 옆에 선 공안이 2차선 도로를 가던 차를 막고 승합차가 3차선으로 들어가도록 돕는다. 그때 승합차를 세운 공안의 시선이 이쪽으로 옮겨졌다. 그러더니 손짓으로 빨리 가라는 시늉을 했다. 김복남이 차의 속력을 내어 공안의 옆을 스쳐 지났다. 공안의 시선이 승합차로 향해져 있었으므로 차 안에서 웃고 자시고 할 필요가 없어졌다.

성천동 축사 숙소는 비어 있었지만 최강일은 실망하지 않았다. 은신처를 옮겼다고 해도 멀리 가지는 못할 것이기 때문이다. 인도팀은 한 부장이라는 보호역과 오 과장이라는 인도팀장, 그리고 민동호, 박순실, 안정훈, 윤정옥까지 6명으로 구성되었다. 그중 가장 위험한 놈이 한 부장, 회사에서 급파한 놈으로 말이 보호역이지 경호원이다. 윤경태는 축사 주인 윤준호를 잡아 족치고 싶은 눈치였지만 최강일이 말리는 바람에 포기했다. 윤준호에게 행선지를 알리고 떠날 리도 없을뿐더러 특공대가 철수하자마자 공안이 진입해왔던 것이다. 윤준호를 잡으려고 조금만 꾸물거렸다면 공안과 부딪칠 뻔했다. 공안과 부딪치면 아무리 동맹국 사이라고 해도 추방 내지는 감옥에 갇혀 몇 달을 견뎌야 한다.

"조장 동지, 엔지에서 연락이 왔습니다."

방안으로 들어선 윤경태가 보고했다. 오후 8시 반이 되어가고 있다. 부동자세로 선 윤경태가 말을 이었다.

"정기준이 벽에 머리를 박고 자살했다는데요."

최강일은 시선만 준 채 대답하지 않았다. 국정원 엔지 담당관 정기준까지 자살했으니 이제 조중 국경의 남조선 조직은 붕괴되었다. 정보원, 연락원도 전멸 상태. 유근상이란 중간 간부가 겨우 살아남아 벌레처럼 숨어 있는 모양이지만 곧 찾아낼 것이다.

"당분간 남조선에서 국정원 인력은 보강시키지 않을 거다."

소파에 등을 붙인 최강일이 쓴웃음을 지었다.

"탈북자 체포보다 국정원 조직 붕괴가 더 큰 업적이야. 부부장 동지께서도 격려해주셨다."

"모두 조장 동지의 업적입니다."

"쓸데없는 소리 말라우."

심호흡을 한 최강일이 말을 이었다.

"너무 몰아붙이면 능률이 나지 않는다. 이번 토요일에 전 대원을 쉬게 하라우. 그렇지, 동곡리에서 놀게 하면 되겠다."

"동곡리 말씀입니까?"

윤경태가 눈을 둥그렇게 떴다.

"대원들이 기뻐 날뛸 것입니다. 조장 동지"

"내가 길림무역 오 사장한테 연락을 할 테니까 토요일 밤에는 푹 담갔다가 나오라구. 기분 전환에는 역시 여자가 최고다."

최강일의 얼굴에 웃음이 떠올랐다. 그러고 보면 국정원 담당관 정기준의 자살 축하파티가 된 것이나 같다.

"전멸이야."

유근상이 낮게 말했지만 한성진은 알아들었다. 택시는 고속도로를 총 알처럼 달려가고 있다. 평일 밤인데다 중국 고속도로는 차량 통행이 드 물다. 뻥 뚫린 고속도로를 보면 대부분의 한국인은 달리고 싶은 충동을 느낀다고 했다. 꽉 막힌 한국 고속도로만 겪었기 때문일 것이다. 유근상이 말을 이었다.

"본부에서 통신을 두절시킨 것은 이곳을 폐쇄했다는 의미요."

"그럼 돌아갈 겁니까?"

한성진이 묻자 유근상은 쓴웃음을 지었다. 피로에 지친 얼굴이 10년 은 더 나이 들어 보였다. 유근상은 36세, 한성진보다 네 살 위다. 국정 원 경력이 10년 차인데다 육군 병장 제대자다. 유근상의 목소리가 더 낮아졌다.

"하지만 비선은 움직이고 있어. 공식라인은 폐쇄되었지만 고위간부 몇 명이 힘을 쓰고 있는 상황이오."

"그 비선이 우리 회사를 통해 오더를 내린다 말이죠?"

"그래요. 지금부터는 한 형이 주관해서 움직여야 돼. 난 한 형 그늘에 숨어 있어야 되고."

"내가 졸지에 국가대표가 되었네. 군에서도 쫓겨난 놈이."

유근상의 시선을 받은 한성진이 투덜거렸다.

"무슨 나라가 이래요? 뭐가 무서워서 조직이 전멸을 당했는데도 복수를 할 생각도 못 하고 민간단체의 그늘에 숨어서 기어 다닌단 말요? 이게 국가요?"

"글쎄, 그것이……."

"잡혀있는 정 선생을 어떻게든 구출해낼 생각도 못 하고 말요."

"……."

"이런 상황에서 정치인 놈들은 뭘 하겠다는 겁니까? 남북협력? 평화? 이래놓고 뭐가 협력이고 평화야?"

그때 김복남이 백미러를 보면서 말했으므로 한성진은 입을 다물었다.

"저기 휴게소에서 좀 쉬었다 가겠습니다. 소변도 보구요."

그리고 보니 벌써 밤 10시 반이다. 네 시간 가깝게 달려온 것이다.

"여기 허리 아픈 환자는 몇 명이오?"

조태균이 묻자 행정부장이 머리를 기웃거리다가 컴퓨터를 두드렸다.

"관절염 환자가 넷, 타박상이 하나, 허리 수술이 셋."

"어디."

조태균이 컴퓨터로 다가가 들여다보았다. 환자 이름과 나이, 병명이

기록되어 있었으므로 한눈에 내역이 보인다. 머리를 돌린 조태균이 뒤에 선 하영도에게 머리를 저으며 말했다. 이번에는 조선말이다.

"없는데요. 모두 중국인이고 서른 살 미만의 여자도 없어. 여자는 셋인데 모두 40살 이상이야."

"지미랄."

하영도가 욕설을 뱉었다. 오후 11시, 둘은 길림 동부의 14개 병원을 훑은 셈이다. 오후 3시부터 11시까지 8시간 동안을 찾아다닌 것이다. 하영도 조(組)만이 아니다. 5개 조가 안내역으로 조선족 하나씩을 앞세우고 길림의 모든 병원을 수색하고 있다. 각 조별로 구역을 나눠 샅샅이 뒤지고 있는 것이다. 대상은 25세에서 30세 사이의 젊고 미모의 한국인, 한국 여권 소지자이나 위장했을 수도 있다. 현재 상태는 허리를 심하게 삐어 운신이 힘든 상태, 그러니 병원에만 있다면 잡을 수가 있다. 병원을 나온 제3조는 다시 500미터쯤 떨어진 시립병원을 향해 걷는다.

"이봐, 오늘은 이것으로 끝내자구."

하영도의 동료 한기일이 말했다.

"4조하고 1조도 조금 전에 일을 끝냈다는 거야. 내일 아침에 다시 시작한다는군."

하영도도 그럴 작정이었지만 대답하지는 않았다.

"약은 얻었으니까 됐습니다."

이천수가 말하더니 오현서에게 등을 내밀었다.

"자, 업히시오."

"아뇨, 됐어요."

오현서가 손바닥을 펴서 미는 시늉까지 했지만 이천수는 등을 더 내밀었다.

"자, 어서, 택시가 기다려요."

"과장님, 어서요."

이천수를 따라온 윤정옥도 재촉했으므로 오현서는 마침내 이천수의 등에 업혔다. 병실 벽에 걸린 벽시계가 밤 11시 5분을 가리키고 있다. 병실을 나온 셋은 계단을 내려간다. 깊은 밤이어서 환자들은 보이지 않았고 간호사만 가끔 오가고 있다. 시립병원은 동네 병원이지만 꽤 크다. 엘리베이터는 중앙에 한 대만 작동되는 터라 2층 환자실에서는 계단을 내려가는 것이 편하다.

"무겁죠?"

이천수의 숨소리가 크게 울렸기 때문에 미안해진 오현서가 물었다. 그러자 이천수가 오현서를 추켜올리면서 말했다.

"한 형이 업어드렸어야 되는 건데, 그렇지 않습니까?"

당황한 오현서가 입을 다물었고 그 순간 이천수도 실언을 깨달은 듯 헛기침을 했다. 이윽고 1층 복도로 내려온 이천수가 몸을 틀어 서문 방향으로 다가갔다. 그쪽에 택시를 대기시켜 놓은 것이다. 그때 현관으로 들어선 하영도는 왼쪽 복도를 지나는 소녀 하나를 보았다. 소녀는 이천수의 뒤를 따르던 윤정옥이다. 오현서를 업은 이천수는 한 발 차이로 하영도의 눈에 띄지 않았다.

한성진이 새 안가에 도착했을 때는 오전 7시경이다. 도중에 두 시간쯤 고속도로 휴게소에서 쉬고 왔기 때문이다. 안가에는 이천수가 기다리고 있었는데 다시 외사촌형 김복남과 만나게 되었다. 이번에는 한성진이 유근상까지 데려왔으므로 식구가 셋이나 늘어났다. 병원에서 퇴원한 오현서는 아직 누워 있었지만 분위기가 밝다. 오현서와 인사를 나누고 나온 유근상이 관운장이 있는 청에서 한성진에게 말했다.

"이곳은 난민수용소 같군."

한성진의 시선을 받은 유근상이 얼굴을 일그러뜨리며 웃었다.

"망한 나라의 난민들 말요. 그렇게 보이지 않소?"

유근상의 말이 이어졌다.

"기관원, 전직 군인, 유랑자 신세가 된 탈북자, 그리고 해외동포……."

"……."

"그 해외동포의 안가에 숨어 있어야 하는 기관원……."

"내가 여기 온 김에 말입니다,"

정색한 한성진이 말을 잘랐으므로 유근상이 머리를 들었다. 아침이었지만 청 안은 어둡다. 벽은 옻칠을 한 나무판자로 덧대었고 바닥도 검은 판자다. 유근상의 두 눈이 번들거리고 있다.

"나, 동곡리에 다녀올랍니다."

불쑥 한성진이 말하자 유근상의 이맛살이 찌푸려졌다.

"동곡리라니?"

"매음촌이 그곳에 있어요."

유근상이 시선만 주었고 한성진은 말을 이었다.

"탈북자가 그곳에 납치되어 몸을 팝니다. 조금 전 유 형한테 인사했던 아이 엄마 보셨죠? 박순실 씨라고."

"……."

"그분이 그곳에 감금되어 몸을 팔다가 도망쳐 나왔습니다."

"……."

"그분을 잡아 넘긴 놈들은 금강산무역 놈들이고 이곳에서 장사를 하는 놈들은 길림무역 놈들입니다."

"……."

"길림무역은 고속버스터미널 왼쪽의 대륙빌딩 5층에 있어요. 그것까지 다 알아놓았습니다."

"한 형."

혀로 입술을 적신 유근상이 갈라진 목소리로 불렀다.

"어떻게 하시려고?"

"먼저 동곡리로 가서 그곳에 있는 여자 납치범, 장사꾼들을 다 쏴 죽이는 거죠. 아직 실탄이 150발이나 남아 있습니다."

"⋯⋯."

"참, 유 형도 두 자루나 갖고 계시지요? 내가 드린 거 말씀이오."

"한 형, 그러니까⋯⋯."

"나 혼자 갑니다."

유근상의 말을 자른 한성진이 정색했다.

"거기서 여자들을 해방시킬랍니다. 그쪽 금고까지 다 털어서 여자들한테 나눠주고 말입니다."

두 손을 벌렸다가 닫으면서 한성진의 목소리에 열기가 떠올랐다.

"물론 현장답사도 해야겠고, 계획도 치밀하게 세워놓아야겠지요. 동곡리를 해방시키고 바로 터미널 옆의 길림무역도 습격할 예정입니다. 그곳을 털면 돈 꽤나 만질 수 있을 겁니다. 그 돈을 여자들 도피 자금으로 나눠주고 국정원 작전비로 내가 좀 떼어 드리지요."

"한 형."

유근상이 마침내 한성진의 말을 막았다.

"오해하지 말고 내 말 좀 들으시오. 한 형, 내가 정부요원이라서 그런건 아니지만 이거, 조국에 큰 불이익이 될 수가 있단 말입니다."

"조국 좋아하시네."

한 걸음 뒤로 물러선 한성진이 길게 숨을 뱉고 나서 유근상을 보았다. 안쓰러운 표정이다.

"지금 조국으로부터 버림을 받고 민간단체의 신세를 지고 있는 분이 어떻게 그런 말을 합니까? 그렇게 쓸개 없는 행동을 하니까 무시를 받는 겁니다. 아, 국민 하나 제대로 보호해주지도 못하는 국가가 국갑니까? 놔두세요."

몸을 돌린 한성진이 한 마디 더 했다.

"난 지금부터 유 형하고 상의하지 않을 테니까 부담이 적어지실 겁니다."

"한 부장님 어디 갔어요?"

오현서가 묻자 박순실이 머리를 기울였다.

"오후에 이 선생님하고 나가셨는데요."

이 선생은 이천수다. 외사촌형 김복남은 다시 엔지로 돌아갔지만 이천수는 남았다. 박순실이 침대 옆으로 다가와 앉았다. 오후 6시 반이 되어가고 있다.

"한 부장님이 무슨 일을 하시려고 하는 것 같아요."

"무슨 일요?"

긴장한 오현서가 묻자 박순실은 먼저 긴 숨부터 뱉었다.

"이제 부끄러울 것도 없지만······"

"······."

"제가 동곡리 이야기를 해드렸다고 했지요?"

"그런데요?"

"한 부장님이 동곡리 사업장 구조나 일하는 사람, 영업시간까지 꼬치꼬치 물으셨어요."

"······."

"그래서 왜 그러시냐고 물었더니 모두 해방시킬 계획이라고 하시지 않겠어요?"

"……."

"제가 놀라서 거긴 지키는 사람이 열 명도 더 된다고 말씀드렸더니 걱정할 필요가 없다고 하시네요."

"저기, 유 선생님은요?"

오현서가 묻자 박순실이 두어 번 눈을 깜박이다가 대답했다.

"지금 마당에 계시는데요."

"유 선생님하고 같이 그 일 하신대요?"

"그건 모르겠는데요."

오현서는 같이 그 일을 하는 모양이라고 생각했다. 아니 유근상이 주도해서 하는 일일 것이다. 한성진은 민간인이다. 그러자 허리를 삔 것에 화가 났고 그것 때문에 이곳에서 머뭇거리다가 한성진이 다른 일에 끌려 들어갔다는 생각이 들었다. 모두 자신 때문이다.

"괜찮으세요?"

기색을 본 박순실이 걱정스런 표정으로 물었으므로 오현서는 길게 숨을 뱉었다.

"조금 나아졌어요. 미안해요. 걱정시켜 드려서."

어두워지면서 거리에 행인이 많아졌는데 6시가 넘자 상가도 활기를 띠기 시작했다. 이곳저곳에서 불이 켜지더니 손님도 늘어난다.

"이런, 여기는 밤 장사를 하는군."

20분쯤 큰길가 버스정류장에서 얼쩡거렸던 한성진과 이천수가 슬슬 안쪽으로 옮겨가면서 이천수가 한 말이다. 중국인들에게 '검은대문집' 또는 '조개집'으로 불리는 조선 색시집은 일차선 도로 맨 끝, 작은 강줄기 옆쪽이다. 큰길에서 거리는 350미터 정도, 박순실의 설명대로라면 그 사이에 감시자가 드문드문 박혀 있다고 했다. 이제 밤 장사를 시작하는 좌우의 식당, 술집, 마사지 집에 감시원이 끼어 있을 것이다. 동곡리는 유흥가다. 변두리에 위치하고 있어서 이곳으로 오는 인간들은 술과 여자가 목적일 터였다. 그러니 밤이 되어야 장사를 시작하는 것이다. 술을 마시려는 듯이 이쪽저쪽을 기웃대며 늘어나는 행인들 사이에 끼어서 둘은 점점 안쪽을 들어갔다.

"저기인 모양이오."

마침내 이천수가 눈으로 앞쪽을 가리키며 말했다. 도로 끝 쪽에 식당도 아니고 가게도 아닌 주택 대문에 불을 밝혀놓았다. 대문 바로 옆쪽 편의점은 손님들이 많았고 검은 대문 안으로도 남자들이 들어가고 있다. 대문 안이 어두워서 '검은대문집'이라고 부르는 것 같다. 둘이 서 있는 곳에서 50미터 정도, 이제 유흥가 안쪽까지 들어온 셈이다. 그때 사내 하나가 다가와 중국어로 말을 걸었으므로 한성진이 긴장했다. 그러자 이천수가 서둘러 말을 받았는데 웃음 띤 얼굴이다. 이천수와 사내는 열심히 이야기를 주고받았고 한성진은 딴전을 피웠다. 알아듣지 못한다는 표시를 안 내려는 것이다. 이윽고 사내가 몸을 돌렸을 때 이천수가 한성진에게 말했다.

"조개집 삐끼라는데요. 내가 한족 행세를 했더니 새로운 탈북녀들이 많다고 합니다."

이천수의 목소리에 열기가 띠어졌다.

"30분에 100원, 한 시간에 150원까지 깎아준답니다. 아가씨는 50명 가깝게 있으니까 마음대로 고를 수가 있다는군요."

"……."

"긴 밤은 12시부터 되는데 400원이라고 합니다."

"가봅시다."

한성진이 말하자 이천수가 당황한 듯 눈동자가 흔들렸다.

131

"한 선생도 가보시려구요?"

"한 시간만 들어갔다가 나오지요. 가서 직접 물어보는 것이 낫지 않겠습니까?"

"그건 그렇지요."

한성진이 주머니에서 100위엔권 한 움큼을 집어 이천수에게 건네주었다.

"조선족 행세를 하고 들어가지요."

"놈들이 소지품 검사는 하지 않겠지."

혼잣소리처럼 말한 이천수가 힐끗 한성진을 보았다.

"한 선생, 저놈들은 탈북자와 조선족을 귀신같이 알아맞힙니다. 조심하셔야 됩니다. 물론 잘 알아서 하시겠지만 말입니다."

"알겠습니다."

한성진이 머리를 끄덕이며 웃었다.

"말을 많이 안 하면 되겠지요."

둘은 마치 전장에 가는 군인처럼 조개집을 향해 발을 떼었다. 거리의 행인이 더 많아지면서 소음도 늘어났다. 그러고 보니 유곽도 여러 개여서 대문 앞에 나와선 여자들도 있다. 박순실은 조개집 안팎에 10여 명의 조선족, 한족 감시원이 있다고 했다. 모두 무장하고 있을 것이다. 이곳은 북한 해외사업단 소속의 외화벌이 사업소인 것이다. 길림무역은 해외사업단 소속의 현지법인이다. 그때 이천수가 앞쪽을 향한 채로 말했다.

"문 앞에 경비원이 둘 있습니다."

한성진도 보았다. 문 양쪽에 선 두 사내가 출입하는 사내들을 힐끗거리고 있다. 손님들에게 위압감을 주지 않으려고 얼굴에 지어낸 웃음이 만들어져 있다. 그때 이천수가 먼저 사내들을 훑어보면서 한국어로 물었다.

"우리 둘인데 30분에 둘이 150원으로 안 될까? 돈이 그것밖에 없어서."

"제기, 그 돈으로 뭘 한다고?"

버럭 화를 낸 사내 하나가 이천수를 훑어보았다.

"그 돈으로 술이나 먹고 손장난으로 끝내."

"180원까지 낼 수 있어."

이천수가 정색하고 말했다.

"봐줘. 20분 안에 나올게."

30분에 180원으로 합의가 되었다. 물론 두 명이다. 투덜거리던 사내가 이천수한테서 구겨진 위엔화 180원을 받더니 어두운 통로를 향해 소리쳤다.

"둘 들어간다."

그러자 다른 사내가 턱으로 통로를 가리켰다.

"들어가서, 안에서 기다리고 있을 거야."

한성진과 이천수는 대문 안으로 들어섰다. 이천수가 앞장을 섰고 한성진이 뒤를 따른다. 집 구조가 묘했다. 박순실이 미처 설명해주지 않았는데 도망쳐 나온 후에 개조했는지도 모른다. 대문에서 안채까지 15미터 정도의 통로가 만들어져 있는 것이다. 양쪽이 막혔는데 바닥은 맨땅이다. 폭은 3미터 정도, 좌우의 벽은 시멘트 벽돌로 쌓아서 마치 동굴에 들어온 것 같다. 불도 켜지 않았기 때문에 앞쪽의 희미한 불빛으로 겨우 바닥과 좌우를 분간할 수 있다.

"이런 제기, 감옥에 들어온 것 같군."

이천수가 투덜거렸을 때 천장의 불이 켜졌다. 사방이 환해지면서 앞쪽에서 사내가 나타났다. 웃음 띤 얼굴이다. 손님이 들어올 때만 불을 밝히는 것 같다.

"어서 오십셔."

사내가 떠들썩한 조선어로 말하더니 앞장선 이천수에게 오른쪽을 가리켰다.

"손님은 12번 방."

머리를 돌린 사내가 한성진을 보았다.

"손님은 이쪽 19번 방."

사내는 왼쪽을 가리켰다. 복도 끝에서 좌우로 갈라지게 되었다. 이천수가 힐끗 한성진에게 시선을 주더니 몸을 돌렸고 한성진은 왼쪽 복도로 들어섰다. 방마다 문 앞에 숫자가 적힌 팻말이 붙여져 있어서 19번 방은 곧 찾았다. 옆쪽 방문이 열리더니 사내 하나가 나왔는데 일을 끝낸 것 같다. 천장의 붉은색 전등에 비친 사내는 대머리에 배가 나온 중년이다. 사내가 외면한 채 한성진의 옆을 지났다. 반쯤 열린 문 사이로 침대에 걸터앉은 여자가 보였다. 한성진은 19번 방문 앞에 서서 입구 쪽을 돌아보았다. 사내가 둘이었다. 조금 전에 방을 알려준 사내와 그 건너편 벽에 의자를 붙여 놓고 앉아 있는 사내, 상급자 같다.

"어서 들어가."

한성진과 시선이 마주치자 서 있던 사내가 손을 흔들면서 말했다.

"30분 되면 바로 나오라구!"

한성진이 방안으로 들어서자 침대에 걸터앉아 있던 여자가 머리를 들었다. 방안에도 붉은색 전등이 켜져 있어서 부스스한 파마머리에 여자의 둥근 얼굴이 선명하게 드러났다.

"거기 샤워기 있으니까 물건만 씻고 와, 시간 없으니까."

여자가 눈으로 가리킨 구석에 샤워기가 벽에 걸려 있다. 옆에 수건 한 장이 걸쳐진 것을 보면 그곳이 샤워장인 모양이었다. 커튼도 없고 그저 물이 빠지는 수챗구멍만 만들어 놓았다.

"물건 씻고도 콘돔 끼어야 돼. 글고 만지거나 입 맞춰도 안 돼."

여자가 내쏘듯이 말을 잇는다.

"입술을 내 몸 아무 데나 붙이면 안 된단 말야. 알았어?"

"알았어."

마침내 한성진이 대답하고는 침대 구석에 엉덩이의 반만 붙이고 앉았다. 방은 사방 3미터쯤의 넓이로 절반은 침대가 차지했다. 붉은 조명이 흐려서 침대의 시트도 붉게 보였지만 역한 냄새가 맡아졌다. 샤워기 쪽에서는 비린내에다 썩는 냄새까지 흘러나온다.

"안 할 거야?"

이맛살을 찌푸린 여자가 물었다. 가까운 데서 보니까 나이 든 것 같다. 처음엔 20대 후반쯤 같았는데 지금은 30대 같다. 여자가 앉은 채로 원피스를 훌렁 걷어 올리면서 말했다.

"자, 빨랑 박어."

순간 한성진이 숨을 삼켰다. 여자의 검은 숲과 골짜기가 다 드러났기 때문이다. 다리를 벌리고 앉은 여자가 말을 이었다.

"거기, 탁자 위에 콘돔 있어. 그거 끼우고 빨리해. 씻지 않을 거라면 말야."

"……."

"조선말 못 알아들어?"

여자가 그때서야 생각난 듯 눈을 크게 뜨고 묻는 바람에 한성진은 헛기침을 했다. 그러고 보니 방에 들어와서 말을 한 마디밖에 안 했다.

"알아듣고 있어."

그러자 여자가 눈을 부릅떴다. 화난 표정이다.

"그럼 뭐해? 내가 맘에 안 들어?"

"아니, 그게 아니고……."

"좆이 안 서?"

"아니, 그게……."

한성진은 30분으로는 여자하고 이야기도 제대로 나누지 못하겠다는 생각이 들었다. 그래서 여자를 똑바로 보았다.

"너하고 지금부터 긴 밤 할 수 없어?"

"긴 밤을?"

되물은 여자가 이제는 눈을 가늘게 떴다. 의심쩍은 표정이다.

"왜?"

"왜는 뭐가 왜야? 30분 가지고는 제대로 되지 않을 것 같으니깐 그러지."

"그게 안 서?"

"난 시간이 좀 걸려야 돼. 이야기도 좀 하고."

"돈 얼마나 있는데?"

"얼마 줘야 하는데?"

되물었더니 여자가 일어섰다. 원피스를 내려 숲을 가린 여자가 다시 물었다.

"돈 있어?"

"있어. 그런데."

한성진이 말을 이었다.

"나하고 같이 들어온 선배가 있어. 지금 12번 방에 들어갔는데 그 사람도 같이 긴 밤 자는 것으로 해줘. 같이 나가야 되니깐 말야."

"그럼 12번 방하고 같이 긴 밤이란 말이지?"

여자의 눈빛이 강해졌다.

"알았어. 잠깐 기다려봐."

서둘러 방을 나간 여자가 돌아온 것은 5분쯤 후였는데 조금 전 방을 배분해준 놈하고 같이 왔다. 사내가 의심이 가득 담긴 표정으로 침대에 앉아 있는 한성진 앞에 섰다. 불빛 아래에서 보니 40대 초반쯤으로 마른 체격에 눈빛이 날카롭다. 사내가 물었다.

"둘이 30분에 180원 내고 와서는 긴 밤 하겠다고? 돈 있어?"

"돈 안 내고 도망갈까 봐?"

한성진은 눈을 치켜떴다.

"내가 시발, 거지같이 보이냐?"

"허, 이 친구 좀 보게, 나이도 어린 것이."

"왜? 나이 어리면 긴 밤 못 자냐?"

"반말하는 것 좀 봐. 이런, 시발."

사내가 어깨를 부풀리자 한성진이 벌떡 일어섰다. 그러자 사내의 머리끝이 한성진의 턱밑에 닿았다.

"아, 시발, 장사할 거야? 말 거야?"

"돈 내봐."

"긴 밤 얼만데?"

"둘이 한다면서?"

"그래, 둘이다."

"지금부터라면 내일 아침 8시까지 일 인당 1천 원이다."

"뭐어? 시발, 그렇게 비싸?"

"이런 시발놈, 욕하는 것 좀 봐. 야, 긴 밤 하면 안채로 옮겨가서 진짜 샤워실이 있는 방에서 떡을 치는 거야."

눈을 부릅뜬 사내가 한성진의 위아래를 훑어보았다.

"밤에 야식으로 라면도 준단 말이다. 중국산이지만."

"좀 깎을 수 없어? 처음에는 400원이라더니."

"이게 웃기네. 그건 밤 12시가 넘어서부터야."

"900원씩이면 안 돼?"

"안 돼!"

버럭 소리친 사내의 옆구리를 여자가 잡아당겼다.

"잠깐만 나 좀 봐."

"왜?"

했지만 사내가 여자한테 끌려 방 밖으로 나갔을 때 한성진이 핸드폰을 꺼내 들었다. 이천수에게 이야기를 하려는 것이다. 버튼을 눌렀더니 이천수는 신호음이 두 번 울렸을 때 전화를 받았다.

"아, 나야."

이천수의 목소리는 굳어져 있다. 놀란 것이다. 엔지에서 온 선후배 행세를 하기로 말을 맞췄기 때문에 반말을 한다.

한성진이 말했다.

"형, 30분으로는 잘 안 될 것 같아서 내가 형 긴 밤 값까지 낼 테니까 안채로 갑시다. 긴 밤 자면 안채로 옮겨준다니까."

"그, 그러지, 뭐."

"그 여자한테 이야기해요."

"알았어."

핸드폰을 귀에서 떼었을 때 사내가 여자와 함께 들어왔다.

"좋아, 900원씩 1,800원, 돈 내놔봐."

사내가 손을 벌리면서 말했고 여자는 숨을 죽인 채 한성진을 주시했다.

중앙 통로의 커튼을 젖혔더니 다시 통로가 나왔다. 그 통로 끝의 대문을 열자 다시 좌우로 갈라진 복도에 방이 10여 개 펼쳐져 있었던 것이다. 바로 안채다. 바깥채 벽에 의자를 놓고 앉아 있던 사내 뒤쪽이 바로 안채로 통하는 통로였던 것이다. 대문 앞에는 안채 감시원 둘이 앉아 있었는데 이쪽은 대문을 열어줘야 들어간다. 감옥이나 마찬가지였다. 바깥에는 방이 20여 개, 숏타임용 손님을 받는 곳이었고 긴 밤 아가씨는

따로 있었던 것이다. 물론 긴 밤 아가씨는 숏타임 선수들보다 상등급이
며 단골들이 있다. 조금 전 한성진의 숏타임 파트너가 사내를 밖으로 데
리고 나간 것도 긴 밤 아가씨가 되어서 하룻밤 편하게 보내고 싶었기 때
문이다. 그래서 사내한테 값을 깎아주도록 설득했을 것이었다. 이번에
는 한성진과 이천수가 나란히 방을 배정받았고 방은 3급 여관 정도는
되었다. 화장실에 샤워기까지 갖춰진데다 주황색 전등빛에 비친 침대
시트도 깨끗했다.

"아유, 살겠다."

털썩 침대에 앉은 여자가 방안을 둘러보며 웃었다.

"어떤 년은 팔자가 좋아서 맨날 이런 방에서만 자고……."

말을 그친 여자가 힐끗 한성진을 보았다. 한성진은 TV의 리모컨을 주
물럭거리고 있는 중이다. 숏타임 방에서는 TV도 없었던 것이다.

"아저씨, 이름이 뭐야?"

"한성진."

"난 조금순이야."

밝은 불빛 아래에서 본 여자는 이제 30대 후반쯤이 확실했다. 숏타임
방의 붉은 등이 너무 흐려서 어리게 보였던 것 같다. 시선이 마주치자
여자가 눈웃음을 쳤다. 그러자 몇 살은 어리게 보였다.

"오늘 밤 내가 잘해줄게."

한성진이 주머니에서 일부러 구겨 넣은 100위엔 지폐를 한 장씩 꺼내
어 셀 때 여자는 옆에 딱 붙어 서서 숨도 죽였다. 돈을 주시하는 여자의
시선이 마치 굶긴 개가 먹이를 보는 것 같아서 한성진은 갑자기 가슴이
먹먹해졌던 것이다.

여자가 한성진의 옆에 바짝 붙어 앉았으므로 체취가 맡아졌다. 땀 냄
새와 비누, 그리고 비린 정액의 냄새까지 섞여진 체취가 코를 찌른다.

"어떻게 하는 거 좋아해? 뒤에서? 앞에서? 아니면 항문? 다 해줄게."

여자의 손이 한성진의 사타구니를 문지르기 시작했다. 두 눈이 번들거렸고 더운 숨결이 한성진의 목덜미에 닿는다.

"콘돔 끼지 않아도 돼. 나, 거기 깨끗해. 나, 한 번도 맨살로 박게 한 적이 없다구. 아저씨한테는 맨살로 해줄게."

"……."

"밤새도록 해도 돼."

방안을 둘러보던 한성진도 카메라는 설치되지 않았을 것이라고 생각했다. 도청장치는 상대적으로 비싸지 않은 터라 설치되었을지도 모른다. 그러니 안심할 수는 없는 것이다.

"여긴 누구 방이야?"

한성진이 묻자 여자가 이를 드러내고 웃었다. 이제 바지 지퍼를 열고 손이 팬티 안으로 들어가 있다.

"방주인은 없어. 긴 밤 맞는 년들이 돌아가면서 쓰는 거야. 나도 오늘 긴 밤 아가씨가 됐지만 말야."

여자가 한성진의 물건을 힘주어 쥐더니 눈웃음을 쳤다.

"내가 좋아서 긴 밤 자자고 한 거야?"

안채 왼쪽 끝방이 이 조개굴의 사무소 겸 관리인 대기소, 즉 길림무역의 동곡리 현장사무소다. 그렇지만 사내들은 '동곡리 공장'이라고 부른다. 또는 '조개공장'이라고 부르는 알짜 사업장이다. 공장 기계는 바로 탈북했다가 체포된 북한여자인 것이다. 현재 기계는 53대, 그중 45대가 가동 중이었고 3대는 치료 중, 5대는 교육 중이었다. 끌려온 지 이틀밖에 되지 않았기 때문에 기초교육을 받고 있는 것이다. 교육내용이란 간단하다. 피임법, 시간 지키는 법, 위급시 대응방법, 그리고 규칙을 지키지 않거나 탈출을 하면 어떤 처벌을 받는다는 것 따위다. 사무실에 앉은 고태명이 장부를 들여다보았다. 고태명은 48세, 함흥에서 대학을 나왔지만 제 말마따나 기계치다. 컴퓨터는 물론이고 핸드폰도 사용하지 않는다. 그래서 고태명은 보고를 서류로 받는다. 하긴 부하들이 컴퓨터에서 서류를 복사해오는 터라 읽기만 하면 된다. 그러나 매일, 매시간의 입출 현황은 수작업이 낫다. 지금 '조개공장' 사장 고태명이 보고 있는 것은 오후 8시 반 현재 가동현황이다.

"긴 밤이 벌써 두 명이야?"

서류에서 시선을 뗀 고태명이 앞에 선 유동화를 보았다. 유동화는 책임지도원인 고태명을 보좌하는 현장위원이다.

"예, 시간 손님 애들을 데리고 안채로 들어왔습니다. 두당 900원씩 받았지요."

유동화가 웃음 띤 얼굴로 말을 잇는다.

"엔지에서 채소 팔러온 조선족이라고 합니다. 지도원 동지."

"허, 그 새끼들 채소 판 돈 다 날렸겠다."

따라 웃은 고태명이 다시 물었다.

"시간 손님 받는 애들은 누구야?"

"예, 조금순, 이옥주입니다."

"어허허, 그래?"

고태명이 이제는 온 얼굴을 펴고 웃었다. 둘은 경력은 오래되었지만 얼굴이나 몸매가 떨어졌고 그 맛(?)도 신통치 않아서 단골이 없다. 잘 안 팔리는 기계였던 것이다.

"그 새끼들 진짜 촌놈들인 모양이다."

"예, 그런 것 같습니다. 지도원 동지."

머리를 끄덕인 고태명이 다시 서류를 보았다. 현재까지 시간 손님 27

명이 들었고 시간방 12개에서 열심히 기계가 돌아가고 있는 중이다. 현재 근무 인원은 11명, 삐끼 2명, 대문 앞 2명, 시간방 앞에 2명, 안채에 2명, 그리고 사무실에 고태명까지 포함해서 3명이다.

"내일 밤에 올 놈들은 16명으로 결정되었어. 인솔자는 박기배 상사고, 두 명이 늘어났어."

"최 상좌는 오지 않습니까?"

"부하들이 거북해할까 봐서 빠지는 거야. 같이 놀면 거북하지."

고태명의 얼굴에 쓴웃음이 떠올랐다.

"16명 긴 밤 비용으로 5,000위엔을 보낸다는군. 오후 9시 정각에 말야. 아마 저녁밥은 먹고 오는 모양이야."

"그럼 방에만 밀어 넣으면 됩니까?"

머리를 기울였던 유동화가 입맛을 다셨다.

"방에 술하고 안주는 넣어줘야 할 텐데요. 16명이 긴 밤 5,000원이면 이건 너무합니다. 더구나 9시부터라니요? 적어도 1만 원은 보내야 될 것 아닙니까?"

"야, 그만 하라우."

눈을 흘긴 고태명이 심호흡을 하고 나서 말을 이었다.

"사장님의 특별지시다. 잘 대접하라는 거야. 같이 객지에 나와서 고생하는 동지들 아닌가?"

"그건 그렇습니다만."

"체포조가 협조 안 해주면 우린 기계 공급도 받지 못한다. 안 그래?"

"그런 그렇습니다."

대답은 했지만 유동화의 얼굴은 찌뿌듯했다. 체포조는 여자를 금강산무역에 넘기는 것으로 끝난다. 그러면 금강산무역이 나서서 현지의 길림무역에 여자 장사를 하는 것이다. 그것도 등급을 정해놓고 1등급 1만 위엔에서 10등급 1,000위엔짜리까지 구분해놓은 것이다. 내일 놀러 오는 놈들은 제가 넘긴 여자 맛을 보러오는 셈이다. 고태명이 정색하고 말했다.

"내일 9시부터 안채는 손님 받지 말고 16명 대기시키도록, 술하고 안주 준비도 해놔. 애들 교육도 시켜놓고."

"예, 지도원 동지."

"소문나가지 않도록 해."

"알겠습니다."

건성으로 대답은 했지만 이미 긴 밤 아가씨들 사이에는 소문이 다 퍼진 상태다. 사흘 전 연락이 왔을 때부터 공장에서 준비를 해왔기 때문이다. 몸을 돌리는 유동화에게 고태명이 말을 이었다.

"참, 내일 경비는 세 명 더 늘려라. 안채 출입을 엄격히 통제하란 말이다."

처음에는 어쩔 수 없었기 때문이지만 욕실에서 씻고 나온 조금순의 알몸을 보자 한성진은 욕정도 느꼈다. 여자는 여자인 것이다. 도를 닦는 것도 아닌데다 누구한테 매인 입장도 아니다. 서울의 애인 김예원은 이미 까마득하게 멀어진 인연, 먼 과거의 여자 같다. 문득 오현서의 얼굴이 떠올랐을 때 가슴이 먹먹해진 느낌이 들기는 했다. 그러나 어쩌란 말인가? 이 일이 중요하다.

"아이구, 좋아."

밑에 깔린 조금순이 연신 비명을 질러대었는데 과연 동굴에서는 용암이 넘쳐흘렀다. 용암은 좋으니까 넘치는 것이다.

"아이구, 여보."

허리를 흔들면서 조금순이 소리쳤다. 지금 한성진은 맨살, 즉 콘돔을 끼지 않고 일을 치르고 있다. 조금순이 맨살을 원했기 때문이다.

"여보, 입 맞춰줘."

헐떡이며 조금순이 소리쳤으므로 한성진은 키스를 했다. 금방 조금순의 혀가 뽑혀 나와 한성진의 입안을 휘젓는다. 이윽고 허리를 흔들던 조금순이 절정으로 치솟기 시작했다. 온몸이 땀으로 젖었고 울음 섞인 비명이 더 높아졌다.

"아아악."

조금순이 폭발하면서 한성진을 빈틈없이 껴안았다. 그러더니 흐느껴 울었다.

"최 상좌, 내일 놀기로 했다면서?"

금강산무역 부대표 진각승이 묻자 최강일은 쓴웃음을 지었다.

"예, 조원 사기도 올려야겠고 그동안 고생도 많이 해서 말입니다."

"잘했어."

머리를 끄덕인 진각승이 탁자 밑에서 봉투를 꺼내 최강일 앞에 놓았다.

"오전에 길림무역 오 대표한테서 이야기 듣고 이거 준비했어. 2만 위엔이야."

"아이구, 부대표 동지."

놀란 최강일이 눈을 크게 떴다.

"이러시면 안 됩니다. 동지."

"이건 동무하고 나하고만 아는 비밀로 하세. 그럼 되지 않겠나?"

"아닙니다. 저는 이 돈 못 받습니다."

정색한 최강일이 머리를 저었다.

"오 대표한테 5,000원으로 합의를 했고 그 돈은 작전비로 충당하면 됩니다."

"이 돈은 동무가 써."

진각승도 정색하고 최강일을 보았다.

"이건 동무하고 나하고의 사적 친분을 다지기 위한 과정이라고 생각하네. 이걸 받지 않는다면 내 제의를 거절한다는 것으로 간주하겠네."

"그, 그럴리가 있습니까? 저는 단지……."

"객지에서 고생하는 동무에게 이런 호의도 보이지 말란 말인가?"

"아닙니다. 부대표 동지."

"이것으로 무슨 약점이 잡힌다고 생각하는가?"

"그게 아닙니다."

"오히려 내가 약점이 잡히겠지."

"그럼 받겠습니다."

마침내 손을 뻗어 봉투를 쥔 최강일이 얼굴을 일그러뜨리며 웃었다.

"부대표 동지는 못 당하겠습니다."

"동무도 고집이 대단해."

따라 웃는 진각승이 소파에 등을 붙였다.

이곳은 길림 시청사 건너편의 국제빌딩 8층에 위치한 금강산무역 사무실 안이다. 금강산무역 대표는 공석이었으므로 부대표 진각승이 1인자다. 이윽고 진각승이 최강일을 보았다. 어느새 정색한 얼굴이다.

"곧 부장 동지한테서 연락이 올 것이네."

"예? 부장 동지라니요?"

최강일의 시선을 받은 진각승의 목소리가 낮아졌다.

"보위부장 동지 말이야."

숨을 죽인 최강일이 진각승을 주시했다. 보위부 소속이지만 최강일은 보위부장 김용해와 통화를 한 적도 없다. 보위부 소속인 국경경비대 참모장으로부터 연락과 지시를 받아온 것이 고작이다. 진각승은 현역 중장으로 호위총국 출신이었으니 보위부장 김용해와 인연이 있을 것이었다. 진각승이 말을 이었다.

"동무한테 다른 과업을 맡길 거네."

"아아, 예."

"내가 보위부장 동지께 동무를 적극 추천했어."

"감사합니다. 부대표 동지."

그러자 진각승이 입을 벌리며 소리 없이 웃었다.

"우린 앞으로 더 밀접한 관계가 될 거야."

"내일 손님 온다고 청소를 깨끗이 한 거야. 안채 애들이 고생했어."

알몸으로 화장실에서 나오던 조금순이 웃음 띤 얼굴로 말했다. 한성진의 시선을 받은 조금순이 다가와 옆에 누우면서 말을 잇는다.

"내일 개새끼들이 무더기로 온다는 거야."

"누가?"

"날 여기에다 팔아먹은 놈들."

조금순이 다시 한성진을 껴안았다. 다리 한쪽이 하반신 위에 비스듬히 걸쳐졌는데 마치 통나무가 넘어진 것 같다.

"그게 누군데?"

한성진이 긴장했지만 조금순의 젖가슴을 주무르며 묻는다.

"탈북자 체포조 놈들이지 누구야?"

조금순도 손을 뻗쳐 한성진의 남성을 주무르기 시작했다. 밤 11시가 되어가고 있다. 안채에도 손님이 들기 시작해서 복도를 오가는 인기척이 들렸다. 조금순이 말을 잇는다.

"개새끼들이 단체로 놀러 온다는 거야."

"……."

"무슨 축하를 한다는데 열댓 명이 긴 밤을 자고 간다는 거야. 그래서 내일 긴 밤 자는 년들은 모두 손님 못 받아."

"난 내일도 널 만나려고 오려고 했는데."

"정말?"

놀란 조금순이 한성진의 연장을 힘주어 쥐었다.

"정말이야?"

"그래, 그럼 내일 안채로 못 오겠는데?"

"아니, 될 거야. 방이 스무 개나 있는데……."

연장에서 손을 뗀 조금순이 한성진을 보았다. 가는 눈이 더 가늘어져 있다.

"여보, 정말 나하고 또 긴 밤 자려고 했어?"

"그렇다니까?"

"내가 그렇게 좋아?"

"이렇게 맛있게 떡 친 건 처음이야."

"어머머."

활짝 웃은 조금순이 이제는 두 손으로 한성진의 연장을 잡고 주물렀다.

"여보, 벌써 커졌어. 나, 해줘."

"내일 어떻게 하지?"

"몇 시에 올 건데?"

"그놈들이 오기 전에 와야겠지?"

"알았어. 내가 조금 있다가 밖에 나가서 알아볼게."

그러더니 조금순이 한성진 위로 올라왔다. 서두르고 있다.

"이번에는 내가 위에서 해줄게. 여보."

"누운 채로 조금순의 거대한 젖가슴을 두 손으로 움켜쥔 한성진이 결행일을 내일로 잡았다. 이곳을 무너뜨리고 여자들을 해방시키려고 했던 계획을 바꾼 것이다. 이제 목표는 내일 온다는 체포조 놈들이다. 10여 명이나 온다니 정밀한 계획을 세워야 한다."

"아이구, 나 죽어."

위에서 구르면 여자는 빨리 절정에 오르는 법이다. 쪼그리고 앉은 채 몸을 흔들던 조금순이 자지러지는 비명을 지르면서 몸을 움츠렸다. 얼굴이 쾌락으로 잔뜩 일그러져 있다.

"여보, 여보, 나 할 것 같아."

조금순은 이제 한성진을 손님으로 취급하지 않는다. 초점이 멀어진 눈을 치켜뜨고 조금순이 한성진을 내려다보았다.

"여보, 나, 나 죽어!"

그때 한성진이 조금순의 어깨를 당기면서 허리를 힘껏 치켜 올렸다. 그 순간 조금순이 폭발했다. 비명 같은 탄성이 방안을 메우고 있다.

다음날 오전, 동곡리에서 돌아온 한성진이 방에서 옷을 갈아입고 있을 때 노크소리가 들렸다. 문을 열었더니 유근상이다.

"아, 이야기할 것이 있어서……."

유근상의 표정은 굳어져 있다. 잠자코 몸을 비킨 한성진이 다시 싸구려 스웨터를 입었을 때 유근상이 물었다.

"한 형, 오늘 다시 동곡리에 가신다면서요?"

"예."

건성으로 대답한 한성진이 이제는 가방을 열고 권총을 꺼내었다. 중국제 공안용 권총은 러시아제 토카레프와 비슷한 모델이었는데 반동이 적고 손에 딱 잡혔다. 탄창에는 14발, 이제 한성진은 10미터 거리라면 백발백중이다. 시간 나면 분해, 청소를 한 덕분에 권총은 깨끗했다. 탄창을 확인한 한성진이 탁자 위에 놓았을 때 옆쪽 의자에 앉아 잠자코 바라만 보던 유근상이 다시 물었다.

"오늘은 무슨 일로 갑니까?"

이천수에게도 오늘 밤 체포조가 온다는 이야기는 해주지 않았다. 오늘은 혼자서 훑어보려고 간다고만 한 것이다. 머리를 든 한성진이 똑바로 유근상을 보았다.

"거기, 여자 하나를 만났는데 괜찮았어요. 그래서 하룻밤 더 놀려고 그럽니다."

"농담하지 맙시다."

유근상의 눈썹이 치켜 올라갔다.

"날 졸로 보지 말란 말이오."

"유 선배는 졸로 안 봅니다."

유근상의 시선을 받은 채 한성진이 말을 이었다.

"유 선배의 회사, 그리고 나라까지는 졸로 보지만요."

"한 형, 그러지 말고……."

"참 좆같은 나라라는 생각이 안 듭니까? 이국 땅에서 조직원이 전멸을 했는데도 찍소리 못하고 있는 것이 말입니다. 난 지금도 정 팀장의 목소리가 귀에서 울려요."

"다 시기를 보고 그러는 거요. 한 형은 신경과민이야. 그러니까 진정하고……."

"아, 글쎄, 오늘 밤에도 놀러 간다니까요?"

"그럼 나도 같이 갑시다."

유근상이 말을 이었다.

"이천수 씨도 데리고 가지 않는다니 오늘은 나하고 가면 되겠네."

"유 선배 스타일은 아닐 텐데요."

"괜찮아. 요즘 굶었어. 나도."

"쓸데없는 걱정 마시구요."

이맛살을 찌푸린 한성진이 유근상을 노려보았다.

"덧붙여서 말하는데 날 통제하려고 들지 마십시오. 난 혼자 갑니다."

한성진이 방으로 들어섰을 때 오현서는 의자에 앉아서 박순실과 이야기를 하던 중이었다.

"어서 오세요."

박순실은 벌떡 자리에서 일어섰지만 오현서는 탁자를 짚고 천천히 몸을 일으켰다. 이제 천천히 걷지만 금방 앉고 일어나지는 못한다.

"아, 그냥 앉아 계시지⋯⋯."

다가선 한성진이 오현서를 부축하는 시늉을 하려다가 말았다. 중국식 방이어서 마루방이다. 둘이 탁자를 사이에 두고 다시 앉았을 때 박순실이 방을 나가며 말했다. 둘만 남겨 놓으려는 것이다.

"저, 정훈이 씻겨야 돼서요."

방에 둘이 남겨지자 오현서가 시선을 내린 채 말했다.

"죄송해요. 저 때문에 여러 가지로⋯⋯."

"아니, 천만에요."

크게 머리를 저은 한성진이 오현서의 콧등을 보았다.

"난 지금처럼 생의 활력을 느껴본 적이 없습니다."

머리를 든 오현서가 한성진을 보았다. 그러나 시선만 주고 있다. 한성진이 말을 이었다.

"군에서 잘렸을 때 정말 막막했지요. 이곳으로 파견된 것도 그저 일당 받는 노동자 심정이었습니다."

"⋯⋯."

"그런데 이제 내가 할 일을 찾은 것 같단 말입니다. 더구나 내가 스스로 일을 찾아내게 되었어요. 내가 결정을 하고 말입니다."

"……."

"그러니 내가 오히려 오현서 씨한테 고맙다고 말해야 된다니까요?"

"어젯밤 어디 가셨어요?"

불쑥 오현서가 물었으므로 한성진은 저도 모르게 숨을 삼켰다. 박순실에게 동곡리를 캐물었고 이천수까지 데려갔으니 소문이 안 날 리가 없다. 예상은 했다. 심호흡을 한 한성진이 대답했다.

"예, 여자를 사러 갔습니다."

오현서는 다시 외면했고 그 콧잔등을 보면서 한성진이 말을 이었다.

"남자는 자동차처럼 엔진오일을 한 번씩 바꿔줘야 잘 움직입니다."

"……."

"그러면 기력이 나고 분위기가 바껴지는 겁니다."

한성진이 다시 말을 이으려고 입을 벌렸을 때 오현서가 시선을 들었으므로 입이 저절로 닫혀졌다. 그러고는 말을 잊어먹은 표정이 되었다. 오현서가 말했다.

"절 도와주셔야죠."

한성진은 시선만 주었고 이제는 오현서가 말을 이었다.

"저하고 탈북자들요. 둘은 도망쳤지만 넷이 기다리고 있거든요."

"……."

"제 허리가 곧 나을 거예요. 약도 잘 듣는 것 같고, 며칠만 기다리면 걸을 수 있을 것 같아요. 그러니까……."

"알겠습니다."

머리를 끄덕인 한성진이 엉거주춤 자리에서 일어섰다. 그러고는 외면한 채 말을 이었다.

"기다리지요."

방을 나온 한성진이 등 뒤의 문을 닫으면서 입술만 달싹이며 말했는데 제 귀에는 들렸다.

"개뿔."

관운장 목상 옆으로 다가온 윤정옥이 벽에 기대 서 있는 한성진을 향해 이를 드러내고 웃었다.

"아저씨도 목상 같아요."

"내가 그럼 장비 같냐?"

"장비가 누군데요?"

"여기 관운장 동생."

청은 한낮인데도 어둡다. 그래서 윤정옥을 이쪽으로 부른 것이다. 점심을 먹고 난 저택 안은 조용하다. 왕 노파는 반대편 마루에서 박순실과 함께 콩을 까는 중이었고 이천수는 점심을 먹고 나더니 제 방으로 들어갔다. 유근상은 화가 났는지 민동호와 함께 방에서 나오지 않는다.

"아저씨, 무슨 일인데요?"

다가선 윤정옥의 두 눈이 반짝였다. 16살이라지만 발육이 덜 되어서 한국의 열두어 살짜리로 보인다. 그러나 젖가슴이 볼록했고 엉덩이도 커졌다. 숙성한 것이다. 그리고 첫째, 눈치가 빠르고 영리하다. 한성진이 보기에 탈북자 중 가장 생존력이 뛰어났다. 위기에서 가장 먼저 빠져 나올 것 같다. 한성진이 똑바로 윤정옥을 보았다.

"정옥아, 잘 들어."

"예, 아저씨."

"이건 너하고 나하고 둘만의 비밀이다. 너, 이 비밀 지킬 수 있어?"

"뭔데요?"

윤정옥의 두 눈이 커졌다. 입안의 침을 삼킨 윤정옥이 한성진을 보았다.

"무슨 비밀인데요? 아저씨."

"내가 내일 아침까지 돌아오지 않을 때 오 과장한테 내가 전하는 말을 해주는 거."

"으응?"

윤정옥의 눈동자가 흔들렸다. 입안의 침 넘어가는 소리가 들렸다. 그때 한성진이 눈을 부릅떴다.

"너밖에 믿을 사람이 없어. 그리고 넌 똑똑해. 영리하고, 박 아줌마는 마음이 약해서 중요한 일을 못 맡겨. 민 선생은 몸이 아파서 안 되고⋯⋯."

"이건 우리 팀에 관한 일인가요?"

"그렇지."

"그럼 말해요."

"내일 아침까지 입 다물고 있다가 오 과장한테 말할 거지?"

"그럴게요."

그때 한성진이 들고 있던 손가방을 윤정옥에게 내밀었다.

"가방 안에 돈이 들었어. 미화 5,000불하고 중국 돈 2만 위엔이다."

윤정옥이 조심스럽게 가방을 받자 한성진이 말을 이었다.

"내일 아침 10시에 오 과장한테 줘라."

"아저씨가 그때까지 안 오면 말이죠?"

"그래."

"그냥 아무 소리 않고 주면 돼요?"

"그래."

"아저씬 어디 가시는데요?"

"네가 알 것 없다."

한성진이 손을 뻗어 윤정옥의 어깨를 쥐었다가 놓았다.

"너만 믿는다."

"어제 조금순이 하고 같이 잔 놈이 오늘 또 온다고 했습니다."

유동화가 말하더니 제 말에 제가 픽픽 웃었다.

"조금순이한테 선물을 사 가지고 온다고 했다는데요."

"미친놈."

마침내 따라 웃은 고태명이 담배를 꺼내어 입에 물었다. 안채 사무실 안이다. 오후 5시 반, 네 시부터 시작한 안채 정돈은 이제 끝이 나고 있다. 그것은 좌우의 방 17개를 따로 떼어놓는 작업이다. 통로에 사무실에서 가져온 서랍장과 옷장을 나란히 세워놓고 그 위를 상자로 막았더니 나머지와 분리가 되었다. 17개 방 사이의 통로에 테이블 네 개를 늘어놓고 술과 과일, 안주를 쌓아놓으면 끝난다. 유동화가 고태명에게 물었다.

"왼쪽 방 다섯 개는 손님을 받을 수 있습니다만, 비워놓아야겠지요?"

"당연하지. 긴 밤 나머지 애들은 거기서 쉬도록 해."

"참, 조금순이는 방 하나를 줄까요?"

그러자 잠깐 유동화를 응시하던 고태명이 머리를 기울였다.

"조금순이 맛이 그렇게 좋나?"

"그런 것 같지는 않습니다."

"그놈, 채소 장사 말야. 덜떨어진 놈인가?"

"저는 못 만났습니다."

"애들한테 물어봐라."

"뭘 말씀입니까?"

"그놈이 덜떨어진 놈인지 어쩐지 말야."

"예, 지도원 동지."

"조금 수상하지 않나?"

고태명의 시선을 받은 유동화가 머리를 끄덕였다.

"말씀 듣고 나니 제 생각도 그렇습니다."

154

"그놈이 오면 잡아서 조사해봐."

"예, 지도원 동지."

자리에서 일어선 유동화가 말을 잇는다.

"어젯밤 그놈 만난 애들을 불러 자세히 물어보겠습니다. 지도원 동지."

6시 반이 되었을 때 주위는 완전히 어두워졌다. 어제와 마찬가지로 어두워지면서 행인들이 많아졌고 주로 남자들이다. 매음업소가 많기 때문인 것 같다. 사내들이 거침없이 웃고 떠드는 곳은 식당이나 술집이고 성매매하는 곳은 조용하다. 사내들은 시선을 부딪치지 않고 서둘러 나오고 들어가는 것이다. 그러나 조용한데도 손님이 꽤 많다. 한성진은 '조개집' 앞에 오늘은 세 사내가 서 있는 것을 보았다. 어제는 둘이 느슨한 몸짓으로 서 있었지만 오늘은 다르다. 셋 중 하나는 삐끼인지 지나는 행인에게 쉴 새 없이 말을 붙였다. 한성진은 '조개집'으로 다가가다가 30미터쯤 전방에서 우측 골목으로 꺾어졌다. 그곳에도 매음업소가 있었지만 어제 보니까 중국인 전용이다. 한성진이 다가가자 사내 하나가 다가와 중국어로 말을 걸었다가 무시하자 곧 떨어져 나갔다. 골목은 다시 왼쪽으로 꺾어졌고 곧 공터가 나왔다. 오늘 아침에 나와서 이쪽까지 와본 것이다. 아침에는 거리에 인적이 하나도 없었는데 지금은 공터에도 사내 서너 명이 모여 담배를 피우고 있다. 마약인지도 모른다. 사내들이 힐끗거렸지만 곧 저희들끼리 웃고 떠들었다. 한성진은 공터를 지나 곧 둑이 나왔다. 바람결에 물비린내가 맡아졌다. 강가로 나온 것이다. 이곳에서 좌측으로 50여 미터 떨어진 곳에 '조개집' 뒷마당이 나온다. 곧 안채 뒷마당인 것이다. 주위는 짙은 어둠이 덮여졌고 바람이 세었다. 한성진은 심호흡을 하고는 등에 멘 배낭을 내려놓았다.

5장
도살자

강 쪽 담장으로 다가간 한성진이 안쪽의 기척을 살폈다. 강에서 불어온 바람이 강해졌다. 주위는 짙은 어둠에 덮여졌고 조용하다. 담장 안쪽에서 희미한 소음이 들렸다. 두런거리는 목소리다. 안쪽은 저택의 뒷마당이 된다. 감시원이 있는 것이다. 호흡을 가눈 한성진이 옷차림과 장비를 점검했다. 검정색 점퍼와 바지, 운동화를 신었고 머리에는 방한용 털모자를 썼으므로 턱까지 내리면 눈만 보이는 마스크가 된다. 점퍼 주머니에는 권총과 실탄 14발씩이 장전된 탄창 3개가 들었으니 실탄은 56발이다. 허리춤에는 왕 노파의 저택 주방에서 가져온 30센티 길이의 식칼이 꽂혀져 있었는데 날은 무디었지만 무겁고 끝이 날카로워서 흉기로 적당했다. 한성진이 배낭을 열고 화염병 6개를 꺼내놓았다. 화력을 높이려고 휘발유와 신나를 1 : 1의 비율로 섞은 다음 설탕을 넣었다. 하나만으로도 이런 목재 저택은 전소할 것이었다. 이미 저택 구조는 체크 해놓은 터라 화염병을 거꾸로 세워 헝겊 끝을 적시면서 한성진은 손목시

계를 보았다. 오후 9시가 되어가고 있다. 강변에서 두 시간 가깝게 기다
렸던 것이다.

"불이야!"

밖에서 외치는 소리에 유강태는 이맛살부터 찌푸렸다. 마악 벗고 시
작하려는 참이었기 때문이다.

"불 꺼라!"

냅다 방에서 외친 유강태가 여자의 허리를 당겨 안았다.

"나가지 마!"

여자의 다리를 벌리면서 위에 올랐을 때 다시 외침 소리가 들렸다.

"불이야! 불! 불! 비상!"

이번에는 동료의 목소리다.

"이런 쌍놈의……."

마악 넣는 순간이어서 유강태는 울화통이 터졌다.

"모두 나와!"

하고 다른 조원이 외쳤고 복도에 요란한 발자국 소리가 울렸지만 유
강태는 움직이지 않았다.

"가만있어!"

밑에서 발버둥을 치는 여자에게 버럭 소리친 유강태가 불끈 몸을 붙
였다. 여자와 합친 것이다. 놀란 여자는 유강태의 몸이 들어온 것도 모
르는 것 같다.

"동무, 불났어요!"

여자가 소리쳤고 이번에는 외침이 여러 곳에서 한꺼번에 울렸다.

"통로에 불이다! 그쪽으로 가지 마!"

"비상! 비상!"

"이쪽이 뚫렸다!"

모두 밖으로 뛰어 나온 것 같다. 그때서야 유강태는 몸을 빼었는데 그 동안에 열 번도 더 허리운동을 했다.

"이런 개 같은……."

투덜거리면서 바지를 찾으려고 허리를 굽혔을 때다.

"탕! 탕! 탕! 탕! 탕!"

요란한 총소리가 울렸으므로 유강태는 기겁을 했다.

"으악! 습격!"

비명과 함께 밖은 아수라장으로 변해졌다. 여자들의 아우성이 저택을 메우고 있다.

"탕! 탕! 탕!"

"습격이다!"

비명에 섞여 외침이 일어났고 그때서야 매운 연기가 방 안으로 들어 왔다. 그러나 유강태는 아직도 바지를 찾지 못했다. 그래서 알몸으로 방 바닥을 기어 다니고 있다.

화염병을 네 군데에 던져서 통로를 한곳으로 모았다. 저택 위에서 보면 그것이 명확하게 드러난다. 제일 먼저 불길이 일어난 곳은 아래채에서 위채로 통하는 통로 위쪽이다. 그다음이 위채의 오른쪽 주방, 통로 입구, 지붕이다. 뒷마당의 경비원을 피해 왼쪽 강변에서 던졌는데 불길이 일어날 때까지는 5분도 걸리지 않았다. 한성진한테는 그 5분이 가장 위험한 순간이었다. 불길이 번지기도 전에 발각이 되면 작전의 절반 이상은 실패할 가능성이 많았기 때문이다. 지금 한성진은 뒷마당 왼쪽의 창고 옆에서 위채로부터 뒷마당으로 나오는 통로를 향해 총을 난사하고 있다.

"탕! 탕! 탕!"

다시 세 발에 사내 두 명이 쓰러졌다. 안쪽의 화광이 솟아올라서 표적은 환하게 보인다. 지금까지 일곱 명을 쏘았다. 뒷마당으로 나온 셋, 경비원 둘, 그리고 지금 입구에 널브러진 둘, 한성진은 한 발이 남은 탄창을 빼내 주머니에 넣고 새 탄창을 갈아 끼웠다. 그러고는 발밑에 놓인 화염병 하나를 집어 라이터를 켜 불을 붙였다. 금방 심지에 불이 확 일어났으므로 한성진은 앞쪽 입구를 향해 화염병을 던졌다. 10미터쯤의 거리여서 입구의 문틈에 맞아 부서진 화염병에서 맹렬한 불길이 솟아올랐다. 이것으로 입구를 막았다. 아직 불도 붙이지 않은 마지막 화염병을 다시 그쪽으로 던진 한성진이 몸을 돌려 뛰었다.

"벽장을 넘어뜨려라!"

눈을 부릅뜬 박기배가 소리치자 서너 명이 달려들어 벽장을 넘어뜨렸다.

"와악!"

그 순간 불길이 이쪽으로 쏟아지는 바람에 몰려서 있던 여자들이 일제히 비명을 지르면서 도망쳤다. 그러나 뒤쪽 뒷마당 입구가 불길로 막혀 있었기 때문에 도망칠 곳은 방뿐이다. 그러나 안채의 방은 모두 창문이 없다.

"이쪽으로!"

누군가가 소리쳤으므로 박기배가 연기에 충혈된 눈을 치켜뜨고 그쪽을 보았다.

됐다. 박기배가 그쪽을 가리키며 소리쳤다.

"이쪽으로!"

그곳은 아래채로 뚫린 통로다. 안채에 갇힌 그들은 겨우 통로를 막은 선반과 서랍을 치웠지만 반대쪽도 불길에 덮여 있었던 것이다. 그런데 아래쪽으로 뚫린 통로는 아직 멀쩡했다. 여자들과 남은 병력이 무더기로 몰려갔으므로 박기배도 뒤를 따랐다. 그때였다.

"탕! 탕! 탕! 탕!"

다시 총소리가 울렸는데 이번에는 가깝다. 기겁을 한 박기배가 몸을 돌리자 뒤쪽 다섯 발짝쯤 뒤에 서 있는 사내가 보였다.

"탕! 탕! 탕!"

그 순간 총성이 울리면서 가슴에 충격을 받은 박기배가 뒤로 밀려나듯이 쓰러졌다. 여자들이 비명을 지르면서 앞으로 내달려 갔다.

"탕! 탕! 탕!"

뒤쪽에서 다시 총성이 울렸다.

세 발을 더 쏘고 난 한성진은 몸을 돌렸다. 그러고는 위쪽 통로로 뛰었다. 불길에 쌓인 위쪽 통로의 왼쪽으로 꺾어진 한성진이 그대로 앞으로 달려 나갔다. 얼굴은 마스크로 덮여졌고 눈에 잠수용 안경이 붙여져 있다. 숨만 참으면 집안을 2분쯤 휘젓고 다닐 수가 있다. 불길이 뜨겁게 느껴질 시점에서 한성진은 오른쪽 입구로 뛰쳐나왔다. 이곳에는 경비원 한 명이 쓰러져 있다. 안경부터 벗은 던진 한성진이 뛰면서 숨을 들이켰다. 그러면서 뒷마당을 가로질러 담장에 두 손을 짚고 뛰어올랐다. 그러자 맑은 공기가 폐 안으로 가득 흡입되었다. 강물 비린내도 맡아졌다. 밖으로 뛰어내리면서 저택을 보았더니 이제 불덩이가 되어 있었다. 지붕 위로 불길이 두 길 높이로 치솟아 있다. 한성진은 담장 밖으로 뛰어내리고는 길게 숨을 뱉었다. 탄창 두 개를 썼다. 발사된 총탄은 24발.

"아니, 도대체."

최강일을 본 오택규의 첫 마디가 그랬다. 오택규의 말끝이 떨렸다.

"어떻게 된 겁니까?"

다가선 최강일은 대답하지 않았다. 이곳은 '조개집'에서 대각선으로 보이는 잡화점 안이다. 거리가 100미터 정도나 떨어져 있었지만 탄 냄새가 잡화점 안에 가득 차 있다. 오후 10시 30분, 잡화점 안에는 양측 관계자 10여 명이 모여서 있다. 오택규의 길림무역에서 경영하는 잡화점이다. 종업원을 내보낸 안의 분위기는 험악했다. 현재까지 파악된 피해 상황은 사망 14명, 중상 8명, '조개집'은 전소되었고 아가씨 53명 중 27명이 실종 상태다. 실종이란 도망쳤다는 것을 말한다. 불이 난 소동 중에 도망친 것이다. 부하 하나가 뒤쪽에 플라스틱 의자를 놓아주었으므로 최강일은 잠자코 앉았다. 오택규의 부하는 4명이 사망, 3명이 중상이다. 최강일의 체포조는 10명이 사망, 5명이 중상을 입은 것이다. 사망자 중에는 부하들을 인솔해간 박기배 상사도 포함이 되어 있다. 습격자는 딱 한 명, 놈은 마스크에 물안경까지 끼고 권총을 난사했다. 가까운 거리이긴 했지만 단 한 발도 빗나가지 않았다. 전문가다. 모두 심장이나 머리, 빗나간 것은 가슴과 배를 맞았다. 여자는 한 명도 쏘지 않았다. 그것은 무엇을 의미하는가? 남조선 살인자다. 놈들이 전문가를 시켜 복수를 한 것이다. 엔지에서의 복수, 이윽고 최강일이 입을 열었다.

"무기는 치웠지요?"

최강일의 시선을 받은 오택규가 마지못한 표정으로 옆에 선 사내를 보았다. 그러자 사내가 최강일의 앞에 헝겊 가방 하나를 내려놓았다.

"권총 두 정이오. 탄창에 실탄이 꽉 찼소."

오택규가 갈라진 목소리로 말했다.

"다급해서 쏘지도 못한 것 같소."

눈을 치켜떴던 최강일이 어깨를 부풀렸다가 내렸다. 조개집 경비를 맡은 오택규의 경비원도 마찬가지라고 들은 것이다. 대항 한번 못하고 당하기만 했다. 기습을 받고 혼비백산을 한 것이다. 최강일이 이 사이로 말했다.

"우리가 드러나지 않도록 해주시오."

"알았습니다."

외면한 채 말한 오택규가 아랫입술을 물었다가 풀었다.

"난 이제 끝났어. 공안 당국이 날 내버려두겠어? 언론도 가만있지 않을 것이고, 어차피 난 다 드러나게 될 거야."

"……"

"이거, 몸을 피할 수도 없고, 야단났어."

최강일은 외면했다. 지금 시체로 누워 있는 박기배 이하 10명은 어쩔 수가 없었으므로 소지품을 모두 없앤 채 놔두었다. 그리고 중상자 5명은 끌고 나가 안가에 은폐시킨 것이다. 탈북자 체포조가 윤락가에서 총상을 입었다고 언론에 드러나면 평양에서는 가만두지 않을 것이었다. 그것이 사건 보고를 듣자마자 최강일이 손을 쓴 일이다. 그러나 오택규는 어쩔 수가 없다. 시체, 중상자를 다 드러내는 수밖에 없는 것이다. 이제 체포조 시체 10구는 신원 미확인자로 분류되어 처리될 것이었다. 그때 최강일이 자리에서 일어서며 말했다.

"내가 10배로 갚아줄 테니까. 아니, 100배가 될 거야."

목소리가 낮고 억양도 없었기 때문에 더 섬뜩하게 들렸다.

"다 넣었나?"

강형기가 묻자 조채현이 가방을 내밀었다. 묵직한 무게여서 받아 쥔 강형기의 어깨가 내려갔다.

"무겁구만."

"30만 위엔에 12만 불이 조금 넘습니다."

"자, 가자."

강형기가 몸을 돌렸고 조채현이 서둘러 앞장을 섰다. 대표실을 나온 둘은 사무실로 들어섰다. 벽시계가 오후 10시 55분을 가리키고 있다. 이곳은 길림 시 고속버스터미널 근처의 대륙빌딩 안의 길림무역이다.

"밤에 이게 무슨 고생이야?"

투덜거린 강형기가 가방을 바꿔 쥐었을 때다. 사무실 문이 열리더니 사내 하나가 들어섰으므로 둘은 시선을 들었다.

"누구야?"

먼저 물은 것은 앞장선 조채현이다. 그 순간이다. 사내가 점퍼 주머니에서 권총을 꺼내더니 조채현을 겨누었다.

"탕!"

사무실을 울린 총성과 함께 조채현이 벌떡 넘어졌다. 뒤에 선 강형기는 입만 딱 벌린 채 몸을 굳혔고 다시 한 발의 총성이 울렸다.

"탕!"

"뭐라고?"

진각승이 소리치듯 물었다. 눈이 치켜떠져 있다. 밤 11시 35분, 길림 국제빌딩 8층에 위치한 금강산무역의 대표실 안이다. 핸드폰을 귀에 붙인 진각승의 시선이 앞에 앉은 최강일에게로 옮겨졌다. 그러고는 심호흡을 하고 나서 다시 묻는다.

"죽었어?"

수화기에서 목소리가 울렸지만 최강일에게는 들리지 않았다. 진각승이 몇 번 더 묻더니 귀에서 핸드폰을 떼었다. 방안이 조용해져서 벽시계의 초침 소리가 들렸다. 최강일은 동곡리 일을 대충 정리하고는 곧장 이곳으로 온 것이다. 이곳 금강산무역이 조직의 중심이나 같다. 해외공작 본부인 것이다. 금강산무역의 대표가 북한의 보위부장이다. 그래서 항상 대표가 공석이다. 최강일의 시선을 받은 진각승이 마침내 이 사이로 말했다.

"야단났다."

"무슨 일입니까?"

동곡리 사건의 수습책을 상의하던 참이어서 최강일의 목소리도 굳어져 있다. 진각승이 어깨를 늘어뜨리면서 대답했다.

"길림무역 사무실도 습격당했어."

"……."

"금고의 현금이 모두 털렸어. 사무실 안팎의 조원이 다 죽고 강탈당했네."

"……."

"오택규가 만일의 경우에 대비해서 금고의 자금을 다른 곳으로 옮기려고 했다는군. 그것을 가져간 거지."

"……."

"모두 넷이 죽었어. 사무실 밖을 경비하던 조원도 목이 부러져 죽고 복도의 조원은 칼에 가슴을 찔려서, 그리고 현금을 운반하던 둘은 총을 맞았네."

"……."

"복도와 사무실의 CCTV는 떼어갔어. 몇 놈인지 모르겠어."

"그놈입니다."

최강일이 초점을 잃은 눈동자로 진각승을 보았다.

"동곡리에서 곧장 그곳으로 간 것입니다. 사건이 나면 모두 동곡리로 몰려갈 줄 예상하고 있었던 것입니다."

"……."

"금고의 돈을 다른 곳으로 옮길 줄도 예상하고 있었는지도 모릅니다."

최강일의 목소리가 떨렸다.

가방을 내려놓은 한성진이 말했다.

"마침 돈을 갖고 나오더군요. 그래서 금고를 털 필요가 없었지요."

의자에 앉은 한성진이 가방을 열고 탁자 위에 내용물을 뒤집어 쏟았다. 그 순간 돈더미가 쏟아졌다. 놀란 유근상이 상반신까지 뒤로 젖혔다가 바로 잡았다. 그러나 입을 열지는 않았다. 한성진이 말을 이었다.

"아마 당분간 공안이 눈에 불을 켜고 수사를 할 테니 외부 출입을 삼가야 될 것 같습니다."

"이미 방송에 보도되었다는 거요."

마침내 유근상이 물기 없는 목소리로 입을 열었다.

"사망자가 14명, 중상자는 3명이오. 윤락업소는 전소되었고 그곳에 있던 윤락녀 20여 명은 관리자들과 함께 모두 공안에 연행되었다고 합니다."

"이제 곧 대륙빌딩의 피살 사건도 보도될 겁니다. 그곳에선 넷을 죽였거든."

숨을 들이켠 유근상이 벌렸던 입을 다물더니 한성진을 보았다. 그 시선을 받고 한성진이 말을 잇는다.

"이 돈을 국정원 기반을 다시 굳히는 데 씁시다. 탈북팀 지원에도 보내야 될 것 같고."

"……."

"동곡리의 윤락녀들이 흩어져 있을 겁니다. 그 여자들도 도와줘야겠어요. 할 일이 아주 많습니다."

"이봐요. 한 형."

"예, 말씀하십쇼."

돈뭉치를 세면서 다시 가방에 담느라고 한성진은 시선도 주지 않았다. 유근상이 굳어진 얼굴로 말을 이었다.

"지금 한 형이 얼마나 큰일을 저질렀는지 압니까?"

"많이 죽였죠. 벌레 같은 놈들이지만."

"이건 엄청난 사건이라구요."

"TV에도 보도되었다면서요?"

"만일 이 사건이 우리, 아니 한 형이 한 것으로 밝혀지면 일이 어떻게 되는지 압니까?"

한성진은 헷갈렸는지 가방 안에 든 위엔화 뭉치를 다시 세느라고 대답하지 않았다. 유근상의 목소리가 높아졌다.

"국제적인 문제를 넘어서 남북 간 최악의 상황이 될지도 모릅니다. 무슨 말인지 이해가 갑니까?"

"29만 위엔인가?"

머리를 기울였던 한성진의 시선이 유근상과 마주쳤다. 그때 한성진이 말했다.

"난 안 잡힙니다. 신분증이 없는 시체가 발견될 뿐이지요. 얼굴 없는 시체."

그러고는 한성진이 손을 권총처럼 만들더니 제 턱밑에 붙였다.

"이렇게 쏘면 얼굴이 날아갑니다."

"부장님이 돌아왔어요."

방에 들어선 윤정옥이 들뜬 표정으로 말했으므로 오현서가 수저를 내려놓았다. 오현서와 함께 밥을 먹던 박순실과 안정훈, 거기에다 오늘은 민동호까지 넷이 식탁에 둘러앉아 있었으므로 모두의 시선이 윤정옥에게 모여졌다.

"어디 나가셨다 온 거야?"

영문을 모르는 민동호가 묻자 윤정옥이 웃었다.

"모르겠어요. 하지만 돌아오셨으니까 좋죠. 안 그래요?"

"그렇구나."

박순실이 머리를 끄덕였다. 한성진이 동곡리에 대해서 자세히 물어는 보았지만 구체적인 내막을 알 리가 없는 것이다. 그때 오현서가 자리에서 일어섰다. 어제저녁부터 오현서는 집 안에서 걷기 시작한 것이다. 전에는 방에서 화장실까지만 겨우 움직였지만 오늘 아침은 마당을 두 바퀴나 돌았다.

"어디 가시게요?"

국을 나누던 박순실이 물었다가 곧 입을 다물었다.

"과장님이 잘 걸으시는데."

어색한 분위기를 깨려는 듯 민동호가 말했지만 아무도 말을 받지 않았다.

잠이 들어 있던 한성진은 노크 소리에 눈을 떴다. 긴장한 상태여서 몸이 녹아내리는 것처럼 느껴졌지만 깊은 잠이 들지 못했던 상황이다. 가볍게 방문을 두드리는 소리에 완전히 깬 것이다.

"누구요?"

낮게 물었더니 역시 낮은 대답이 돌아왔다.

"저예요."

오현서다. 침대에서 일어난 한성진이 눈만 비비고는 문으로 다가갔다. 옷을 입은 채로 잔 것이다. 물론 어젯밤에 돌아와서 새 옷으로 갈아입었다. 문을 열었더니 문 옆쪽 벽을 짚고 서 있던 오현서가 손을 떼면서 웃었다. 아침 햇살을 옆에서 받은 오현서의 옆얼굴이 하얗게 드러났다. 이곳은 저택 정면의 마루방이다. 문간방이어서 햇살을 제일 먼저 많이 받는다.

"들어와요."

비켜서며 말했더니 오현서가 똑바로 걸어 들어왔다. 그러나 일부러 곧게 걷느라고 오히려 자세가 더 어색해졌다. 마치 열병식 때 왼쪽 팔과 다리가 함께 올라가는 고문관 같았으므로 한성진의 얼굴에 웃음기가 떠올랐다. 그때 창가의 나무 의자에 앉던 오현서가 한성진을 빤히 보았다.

"왜요?"

"뭐가 말요?"

되묻자 오현서의 눈 밑이 조금 붉어졌다.

"제 걷는 모습이 우스워요?"

"아니, 그게 아니라……."

"정옥이한테 들었어요."

오현서가 불쑥 말하는 바람에 한성진의 표정이 굳어졌다. 아침에 마당 건너편 화장실로 가던 한성진이 안채 마루에 서 있던 윤정옥을 보았던 것이다. 그때 손을 커다랗게 흔들어주고 말았는데 그것이 돌아왔다는 신호였다. 따라서 계약이 해지된 것으로 안 것이다. 오현서가 똑바로 한성진을 보았다.

"어디 갔다 오셨어요?"

그 순간 한성진은 어깨를 늘어뜨렸다. TV는 왕 노파의 방과 안쪽 거실에 있다.

오현서 등이 머무는 뒤쪽 방과는 거리가 있을 뿐만 아니라 중국어 뉴스는 듣지 못하는 것이다.

"아, 상황 좀 살피느라고……."

정색한 한성진이 심호흡을 했다.

"근데 바깥 분위기가 좋지 않아요. 공안이 쫙 깔렸고, 검문이 많았습니다."

"……."

"당분간 이곳에 박혀 있어야 될 것 같습니다. 이 안가가 그중 가장 안전한 것 같으니까요."

"……."

"그런데 몸은 어때요? 그렇게 억지로 걸어도 되는 겁니까?"

"아침에 마당에서 운동하다가 유 선생을 만났어요."

숨을 들이켠 한성진을 입을 다물었고 오현서가 말을 이었다.

"어젯밤에 정옥이한테서도 이야기 들었구요."

"아침 10시까지 돌아오시지 않으면 전하라고 하셨지만 걱정이 된 정옥이가 이야기 해주었어요."

"……."

"걱정이 되어서 잠을 못 자고 청에 혼자 나와 있었죠. 그랬더니 새벽 1시가 다 되어서 돌아오시더군요."

"……."

"큰 가방을 들고."

"……."

"그래서 관운장님께 돌아오게 해주셔서 고맙다고 인사를 했어요. 그리고 돌아가 잤지요."

"……."

"두어 시간 자고 나서 몸에 기운이 나길래 마당을 걷는데 유 선생님이 다가와 이야기 해주시더라구요."

"……."

"어젯밤 한 부장님이 무얼 하셨는지 다 들었어요."

"이런 제기랄."

마침내 머리를 든 한성진이 오현서를 노려보았다.

"나만 빼놓고 모두 공모하고 있었군그래. 도대체 날 뭘로 보고……."

"저, 한 부장님 좋아해요."

"아니, 좋아하나 마나……."

했다가 입을 벌린 채로 말을 멈춘 한성진이 오현서를 보았다. 오현서가 똑바로 시선을 준 채 말을 이었다.

"좋아하고 있다구요."

"아, 그거야……."

겨우 그렇게 말을 받았지만 한성진은 말의 주제를 잊어먹었다. 그저 눈만 치켜뜨고 있었더니 오현서가 말을 이었다.

"저도 다 싫어요. 그냥 한 부장님하고 둘이서 어디론가 가버렸으면 좋겠어요."

"……."

"지쳤고 슬프고 화도 나요. 답답했다가 또 조급해지고……."

그 순간 오현서의 눈에서 주르르 눈물이 흘러내렸다. 숨을 삼킨 한성진의 머릿속은 텅 비었다. 그때 창문을 뚫고 들어온 아침 햇살이 이제는 오현서의 정면 얼굴을 비쳤다. 볼의 눈물 줄기가 반짝이고 있다. 물기를 가득 먹은 두 눈은 마치 검은 샘 같다. 그 순간 한성진이 손을 뻗어 오현서의 볼에 난 눈물 자국을 손끝으로 쓸어내렸다. 그 얼굴 표정이 마치 신비한 자국을 발견한 것 같다. 그때 오현서가 두 손으로 한성진의 그 손을 잡았다. 그러고는 손을 제 볼에 붙이고는 눌렀다. 얼굴까지 기울여 붙였으므로 손바닥에 볼의 감촉이 다 전해졌다.

"그러지 마요."

오현서가 낮게 말했지만 한성진에게는 또렷하게 들렸다. 손바닥에 볼을 문지르면서 오현서가 다시 말했다.

"나하고 같이 있어요."

한성진이 머리를 숙여 오현서의 입술을 물었다. 오현서가 두 손으로 한성진의 목을 감아 안더니 입을 벌려 입술을 맞춘다. 곧 오현서의 혀가 빠져나왔고 한성진은 갈증이 난 사람처럼 혀를 빨았다. 마당에서 인기척이 울릴 때까지 얼마나 시간이 지났는지 모른다. 놀란 둘의 몸이 떼어졌을 때 마당에서 왕 노파의 목소리가 울렸고 곧 중국어로 대답하는 소리가 이어졌다. 대답은 이천수가 했다. 몸을 뗀 오현서가 한 걸음 물러서더니 외면한 채 말했다. 얼굴이 붉게 달아올라 있다.

"이따 올게요."

몸을 돌린 오현서가 이제는 허리를 조금 굽힌 자세로 방을 나갔다. 이천수가 방으로 들어선 것은 5분쯤 후였다.

"오 과장하고 이야기하셨습니까?"

그렇게 물은 이천수가 방안을 둘러보는 시늉을 했다. 오전 8시 40분이다.

"무슨 이야기 말입니까?"

쓴웃음을 지은 한성진이 눈으로 앞쪽 의자를 가리켰다. 그러자 의자에 앉은 이천수가 지그시 한성진을 보았다.

"뉴스에 계속 보도되고 있습니다. 공안은 조선인 소행이라는 건 짐작하고 있는 것 같습니다."

"당연하지요. 조선인 상대로 매음을 하는 곳이니까."

"더구나 체포조가 몽땅 죽었으니 북한에서 가만있지 않을 겁니다."

"다 예상하고 한 일이오."

"어떻게 하실 작정입니까?"

그러자 지금까지 거침없이 대답하던 한성진이 한 호흡 쉬고 나서 입을 열었다.

"오늘 저녁에 이곳을 떠날 작정입니다."

"어디로?"

"꽤 먼 곳으로."

이번에는 이천수가 잠깐 눈을 껌벅이다가 말했다.

"하긴 같이 있으면 다른 사람까지 어젯밤 사건에 연루될 수 있을 테니까⋯⋯."

"이 선생은 며칠 더 이곳에 계셔주시면 고맙겠지만요."

"그러지 않아도 아침에 와이프한테 며칠 더 있겠다고 연락했습니다."

이천수가 가라앉은 목소리로 말했으므로 한성진이 자리에서 일어섰다. 그러고는 어젯밤 들고 온 가방을 가져와 안에서 만 위엔권 뭉치를 한 움큼 꺼내었다. 손에 잡히는 만큼 꺼내 든 것이다.

"이 선생, 이걸 가져가십시오. 그동안의 노고를 돈으로 보상해 드리는 게 아니라 내가 드리고 싶어서 그럽니다."

"아니, 이게⋯⋯."

놀란 이천수가 돈뭉치를 보더니 입을 딱 벌렸다.

"이, 이것이 어젯밤에⋯⋯."

"예, 동곡리를 치고 나서 바로 그놈들 사무실을 쳤지요. 마침 금고에 있던 돈을 옮기던 중이었습니다."

"하지만 난 이 돈은 가져갈 수⋯⋯."

"왜요? 내가 준 돈이라서요? 아니면 놈들의 돈이라서 그럽니까?"

탁자 위의 돈뭉치를 밀어 놓으면서 한성진이 이천수를 노려보았다.

"필요한 돈입니다. 대가를 받는다고 생각하지 마시고 내 선의를 받았다고 생각하시면 됩니다."

이천수가 이제는 돈뭉치를 내려다보았다.

한성진도 이제야 보았지만 여섯 뭉치, 6만 위 엔이다. 한국 돈으로 1,200만 원이 조금 안 된다. 그때 이천수가 말했다.

"마침 잘 되었습니다. 할머니께 1만 위엔쯤 드리면 좋아하시겠습니다."

오후 7시가 되었을 때 방으로 유근상이 들어왔다.

"한 형, 오늘 밤에 떠나실 거죠?"

불쑥 물은 유근상이 방안을 둘러보더니 말을 이었다.

"같이 가십시다."

이미 한성진은 떠날 준비를 다 해놓고 있었던 것이다. 이곳에 있었다는 증거를 다 없애야 했으므로 가방에 옷가지까지 다 넣었다. 유근상이 창가 쪽 의자에 앉더니 한성진에게 다시 물었다.

"이 형한테 들었는데 멀리 가신다던데 목적지는 어디요? 설마 나하고의 동행도 싫다는 건 아니지요?"

"서울의 지시를 받은 겁니까?"

한성진이 묻자 유근상이 입맛을 다셨다.

"서울에서 이 형하고 같이 가라고 했을 것 같습니까?"

"……."

"연락도 안 했고 지시도 없었어요."

심호흡을 한 유근상이 말을 이었다.

"어쨌든 내가 이곳에 숨어 있을 수만은 없다는 생각이 드네요. 여기 있다가 잡히면 괜히 오 과장한테 폐만 끼치는 것이 될 것이고……."

"……."

"그럼 내가 뭡니까? 명색이 국가 공무원, 국민을 보호해줘야 할 공무원이 이렇게 무기력하게 숨어 있기만 한다는 것이 말요. 본부 입장 따위는 이제 생각하지 않기로 했습니다."

자리에서 일어선 유근상이 한성진을 보았다. 얼굴이 굳어져 있다.

"나도 일하다가 없어져 주기로 결심했어요, 한 형. 먼저 없어진 선배들처럼 말요."

아침에 한성진의 방에 들른 후로 점심과 저녁때 모두 모여서 같이 식사를 했지만 오현서는 시선을 한두 번 부딪쳤을 뿐 한성진에게 말도 걸지 않았다. 전혀 모르는 사람처럼 행동했으므로 한성진은 개운하면서도 허전했다. 오후 7시 반, 한성진이 '관운장청'에 있는 오현서에게로 다가갔다. 오현서와 이야기를 하던 박순실이 한성진을 보더니 몸을 돌려 자리를 피했으므로 청에는 둘이 남았다. 오현서가 한성진을 보았다. 청에는 입구 쪽에 전등을 하나만 켜놓아서 어둡다.

"왜요?"

건조한 목소리로 묻는 오현서의 표정은 청 구석의 그늘만큼 어둡다. 한성진이 오현서의 앞으로 다가가 섰다. 청 안은 조용하다. 복도 건너편 주방에서 왕 노파의 맑은 웃음소리가 들렸다. 오전부터 왕 노파의 웃음소리가 자주 들린다. 이천수한테서 돈을 받은 것 같다. 노인은 어린애가 된다던데 감정 변화가 빠른 것이 한성진에게는 순수하게 느껴진다. 한성진이 손을 뻗어 오현서의 손을 잡았다. 놀란 듯 오현서가 손을 빼려고 했다가 곧 놔두었다. 그러더니 마주 잡는다. 한성진이 말했다.

"나, 지금 떠날 겁니다."

오현서는 시선만 준 채 대답하지 않았고 한성진이 말을 이었다.

"모르는 전화번호가 뜨더라도 전화받아요."

"……."

"내가 여기 있으면 위험해서 그럽니다. 유 선생도 함께 떠납니다."

"……."

"내가 어떻게든 오현서 씨한테 돌아올 겁니다. 약속은 지킬 테니까요."

그때 오현서가 한성진의 허리를 두 팔로 감아 안고 얼굴을 가슴에 묻었다.

"살아서 돌아오셔야 돼요."

한성진이 손끝으로 오현서의 얼굴을 들어 올렸다. 얼굴을 든 오현서가 눈을 감았다. 한성진은 오현서의 입술을 덮듯이 키스했다. 오현서가 허리를 감은 팔에 힘을 주었고 한동안 둘의 입술은 떼어지지 않았다. 이윽고 오현서의 얼굴을 두 손으로 감싸 쥔 한성진이 입술을 떼었다. 그러고는 몸까지 물러났다.

"몸조심해요."

그렇게 말한 한성진은 저절로 어금니를 물었다. 그렇게 말할 수밖에 없었기 때문이다. 그 이상은 사치이고 무책임한 발언이다. 그때 오현서가 입을 열었다가 닫았는데 그것을 본 한성진의 가슴이 먹먹해졌다. 오현서는 더 자제하고 있는 것이다. 자제한 만큼 가슴이 더 아플 것이었으므로 한성진은 자책감에 사로잡혔다. 그래서 잠자코 몸을 돌렸다.

승합차는 맹렬한 속도로 고속도로를 달려가고 있다. 뒷좌석에 눕듯이 앉은 최강일은 입을 꾹 다문 채 창밖만 보았고 차 안은 시간이 지날수록 무거운 정적에 덮였다. 오후 9시 반, 길림을 떠난 승합차는 1시간째 엔지를 향해 달려가는 중이다. 승합차에 탄 인원은 6명, 최강일과 부관 윤경태, 그리고 운전사를 포함한 조원 넷이다. 지난번 길림으로 올 적에는 승합차 3대, 승용차 1대를 가득 채웠던 조원이 이제 승합차 1대로 줄어들었다. 15명이 탈락한 것이다.

10명이 사망, 5명이 중상을 입고 대오에서 이탈했다. 그것도 남조선의 저격수 한 놈한테 당한 것이다. 최강일은 그놈을 중국 공안에서 '도살자'라고 부른다는 것을 오늘 오후에 듣고는 이를 갈았다. 그것은 보위부 특공대에서 차출된 정예군인 체포조가 그놈한테 살육되는 짐승 꼴이 되었다는 말이었다. 그래서 그놈은 '도살자'라는 명예를 얻게 되었다. 그때 옆으로 윤경태가 다가와 앉더니 조심스럽게 말했다.

"조장 동지, 부대표 동지의 전화입니다."

부대표라면 금강산 무역의 진각승이다. 최강일이 핸드폰을 받아 귀에 붙였다.

"예, 부대표 동지."

"지금 고속도로 상인가?"

"예, 그렇습니다."

최강일이 숨을 골랐다. 길림에서 공안의 수사를 지켜보면서 '도살자'를 찾아야만 했던 최강일이다. 병력 15명을 한꺼번에 그것도 매음방에서 도살을 당했다는 것은 지휘관에게 치명상인 것이다. 본부로 소환되어 총살을 당할 수도 있는 상황이다. 아무리 선처를 받아도 강등은 피할 수가 없다. 그런데 금강산무역 진각승이 영향력을 발휘하여 없던 일로 처리해버렸다. 15명이 교통사고로 죽고 중상을 입은 것으로 조처한 것이다. 그러니 최강일이 고삐에 코가 꿰인 소처럼 끌려가는 수밖에 없다. 지금 엔지로 돌아가는 것도 진각승의 명령 때문이다. 진각승의 목소리가 수화구를 울렸다.

"이것 보게, 최 상좌. 방금 오택규가 아파트 7층에서 떨어져 죽었네."

놀란 최강일이 숨을 삼켰다. 오택규 또한 이번에 치명상을 입었다. 동곡리의 '조개집'이 전소되었을 뿐만 아니라 아가씨 27명이 도망쳐버린 것이다. 거기에다 경호원과 관리인 7명이 죽거나 중상을 입었고 그날 밤 본사까지 습격을 받아 4명이 다 죽고 금고의 자금까지 강탈당했다.

최강일보다 더 큰 피해를 입은 것이다. 다시 진각승이 말을 이었다.

"한 시간 전인데 공안은 자살한 것 같다고 발표할 것 같네. 그럴 수밖에 없지 않겠나? 다 잃었는데 말이야."

"……."

"이제 최 상좌는 뒤를 돌아볼 필요가 없게 되었어. 무슨 말인지 알겠나?"

"알겠습니다. 부대표 동지."

"다시 연락하지."

통화가 끊겼으므로 숨을 내뿜은 최강일이 핸드폰을 윤경태에게 건네주었다. 윤경태가 힐끗거렸다가 최강일이 외면하자 곧 앞쪽 자리로 옮겨갔다. 최강일은 진각승이 뒤를 돌아볼 필요가 없다고 말한 것이 머릿속에 걸려 있었다. 그것은 맞는 말이다. 오택규가 당과 상부의 추궁을 받을 때 '조개집'에서 체포조 15명도 함께 당했다고 보고할 것이 분명했기 때문이다. 그것을 막을 방법이 보이지 않았다. 진각승에게 부탁하기에도 엄두가 나지 않았던 것이다. 그런데 그 당사자가 자살했다. 창밖으로 시선을 돌린 최강일이 길게 숨을 뱉었다. 오택규는 진각승에 의해 살해된 것이다. 창에 비친 자신의 얼굴을 보면서 최강일은 다시 고삐에 꿰인 소를 연상했다.

"자오허(蛟河)까지 얼마 받을 거야?"

유근상의 중국어는 유창했다. 오후 10시 반, 버스터미널 건너편에는 장거리 택시가 줄을 서 있었는데 버스가 끊긴 터라 손님이 많았다.

"뭐야? 1인당 200위엔? 미쳤어?"

버럭 소리친 유근상이 한성진을 돌아보았다. 택시 안에는 이미 손님 둘이 타고 있다. 자오허는 지린(吉林)에서 고속도로로 140km쯤 떨어진 도시다. 유근상이 다시 운전사에게 말했다.

"이봐, 100원으로 해줘."

한성진이 주위를 둘러보았다. 둘은 점퍼 차림에 싸구려 가방을 든 중국인 여행자 차림을 했다. 손님과 운전자가 주변을 메우고 있을 뿐 공안은 보이지 않았다. 그러나 사복 공안이 손님 행세를 하고 있을 수도 있다. 그때 유근상이 한성진에게 다가가 낮게 말했다.

"한 형, 둘이 120원씩으로 합의했어."

그러고는 턱으로 옆쪽 택시를 가리켰다. 그때 30대쯤의 사내와 20대로 보이는 여자가 운전사에게 다가가더니 가격 흥정을 했다. 그러더니 합의를 본 모양으로 운전수가 웃음 띤 얼굴로 이쪽을 향해 손가락 네 개를 펴 보였다. 손님 넷이 다 찼다는 표시다.

어둠에 덮인 고속도로를 택시는 맹렬한 속도로 달려가고 있다. 뒷좌석에 앉은 한성진이 속도계를 보았더니 시속 150킬로다. 낡은 폭스바겐 택시는 진동이 심했고 엔진음은 탱크 같다. 유근상이 뒷좌석 중간에 끼어 앉은 것은 오른쪽 사내와 한성진을 차단시키려는 의도였다. 사내가 한성진에게 말을 걸면 중국인 행세를 하는 것이 들통 날 것이기 때문이다. 유근상의 중국어는 유창해서 중국인 같다. 고속도로를 달린 지 20분쯤 되었을 때다. 뒷좌석 오른쪽에 앉은 사내가 유근상에게 말을 걸었다.

"자오허에 사십니까?"

"아니, 일 때문에 갑니다."

중국어로 대답한 유근상이 한성진의 왼쪽 손을 자신의 오른쪽 손으로 쥐었다. 그러고는 손바닥을 펴라는 시늉을 하더니 곧 손가락으로 글씨를 썼다. 한성진의 손바닥에 글을 쓰는 것이다.

'이상해'

이렇게 썼다. 그때 다시 오른쪽 사내가 물었는데 한성진은 내용을 모른다.

"무슨 일을 하시는데요?"

"근데 왜 자꾸 묻습니까?"

유근상이 묻자 사내가 머리를 돌려 시선을 주었다. 얼굴에 웃음을 띠고 있다. "한국 분이시죠?"

사내가 그렇게 물었을 때 유근상이 한성진의 손바닥에다 썼다.

'들켰다'

한성진이 못 읽었을까 봐 다시 썼다.

'발각'

한 호흡 쉬고 난 유근상이 이제는 사내를 보았다. 긴장으로 굳어진 표정이다. 사내는 중국어로 물은 것이다. 그때는 한성진도 상황을 짐작했는데 시간을 벌어준 효과도 있었다. 이윽고 유근상이 말했다.

"내가 한국사람이라는 거 어떻게 아셨소?"

한국어로 물은 것이다. 그러면서 한성진의 손바닥에 다시 썼다.

'앞의 여자도 일당.'

한성진은 유근상의 '들켰다'라는 글씨를 못 읽었다가 '발각'에서야 사태를 알았다.

그러고 나서 유근상이 한국어로 되묻자 와락 긴장했다. 택시는 여전히 미친 탱크처럼 어둠 속을 돌진하고 있다. 고속도로의 가로등도 없을 뿐만 아니라 차량 통행도 드물다. 요란한 폭음과 함께 승용차 한 대가 택시를 추월해서 앞쪽으로 미친 듯이 달려갔다. 더 미친놈이 있다. 그때 사내가 말했는데 한국어.

"전 자오허에서 전자대리점을 운영하는 김경환이라고 합니다."

사내가 여전히 웃는 얼굴로 말을 이었다.

"지린에 수금을 하러 갔다가 돌아가는 길입니다."

"아아."

유근상이 건성으로 대답했지만 긴장이 풀리지는 않았다. 그래서 굳어진 얼굴로 다시 물었다.

"내가 한국인이라는 걸 어떻게 알았습니까?"

"그걸 모르겠습니까? 중국어를 아무리 잘해도 중국에서 몇 대째 살아온 우리는 구별을 한단 말입니다."

"하긴."

쓴웃음을 지은 유근상이 말을 이었다.

"우리가 형씨 한국말을 구분해내는 것하고 같겠군요."

"옆에 분도 한국인이시지요?"

김경환의 시선이 한성진에게 옮겨졌다. 그때 앞자리에 앉았던 여자가 몸을 돌려 뒤를 보았다. 미인이다. 짧게 자른 머리가 갸름한 얼굴에 잘 어울렸다.

"오빠, 그렇게 아무나 붙잡고 말을 걸지 말라구요. 상대 분위기도 좀 보고 나서 말을 붙여야죠."

낭랑한 목소리가 탱크 엔진음을 가라앉히는 것 같다. 여자가 김애선이라고 묻지도 않았는데 제 소개를 했다.

자오허까지 가는 동안 넷은 이야기를 주고받았는데 유근상은 물론 한성진의 긴장감도 거의 사라졌다. 두 남매는 한국산 핸드폰을 들여와서 파는 사업을 하는 터라 한 달에 두 번 정도 한국에 다녀온다는 것이다. 한국산 핸드폰은 워낙 고가지만 없어서 못 판다고 했다. 열을 내어 김경환이 이야기하는 사이에 유근상의 손바닥 글씨는 어느덧 사라졌다. 한성진의 추측으로는 두 남매의 핸드폰 사업에 불법적인 요소가 많았다. 한국산 제품을 판다면서 삼성, LG 대리점이 아니라는 것이다. 한국 언론에서 자주 보도되었던 핸드폰 밀반출과 연결된 것이 분명했다. 그런데 김경환은 자랑스럽게 떠벌리고 있다. 유근상은 한성진과 함께 고구려 유적을 조사하는 학술조사단 행세를 했는데 제법 어울렸다. 신분은 대전대학교 사학과 교수와 전임강사였고 한성진이 전임강사다. 김경환 남매가 의심하는 것 같지는 않다. 의외로 유근상의 역사에 대한 지식이 해박해서 이야기를 조금 길게 내놓았더니 김경환의 입이 딱 닫혀졌다.

"강사님은 결혼하셨어요?"

불쑥 김애선이 물었을 때 한성진은 눈만 크게 떴고 유근상이 대답했다.

"미혼입니다. 이 친구는 애인도 없어요."

"에이, 거짓말."

김애선이 눈웃음을 쳤다. 아까부터 뒤를 돌아보면 자꾸 시선이 한성진에게로 옮겨지고 있다. 입맛만 다시는 한성진 대신 다시 유근상이 대답했다.

"연구에 바빠서 여자들도 다 떠나간 거요. 이 친구만큼 괜찮은 남자도 없는데 말야."

"나이가 몇이신데?"

이번에는 김경환이 관심을 보였다. 차는 휴게소도 그냥 통과했다. 운전사가 빨리 돌아가고 싶은 것 같다.

국정원 원장실에 넷이 둘러앉았다. 원장 황영일을 향해서 제2차장 이경훈, 해외사업국장 백길성, 작전실장 유기준이 원탁에 앉아 부챗살처럼 시선을 집중하고 있는 것이다. 벽시계가 오전 8시 반을 가리키고 있다. 서류에서 시선을 뗀 황영일이 셋을 둘러보았다. 서류에는 「길림의 조선족 매음업소 테러사건」이라는 긴 제목이 붙여져 있다.

"용의자가 한성진이 확실한 거요?"

셋을 향해 물은 모양이 되었지만 대답은 해외사업국장 백길성이 했다.

"예, 확실합니다."

"이건 엄청난 사건이야."

서류를 손바닥으로 두드리면서 황영일이 다시 셋을 둘러보았다.

"만일 한성진의 꼬리가 잡히면 한중 관계는 최악이 돼. 수십 년 쌓여진 교류가 일순간에 재가 되는 거야."

황영일의 얼굴이 상기되었고 목소리가 떨렸다. 중국 당국은 현지 언론에서 일차 보도는 내었지만 어제 아침부터는 철저히 보도통제를 했다. 인터넷까지 삭제시켰고 발 빠르게 해외 보드를 막아서 국제 뉴스가 되지는 않았다. 한국에도 협조 요청이 왔기 때문에 보도된 언론은 없다. 이것은 국정원에게도 천만다행이었다. 황영일의 입장에서는 중국 정부에 절을 하고 싶은 심정일 것이었다. 그러나 용의자가 밝혀진다면 그때부터 지옥이 된다. 호흡을 가눈 황영일이 핏발선 눈으로 셋을 보았다.

"이 자식은 지금 어디에 있소?"

"예, 그것이……."

또 나섰던 백길성이 헛기침을 했다. 앞쪽의 제2차장 이경훈이 가볍게 손짓을 했기 때문이다. 자신이 말하겠다는 표시다.

"한성진은 회사에도 연락을 끊었는데 어젯밤에 인도팀의 오 과장이란 여자한테서 연락이 왔다고 합니다."

황영일의 시선을 받은 이경훈이 쓴웃음을 지었다.

"인도팀에서도 떠났다고 합니다. 같이 있던 유근상도 같이 갔다는데요."

"……."

"어젯밤에 떠난 겁니다."

"도대체."

다시 서류를 폈던 황영일이 이맛살을 찌푸리고는 다시 덮었다. 그러고는 어깨를 늘어뜨리면서 물었다.

"몇 명이야?"

황영일은 끔찍해서 숫자를 머릿속에 넣지 않은 것 같다. 그것은 피살 18명, 중상 8명이다. '도살자' 라고 불릴 만했다. 셋이 입을 다물고 있었으므로 황영일이 어금니를 물었다 풀면서 지시했다.

"좋아, 다시 연결합시다."

해외사업국장 백길성이 제2차장 이경훈의 결재까지 받아온 대책이다. 서류를 또다시 편 황영일이 외면한 채 사인을 했다. 엔지의 조직 붕괴로 폐쇄시켰던 국정원 조직과의 연락망이 지린의 '대학살' 을 계기로 다시 개통된 것이다. 이대로 두었다가는 더 큰 일이 일어날 수도 있다는 조바심 때문이다.

원장실을 나온 셋은 이제 제2차장실로 들어가 소파에 앉았다. 2차장 이경훈이 둘을 번갈아 보았다.

"이거 죽었구만."

백길성과 유기준은 제각기 입맛을 다셨고 어깨를 늘어뜨렸지만 원장실에 있을 때보다는 원기가 있다. 이경훈이 유기준에게 물었다.

"유근상이 핸드폰을 갖고 있겠지?

"예, 소지하고 있을 것입니다."

"빌어먹을."

어젯밤에 이경훈은 동방무역 사장 박현종으로부터 연락을 받은 것이다. 박현종은 물론 지린에 있는 오현서한테서 보고를 받았다고 한다. 박현종의 연락이 없었다면 한성진과 유근상의 종적은 찾지 못할 뻔했다. 하긴 연락을 차단시킨 것은 본부였으니 할 말이 없다. 머리를 든 이경훈이 정색하고 말했다.

"지금 연락을 해."

"예, 차장님."

유기준의 시선을 받은 이경훈이 군대식으로 한 마디씩 말을 잇는다.

"현재 어디 있느냐고 묻고,"

"예, 차장님."

"또 한성진하고 같이 있는지 물어봐."

"알겠습니다."

"별도 지시가 있을 때까지 대기하라는 말도 잊지 말고."

"알겠습니다."

"그리고……"

심호흡을 한 이경훈이 말을 이었다.

"한성진의 상황에 대해서도 자세한 보고를 받도록 하고. 그자가 어떻게 하고 있는지, 그렇지, 무장 상태까지."

"알겠습니다."

이경훈이 입을 다물자 유기준이 주머니에서 핸드폰을 꺼내 들었다. 이제 두 상관은 숨을 죽이고 있다. 지금 유근상은 한성진을 장악하고 있는 것이 아닌 것이다. 그저 한성진을 따라 도피한 상태일 뿐이다. 엔지를 기반으로 했던 조중 국경지역의 국정원 조직은 붕괴된 후에 이제는 민간단체인 탈북자 인도팀의 용병을 따라다니는 신세가 되었다.

마당으로 나갔던 유근상이 돌아왔을 때는 20분쯤이 지난 후였다. 오전 9시 20분, 집안은 조용하다. 이곳은 자오허 시 서북방에 위치한 기와집 안이다. 마당도 넓고 본채와 별채까지 갖춰진 이 구식 저택에서 김경환의 가족 3대가 살고 있는 것이다. 김경환은 둘을 집으로 초대했는데 둘에게는 그야말로 불감청(不敢請)이언정 고소원(固所願)이다. 다만 새벽에 집에 도착하고 나서 아침에 김경환의 조부모, 부모에게 차례로 인사를 하는 데만 30분이 걸렸다. 고구려의 유적을 조사한다고 했더니 아직도 정정한 80대 조부가 만주 유적지에 대한 이야기를 20분이나 했기 때문이다. 창가의 의자에 앉은 유근상이 굳어진 얼굴로 입을 열었다.

"한 형, 회사에서 전화가 왔어요."

유근상이 엄지를 굽혀 제 얼굴을 가리켰다.

"우리 회사 말요."

"다시 개통한 겁니까?"

쓴웃음을 지은 얼굴로 한성진이 묻자 유근상은 외면했다.

"동곡리 사건 때문에 비상이오."

"덕분에 유 선배하고 개통이 되었네요, 뭐."

"한 형, 농담할 상황이 아뇨."

"그럼 울고 있을까요?"

그러자 숨을 뱉은 유근상이 한성진을 보았다.

"여기서 대기하라는 거요. 별도 지시가 있을 때까지." "누구 말입니까?"

"우리 둘."

"나는 왜요?"

이제 한성진의 얼굴에서 웃음기가 지워졌다. 한성진이 똑바로 유근상을 보았다.

"내가 국정원 요원입니까?"

"곧 그쪽에서도 연락이 올 겁니다. 어차피 우린 한 팀이 되었으니까."

한성진이 의자에서 일어나 서성거리기 시작했다. 불편한 기색이다.

박현종의 전화가 왔을 때는 오전 11시 반이 되어 갈 무렵이다. 마침 마당에 나와 있던 한성진이 핸드폰을 귀에 붙이고 은행나무 옆으로 다가가 섰다.

"여보세요."

통신교육은 받지 않았지만 모르는 번호여서 이쪽 성명 따위는 무시하고 그렇게 받았더니 대뜸 박현종이 말했다.

"나, 사장인데, 자네, 혼자 있나?"

"지금은 혼자 있습니다."

주위를 둘러보며 한성진이 대답했다. 유근상은 다시 김경환의 조부에게 불려가 유적 강의를 듣는 중이다. 그때 박현종이 말했다.

"자넨 이제 너무 나가서 우리가 감당을 못할 상황이 되었어. 알고 있나?"

"이해합니다."

"나도 이해는 해."

박현종의 목소리가 가라앉고 있다.

"하지만 어쩌겠나? 세상일이 어디 성질대로 풀어지던가?"

"알고 있습니다."

군에서 잘린 것도 결국 너무 나갔기 때문이다. 현실과 적당히 타협하고 살았다면 이곳까지 와서 이 지랄을 하지 않았다. 한성진의 가슴도 가라앉는 한편으로 반발심이 꾸역꾸역 치밀어 올랐다. 항상 이렇다. 이 치밀어 오르는 분노, 좋게 말해서 의기(義氣). 비웃는 말로는 치기(稚氣)가 뿜어나가는 것이 내 성품이다. 어쩔래? 눈을 치켜뜬 한성진이 핸드폰을 고쳐 쥐었을 때 박현종의 목소리가 울렸다.

"이번 일로 여기서 각 부처 간 논쟁이 일어났어. 오전까지만 해도 자네를 막아야 한다는 의견이 지배적이었어. 자네, 옆에 있는 사람한테서 이야기 들었나?"

"들었습니다."

"그런데 그 후에 중국정부가 그곳의 현실을 보고 원인을 제공한 북측

책임도 있다는 식으로 분위기가 바뀌어 간다는 정보가 입수되었어."

"……."

"소극적이고 수동적인 자세로 대처하는 자네 옆에 있는 사람의 부서에 대해서 나도 안타깝게 생각하고 있네."

"……."

"자네 덕분에 나도 이 사건에 개입되었어."

그러더니 수화구에서 길게 한숨 쉬는 소리가 났다.

"조금만 기다리게. 내가 다시 연락하겠네."

"예, 사장님."

"자네가 분위기를 바꿔놓은 것 같아."

그러더니 얼른 말을 잇는다.

"그렇다고 잘했다는 말이 아냐."

오늘 하루 집에서 쉬겠다고 했더니 가게에 나갔던 김애선이 오후 5시쯤에 귀가했다. 한성진은 김애선의 부친 김동규한테 오늘 아침에 유근상과 둘의 5일간 숙식비로 5,000위엔을 준 것이다. 특급 호텔비보다는 싸지만 1인당 하루에 500위엔씩 쳤으니 숙식비는 단단히 지불한 셈이다.

"한 선생님은 언제 귀국하세요?"

마당이 보이는 마루에 걸터앉은 한성진의 옆으로 다가온 김애선이 물었다. 김애선은 헐렁한 바지에 셔츠 차림이었는데 가슴이 컸고 허리가 잘록했다. 키도 커서 잘 빠진 몸매다.

"열흘쯤 후에 돌아갑니다. 그런데 왜 물어요?"

김애선의 분위기가 가벼웠기 때문에 한성진도 웃음 띤 얼굴이다. 김애선이 한성진의 옆에 앉더니 마당을 내려다보면서 말했다.

"제가 일주일쯤 후에 또 서울에 가거든요? 그럼 서울에서 사흘만 기다리면 한 선생님 만날 수 있겠네요?"

"왜? 서울에서 데이트하게?"

"서울은 스무 번도 더 갔지만 구경 다닌 적이 없었어요."

"그럴 것 없이 여기서 먼저 데이트를 하지."

한성진이 김애선의 옆얼굴을 보면서 말을 이었다.

"여기서는 김애선 씨가 내 가이드가 되어주고 서울에선 내가 하면 되겠네."

"유적탐사 안 해도 돼요?"

한성진을 바라보는 김애선의 얼굴이 상기되어 있다. 두 눈이 반짝였고 조금 낮지만 귀엽게 생긴 콧등에 작은 점이 붙여졌다.

"하루쯤 쉬어도 돼요. 그동안 고생을 많이 해서."

"그럼 내일 내가 회사 쉴 테니까 우리 놀러 나가요. 내가 안내할게."

"괜찮을까?"

"오빠한테는 출장 간다고 할 테니까 한 선생님도 무슨 핑계를 대세요. 우리 둘만 아는 비밀로 하자구요."

한성진이 머리를 끄덕였다. 집에 박혀 있는 것보다 나가 있는 것이 의심을 덜 받을 것이다. 물론 유근상에게는 다 말해주겠지만 잘 되었다고 할 것이 틀림없다.

그 시간에 국정원 제2차장 이경훈은 을지로 3가의 동방무역 사장실에서 박현종과 독대하고 있다. 박현종이 불러낸 것이다. 커피잔을 내려놓은 박현종이 입을 열었다.

"안보실장한테서 연락이 왔어."

긴장한 이경훈이 숨을 죽였다. 청와대 국가안보실은 대통령이 주관하지만 안보실장이 총무 역할이다. 국가안보실 멤버는 대통령과 총리, 외교, 국방, 행자장관 그리고 국정원장까지이며 청와대 안보실장 조무엽이 대통령을 보좌한다. 그 조무엽이 박현종에게 연락을 해온 것이다. 박현종이 말을 이었다.

"이번 국정원의 조중 국경지역 조직의 붕괴와 그에 따른 후속 조처에 대해서 대통령은 소극적이며 수동적이라고 비판하셨어. 원장의 보고가 정확하지도 않다고 질타하셨네."

이경훈의 얼굴이 하얗게 굳어졌다. 정확하지도 않다고 비판한 이유를 알기 때문이다. 바로 이곳, 동방무역에서 올라간 보고서가 대통령 손에 들어갔을 것이다. 박현종과 조무엽 간의 비선이 가동되었다. 둘은 육사 동기생인 것이다. 조무엽은 대장으로 육참총장까지 오른 후에 대통령 안보실장이 되었지만 박현종은 특전사령관을 끝으로 예편했다. 둘 사이가 좋지 않다는 소문도 있었는데 오늘 박현종이 노출시키고 있다. 이경훈의 시선을 받은 박현종이 쓴웃음을 지었다.

"자네가 무슨 생각을 하는지 알아. 그래, 나하고 조 실장하고는 좀 안 맞아. 난 그 새끼의 융통성을 경멸했고, 그 새끼는 내 단순함을 비웃었으니까."

"……."

"하지만 국가를 위해서는 서로의 장점을 인정해줄 만한 이해심을 갖췄지. 조 실장은 적응력과 순발력이 강해. 대국을 보는 눈이 있지. 난 저 돌형이야. 돌파력이 강하다구. 마치 한성진이처럼……."

그때 박현종이 아차, 하는 표정을 짓고 말을 멈추더니 다시 쓴웃음을 지었다.

"그래, 내가 인도팀한테서 들은 보고를 종합해서 조 실장한테 보냈어. 국정원의 정치적 행동에 대해서도 비판했네. 조직이 붕괴되었는데도 제 업무 밖의 정치적, 외교적 상황이나 고려하고 수동적 자세로 일관하는 국정원을 비판했단 말이야."

호흡을 고른 박현종이 지그시 이경훈을 보았다. 이경훈은 그의 육사 후배다.

"이 차장. 이젠 자네가 직접 지휘해야만 될 거야. 그것이 오늘 내가 자네를 부른 이유일세. 미리 알려주는 것이라고."

밤 9시 반이 되어갈 무렵에 유근상이 한성진의 방으로 들어왔다. 김경환의 저택은 방이 많아서 둘은 별채의 방 두 개를 사용하고 있다.

"한 형. 방금 연락을 받았는데……."

긴장한 표정으로 유근상이 말했을 때 한성진은 피식 웃었다.

"서울 회사에서 말입니까?"

"그런데 왜 웃는 거요?"

기분이 상한 듯 유근상이 의자를 가져다가 창가로 가져가 앉았다. 저택 안은 조용하다. 마당 끝에 송아지만 한 개가 한 마리 있었지만 짖지도, 거의 움직이지도 않아서 오후에야 발견했다. 한성진이 웃음 띤 얼굴로 대답했다.

"요즘 회사 연락이 자주 오면서부터 유 선배한테 활기가 일어난 것 같습니다."

"그래요?"

"이런 비유는 과장한 것 같지만 버림받았던 부모한테서 다시 연락을 받은 자식처럼 보입니다."

"당연하지."

유근상이 웃지도 않고 똑바로 한성진을 보았다.

"잘 표현했소. 바로 내가 그 심정이야."

"난 그따위 부모 안 찾을 것 같은데요."

190

"한 형은 부모가 없기 때문에 그러는 거요. 부모가 있다면 그런 말 못 해."

시선을 준 채로 유근상이 말을 이었다.

"그래서 이번 연락은 한 형에 관한 사항이오."

"나한테 관해서요? 내가 왜요?"

한성진이 침대 끝에서 일어나 탁자 위에 놓인 백주 병을 들었다. 김애선을 시켜 사 온 50도짜리 중국술이다. 잔에 술을 따르면서 한성진이 물었다.

"나는 유 선배 회사하고 관계가 없는 사람입니다. 상관 사절합니다."

"한 형 회사 사장님이 우리 회사하고 협의를 했어요."

유근상의 말에 술잔을 입에 대려던 한성진이 움직임을 멈췄다. 한성진의 시선을 받은 유근상이 말을 잇는다.

"그러고는 국방부하고도 협의를 했고. 이건 국가적인 일이니까……."

"……."

"한 형은 전역이 취소되고 현역으로 복귀되었어요. 그것도 일 계급 승진해서 소령이 된 거요."

"……."

"그런 다음에 우리 회사로 파견된 겁니다. 내일자로 발령이 난다고 했어요."

"……."

"직책은 중국 파견팀 소속 B팀장. 나는 A팀 소속으로 한 형을 보좌하는 역할이지요."

"이건 도무지……."

한성진이 얼굴을 일그러뜨리며 웃었다.

"저희들 멋대로 노는구만. 이건 뭐야? 독재국가도 이런 식으로 사람

191

을 뺐다 박았다 하지 않겠다."

다음날 오전 8시 반이 되었을 때 한성진이 저택 앞쪽의 대로변에 위치한 편의점 안으로 들어섰다. 저택에서 100미터쯤 떨어진 곳이다.
"어머, 가방까지 가져왔네."
커피 자판기 앞에 서 있던 김애선이 웃음 띤 얼굴로 한성진을 보았다. 한성진은 커다란 가방을 들고 있었던 것이다.
"애선 씨, 오늘 엔지까지 가서 놀고 오는 게 어때?"
다가선 한성진이 웃음 띤 얼굴로 물었다. 오늘은 김애선이 회사를 쉬고 한성진과 자오허 관광을 하기로 했던 것이다.
"내가 기름값 다 낼 테니까. 갑자기 엔지에 가야만 할 일이 있어서."
"가는 데만 네 시간쯤 걸릴 텐데."
망설이던 김애선이 곧 마음을 정한 듯이 얼굴을 펴고 웃었다.
"좋아요. 드라이브 한 번 하지 뭐."
"그것도 데이트니까."
"차는 저기 주차장에 있어요."
앞장서 편의점을 나가면서 김애선이 들뜬 목소리로 말했다. 김애선은 오늘 스키니진 바지에 운동화를 신었는데 미끈한 다리가 다 드러났다. 주차장에 세워둔 김애선의 차는 중형 아우디다. 트렁크를 열고 가방을 넣자 김애선이 물었다.
"책 들었어요?"
"음, 유적 관련 자료야."
했지만 길림무역에서 강탈한 돈뭉치다. 유근상에게도 일부 나눠주었지만 불심검문에 걸린다면 피할 방법이 없는 것이다. 권총과 남은 실탄은 어젯밤 유근상에게 모두 넘겼으니 이제는 맨몸이다. 김애선이 운전

192

석에 오르자 한성진이 말했다.

"애선 씨, 먼저 백화점부터 들르지."

김애선의 시선을 받은 한성진이 멋쩍은 웃음을 지었다.

"모처럼 데이트인데 이렇게 꾀죄죄한 차림이 싫어. 나 좀 깨끗하게 차려입고 데이트하고 싶어."

"돈 있어요?"

김애선이 웃음 띤 얼굴로 묻자 한성진이 머리를 끄덕였다.

"탐사비가 많이 남았어. 지금까지 한 번도 여가 시간을 보낸 적이 없거든."

"돈 남으면 돌려줘야 하는 거 아녜요?"

차에 시동을 걸면서 김애선이 묻자 한성진이 정색했다.

"아냐. 이건 내 개인 돈이야."

6장
죽음의 땅

"한 선생님은 몇 살이에요?"

앞쪽을 향한 채 김애선이 물었다. 오전 11시, 아우디는 고속도로를 달려가는 중이다.

옆자리에 앉은 한성진이 김애선을 보았다.

"내가 말 안 했던가?"

"언제 했어요?"

"난 유 교수가 이야기한 줄 알았는데."

"안 했어요."

"서른둘."

"그 나이에 결혼을 안 하다니."

"한국에선 이 나이는 결혼하기에 아직 일러, 요즘은 점점 늦어지는 추세야."

"그런가요?"

어느덧 한성진은 자연스럽게 반말을 썼다. 백화점에서 신발에서 내복까지 몽땅 갈아입은 한성진은 분위기가 다른 남자가 되어 있다. 캐주얼한 양복에 체크무늬 셔츠를 입었고 신발은 옷에 맞춘 운동화다. 김애선의 차림과 맞춘 터라 둘이 잘 어울렸다.

"그런데 한 선생님은 한 달 수입이 얼마나 돼요?"

궁금한 것이 많은 김애선이 계속 묻는다.

운전은 잘해서 아우디는 시속 130킬로로 도로를 달려가고 있다.

"왜? 내가 돈을 펑펑 쓰니까?"

백화점에서 한성진은 차림을 바꾸는데 7,000위안을 썼다. 한화로 140만 원 정도다. 그리고 김애선한테도 향수와 한국산 화장품 세트를 사주느라고 1,500위안, 즉 30만 원을 썼다. 1만 위안 한 뭉치를 꺼낸 것이다. 한성진이 제 말에 대답했다.

"내가 부모한테서 받은 재산이 좀 있어, 부동산인데 매달 임대료가 나오지."

"얼마나 나오는데요?"

"이 아가씨가 궁금한 것이 많군."

"말해줘요."

"한 달에 중국 돈으로 10만 위안 정도."

"와, 많다."

"학교에서 강사료로 2만 위안을 받고."

"부자시네."

"나 같은 수준이면 중산층 정도야."

"왜 결혼 안 하신 거죠?"

김애선이 쉴 새 없이 물어보는 바람에 지루하지는 않았지만 한성진은 점점 자신이 무언가에 빠져드는 느낌을 받는다. 뜨겁고 깊고 끈적한 늪

같은 곳에 발이 빠져 들어가는 것 같다. 지금까지 이런 거짓말을 해본 적이 없는 것이다. 그런데 아주 자연스럽게 거짓말이 술술 나온다. 김애선이 바라는 남성상에 맞추기 위해서인 것이다.

"우리, 저기서 쉬었다 가요."

휴게소 간판이 보였을 때 김애선이 말했다. 그러자 한성진이 지그시 김애선을 보았다.

"그러지, 애선 씨가 앞쪽만 보고 이야기하는 바람에 좀 허전했거든."

이것도 지어낸 말인데 어색하지가 않다.

엔지교가 바라보이는 3층 건물의 2층 사무실에 두 사내가 앉아 있다. 최강일과 이 사무실의 주인 안태길이다. 안태길은 40대 후반쯤으로 배가 나왔고 반쯤 대머리다. 붉은 얼굴에 입술이 두껍고 눈이 뒤룩뒤룩해서 첫눈에도 거친 인상이다. 안태길이 커피잔을 내려놓고 말했다.

"여자 장사는 한계가 있어요. 물량도 적을 뿐만 아니라 단속이 심해서 오히려 더 위험해."

최강일은 잠자코 시선만 주었다. 안태길은 조선족으로 '엔벤실업' 대표라는 명함을 주었지만 뭘 하는지 아직 밝히지 않았다. 바깥쪽 사무실에도 남자직원 둘이 앉아 있을 뿐이다. 무역회사라면 박스나 상품이 쌓여 있을 텐데 이곳에는 샘플실도 없는 것 같다. 그때 안태길이 탁자 밑에서 뭔가를 꺼내 최강일 앞에 놓았다. 작은 비닐봉지에 담긴 흰 분말, 그 순간 숨을 들이킨 최강일이 봉지 뭉치를 주시했다. 안태길이 한주먹 집어 내려놓은 비닐봉지는 수십 개가 되었다. 모두 안에 흰 분말이 들었다. 최강일의 표정을 본 안태길이 빙그레 웃었다.

"최고급 히로뽕이오. 1그램씩 들었는데 여기서 넘기는 값이 한국 돈 50만 원이오. 한국에서는 그 여섯 배인 300만 원으로 팔리지, 저 봉지

하나가 300만 원, 3,000불이란 말이오."

대충은 예상하고 있었지만 최강일은 얼굴을 굳힌 채 시선만 주었다. 다시 안태길의 말이 이어졌다.

"이걸 여기서 한국에서 온 연놈들한테 팔았지. 한 달에 1,000개 정도는 소화했소. 가끔 한 뭉치씩 사서 한국으로 들여가는 놈들이 있었으니까."

"……."

"얼마 전에 한국에서 한 달에 2,000개씩 가져가겠다는 놈이 나타났어. 매달 100개 정도를 소화하던 놈인데 빅바이어를 만난 모양이야. 우린 여기서 팔기만 하지 들여가는 방법을 상관하지 않아. 온갖 기발한 방법을 쓰는 모양인데 그놈들 머리가 참 좋거든."

쓴웃음을 지었던 안태길이 다시 정색했다.

"그런데 닷새쯤 전부터 그 바이어를 잡으려고 한국 경찰청 소속 마약반 놈들이 대거 이곳에 몰려와 있단 말요. 정보원 보고로는 대여섯 명이 된다던데 그 이상일지도 몰라."

마침내 최강일이 어깨를 늘어뜨렸다. 진각승이 자신을 안태길에게 보낸 이유를 안 것이다. 한국 마약반의 제거다. 머리를 든 최강일이 안태길을 보았다.

"어떻게 해드릴까요?"

"아예 발을 붙이지 못하도록 몰사를 시켜주시오."

안태길이 한마디씩 씹어뱉듯 말했다.

"사고사라면 더 좋겠지만 방법은 상관없어. 이놈들이 우리 바이어들을 추적하는 통에 요즘 거래가 뚝 끊겼단 말요. 우리가 파악한 놈들의 현재 상황이야."

탁자 위에서 파일 하나를 꺼내 든 안태길이 최강일에게 내밀었다.

"조국을 위해 힘써 주시오."

그 시간에 한성진은 김애선의 스키니진 바지를 벗기고 팬티를 끌어내리는 중이다. 이곳은 고속도로상의 휴게소, 휴게소라고 했지만 엉성하게 크기만 한 휴게소에 음료수와 빵과 과자 종류나 파는 편의점이 하나 있을 뿐이다. 그래서 주차장에는 김애선의 차까지 승용차 세 대가 세워졌고 사방은 썰렁하다.

"아유, 천천히."

이미 달아오른 터라 김애선이 다리를 들어 팬티가 잘 벗겨지도록 도우면서 비음 섞인 목소리로 말했다. 둘은 이미 뒷자리로 옮겨와 있는 터라 김애선의 팬티가 벗겨지자 한성진은 바지를 내렸다.

"나 몰라."

하면서 김애선이 누운 채 손으로 얼굴을 가리는 시늉을 했을 때 한성진이 위로 올랐다. 차는 주차장 구석에 세워져 있어서 누가 이쪽으로 올 이유도 없고 사람도 없다.

"아아아."

한성진의 몸이 합쳐졌을 때 흥분한 김애선의 신음이 차 안을 울렸다. 김애선의 샘은 뜨거운 애액으로 가득 차 있다.

"나 몰라, 나 몰라."

한성진의 거친 허리 움직임에 김애선의 비명 같은 신음이 이어졌다. 두 팔로 한성진의 어깨를 움켜쥔 김애선이 이제는 리듬에 맞춰 허리를 흔들기 시작했다. 치켜뜬 두 눈의 초점은 멀어졌고 가쁜 숨소리에 섞인 신음은 점점 더 높아졌다.

우의빈관(友誼賓館)은 주변에 음식점이 많아서 편리했고 주변이 번화가다. 그래서 관광객이 많은 편으로 302호실에도 관광객 차림의 사내 셋이 둘러앉았다. 오후 1시 반, 열린 창을 통해 거리의 소음이 몰려 들어왔다. 침대에 걸터앉은 전수남이 앞쪽의 백찬기, 문병준을 번갈아 보았다.

"누가 백산호텔 안에 있지?"

"윤채식이오."

백찬기가 대답했다.

"안내원 홍용구하고 같이 있습니다."

"미행팀은?"

"조금 전에 B팀하고 교대했습니다."

이번에는 문병준이 대답했다.

"시발놈이 눈치 챈 건가?"

혼잣소리처럼 말한 전수남이 그동안 자란 턱수염을 손바닥으로 쓸었다. 엔지에 도착한 지 오늘로 닷새째, 그동안 공을 들여서 추적해온 마약상 이홍석이 이번에 엔지에서 큰 거래를 한다는 정보를 입수했기 때문이다. 이홍석은 한국에서 체포할 것이지만 전수남의 이번 방중 목적은 제조, 판매원 추적이다.

마약 근거지를 발본색원하라는 정부의 방침인 것이다.

"그런 것 같지는 않습니다."

백찬기가 말했다.

"어저께까지만 해도 단고기집을 두 군데나 다니지 않았습니까?"

이홍석은 그동안 혼자 돌아다녔다. 단고기 식당에 가서도 혼자 먹고 마셨다. 핸드폰도 사용하지 않았기 때문에 전화 추적도 안 되었다. 호텔 전화를 쓴 것이 분명했는데 그것은 전수남의 현재 능력으로는 불가능했다. 마약부 소속 제1반장 전수남은 마약 수사의 전문가다. 이번에 제1반 소속요원 7명을 이끌고 날아온 전수남은 의욕에 차 있었다. 중국에서 넘어오는 마약 중 절반이 조중 국경지역에서 거래가 되어왔던 것이다. 그런데 이홍석이 닷새간 누구를 만나지도 않고 식당과 호텔을 오가

다가 오늘은 꼼짝도 않고 방안에 박혀있는 것이다. 애가 탈만 했다. 손 목시계를 본 전수남이 자리에서 일어서며 말했다.

"내가 백산호텔에 가보겠어."

마당을 두 바퀴째 돌았을 때 릴레이 바통처럼 쥐고 있던 핸드폰이 울렸다. 핸드폰 액정 화면 위쪽에 찍혀진 시간이 오후 2시 35분이다. 발신자는 동방무역. 은행나무 옆으로 다가간 오현서가 핸드폰을 귀에 붙였다.

"여보세요."

"나, 장 상무야."

장병훈 상무다. 언제나 장병무는 오현서에게 부드럽게 대한다. 마치 아버지 같다.

"네, 상무님."

"고생 많지?"

"괜찮습니다."

어제도 통화를 했고 그제도 한성진에 대해서 보고를 했다. 어쩔 수 없는 일이다. 한성진도 동방무역에 고용된 인력이니만치 보고를 해야만 한다. 그때 장병훈이 말했다.

"박 부장한테서 연락이 없지?"

"네, 아직."

"앞으로 없을 거야."

그 순간 숨을 죽인 오현서의 귀에 장병훈의 말이 이어졌다.

"박 부장이 저쪽으로 옮겨갔어. 거기 같이 간 사람의 부서로."

유근상을 말한다. 어차피 도청이 된다면 다 밝혀지겠지만 이런 식으로 구체적인 이름, 조직 등은 말하지 않는다. 심호흡을 한 오현서가 물었다.

"그럼 우리하고는 인연이……."

"끊긴 거지. 이미 통보를 했을 것이고 받아들였을 테니까."

"……."

"당연히 그랬겠지."

그러더니 생각난 듯 물었다.

"몸은 어때?"

"일주일쯤만 지나면 충분히 활동할 수 있을 것 같습니다."

"그쪽 정부가 사건을 확대시키지 않아서 다행이야. 하지만 은밀하게 수사는 하고 있을 테니까 조심해."

"알겠습니다."

"다시 연락하지."

그러고는 통화가 끊겼으므로 오현서가 어깨를 늘어뜨렸다.

"운동 더 하실 거예요?"

옆으로 윤정옥이 다가오며 묻자 오현서는 머리를 들었다. 시선이 마주치자 윤정옥이 밝게 웃는다. 그 모습이 활짝 피어나는 박꽃 같아서 오현서의 심장이 무거워진 느낌이 들었다. 윤정옥은 매일 매일 달라진다. 처음 만났을 때는 열두어 살짜리 새까만 계집애 같았는데 한 달이 지난 지금은 처녀 같다. 피부도 희어졌고 가슴도 튀어나왔다. 성장기여서 잘만 먹여도 저렇게 쑥쑥 자라는 것이다.

전화벨이 울렸으므로 이홍석이 전화기를 집어 들었다. 호텔 방에 비치된 전화다.

"여보세요."

한국어로 응답했더니 곧 저쪽에서도 한국어로 되물었다.

"이홍석 씨?"

"그렇습니다만."

"안 대표한테서 이야기를 들었습니다."

그러자 이홍석이 어깨를 늘어뜨리면서 소리 죽여 숨까지 길게 뱉었다. 왔다.

"아아, 예, 반갑습니다. 저도 이야기 듣고 기다리던 참입니다."

"알고 계시지요? 호텔 안팎으로 꼬리가 길게 붙어 있다는 것 말씀입니다."

"압니다."

"오늘 저녁 6시 정각에 전화 드릴 테니까 기다리고 계시지요."

"알겠습니다."

그때 전화가 끊겼으므로 이홍석은 사내의 이름도 묻지 않았다는 것을 깨달았다. 전화기를 내려놓은 이홍석이 손목시계를 보았다. 오후 3시 10분이다. 만 닷새 동안 단고기 식당이나 다니면서 허송세월을 했더니 온몸에서 두드러기가 난 것 같다. 그러나 안 대표가 말해주지 않았다면 바로 현장에서 잡혔을지도 모른다. 이곳은 중국 땅이다. 그러나 마약 거래는 중국에서도 중형을 받는 것이다. 중국 공안한테 잡히면 중국 땅에서 최소한 20년형을 받거나 사형까지 당할 수도 있다. 공안은 북한 무역상이라고 봐주지도 않는 것이다.

"나, 오늘 하루 엔지에서 쉬었다가 갈래."

대륙호텔 현관 앞에 차를 세운 김애선이 말했다.

"오빠, 괜찮지?"

"아, 그럼."

웃음 띤 얼굴로 말한 한성진이 차에서 내렸다. 트렁크에서 가방을 꺼내 든 한성진이 김애선의 어깨를 팔로 감아 안으면서 말을 잇는다.

"오늘 밤은 방에서 홀랑 벗고 지내자."

"아유, 몰라."

키를 주차요원에게 맡긴 김애선이 눈을 흘겼다. 둘은 영락없는 애인 사이다.

"여기, 네가 체크인 해."

한성진이 한 뭉치의 지폐를 내밀자 김애선은 자연스럽게 받는다.

"오빠, 며칠간 있을 거야?"

"사흘만."

"돈이 너무 많다."

하면서 프런트로 다가간 김애선이 거침없는 중국어로 체크인을 했다. 대륙호텔은 엔지 시 중심부에 위치한 특급호텔이다. 선글라스를 고쳐 쓴 한성진이 슬쩍 로비를 둘러보았다. 한국 관광객이 많았고 옆쪽 쇼핑 센터에서는 행사까지 열리고 있어서 혼잡했다.

"오빠, 5층이야."

곧 키를 쥔 김애선이 웃음 띤 얼굴로 다가왔다. 휴게소에서 진한 정사 를 나눈 후부터 김애선은 5년쯤 겪은 애인처럼 행동했지만 전혀 어색하 지 않았다.

백산호텔 건너편 길가에 주차된 승합차로 들어선 전수남이 입맛부터 다셨다. 승합차 안에는 두 사내가 타고 있었는데 운전사인 조선족 한경 철과 수사요원 백찬기다.

"그 새끼가 오늘은 점심도 호텔 안 한식당에서 먹고 방에만 박혀 있어."

투덜거린 전수남이 담배를 꺼내 입에 물었다.

"이놈이 눈치 챈 거야. 그런데 계속 박혀 있는 이유가 뭐지?"

불을 붙인 담배 연기를 길게 뱉은 전수남이 얼굴을 일그러뜨리며 웃 었다.

"우리가 지쳐서 돌아가기를 기다리는 것, 그것이 첫 번째 이유일 가능성이 있고."

전수남이 둘을 번갈아 보았다. 두 눈이 번들거리고 있다.

"저놈이 지금 무슨 작업을 하는 거야. 가만히 있을 리가 없어. 그 작업이 끝나기를 기다리는지도 모른다."

"무슨 작업입니까?"

백찬기가 묻자 전수남이 수염이 자란 턱을 손바닥으로 쓸었다.

"우리를 없애려는 작업."

순간 차 안에 긴장감이 덮쳐졌지만 전수남이 차 밖을 둘러보는 시늉을 하며 다시 웃었다.

"이놈들이 지금 우리들을 역으로 감시하고 있을 거야. 틀림없어."

그때 전수남의 주머니에 든 핸드폰이 진동으로 떨었다. 핸드폰을 꺼내본 전수남이 머리를 기울였다. 모르는 번호인 것이다. 그러나 받지 않을 수는 없다. 둘의 시선을 받은 채 전수남이 핸드폰을 귀에 붙였다.

"여보세요."

"전 반장이시죠?"

불쑥 묻는 사내의 목소리는 생소했다. 그러나 심호흡을 한 전수남이 대답했다.

"예, 그렇습니다만."

"전 국정원 요원 유라고 합니다."

국정원이라니, 놀란 한편으로 지원군의 목소리를 들은 것 같은 느낌이 들었지만 방심은 금물이다. 이것은 경찰국 마약부의 단독작전이다. 국정원과 사전협의도 하지 않았다. 절차도 복잡할 뿐만 아니라 지금까지 협동작전을 한 적도 없다. 남북한 교류니 협력이니 하면서 정보가 새나가던 전(前) 정권 때부터는 아예 이쪽에서 통로를 닫았다. 현장 요원은 사명감과 애국심으로 뛰겠지만 고위층은 정치권의 바람을 타고 색깔이 흐렸기 때문이다. 이른바 좌파 정권 때는 고위층이 회색분자였다. 그런데 국정원이 연락을 해오다니, 잠깐 시간이 지나자 전수남의 가슴이 무거워졌다. 불안해진 것이다. 그래서 굳어진 목소리로 물었다.

"아니, 갑자기 웬일입니까? 내가 지금 어디 있는지 알고 전화하신 겁니까?"

이건 떠보는 말이다. 위치 추적을 했더라도 확인이 필요하다. 그때 유라는 요원이 대답했다.

"예, 본부에서 엔지 상황회의를 하다가 검경의 확대회의를 하게 되었습니다. 그러다 마약반 파견 정보를 듣게 되었고 우리한테 협조 지시가 내려온 것이지요."

요령 있게 상황 설명을 한 요원이 말을 이었다.

"우리도 요즘 조중 국경지역 조직을 개편 중인데 약간 문제가 있었지만 바닥 정보는 아직 남아 있습니다."

이제는 전수남이 듣기만 했고 사내의 말이 이어졌다.

"내가 오전에 전 반장님 상황을 듣고 그쪽 상황을 체크해보았더니 역감시를 당하고 있습니다. 지금 우의빈관에 계시지요? 거기에도 감시가 붙어 있다고 합니다."

"지금 어디 계십니까?"

말 내용이 석연치 않았으므로 전수남이 묻자 요원이 대답했다.

"지금 엔지로 가는 중입니다. 하지만 거기에 현지 행동팀장이 도착해 있는데 곧 연락을 할 것입니다."

그러더니 요원이 이어서 말했다.

"팀장은 한성진이라고 합니다. 같이 협동작전을 하시는 것이 나을 겁니다."

"오빠, 나, 잠 좀 잘게."

뒤에서 김애선의 목소리가 들렸으므로 한성진이 몸을 돌렸다. 옷을 차려입고 마악 방을 나가려던 참이다. 침대에 누운 김애선이 한쪽 손만 들어 보이면서 웃었다. 실오라기 하나 걸치지 않은 알몸을 가리지도 않았다. 헝클어진 머리칼, 얼굴은 아직 상기되었고 방안의 열기는 식지 않았다. 격렬한 정사가 끝난 지 10분도 되지 않은 것이다.

"그래, 푹 자둬."

따라 웃은 한성진이 방을 나왔다. 오후 5시 55분, 하루도 안 되는 동안에 둘 사이는 알몸으로 벗고 다녀오라는 인사를 하는 정도가 되어버렸다. 한성진이 아래층 커피숍으로 들어섰을 때 안에서는 관광객들이 회의를 하는 중이었다. 중년의 한국인들은 가이드로부터 주의사항을 듣고 있었지만 소란스러웠다. 가이드의 말끝마다 트집을 잡아 웃고 떠들었다. 안으로 들어선 한성진이 구석 쪽 빈자리를 찾아 앉았을 때 사내 하나가 다가와 앞쪽에 앉았다. 30대 중반쯤으로 한성진보다 두어 살 위로 보이는 얼굴이었고 관광객 차림에 붉고 검은 바탕의 등산점퍼에 운동화를 신었다.

"팀장이시죠? 저, 조재원입니다."

웃음 띤 얼굴로 말한 사내가 주위를 둘러보는 시늉을 했다.

"이 사람들하고 오늘 오후에 같이 왔습니다. 어휴, 시끄러워서 혼났습니다."

"날 어떻게 알아보았습니까?"

불쑥 물었던 한성진이 자신의 실언을 깨닫고는 쓴웃음을 지었다. 국정원 요원에게 그렇게 묻는 것은 모욕일지도 모른다. 그러나 조재원이 정색하고 대답했다.

"본부에서 팀장 인적사항에 관한 자료는 다 보고 왔습니다."

"근데 나한테 팀장이라고 부르시는데⋯⋯."

한성진이 말하자 조재원의 얼굴에 다시 웃음이 떠올랐다.

"팀장이 되셨다는 말씀 듣지 못하셨습니까? A팀으로 자문역인 유 선배한테서 들으신 것으로 알고 있는데요."

"그건 그렇지만⋯⋯."

"해외요원이 정식 발령장 받고 출근 스탬프를 찍고 다닐 수는 없지요. 팀장은 현역 소령이시고 제 직속상관이 되셨습니다."

그러고는 조재원이 바짝 붙어 앉았다.

"지시사항을 전하겠습니다."

방으로 들어선 최강일이 저고리를 벗어 던지면서 말했다.

"자, 그럼 시작하기로 하지."

마침내 방법을 정한 것이다. 창가의 의자에 앉은 최강일이 손부터 내밀면서 말했다.

"전화를 해."

"예."

경호역으로 항상 붙어 다니는 고창신이 주머니에서 핸드폰을 꺼내 들고 기다렸다.

"이홍석이한테."

고창신이 잠자코 버튼을 눌러 백산호텔의 이홍석과 연결하고는 최강일에게 내밀었다. 오후 6시 5분이 되어 있다.

"이 선생, 거기서 나와 개성 단고기 식당으로 가시오."

최강일이 지시하듯 말했다.

"거기에 7시까지는 도착할 수 있겠지요?"

"예, 됩니다."

조금 긴장한 듯 이홍석의 목소리가 굳어져 있다. 최강일이 말을 이었다.

"거기, 개성 단고기 식당 주방 옆에 뒷문이 있습니다."

이홍석은 숨을 죽였고 최강일이 한 마디씩 분명하게 말했다.

"7시 30분에 전화받는 시늉을 하고 뒷문으로 나오도록 해요. 빈 가방을 갖고 가서 옆자리에 그냥 놓고 말입니다."

이홍석이 알아듣지 못할까 봐서 최강일이 이유까지 설명했다.

"그냥 나가면 돈 안 내고 도망가는 것처럼 보일 수가 있단 말입니다. 그러니까 밥 먹다가 전화받는 시늉을 하고 뒷문으로 나가란 말이오."

그때 이홍석이 물었다.

"그리고 밖으로 나왔다가 다시 들어갑니까?"

"아니, 뒷문 밖은 골목이오. 뒷문 오른쪽으로 20미터만 가면 공터가 나옵니다. 이 선생은 공터 안으로만 들어오시면 됩니다. 아셨습니까?"

"예, 알겠습니다."

"그럼 7시까지 개성 단고기 식당에 도착해서 식사를 하시오. 그리고……."

"7시 반에 전화받는 시늉을 하고 뒷문으로 나오겠습니다."

"뒷문은 주방에서 쓰레기 버리느라고 계속 열려 있으니까 걱정하지 마시고."

그리고는 통화를 끝낸 최강일이 핸드폰을 고창신에게 던져주면서 말했다.

"오늘 밤에 다 끝낸다."

최강일이 담배를 꺼내 입에 물더니 탁자 위에 놓인 성냥을 집어 들었다. 성냥갑에 '우의빈관' 이란 호텔이름이 적혀져 있다. 전수남과 같은 호텔에 투숙하고 있는 것이다. 그때 방문이 열리더니 부관 윤경태 대위가 들어섰다.

"302호실은 비었습니다."

다가선 윤경태가 말을 이었다.

"304호실에 두 놈이 있습니다. 교대조로 들어와 자고 있는 것 같습니다."

한국경찰청 마약부 소속 수사관 7명은 모두 우의빈관에 투숙 중이다. 방 번호는 302, 303, 304, 305호실, 302호실에는 한 명, 나머지 방에는 각각 둘씩이다. 놈들은 관광객 행세를 하고 있었지만 최강일에게는 멀리 떨어져 있어도 냄새가 났다. 남조선 경찰은 오늘 밤 다 죽는다.

"저놈입니다."

마침내 역감시자를 찾았다. 백찬기가 눈으로 앞쪽을 보며 말했지만 그전에 전수남도 가려내었다. 관광객 차림의 사내다. 손에 신문을 펴들고 흘끔거린다. 윤채식과는 대각선으로 20미터쯤 떨어져 있다. 위치는 기둥 옆자리여서 어느 방향으로는 이동이 가능했다. 오후 6시 20분, 둘은 백산호텔 건너편의 건물 3층 옥상에 올라와 있었으나 주변이 가구와 폐자재로 뒤덮여 있어서 엄폐물이 많았다. 그리고 주위는 어두워지고 있다. 호텔 현관 쪽을 보던 백찬기가 핸드폰을 귀에 붙였다. 연락이 온 것이다.

"응? 알았어."

간단히 통화를 끝낸 백찬기가 긴장한 얼굴로 전수남을 보았다.

"이홍석이 나온답니다. 밖에 나가는 것 같다는데요."

"붙어야지."

전수남이 망설이지 않고 지시했다. 역감시를 당하고 있더라도 쫓을 수밖에 없다. 곧 호텔 현관 앞으로 이홍석이 나타났는데 저녁인데도 선글라스를 끼었다. 이곳 옥상에서 직선거리는 30미터 정도여서 손을 뻗으면 잡힐 것 같다. 슬레이트 사이로 이홍석을 노려보면서 전수남이 이 사이로 말했다.

"우리도 움직이자."

그러면 역감시를 다시 감시하는 셈이 된다. 이홍석이 꼬리를 세 개 끌고 다니는 셈이 될 것이다.

"그런데 이 새끼는 어디 갔지?"

개성 단고기 식당으로 이동하는 차 안에서 최강일이 물었다. 승합차는 천천히 달려가는 중이었고 안에 5명이 탔다. 앞쪽에 앉은 부관 윤경태가 머리를 돌려 최강일을 보았다.

"호텔에서 떠나 우의빈관으로 돌아가는 줄 알았는데요. 인원이 없어서 미행은 못 했습니다."

30분쯤 전에 백산호텔 건너편 길가에서 감시를 하다 떠난 전수남을 말하는 것이다. 승합차 안에는 셋이 탔고 한동안 머물다가 떠나더니 우의빈관으로 가지도 않고 종적을 감췄다.

"밥이나 먹으러 갔겠지. 미행은 저놈들한테 맡기고 말야."

최강일이 턱으로 앞쪽을 가리켰다. 앞쪽에 이홍석이 탄 택시와 그 뒤를 한국경찰팀 두 명이 탄 승용차 한 대, 그리고 그 뒤를 역감시팀인 최강일의 부하 셋이 이어져 있는 것이다. 그리고 뒤를 지휘팀인 최강일이 따르고 있었으니 꼬리가 셋이다. 최강일이 윤경태에게 지시했다.

"개성 단고기 식당 준비 철저히 하라고 해."

"알겠습니다."

긴장한 윤경태가 주머니에서 핸드폰을 꺼내 들었다. 이미 개성 단고기 식당 공터와 주변에는 대원들이 깔려 있는 것이다.

그때 전수남은 핸드폰을 귀에 붙인 상태였고 택시 안이다. 옆자리에 앉은 백찬기가 힐끗거리고 있다.

"예, 연락받았습니다. 한 선생은 지금 엔지에 계신다고 들었습니다만."

전화 상대는 국정원 요원 한성진이다. 그때 한성진이 물었다.

"지금 어디 계십니까?"

"역감시가 붙어서 택시를 타고 철수하는 중인데요."

전수남이 상황을 간략하게 설명했을 때 한성진이 말했다.

"이홍식의 위치를 알려주시지요. 제가 붙겠습니다."

전수남은 숨을 죽였고 한성진의 말이 이어졌다.

"제가 미행팀한테 연락을 하겠습니다. 그쪽에 제 이야기를 해주시지요."

그러고는 통화가 끊겼으므로 전수남이 길게 숨을 뱉으면서 말했다.

"이거 오늘 밤 온전하지 못하겠구만."

그 대상이 어느 쪽이 될지 알 수가 없는 것이다.

개성 단고기 식당은 꽤 유명한 곳이어서 오늘도 손님이 많았다. 손님 중 절반 정도가 한국 관광객이었고 나머지 절반은 조선족과 한족이 반반이다. 안쪽의 빈자리를 겨우 찾아낸 이홍석이 수육과 탕, 그리고 백주까지 시켜놓고 주위를 둘러보았다. 식당 안은 소란스럽다. 특히 한국 관광객은 술에 취해서 말다툼까지 벌이고 있다. 그러나 이홍석은 이 소란이 오히려 마음을 가라앉혀 주는 것 같다. 잔뜩 긴장하고 있었기 때문이다. 손목시계를 보았더니 7시밖에 되지 않았다. 차가 막히지 않아서 빨리 온 것이다. 주문한 음식도 빨리 나왔기 때문에 이홍석은 수육을 한 점 씹고 나서 술잔의 술을 채웠다. 긴장해서 순서가 거꾸로 되었다.

주위 손님 중에는 이미 마약반 정보원이 끼어 있을 것이었다. '엔벤실업' 측에서 알려주지 않았다면 이번에 직통으로 걸려들 뻔했다. 마약반이 이곳까지 따라왔다는 것은 뿌리부터 찾아내어 소탕하겠다는 의미였다. 그래서 엔벤실업도 적극적으로 나서고 있는 것이다. 이곳이 중국 땅이라고 안전한 것이 아니다. 오히려 더 위험할 수도 있다. 마약 밀매는 중국 공안에 잡혀도 중형인 것이다. 한국보다 더 형량이 길고 교도소 조건은 최악이다. 차라리 한국에서 잡히는 것이 낫다.

"공터에 다섯 명 배치했습니다."

승합차에 오른 윤경태가 보고했다.

"식당 앞에 감시로 세 명, 그리고 공터 뒤쪽 길 입구에 철수조 두 명이 승합차에 타고 기다리는 중입니다."

그리고 방금 개성 단고기 식당으로 세 명이 들어갔다. 모두 11명, 작전을 단순하다. 이홍석이 뒷문으로 나와 공터로 다가가면 마약반이 따를 것이었다. 인원은 조금 전에 식당으로 들어간 두 명, 그리고 또 두어 명이 붙을 것이 틀림없다. 놈들은 수시로 상황체크를 하고 있을 테니 지금 미행해간 둘만 보낼 리는 없다. 7명 중 최소 4명, 최대 7명이다. 자취를 감춘 반장 놈이 나타날지도 모른다. 최강일이 손목시계를 보았다. 오후 7시 15분이다.

"좋아, 7시 30분에 작전 시작이다."

마침내 최강일이 지시했다. 윤영태가 핸드폰을 꺼내 들고 버튼을 누른다. 이제 화살은 시위에 걸쳐졌다. 15분 남았다.

베레타 92F는 한성진의 손에 익은 무기다. 군 시절에 수백 번 사격을 해서 20미터 거리에서는 10발 중 9발은 맞춘다. 한성진이 익숙한 손놀림으로 탄창을 끼우고 소음기까지 부착했을 때 조재원이 웃음 띤 얼굴로 말했다.

"안가에 숨겨두었던 건데 실제로 사용하게 될 줄은 몰랐습니다."

"난 길림에서 여럿을 죽였어요."

권총을 점퍼 안쪽 주머니에 넣으면서 한성진이 따라 웃었다.

"아마 열댓 명쯤 될걸?"

"들었습니다."

"탈북자 경호팀원으로 죽인 거요."

"팀장 때문에 한국에서는 청와대까지 움직인 겁니다."

둘은 전세 낸 택시 뒷좌석에 나란히 앉아 있었는데 운전사는 길가의 편의점에 들어가 있다. 택시를 세워 놓은 터라 편의점에서 빵을 사 먹는 중이다. 옷차림을 매만진 한성진이 조재원에게 말했다.

"자, 그럼 다시 연락합시다."

"알겠습니다. 기다리지요."

조재원의 대답을 들으면서 한성진이 택시 밖으로 나왔다. 길가 주차장에는 차들이 빼곡하게 주차되었고 차량 통행도 많다. 오후 7시 15분, 퇴근 시간이 되어서 인도도 오가는 행인으로 붐비고 있다. 한성진이 걸으면서 핸드폰을 꺼내 버튼을 눌렀다. 개성 단고기 식당은 50미터쯤 앞이다.

핸드폰이 진동을 하자 윤채식이 먼저 주위부터 보았다. 옆쪽 테이블에서 싸우던 한국 관광객 둘은 불어터진 얼굴로 술잔을 쥐고 있다. 대신 말리던 사내들의 목소리가 더 높아졌다. 발신자 번호를 보았더니 10분 전에 통화를 했던 국정원 요원 '한' 이다. 이름을 '한' 으로만 찍어놓은 것이다. 윤채식이 핸드폰을 귀에 붙였다.

"예."

"그놈이 혼자 있습니까?"

불쑥 '한' 이 물었고 윤채식이 시선 끝으로 이홍석을 보면서 대답했다.

"예."

"일행은 없구요?"

"손님이 많아서 확인하기 힘듭니다."

이미 전수남과 '한'이라는 요원으로부터도 이곳까지 미행을 당했다는 말을 들은 터라 윤채식의 기분은 더럽다. 지금 자신도 감시당하고 있는 것이다. 그런데 어떤 놈인지 모르겠다. 그때 '한'이 말했다.

"내가 지금 그쪽으로 갑니다. 무슨 일이 있으면 바로 연락하세요."

7시 반이 되었을 때 최강일은 개성 단고기 식당에서 200미터쯤 떨어진 길가에 있었다. 길가에 주차된 승합차 안이다. 이곳이 지휘부다. 안에는 최강일과 부관 윤경태 대위, 그리고 운전사다. 차 밖에서 두 명이 경호를 서고 있었는데 옆쪽 모퉁이길 앞에도 승합차 한 대가 세워져 있다. 공터에서 나오는 병력을 싣고 갈 차량이다.

"자, 시간이 되었는데……."

손목시계를 본 최강일이 머리를 들고 윤경태를 보았다. 시선을 받은 윤경태는 심호흡만 했다. 이제 시계의 톱니가 움직이는 것처럼 하나씩 정확하게 움직여야 한다. 그렇게 계획을 짜 놓았으니 기다리기만 하면 될 것이다.

윤채식은 그때 옆쪽 테이블을 보는 중이었다. 여자와 합석한 팀으로 사내 하나가 예쁘장한 여자한테 자꾸 치근거리는 중이었기 때문이다. 신경이 자꾸 쓰였다. 그때 앞에 앉아 있던 조선족 안내역 홍용구가 테이블 밑에서 발끝으로 윤채식의 다리를 건드렸다. 놀란 윤채식이 퍼뜩 이홍석 쪽을 보았다. 그때 이홍석이 핸드폰을 귀에 붙인 채 자리에서 일어서는 중이었다.

"이홍석이 일어나 뒷문 쪽으로 갑니다."

윤채식의 다급한 목소리가 수화구에서 울렸다. 떠들썩한 식당의 소음도 섞여 들린다.

"가방을 자리에 놓고 갔습니다."

다시 윤채식이 말했을 때 한성진은 심호흡을 했다. 가방을 놓고 갔다면 돌아오겠다는 표시다. 식당으로 다가갔던 한성진이 옆쪽 골목을 보았다. 그 순간 한성진이 결심했다.

"따라 나오세요. 내가 뒷골목으로 가볼 테니까."

윤채식은 미행을 끌고 온 것이다. 윤채식이 따라 나가면 미행도 따라 나갈 것이었다.

"나갑니다."

식당 구석 쪽 자리에 앉아 떠들썩하게 떠들던 세 명 중 한 명이 핸드폰을 귀에 붙이고 말했다.

"둘이 나갑니다."

앞쪽에 앉은 둘은 여전히 떠들고 있다. 개고기의 가장 맛있는 부분에 대한 이야기가 끝도 없이 이어지고 있다. 그때 수화구에서 최강일의 목소리가 들렸다.

"너희들은 따라 나가지 마, 혹시 뒤를 감시하는 놈들이 있을지도 모른다."

"예."

"두 놈뿐이냐?"

"예, 따라서 뒷문 밖으로 나갔습니다."

사내의 시선이 둘이 앉았던 좌석으로 옮겨졌다. 둘도 저고리를 벗어 놓고 나갔다. 곧 돌아온다는 표시를 한 것이다.

골목 안으로 들어선 한성진이 벽을 바라보고 섰다. 그러면서 핸드폰을 귀에 붙인 채 한 손으로 바지 지퍼를 만지작거렸다. 다리도 조금 벌렸다. 골목 안은 가로등도 없어서 어둡다. 지린내가 맡아졌다. 한성진도 오줌을 싸는 시늉을 한 것이다. 금방 들어선 큰길 쪽을 보았지만 이쪽에 신경을 쓰는 사람은 보이지 않는다. 다시 머리를 반대쪽으로 돌렸던 한성진은 가로로 펼쳐진 앞쪽 골목을 사내 하나가 질러가는 것을 보았다. 개성 단고기 식당 쪽이다. 서둘러 발을 뗀 한성진은 왼쪽에서 들리는 발자국 소리를 들었다. 그때 사내 둘이 나타났는데 하나는 귀에 핸드폰을 붙였다. 그때 한성진이 물었다.

"윤채식 씨?"

"예에."

사내 목소리가 들렸다. 두 사내와의 거리는 10미터 정도, 한성진이 다시 물었다.

"왼쪽 골목을 봐요."

그때 윤채식이 머리를 돌려 한성진을 보았다. 골목 안은 어둡다. 그러나 얼굴은 보인다. 다시 한성진이 말했다.

"이홍식이 보입니까?"

"보입니다."

윤채식이 말한 순간이다. 한성진은 뒤쪽에서 들리는 발자국 소리에 머리를 돌렸다. 사내 셋이 다가오고 있다. 여기도 꼬리가 붙었는가?

망설일 것 없다. 이미 이홍석에게 꼬리가 붙었다는 연락을 받고 나서 마음을 굳힌 상태다. 한성진이 세 걸음 더 골목 안으로 들어갔을 때 사내들은 대여섯 걸음 간격으로 다가왔다. 빠르다. 한성진은 아직 왼손으로 핸드폰을 귀에 붙이고 걷는 자세, 이제 앞쪽 골목 모퉁이는 두 걸음

거리로 다가왔고 윤채식과 동료는 보이지 않는다. 오른쪽 골목 안으로 사라진 것이다. 그때 한성진은 한 걸음 더 디디면서 가슴주머니에 넣은 베레타의 손잡이를 쥐었다. 그러고선 안전핀의 레버를 젖히면서 빼내었다. 뒤쪽 발자국 소리가 다섯 걸음 정도로 가까워졌다. 그 순간 몸을 돌린 한성진이 방아쇠를 당겼다.

"퍽! 퍽! 퍽!"

세 발을 쏘았다. 소음기를 낀 권총 발사음은 모래주머니를 몽둥이로 치는 것 같다. 밀폐된 공간 안에서는 반향이 크지만 발사음은 골목 위쪽의 하늘이 흡수했다.

"퍽!"

다시 한 발을 쏜 것은 두 번째 사내가 꿈틀거리는 동작이 컸기 때문이다. 모두 몸통을 맞췄다. 확실하다. 한성진은 셋이 다 쓰러지기도 전에 몸을 날려 뛰었다. 윤채식의 뒤를 쫓는 것이다. 함정 속으로 들어간 윤채식을 빼내야 한다. 이것이 한성진이 이번 작전에 참가한 목적이다.

"온다."

공터 왼쪽의 어둠 속에 서 있던 안진복이 낮게 말했지만 옆쪽 부하들도 보았다. 공터 안으로 사내 하나가 들어섰다. 이홍석이다. 서둘러 들어선 사내는 주위를 두리번거리면서 곧장 이쪽으로 다가왔다. 이쪽을 지나야 왼쪽 출구로 나갈 수가 있는 것이다. 출구 쪽으로 빛살이 비쳤기 때문에 안내판 역할도 좋다. 공터는 100여 평 정도, 자세히 말하면 저택을 허물고 남은 기둥과 흙더미가 쌓여진 곳이다. 오른쪽에는 기왓장을 가득 쌓아놓았고 그 옆에는 큰 구덩이까지 파여졌다. 이홍석이 곧장 왼쪽 출구 쪽으로 다가갈 때 공터로 두 사내가 들어섰다. 이홍식과의 거리는 30보 정도.

"기다려."

안진복이 부하들에게 속삭였다. 조금 더 공터 안으로 들어오도록 해야 한다. 이 두 놈 뒤를 엄호하는 놈들이 있을 수도 있는 것이다. 그 경우에 뒤를 맡은 세 명이 연락을 해줄 것이었다. 그때 이홍석이 슬쩍 이쪽을 보았다. 이쪽을 알아챈 것 같다. 공터 안에는 여섯이 기다리고 있다. 안진복과 부하 둘은 출국의 왼쪽, 다른 둘은 오른쪽 후방이다. 일단 함정에 빠진 고기가 안으로 들어오면 오른쪽 둘이 뒤를 막고 안진복은 앞을 막는 것이다. 둘 이상이면 그 자리에서 요절을 내고 둘 이하면 납치하라는 지시를 받았다. 둘 이상이면 납치하기가 힘들기 때문이다. 저쪽도 한가락씩 하는 한국 경찰이다. 중국 땅이라 총기는 휴대하지 못했겠지만 맨손으로 제압할 수는 없다. 그래서 안진복과 선임 하나는 중국제 권총을 소지했고 나머지는 각각 대검과 쇠뭉치, 쇠장갑으로 무장했다. 치명적인 무기다. 그때다. 두 놈은 공터 안으로 10보쯤 들어왔다. 이제 잡았다.

"쳐라!"

안진복이 버럭 소리쳤고 어둠 속에서 다섯이 뛰쳐나갔다. 놀란 둘이 공터의 기둥 옆에 우뚝 멈춰 섰으며 이홍석은 출구 근처에서 머리만 돌려 뒤쪽을 보았다. 이홍석도 들은 것이다. 안진복은 권총을 움켜쥐고 두 사내에게로 달려갔다. 어둠 속이었지만 검은 총신이 선명하게 드러났다.

"이 새끼들! 움직이면 쥑여!"

다시 안진복이 소리쳤고 눈 깜박하는 순간 다섯이 둘을 둘러쌌다. 안진복이 둘을 향해 권총을 겨누었다.

"손들어! 이 새끼들아!"

뒤쪽에 선 배갑수도 역시 총을 겨누었고 나머지는 흰 칼날이 번쩍이는 대검을 들었다. 안진복은 둘을 끌고 가기로 마음을 먹은 것이다. 그것은 안진복의 결정 사항이다. 현장까지 최강일이 상관하지 못한다. 요절을 낼 생각이었다면 안진복이 총을 쏴 버렸다. 그때 경찰 둘 중 하나가 소리쳤다.

"누구요! 당신들, 다섯 명이나!"

다시 경찰의 외침이 이어졌다.

"아니, 총까지 겨누고! 우린 관광객이오!"

달려가면서 한성진은 윤채식의 외침을 들었다. 윤채식이 핸드폰을 켜놓고 있었기 때문이다. 귀에 붙인 핸드폰에서 울리는 윤채식의 목소리가 선명했다. 상대는 다섯, 총까지 쥐고 있다. 곧 공터가 나왔고 한성진은 발자국 소리를 죽이면서 입구로 들어섰다. 그러자 다섯과 둘의 배치가 분명하게 보였다. 불빛은 없었지만 도시의 붉은 기운이 덮어진 때문에 사물 윤곽은 분명했다. 그들과의 거리는 20여 보, 한성진은 엄폐물을 이용하여 조심스럽게 접근했다.

"아니, 총을 둘이나 갖고 있네! 이것 보시오!"

하고 윤채식이 다시 소리쳤고 이것은 맨 귀로 다 들렸다. 그때 사내 하나가 억센 목소리로 말했다.

"이 간나 새끼, 한 번만 더 입을 열면 쏴 쥑인다."

"아니, 이 새끼 손에 핸드폰을 쥐었어!"

하고 다른 사내가 소리쳤을 때의 거리는 15보, 한성진은 사내들의 인내심이 더 이상 계속되지 않을 것 같았다. 그래서 한 걸음 더 내디디면서 베레타의 방아쇠를 당겼다.

"퍽!"

첫발은 권총을 쥐고 있는 정면의 사내다. 사내들 사이로 지난 총탄이 정확하게 총 쥔 사내를 맞췄다.

"픽! 픽! 픽! 픽! 픽!"

두 걸음을 더 달려간 한성진이 기왓장 더미 사이에 머리와 한쪽 손만 내놓고 연발 사격을 했다. 베레타 92F는 탄창에 15발이 장탄된다. 두 손을 번쩍 들고 있는 두 명은 분명하게 구분이 되었기 때문에 총탄은 빗나가지 않았다.

잠깐 골목 밖으로 나왔던 이홍석이 큰길에 서서 주위를 둘러보았다. 스쳐 지나는 행인들을 피해 뒤로 물러섰던 이홍식은 곧 몸을 돌렸다. 다시 개성 단고기 식당으로 돌아갈 생각을 한 것이다. 그리고 이것으로 그 지긋지긋한 감시에서 벗어난 기념을 하고 싶었다. 시키기만 해놓고 한 잔도 다 마시지 못했던 백주 한 병을 다 마실 작정이었다. 마약반 놈들이 소탕되었을 테니 서둘러 엔벤실업과 상담을 마치고 귀국해야 한다. 마약반 놈들이 어떻게 되건 자신은 상관없는 일이다. 이제 자신은 손을 뗄 것이고 대타가 나서게 될 것이었다. 공터로 들어섰던 이홍석은 숨을 들이켰다. 사내 셋이 서 있다가 일제히 이쪽을 보았는데 왠지 섬뜩했다. 그리고 비린내가 맡아졌다. 신음 소리가 들리는 것 같다. 무언가 어둠에 덮인 땅바닥에서 꿈틀거리는 것 같다. 그때 사내 하나가 다가왔다.

"이 새끼!"

짧은 욕설이 들리더니 다음 순간 둔탁한 소음이 울렸다.

"픽!"

그 순간 이홍석은 사내의 손에 쥐어진 총을 보았다. 총신이 엄청나게 길다. 영화에서 본 것과는 전혀 다르다. 다음 순간 이홍석은 어깨에 격심한 충격을 받고 몸이 뒤쪽으로 날아가는 느낌을 받았다. 간신히 두 걸음이나 뒷걸음질을 쳤던 이홍석이 나무토막에 걸려 뒤로 넘어졌다. 그때 따라온 사내가 발끝으로 허리를 찍듯이 차면서 말했다.

"잘 돌아왔다. 이 새끼."

승합차가 엔지 시내를 달려가고 있다. '조중합영' 마크를 붙인 15인 승이다. 그 뒤를 승용차 한 대가 따르고 있었는데 뒷좌석에 앉은 사내가 최강일이다. 오후 8시 25분, 아직 이른 시간이어서 차도에는 차량이 많다. 앞좌석에 앉은 윤경태가 몸을 돌려 최강일을 보았다. 윤경태의 얼굴은 누렇게 굳어져 있다.

"이홍석이 핸드폰 전원을 꺼놓고 있습니다."

최강일은 어금니를 문 채 창밖만 보았고 윤경태의 말이 이어졌다.

"중상을 입은 동무들한테 물어보겠습니다. 혹시 같이 당했을지도 모르니까요."

지금 앞쪽 승합차에는 8명이 실려져 있다. 그중 넷은 사망, 넷은 중상인데 아직 치료도 제대로 하지 못한 것이다. 도시 밖으로 싣고 나가 안가에서 의사를 불러 치료하는 수밖에 없다. 공안이 알게 되면 가뜩이나 긴장상태인 터에 이유 불문하고 잡아들일 것이기 때문이다. 중국 땅에서 남북 간 전쟁은 중국을 모욕하는 것이나 같다. 그때 핸드폰 벨소리가 울렸다. 윤경태의 핸드폰이다. 서둘러 핸드폰을 귀에 붙인 윤경태가 몇 번 응답만 하더니 통화를 끝냈다. 그러고는 핼쑥해진 얼굴로 최강일을 보았다.

"우의빈관의 놈들이 다 나갔답니다."

머리를 돌린 최강일이 눈을 치켜떴다.

"나가다니?"

"예, 방을 비웠다고 합니다."

"……."

"302호실에서 305호실까지 30분쯤 전에 계산을 다 하고 나갔답니다."

최강일은 다시 입을 다물었다. 놈들이 다시 뒤통수를 쳤다. 이번에는 한국경찰인가?

오전 3시 반, 마루방에 둘러앉은 사내들은 모두 네 명, 벽에 붙여진 벽난로에서 장작이 타고 있어서 불기운이 얼굴을 비치고 있다. 방안의 불은 꺼 놓았지만 붉은 기운이 퍼져있다. 난로 주위에 둘러앉은 넷의 면면은 한성진과 조재원, 그리고 마약반 측은 전수남과 백찬기다. 이곳은 엔지 서북방으로 15km쯤 떨어진 무룽마을, 민가가 10여 채인 이곳은 한족 마을이다. 이곳은 젊은 남녀 대부분이 대도시로 떠났기 때문에 노인만 남았는데 집주인 부 노인의 아들 준위는 베이징의 현대자동차 사원이다. 준위가 한국 본사에서 1년 동안 연수를 받을 때부터 부 노인의 무룽마을 저택은 안가로 사용되었다.

"이 기회에 싹쓸이를 하기로 하죠."

그렇게 말을 꺼낸 것은 한성진이다. 오늘 밤 한성진은 대활약을 했다. 아니, 혼자서 일을 치른 것이나 같다. 둘러앉은 면면(面面)을 보면 모두 연상에다 현직의 경륜이 대단했지만 한성진의 기세에 눌린 듯 얼른 대꾸조차 못 하고 있다. 난로의 불덩이를 보면서 한성진이 말을 이었다.

"이홍석이는 엔벤실업 위치까지 다 불었습니다. 대표가 가명인지는 모르지만 안태길이란 놈이라는 것까지 말입니다. 내가 안태길이도 칠 겁니다."

자르듯 말한 한성진이 머리를 돌려 전수남을 보았다.

"이홍식이가 대역으로 내세울 놈이 연락을 하면 곧 이곳에 온다고 했습니다. 그놈까지 불러서 없앱시다."

전수남은 눈만 껌벅였고 한성진의 말이 이어졌다.

"한국에서는 전과는 물론 신호위반도 안 한 멀쩡한 놈이라니까 여기에서 현장을 만들어줘야지."

"그럼 저놈들은 어떻게 할 겁니까?"

마침내 전수남이 물었는데 저놈들이란 북한군을 말하는 것이다. 이홍석이 조금 전에 다 실토를 했다. 모두의 시선이 한성진에게 모여졌다. 장작이 타면서 튀는 소리가 났다.

"이 새끼들이 뜨거운 맛을 봐야 된다구. 아주 몇백 명을 죽여야 돼."

이 사이로 말한 안태길이 핸드폰을 고쳐 쥐었다. 신호가 10번째 울리고 있다. 하긴 오전 4시 10분 전이다. 보위부장 김용해는 김정은의 최측근이다. 오늘도 옆에서 수행하다가 술을 마시고 뻗었는지도 모른다. 벨이 14번 울렸을 때 안태길은 한 번만 더 기다렸다가 다시 하기로 마음먹었다. 그리고 15번째에 마악 핸드폰을 귀에서 떼었던 안태길이 신호가 떼어지는 소리를 들었다.

"여보세요."

곧 굵은 사내의 목소리가 이어졌다. 김용해다.

"부장님, 저, 안태길입니다."

상반신을 반듯이 세운 안태길이 마치 앞에 김용해가 있는 것처럼 말했다.

"어, 웬일이야?"

역시 김용해는 술에 취한 것 같다. 김용해가 짜증스런 목소리로 말을 이었다.

"이 시간에 말야. 무슨 일 있나?"

"예, 어젯밤에 특수대가 당했습니다. 부장 동지, 최강일 동무한테서 보고를 받았는데 셋이 죽고 다섯이 중상이라고 합니다. 놈들이 총으로 쏜 것입니다. 예, 남조선 경찰 마약부 놈들입니다."

안태길의 얼굴이 상기되었고 입가에는 게거품이 밀려나왔다. 서둘러 보고하지 않으면 큰일이라도 나는 것처럼 안태길이 서둘렀다.

"예, 물건 가지러 왔던 남조선 업자도 실종이 되었습니다. 특수부가 당했단 말입니다. 이것 어케 하면 좋겠습니까?"

"……."

"남조선 마약부 놈들은 우의빈관에 투숙했다가 어젯밤 일이 끝나자마자 모두 호텔을 나와 종적을 감췄단 말입니다. 현재 최 상좌는 조원을 수습하고 있는 상황입니다."

"……."

"특수대를 믿고 일하기가 힘들 것 같습니다. 만일 남조선 경찰 놈들이 업자를 잡았다면 제가 드러날 것 같단 말입니다."

"이런 병신들."

마침내 김용해가 이 사이로 말했으므로 안태길이 숨을 들이켰다. 이제는 눈만 치켜뜨고 몸을 굳힌 안태길의 귀에 김용해의 목소리가 박히듯이 들렸다.

"일단 피신하라우. 내가 다시 연락할 테니끼니."

그 시간에 국정원 제2차장 이경훈이 해외사업국장 백길성, 작전실장 유기준과 소공동의 안가에서 회의 중이다. 소공동 안가는 골목 안쪽 낡은 7층 건물의 5층으로 서울시청이 걸어서 3분 거리에 있다. 서울 중심부에 위치한 안가인 것이다. 셔츠 차림의 이경훈이 충혈된 눈으로 둘을 보았다.

"전쟁이 일어났군. 이제 큰일 났어."

그러나 말과는 달리 이경훈의 입은 웃음을 띠고 있다.

"한성진이 확 질러버렸어. 천안함, 연평도의 스트레스를 한 방에 날려

버렸단 말야."

그러나 둘은 몸을 굳힌 채 시선만 준다. 천안함, 연평도와의 비유도 맞지 않았을 뿐만 아니라 사태가 심각했기 때문이다. 지금까지 한국 측이 이런 식의 공격으로 맞선 적이 없다. 그동안 은밀한 작전은 많았지만 한 번도 드러낸 적이 없었기 때문이다. 그런데 어젯밤은 한국 경찰의 마약부 팀이 북한군 특수대를 공격, 추정 숫자 8명을 사상시켰다. 며칠 전 길림에서 일어난 10여 명의 사상 사건을 중국 당국이 덮었다고 해도 그것까지 추가되어야만 한다. 북한은 이미 그것도 한국 측의 소행인 줄로 알고 있을 것이었다. 둘 다 한성진 혼자서 저지른 일이다. 다시 이경훈이 말했다.

"아침에 청와대에서 대책회의를 하기로 했어. 놈들이 어떻게 대응해 올 것인가에 대한 대비책도 있어야 돼."

그때 백길성이 헛기침을 하고 물었다.

"어떻습니까?"

"뭐가?"

"반응이 말입니다."

"무슨 반응?"

계속 시치미를 떼는 이경훈이 답답한지 백길성의 목소리가 높아졌다.

"안보실장의 반응 말씀입니다."

그러자 이경훈이 어깨를 부풀렸다가 내렸다.

"그것이 내가 좀 당혹스런 부분이야."

둘의 시선을 받은 이경훈의 목소리가 가라앉았다.

"올 것이 왔다는 분위기야. 전혀 놀라지를 않아. 오히려 한방 잘 먹였다는 눈치야."

"……."

"아마 지금쯤 청와대에서도 대책회의가 열리고 있을 거야. 우리보다 스케일이 크게 말이야."

"……."

"내 보고를 받자마자 비상소집이 되는 것 같더라고. 아침 8시에 모였을 때는 대북 간 모든 대비책이 나와 있을 거야."

이경훈의 눈이 번들거렸고 얼굴이 상기되어 있다. 그것을 본 백길성과 유기준이 거의 동시에 심호흡을 했다. 기운이 전염되었기 때문이다. 사기가 일어난 것이다.

"오빠, 지금 어디야?"

한성진의 목소리를 듣자마자 김애선이 물었다. 오전 8시 반이다. 어젯밤에 연락도 하지 않았기 때문에 혼자 호텔방에서 지냈지만 불평하는 기색이 아니다. 성품이 착한 것이다.

"응, 나, 지금 엔벤 박물관 옆에 있는데. 너, 여기로 올래?"

"그래, 갈게."

대번에 대답한 김애선이 말을 이었다.

"체크아웃하고 30분이면 갈 수 있어. 박물관 앞에 있다구?"

"아니, 옆에."

"9시까지 갈게."

"거기, 내 가방 있지? 무겁지만 그것도 가져와."

"알았어."

김애선의 목소리는 밝다. 핸드폰을 귀에서 뗀 한성진이 옆자리에 앉은 조재원을 보았다. 조재원은 반대편 창밖을 바라보고 있었지만 다 들었을 것이다. '국제학원'이라는 광고 문구가 적힌 승합차 안에는 네 명이 타고 있다. 앞쪽 운전석에 앉은 사내는 현지인인 한족 병유, 경찰청 마약부의 정보원이다. 그 옆에 앉은 사내가 마약반 부반장격인 백찬기 경위, 승합차는 엔벤 박물관 아래쪽에 멈춰서 있다. 그때 백찬기가 손목시계를 보는 시늉을 하면서 뒷자리의 한성진에게 물었다.

"10시까지는 본부로 돌아가야 합니다. 그때 서울에서 작전 지시가 온다고 했다는데요."

알고 있었으므로 한성진은 머리만 끄덕였다. 이곳에서 보지 못했어도 서울이 난리가 난 것을 분위기로 느낄 수가 있었던 것이다. 새벽 4시경부터 경찰청 고위층이 전수남을 여러 번 찾았고 유근상은 국정원 고위층으로부터 전화를 수없이 받았지만 한성진은 아무도 부르지 않았다. 이제는 동방무역 소속이 아닌 터라 장병훈의 연락도 없다. 한성진이 의자에 등을 붙였을 때 조재원이 혼잣말처럼 중얼거렸다.

"어젯밤 사건은 북한 놈들이 재빠르게 묻어버린 것 같군. 공안이 알고 있다면 시내에 비상이 걸렸을 텐데 말야."

과연 그렇다. 시내는 한가했다. 지난번 사건의 여파가 아직 가라앉지 않아서 공안 순찰차가 자주 오갔지만 평온해지고 있다. 그때 운전석에 앉은 병유가 영어로 말했다.

"곧 전쟁이 일어난다는 소문이 났어요."

"누가 말야?"

백찬기가 건성으로 물었지만 병유가 정색하고 대답했다.

"누군 누굽니까? 남북한이지."

"왜?"

"한번 혼을 내야 할 때가 되었다고 북한 측이 벼르고 있다는 거요."

병유는 30대 후반쯤으로 한국에서 3년간 일을 해서 번 돈으로 승합차 두 대를 사서 굴리고 있다. 그래서 5년간 돈을 모아 집 두 채를 더 샀다고 했다. 마약부에서 보내준 정보비가 집 사는 데 큰 도움이 되었을 것이다. 병유가 말을 이었다.

"지금까지 그래 왔지 않습니까? 가끔 북한이 한 방씩 때리면 남한이 고분고분해졌지요. 그런데 요즘 너무 오래 잠잠해져 있다는 겁니다. 그래서 북한이 한 번 되게 친다는 거죠."

"남한은 가만있나?"

이번에는 조재원이 말대답을 했지만 표정이 굳어져 있다. 이런 말을 듣고 가만있는 인간은 기관원이 아니다. 그러자 병유가 뒤를 돌아보며 씩 웃었다. 긴 얼굴이 웃음으로 일그러졌다.

"남한이야 대드는 시늉을 하다가 곧 물러나겠죠. 전에 그런 것처럼 말입니다. 둘이 붙으면 남한은 손해 볼 것이 너무 많아서 안 돼요."

"……."

"흙탕물 바닥에서 양복 입은 신사하고 양아치가 싸우는 것이나 같습니다. 그럼 누가 손해지요?"

그때 한성진이 불쑥 말했다.

"우리가 더 지독한 양아치 행세를 하면 돼. 우리 체격이 더 크고 힘도 좋거든. 그러니까 옷 따위는 버릴 작정을 하고 덤비는 거야."

모두 입을 다물었는데 병유도 말문이 막힌 것 같다.

김애선의 승용차가 박물관 앞에 멈춰 섰을 때는 8시 55분이다.

"미행차 없음."

뒤쪽 로터리에서 감시하던 요원이 백찬기에게 핸드폰으로 보고했다. 차량 통행이 뜸해서 금방 표시가 나는 것이다. 승합차에서 내린 한성진이 곧 김애선의 차로 다가가 옆좌석에 올랐다.

"오빠 미워."

김애선이 눈을 흘기더니 손바닥으로 한성진의 어깨를 쳤다.

"전화라도 하지. 난 잠도 못 자고 기다렸단 말야."

"미안해."

한성진이 김애선의 어깨를 당겨 안고는 이마에 입을 맞췄다. 그랬더니 김애선이 한성진의 목을 두 팔로 감아 안고는 입술을 붙여왔다. 바로 옆쪽 인도에 통행인이 오가고 있었지만 전혀 개의치 않는다. 한성진이 마침내 김애선의 입술을 떼고는 쓴웃음을 지었다.

"나중에."

"언제?"

"내가 곧 연락할게."

그때서야 김애선이 눈동자의 초점을 잡고는 손등으로 입술을 닦았다. 상기된 얼굴이 고혹적이었으므로 한성진은 숨을 들이켰다. 김애선이 머리를 돌려 뒷좌석을 가리키며 말했다.

"오빠 가방 가져왔어."

"수고했다."

"내가 무거워서 안을 보았더니 돈이 가득 들어 있었어. 무슨 돈이 그렇게 많아?"

"자료 수집비야. 정부에 지급할 돈이지."

가방을 집어든 한성진이 지퍼를 열고는 1만 위엔권 뭉치 두 개를 꺼내 김애선에게 내밀었다.

"바빠서 네 선물도 못 샀어. 이걸로 사고 싶은 거 사."

"싫어."

눈을 크게 뜬 김애선이 돈뭉치를 노려보면서 머리를 저었다.

"정부에 지급할 돈이라며?"

"많이 남아."

"싫어."

"그럼 안 돼. 내가 너한테 미안해서."

정색한 한성진이 돈뭉치를 김애선의 무릎 위에 놓았다.

"내가 다시 꼭 연락할게. 받아줘."

"너무 많아."

"난 적게 느껴진다."

한성진이 손을 뻗어 김애선의 손을 쥐었다. 작고 보드라운 손이다.

"넌 사랑스러운 여자야. 애선아."

"오빠, 다시 안 올 거지?"

김애선의 두 눈이 번들거리고 있다.

"난 오빠가 뭘 하는 사람이건 상관없어. 걱정하지마, 오빠."

"알고 있어. 애선아."

"나한테 연락할 거지?"

"약속할게."

그때 김애선의 눈에서 주르르 눈물이 흘러내렸다.

"오빠, 몸조심해."

"고맙다."

"집에 연락했더니 유 선생도 어제 떠났다고 했어."

손등으로 눈물을 닦은 김애선이 이제는 외면하고 말했다.

"꼭 연락해, 오빠."

7장
마약조직

두 남녀가 다가오고 있다. 20대 중, 후반쯤으로 관광객 차림, 남자는 목에 고가의 카메라를 걸고 있었는데 호남이다. 옆쪽의 여자에게 시선을 돌린 한성진이 숨을 들이켰다. 미인이다. 맑고 또렷한 눈, 곧은 콧날, 단정한 입술, 사내에게 딱 붙어 걸으면서 이야기를 주고받았는데 얼굴에 웃음기가 번져 있다. 바지 차림이었지만 날씬한 몸매, 미인이어서 주위의 시선이 모여지고 있다.

"저 새끼, 저런 여자를 달고 오다니."

옆쪽에 앉은 전수남이 혼잣소리처럼 말했다. 둘은 승합차의 뒷좌석에 나란히 앉아 있었는데 차 안에는 야채가 가득 실렸다. 위장용으로 실어 놓은 것이다. 운전석에는 한족 병유가 탔고 옆좌석에 문병준이 앉아 있다. 문병준이 전수남의 말을 받았다.

"저런 미인한테 정신이 홀린 사이에 마약을 빼가려는지도 모릅니다."

"이게 007 영화냐?"

전수남이 핀잔을 주더니 한성진에게 말했다.

"양경찬은 오늘 중으로 연락이 안 오면 의심하게 될 겁니다."

"지금까지는 잘 된 것 같습니다. 그렇죠?"

한성진이 묻자 전수남의 얼굴에 웃음이 떠올랐다.

"그런 셈이죠."

그사이에 두 남녀는 호텔 안으로 들어가 보이지 않았다. 조금 전의 두 남녀, 양경찬과 이미현은 두 시간 전에 서울에서 도착한 마약 인수팀이다. 이틀 전 이홍석의 연락을 받은 양경찬이 엔지의 동북아대주점 호텔에 투숙한 것이다. 그런데 양경찬은 이미현과 동행했다. 예상하지 못하고 있었던 일이다. 서울에서 양경찬과 이미현의 신원조회를 한 결과는 더욱 충격이 컸다. 양경찬은 변호사였고 이미현은 현직 중학교 교사였기 때문이다. 한성진이 손목시계를 보았다. 오후 3시 10분이다. 양경찬과 이미현은 호텔에 짐을 풀고 나서 시내 한식당을 찾아가 점심을 먹고 돌아온 것이다. 한성진과 전수남은 길 건너편의 차 안에서 둘의 얼굴을 익혀놓은 셈이다. 한성진이 머리를 돌려 전수남을 보았다.

"저 둘은 같이 다녔습니까?"

"조사해보니까 같은 일정으로 중국에 온 것은 처음입니다."

전수남이 말을 이었다.

"지금까지 양경찬은 6번, 이미현은 4번 중국에 다녀갔는데 관광 목적이었고 체류기간은 1주일 안팎이었죠. 그런데 관광지는 모두 엔지, 다렌, 길림이었습니다. 베이징도 가지 않았어요."

전수남이 문병준의 어깨를 치자 승합차는 움직이기 시작했다. 호텔 안에는 감시원 둘이 남아있는 것이다. 창밖으로 시선을 둔 전수남이 쓴 웃음을 지었다.

"둘이 애인 사이인지, 아니면 동업자인지는 아직 모릅니다. 갑자기 이미현이 끼어들었기 때문이죠."

이홍석을 시켜 양경찬을 이곳까지 유인해낸 것이다. 저녁 7시에 지금도 잡고 있는 이홍석을 시켜 만날 약속을 할 계획이었다.

홍철진 중장이 표정없는 얼굴로 최강일을 보았다. 50대 중반의 홍철진은 반년 전만 해도 자강도 강계시에 사령부를 둔 제10군단의 참모장이었다. 제10군단은 국경감시 임무를 맡은 후방군단으로 정규군단보다 격이 떨어진다. 그러나 6개월 전 홍철진은 평양에 들어가 김정은 대장을 만난 후에 보위부 국경부대를 총괄하는 사령관이 되었다. 직책은 보위대 국경사령관, 최강일에게는 최상급자다. 생사여탈권을 쥐고 있는 신과 같은 존재인 것이다.

"넌 총살시켜야 마땅하다."

홍철진이 목소리에는 억양이 없다. 게다가 낮아서 귀를 곤두세워야 들린다. 그러나 최강일은 무섭게 긴장한 상태로 다 듣는다. 눈썹 하나 까닥하지 못하고 부동자세로 서 있다. 이곳은 함경북도 회령 시에 위치한 보위대 사령부 사령관실 안이다. 홍철진이 책상 앞에 서 있는 최강일을 지그시 보았다. 깡마른 얼굴에 귀가 솟아서 쥐 같은 인상이었지만 머리가 좋고 순발력이 강하다. 장성택 계열로 분류되어 6개월 전에 숙청될 줄 알았는데 평양으로 소환되었다가 오히려 보위대장으로 영전되어 돌아왔다. 기사회생이 아니라 전화위복을 한 셈이다.

"넌 계속해서 실패했다. 전쟁에서 계속 패배한 거야. 그럼 어떻게 해야 위대하신 김정은 대장의 은혜를 갚는 것이 되겠나?"

홍철진이 묻자 최강일이 어깨를 폈다.

"자결하는 것입니다."

"그렇지."

홍철진이 천천히 머리를 끄덕였다.

"동무가 자결한다면 가족 걱정은 안 해도 될 것이다. 전사로 처리해줄 테니까."

최강일이 어깨를 폈다.

"장소만 지정해주시면 즉시 시행하겠습니다. 사령관 동지."

"좋다."

사령관실 안에는 두 명이 더 있다. 제3지구대장 윤명호 대좌와 부관 김동성 상좌다. 둘에게 시선을 준 홍철진이 말을 이었다.

"장소를 지시해줄 테니 작전지역으로 돌아가 대기하도록."

최강일의 작전지역은 엔지다.

전화기를 내려놓은 안태일이 찌푸려진 얼굴로 문명곤을 보았다.

"통화가 안 되는구만."

문명곤은 시선도 마주치지 않았지만 안태일이 말을 이었다.

"하지만 곧 보위부장 동지께서 연락을 해주실 거야."

이곳은 길림의 금강산무역 사무실 안이다. 오후 6시 반, 길림으로 피신한 안태일은 금강산무역 사무실을 빌려 쓰고 있었지만 좌불안석이다. 길림으로 옮긴 지 나흘째가 되는 날이었는데 이곳에 온 후로 보위부장 김용해와는 한 번도 연락이 되지 않았다. 그래서 오늘은 작심하고 전화를 했지만 불통인 것이다. 아예 전원을 끈 상태여서 받지를 않는다. 그때 문명곤이 말했다.

"거, 전화 자꾸 하셨다가 문제가 될지 모릅니다. 형님."

문명곤은 금강산무역 부대표 진각승의 부관으로 소좌 출신이다. 40대 후반의 안태일과는 업무상 자주 접촉해온 사이여서 형님, 동생하고 지내왔다. 안태일이 두터운 눈시울을 들어 올리고 문명곤을 보았다.

"아우님, 그게 무슨 말인가?"

"평양에 자주 연락하다가 당한 사람이 있어서 그럽니다."

"……."

"강계 제10군단 참모 하나가 평양 호위총국 참모한테 자주 안부 전화를 올렸다는 겁니다."

"……."

"그러다 어느 날 호위총국 참모가 총살을 당했다는군요. 그리고 어떻게 된지 아십니까?"

문명곤이 얼굴을 일그러뜨리며 웃더니 말을 이었다.

"이틀 후에 10군단 참모도 평양으로 소환되어서 총살당했습니다. 죄명은 아무도 모른다고 하더군요. 형님."

"그렇군."

어깨를 늘어뜨린 안태일이 길게 숨을 뱉었다.

"생각해주어서 고맙네. 아우님."

7시 정각이 되었을 때 전화벨이 울렸다. 호텔 방 전화다. 기다리고 있던 양경찬이 서둘러 전화기를 들었다.

"여보세요."

"아, 양 형, 나, 이홍석입니다."

이홍석이 떠들썩한 목소리로 말했다.

"오늘 저녁 8시에 함흥 단고기 식당 아시지요? 청년호 근처에 새로 개업한 곳인데요."

"예, 압니다."

"제가 방을 예약해놓을 테니까 제 이름을 대십시오."

"알겠습니다. 그럼 8시에 뵙지요."

전화기를 내려놓은 양경찬이 창가의 의자에 앉은 이미현을 보았다.

"미현 씨는 근처 가게나 구경하고 있어. 내가 11시까지는 돌아올 테니까."

"전 괜찮으니까 다녀오세요."

이미현이 창밖으로 시선을 돌리면서 말을 이었다.

"거리 산책이나 하고 오겠어요."

"멀리 가지는 말고."

"내가 엔지 한두 번 왔어요? 이젠 거리도 두르르 꿴다구요."

이미현의 웃음 띤 얼굴을 홀린 듯이 바라보던 양경찬이 길게 숨을 뱉었다.

"미현 씨, 당신을 보면 빨려 들어가는 것 같아."

"또 그런다."

눈을 흘긴 이미현의 얼굴에 웃음이 떠올랐다.

바로 그 시간에 이미현의 전력이 주르르 컴퓨터에 떴다. 양경찬에 대해서는 도착하기 전부터 신상정보가 파악되었지만 이미현은 도착하고 나서 조사가 시작되었기 때문이다. 양경찬과 이미현이 동행인지 몰랐던 것이다. 그러나 이제 이미현의 자료도 드러났다.

"대단하군."

모니터 화면을 응시하던 조재원이 머리를 끄덕였다. 그러더니 컴퓨터를 한성진 앞으로 돌려놓았다.

"팀장님 보시지요."

한성진이 화면을 보았다. 먼저 이미현의 사진이 드러났다. 단발머리에 점퍼 차림이었지만 역시 미모는 뛰어났다. 밑쪽에 메모가 있다.

"경성대학 4학년, 데모 대열에서."

그렇다. 이미현은 운동권이었다. 한성진은 숨을 죽이고 기록을 읽었다.

　"김일성 주체사상을 신봉하는 대학생연합 '범국련'의 대변인 역임, 보안법 위반으로 구속, 2년형을 삶, 운동권 단체에서 '냉혈녀', '마녀' 또는 '붉은 미녀'로 알려진 강경 친북주의자, 현재 전사조 소속의 교원으로 서울서명중학교 역사교사, 서울 지역 전사조 대변인, 28세, 격렬 운동권."

　아래쪽에 추가 사항이 적혀져 있다.

　"중국 동북 3성(省)을 자주 방문한 이유는 항일 유적과 고구려 유적 탐사 목적임. 그러나 북한 측과 접선 가능성도 있음. 그래서 지난 4번의 여행에 감시를 붙였지만 특이사항이 보이지 않았음."

　추가사항이 다시 이어졌다.

　"이번 중국 방문은 갑자기 이루어졌기 때문에 감시 둘을 배정했으나 상부의 지시로 취소, 현지팀에 인계함."

　현지팀이란 곧 유근상, 조재원, 그리고 한성진까지 포함이 되겠다. 다시 추가사항,

　"이미현은 대학 선배 강문식의 소개로 양경찬을 알게 됨. 교제기간 약 3개월."

　화면에서 시선을 뗀 한성진이 조재원을 보았다.

　"지금 상황이 어떻게 되어갑니까?"

　조재원이 손목시계를 보았다. 오후 7시 반이다. 저택 안은 조용하다. 이곳은 엔지 서북방의 무룡마을, 부 노인의 저택 안이다. 이미 경찰의 마약팀은 엔지에 출동한 상태여서 집 안에는 자오허에서 합류한 유근상까지 국정원 팀만 남아 있다. 조재원이 말했다.

　"조금 전에 양경찬이 혼자 호텔에서 출발했습니다. 이미현은 호텔에 남았어요."

'함흥 단고기 집'은 꽤 유명한 식당이다. 오후 7시 55분, 양경찬이 들어섰을 때도 홀에는 이미 손님들이 가득 차 있어서 빈자리를 찾지 못할 정도였다.

"이홍석 씨가 예약한 방이 어디요?"

양경찬이 지나는 종업원에게 묻자 종업원이 카운터 옆에 붙여진 예약표를 보고 나서 말했다.

"3번 방이네요."

방은 안쪽 통로 좌우로 붙여져 있다.

양경찬이 3번 방문을 노크하고 나서 들어서자 원탁에 앉아있던 두 사내가 일어섰다. 둘 다 정색한 표정이었고 분위기가 차갑다.

"양경찬 씨?"

사내 하나가 그렇게 묻더니 앞쪽 자리를 눈으로 가리켰다.

"앉아서 이야기하십시다."

"누구십니까?"

문에서 한 걸음만 안으로 들어온 양경찬이 굳어진 얼굴로 물었다. 그때 뒤쪽에서 인기척이 났으므로 양경찬이 머리를 돌렸다. 사내 하나가 들어서더니 벽에 붙어 섰다. 일어선 사내가 말했다.

"우린 이홍석 씨 대신 나왔습니다."

"이홍석 씨는 지금 어디 있습니까?"

"지금 사무실에 있습니다."

사내가 다시 안쪽 자리를 가리키며 말을 잇는다.

"그렇게 서 계실 겁니까? 앉읍시다."

"도대체 당신들은 누구신데요?"

"공급자지요. 이홍석 씨 대신으로 양경찬 씨가 오셔서 우리도 궁금한 것이 많지 않겠습니까? 무조건 받아들일 수는 없지 않습니까?"

맞는 말이었으므로 양경찬은 자리에 앉았다. 이제 원탁에는 둘이 앉았고 사내 하나는 문 쪽의 벽에 붙어 섰다. 감시하는 것 같았지만 어쩔 수 없다.

"여기 보신탕은 질이 좋아요. 수육하고 탕을 시킵시다."

말을 꺼낸 사내가 제멋대로 결정을 하더니 벽에 붙어선 사내에게 눈짓을 했다. 사내가 소리 없이 방을 나갔을 때 사내가 처음으로 얼굴을 펴고 웃었다.

"오시느라고 고생하셨습니다. 어떻습니까? 남조선 경기가?"

"예, 그저."

아직 경계심이 풀리지 않은 양경찬이 건성으로 말했다.

"이홍석 씨하고는 서울에서 한 번 만났을 뿐이라고 들었는데 맞습니까?"

"맞습니다."

"그전에는 인터넷으로 거래를 했구요. 전화 통화도 하지 않으셨고, 그렇지요?"

"그래요."

"주문량이 10g에서 최근에는 150g까지 늘어났다고 들었습니다. 맞지요?"

"맞아요."

두 달 전이다. 양경찬은 150g을 받으면서 2억을 지불했다. 소개가격으로는 4억 5,000이 넘는 물량이었으니 양경찬은 도매상 대우를 해준 셈이다. 그때 양경찬은 이홍석을 처음 만났고 앞으로 더 큰 물량을 가져가고 싶다는 제의를 한 것이다. 양경찬 같은 도매상이 필요했던 이홍석으로서는 불감청이언정 고소원이었다. 그때 사내가 다시 물었다.

"하지만 중국에서 직접 가져간 적은 없지 않습니까?"

이제 양경찬은 시선만 주었고 사내가 눈을 좁혀 떴다.

"지금까지 한국에서 소매만 하신 것 같은데 만일 가져가다가 걸리면 양 선생만 죽는 것이 아니라 이곳 사업도 타격을 받는단 말입니다. 그렇지 않습니까?"

"이곳에서는 처음이지만 태국, 미얀마에서 직접 가져왔습니다."

양경찬이 말하자 방안이 조용해졌다. 그때 주문한 요리가 들어왔다.

양경찬에 대한 조사는 아직 끝나지 않았다. 양경찬 이름만 알았을 뿐 비행기를 탈 때까지 신원조회가 확실하게 되지 않았기 때문이다. 여권이 인천세관에 제시되고 나서야 국정원, 경찰의 조사가 시작되었다고 봐야 옳다. 양경찬의 핸드폰도 대포폰이었고 이홍석이 양경찬을 양경철, 양경천 등으로 확실하게 알고 있지도 못했기 때문이다. 하긴 마약 거래에서 제 주민증 주고 신원 확실하게 까고 부딪치는 인간이 있을 리는 없는 것이다.

"도대체 변호사란 인간이 이런 일을 하다니."

주명성이 혼잣말처럼 투덜거렸다. 서울 경찰청 마약반 요원 주명성은 지금 정보과 자료반으로 내려와 있다. 자료반의 자료 데이터에는 온갖 정보가 다 비축되어 있었으므로 이번에 양경찬의 자료를 재분석하려는 것이다. 한 시간 전에 급하게 수집해서 상부에 보고했지만 지금은 20년쯤 전부터의 모든 기록을 종합, 발췌하고 있다. 양경찬이 37세였으니 17살 때부터다.

"이것 봐."

자료반 요원이자 주명성의 친구인 장길호가 모니터를 눈으로 가리켰다. 숨을 죽인 주명성이 화면을 읽는다.

"2006년, 변호사법 위반으로 2년간 자격정지, 자격정지 후 개업했으

240

나 사기사건에 연루되어 휴직, 현재 혐의는 풀렸음. 변호사 사무실은 5년 동안 휴업 상태임."

"그렇군."

머리를 끄덕인 주명성이 장길호에게 말했다.

"이 자료를 내 컴퓨터로 보내줘. 보고해야겠어."

"또 있어."

다시 든 새 화면을 가리키며 장길호가 말했다. 새 자료가 떴다.

"부산의 대룡건설 부사장 한창영의 법률자문역을 2년간 맡았다가 그만둠."

한창영은 3년 전 구속되었다가 풀려난 동방파의 간부다. 동방파는 부산지역을 장악한 조폭조직인 것이다.

"이제 윤곽이 잡히는군."

주명성의 두 눈이 번들거렸고 밑에서 자료가 또 떴다. 마법의 샘처럼 자료가 자꾸 올라온다.

"어떻게 가져가실 겁니까?"

수육을 삼킨 전수남이 다시 물었다. 전수남이 양경찬을 직접 상대하고 있는 것이다. 옆에 앉은 사내는 백찬기였고 문 옆에 선 호위역은 윤채식이다. 밖에는 차량팀까지 대기했으니 빈틈없는 작전이다. 건성으로 탕을 뒤적거리던 양경찬이 전수남을 보았다.

"글쎄, 그건 저한테 맡겨두시라니깐요? 그것까지 간섭하실 필요는 없지 않습니까?"

"그건 나중에 상의하기로 하고 얼마 정도 가져가실 수 있습니까?"

유연성 있게 말머리를 돌렸더니 양경찬이 바로 대답했다.

"이번에 500그램, 그다음에는 1킬로."

"500그램이면 3억인데, 돈 지급은?"

"물건 보고 바로. 하지만……"

양경찬이 눈썹을 모으고 전수남을 보았다.

"여기선 1g에 50만 원 아닙니까? 그럼 2억 5,000이 되어야 맞는데."

"거기선 1g에 300만 원이죠? 여기 가격도 좀 올랐습니다."

"이홍석 씨를 좀 만나야겠습니다."

"이홍석 씨 몫도 들어가 있어서 그럽니다. 그 차액이 이홍석 씨 몫이라고 보면 맞을 겁니다."

전수남의 말에 양경찬이 입을 다물었다. 일리가 있었기 때문이다.

호텔 옆의 도자기 가게는 한때 손님이 많았다가 지금은 편의점으로 변했지만 그래도 구석에 옛날에 팔던 도자기가 진열되어 있다. 고려청자, 이조백자를 모방한 짝퉁으로 문외한이 봐도 금방 표시가 난다. 도자기 짝퉁 제조는 어려운 것 같다.

"짝퉁인지 아시지요?"

불쑥 옆에서 묻는 소리에 이미현이 머리를 들었다. 사내와 시선이 마주친 순간 이미현의 눈동자가 조금 커졌다. 큰 키, 건장한 체격, 그리고 맑은 눈과 강한 눈빛, 선이 굵은 용모의 호남이다. 점퍼를 입은 것을 보면 관광객 차림이다. 사내의 시선을 받은 채 이미현이 대답했다.

"네, 알아요."

"가격이 어중간하죠? 그건 사람에 따라 값을 매겨 팔겠다는 뜻입니다."

"그렇군요."

이미현이 머리를 끄덕이며 웃었다. 가게 안에는 서너 명의 관광객이 둘러서 있다. 보이차를 사려는 여자와 주인은 열심히 흥정 중이다.

"관광 오셨습니까?"

사내가 자연스럽게 물었고 이미현이 고분고분 대답했다.

"네, 그냥 놀러 온 거죠. 여러 번 왔으니까요."

"나도 그렇습니다."

사내의 얼굴에 처음으로 웃음기가 떠올랐다.

"한성진이라고 합니다. 깜짝 놀랄 만한 미인을 보고 일부러 다가온 것입니다. 만나서 반갑습니다."

이미현이 따라 웃었다.

"전 이미현이라고 합니다."

여자가 말했을 때 한성진은 숨을 들이켰다가 천천히 뱉었다. 여자의 목소리는 부드럽고 달콤했다. 얼굴과도 닮은 목소리다. 이미현이 웃음 띤 얼굴로 한성진을 보았다.

"혼자 오셨어요?"

"예, 혼잡니다. 미현 씨는?"

"전 일행이 있어요."

이미현이 시선을 준 채로 대답했다.

"남자 일행요."

"그러세요?"

"같은 방을 써요."

"그거야……."

한성진이 웃음 띤 얼굴로 이미현을 보았다.

"당연한 일 아닙니까?"

"아니, 처음에는 다른 방을 쓰기로 했거든요. 그런데 스위트룸을 잡더군요. 방에 침실이 두 개 있다면서……."

"아아."

"어떡하죠?"

마침내 한성진이 이를 드러내고 웃었다.

"그걸 왜 나한테 묻습니까?"

"상의할 사람이 없었어요."

"그 남자, 좋아하시면 같은 방을 써도 괜찮을 것 같은데요."

"지금 뭐 하세요?"

이미현이 화제를 돌렸으므로 한성진은 어깨를 늘어뜨렸다. 만만한 상대가 아니라는 느낌이 들었고 머릿속이 잠깐 복잡해졌다가 원상으로 돌아갔다.

"예, 서울에서 조그만 인쇄소를 해요."

인쇄소는 한성진의 형 한태진이 한다. 그래서 인쇄소가 어떻게 돌아간다는 건 대충 알고 있는 것이다.

"머리도 식힐 겸 중국은 자주 오는 편입니다."

"어디서 묵고 계시는데요?"

다시 이미현이 묻자 한성진이 지그시 시선을 주었다.

"친지 집을 이용하고 있어요. 넓고 편하거든요."

"방도 많은가요?"

"여러 개 있습니다."

"저도 묵을 수 있어요?"

그러더니 이미현이 바로 덧붙였다.

"숙식비는 지불하겠어요. 원하시는 대로요."

"아니, 그럼……."

"같이 투숙한 남자가 지금 누구 만나러 갔거든요? 그 사이에 옮기고 싶어요."

"그래도 괜찮습니까?"

"물론이죠."

"다른 호텔에 옮기실 수도 있을 텐데……."

"호텔 숙박자는 바로 체크가 되잖아요? 여권 이름만 불러주면 다 알게 되는데."

"그렇군요. 그런데 왜?"

"엮이기 싫어요."

이제는 몸을 돌린 이미현이 똑바로 한성진을 보았다. 눈과 눈 사이가 20센티도 되지 않는다. 이미현의 입김이 한성진의 턱에 닿았다. 간지럽다. 따스한 숨결이 느껴지면서 사과 향이 맡아졌다. 그때 한성진이 물었다.

"날 잘 모르시지 않습니까?"

"전 이래 봬도 교도소까지 갔다 온 사람이라구요."

숨을 들이켠 한성진이 똑바로 이미현을 보았다. 그러나 되묻지는 않았다. 이 여자가 왜 이러는가? 왜 털어놓는가?

이미현의 얼굴에 웃음기가 떠올랐다.

"보안법 위반으로요. 놀라셨죠?"

"예, 조금."

2년형을 받은 것이다. 그때 다시 이미현이 말했다.

"2년을 살았어요. 그것 때문만은 아니지만 사람 볼 줄은 알아요. 한성진 씨는 나쁜 사람 아니세요."

사람 잘못 보았다. 내가 나쁜 사람은 아니지만 넌 내 밥이다. 밥이 먹으라고 달려온다.

"좋습니다."

마침내 한성진이 말했다. 전혀 예상 밖의 사건이 일어났지만 망설일 수는 없다. 받아들이기로 결심한 것이다. 정색한 한성진이 이미현을 보았다.

"내 숙소는 교외에 있어요. 하지만 여기서 차로 20분 거리죠. 괜찮습니까?"

"괜찮아요."

이미현이 웃음 띤 얼굴로 한성진을 보았다.

"하루에 숙박비를 얼마 드리면 될까요?"

"내가 집 주인은 아니지만 방 하나를 따로 내 드릴 테니까 30불 정도면 충분할 겁니다."

"됐어요."

"이것, 참, 내가 오늘 별일을 다 겪는구만."

마침내 따라 웃은 한성진이 주머니에서 핸드폰을 꺼내면서 말했다.

"내가 집 주인한테 미리 연락을 해놓지요. 참 며칠 묵는다고 하지요?"

"사흘만요."

"좋습니다."

"저, 그럼 제가 짐 가지고 올 테니까 여기서 10분만 기다려 주시겠어요?"

"그러죠."

몸을 돌린 이미현이 서둘러 가게를 나갔을 때 한성진은 핸드폰의 버튼을 눌렀다.

"아니, 뭐요?"

놀란 유근상이 목소리를 높이자 방에 있던 경찰 마약반 요원이 시선을 주었다.

"이미현이 이곳으로 온다고요?"

유근상이 이맛살까지 찌푸렸다.

"아니, 그게 무슨 말입니까?"

246

"글쎄, 그렇게 되었습니다."

어안이 벙벙해진 유근상에게 한성진이 자초지종을 설명하는 데 3분쯤 걸렸다. 이야기가 끝났을 때는 유근상이 서둘렀다.

"그럼 이곳 정리를 해야겠는데, 경찰 측에도 연락을 해야겠고, 그쪽도 깜짝 놀라겠는데……."

"옮길 필요는 없을 것 같습니다. 뭐, 옆에 두고 질질 끌면서 연애를 할 상황이 아니니까 말요."

"연애는 무슨."

저도 모르게 픽, 웃은 유근상이 얼른 정색했다.

"알았습니다. 여기서 준비하고 있을 테니까 데려와요. 어쨌든……."

"어쨌든 뭡니까?"

"그게 무슨 꿍꿍이가 있는지 모르지만 대담한데, 매력적이오."

"유 선배, 지금 농담할 상황이 아뇨."

한성진의 목소리가 딱딱해져 있었으므로 유근상이 다시 정색했다.

"알겠습니다. 기다리고 있지요."

그러나 핸드폰을 귀에서 뗀 유근상이 어느새 옆으로 다가서 있는 경찰팀에게 기가 막히다는 표정을 짓고 말했다.

"글쎄, 이미현이가 팀장을 따라 이곳에 온다는데, 뒤에 뭘 달고 오는지 모르겠어."

"말도 안 돼."

경찰 요원이 이맛살을 찌푸렸다.

"그거, 무슨 트릭이 있는 거 아닙니까?"

같은 생각이었으므로 유근상도 머리를 끄덕였다.

"어쨌든 우리 손아귀에 들어올 테니 트릭이건 지랄이건 맘대로 해보라고 합시다."

그러고는 머리를 들었다.

"지금 어떻게 되었습니까?"

양경찬을 만나고 있는 전수남 등을 묻는 것이다.

"지금 반장이 만나고 있는데 이 이야기를 해줘야 되겠어요."

경찰팀이 핸드폰을 꺼내 들면서 말했다.

"일이 이상하게 진행되는데요."

여전히 찌푸린 경찰팀이 서둘러 버튼을 누르면서 말을 이었다.

"그 기집애가 이렇게 되는 건 전혀 예상 밖인데……."

가게 앞에서 기다리고 서 있던 한성진이 다가오는 이미현을 보았다. 15분이 지난 후다. 배낭을 멘 이미현이 한성진을 보더니 활짝 웃었다.

"어디예요?"

다가선 이미현이 묻자 한성진은 등에 멘 배낭을 받아 내리면서 대답했다.

"서북쪽 무룡마을입니다."

"아, 나, 그곳 알아요."

이미현이 반색을 했지만 한성진은 긴장했다. 길가에는 이번 작전에 전세 낸 택시가 세워져 있다. 운전사는 조선족이다. 그 뒤쪽의 승합차에는 조재원과 정보원 강석훈이 대기하고 있다. 앞좌석에 가방을 놓은 한성진이 뒷좌석으로 이미현을 먼저 태우면서 물었다.

"어떻게 압니까?"

"작년에 그 근처에 들렀거든요."

뒷좌석에 앉으면서 이미현이 말했고 한성진은 운전사에게 무룡마을로 가자고 일렀다. 운전사를 처음 만난 것처럼 말한 것이다.

"택시 빌렸어요?"

대뜸 운전사에게 한국어를 하는 것을 보더니 이미현이 물었다. 불안한 표정은 아니다. 한성진이 머리를 끄덕였다.

"예, 그게 편해서, 그런데……."

택시가 달리기 시작했을 때 한성진이 머리를 돌려 이미현을 보았다.

"무룡마을에 무슨 일로 들른 겁니까?"

"그 북쪽으로 옛날 사당이 있어요. 300년쯤 전에 지은 사당인데 고구려 시대 비석이 있어요. 아세요?"

"모르겠는데……."

"최근에야 밝혀졌는데 학계에서는 아직 어느 시대 비석인지 증명을 못 하고 있어요. 중국 측은 비협조적이고……."

"……."

"한국 역사학계에서도 몇 번 다녀갔다가 시들해졌는지 요즘은 거의 가지도 않아요. 근데 비석이 많이 훼손되었어요."

"근데 같이 온 분하고 이렇게 헤어져도 괜찮은 겁니까?"

불쑥 한성진이 묻자 이미현의 얼굴에 웃음이 떠올랐다.

"그 사람 변호사예요."

"변호사?"

놀란 듯 한성진이 눈을 크게 떴더니 이미현은 쓴웃음을 지었다.

"왜요? 놀랐어요?"

"아니, 갑자기 변호사가 튀어나와서……."

"요즘은 변호사가 흔하죠."

말을 그친 이미현이 정색하고 한성진을 보았다.

"내가 뭐 하는 사람이냐고 한성진 씨는 묻지도 않았어요. 그죠?"

"그게 잘못된 겁니까?"

"궁금하지도 않아요?"

"이미현 씨 같은 미인이 그런 제의를 하는데 이것저것 따질 남자가 있을까요?"

"나, 미쳐."

쓴웃음을 지은 이미현이 눈을 흘겼다.

"그 말 그럴듯하지만 허점도 있어요."

"허점이 뭡니까?"

"나도 남자를 좀 겪었거든요."

다시 웃은 이미현이 좌석에 등을 붙이고 앉았다. 택시는 이제 속력을 내어 달려가고 있다. 이미현이 앞을 향해 말했다.

"가서 이야기하죠."

"제 발로 기어든다니 우습게 되었구만."

복도에 선 전수남이 핸드폰을 귀에 붙이고 말했다.

"우리는 지금 그곳으로 출발할 작정이야. 그러니까 그 여자는 안채로 데려가."

이곳은 함흥 단고기 집 안이다. 손님으로 가득 찬 홀의 소음이 컸으므로 전수남이 핸드폰을 귀에 딱 붙였다.

"우린 창고로 갈 테니까 당분간 둘이 마주치지 않도록 하자구."

부 노인 저택은 넓은데다 창고는 안채와 떨어져 있기는 하다. 핸드폰을 귀에서 뗀 전수남이 옆에 선 부하에게 말했다.

"준비해."

양경찬을 데려갈 준비를 하란 말이다. 몸을 돌린 전수남이 다시 방 안으로 들어섰다.

"그럼 가보실까요?"

전수남이 다가서며 말하자 양경찬이 핸드폰을 꺼내 들었다.

"호텔에 동행이 있어서요. 일행하고 연락을 해야겠는데……."

순간 주춤했던 전수남이 머리를 끄덕이며 말했다.

"하세요. 아마 두어 시간은 걸릴 텐데요. 그곳까지 갔다 오려면……."

"위치가 어디라고 했지요?"

"교외로 5km쯤 떨어진 곳입니다. 어디라고 말씀드리면 안 되죠."

"알겠습니다."

선선히 머리를 끄덕인 양경찬이 핸드폰의 버튼을 눌렀다.

전화벨이 울렸을 때는 택시가 교외의 도로를 달려갈 때였다. 바지 주머니에서 핸드폰을 꺼낸 이미현이 발신자 번호를 보더니 쓴웃음을 지었다.

"일행이에요."

한성진의 시선을 받은 이미현이 혼잣말을 했다.

"벌써 돌아왔나?"

그러고는 핸드폰을 귀에 붙였다.

"난데요."

"응, 지금 어디야?"

사내의 목소리는 옆에 앉은 한성진에게도 들렸다.

"나, 지금 어디 가고 있어요. 근데 벌써 돌아왔어요?"

"아니, 내가 두어 시간 늦게 들어갈 것 같다고 전화한 거야. 아마 12시쯤 될 것 같은데."

"아아."

힐끗 한성진에게 시선을 준 이미현이 어깨를 늘어뜨렸다.

"친구 만나고 있는 거예요?"

"글쎄, 친구가 집에 가자고 해서 말야. 와이프가 기다리고 있다는군."

"알았어요."

"집에서 술상까지 차려 놓았다는데 거절하기도 그래서……."

"알았어요."

"그럼 푹 쉬고 있어."

"전화 끊어요."

핸드폰을 뗀 이미현이 전원을 확실하게 차단시키고 나서 한성진을 보았다. 어느덧 정색한 얼굴이다.

"다 들었죠?"

"다 들립니다."

"거짓말이에요."

긴장한 한성진이 시선만 주었고 이미현의 말이 이어졌다.

"친구 만난다고 나갔는데 서울에서는 그 친구 와이프가 제주도에 놀러 갔다고 했거든요?"

"……."

"근데 어느새 이곳 친구 숙소에서 술상을 차려놓고 기다린다네요. 자기가 서울에서 한 말을 잊어버렸나 봐요."

"친구는 뭐 하는 사람인데요?"

"이곳 대학교 교수로 와 있다고 했어요. 경제학 박사라던가?"

"……."

"친구 만나러 가는데 나한테 같이 가서 역사자료 수집하지 않겠느냐고 하더군요. 그래서 마침 연휴도 끼었고 해서 이틀 휴가 내고 5일 예정으로 온 것인데……."

머리를 돌린 이미현이 한성진을 보았다.

"이상했어요."

"뭐가요?"

"인천공항에서 전화하는 걸 우연히 들었는데 암호 같은 이야기나 하고……."

"……."

"그러고 보니 변호사 사무실 일도 하지 않는 것 같은데도 돈을 물 쓰듯이 쓰는 것도 이상했고……."

"……."

"날 데리고 가는 것이 위장용 같다는 생각이 들었어요. 스위트룸에 같이 숙박한 것도 그래요."

그때 택시가 무룡마을 입구로 들어서면서 속력을 줄였다.

"아, 무룡마을이다."

창밖을 본 이미현이 반갑게 말했다.

방으로 안내한 한성진이 마당으로 나왔을 때 검은 그림자가 다가왔다. 조재원이다. 한성진이 부른 것이다.

다가선 조재원의 두 눈이 어둠 속에서 번들거렸다.

"팀장, 30분쯤 후면 전 반장이 도착합니다. 그런데 무슨 일입니까?"

조재원의 시선이 뒤쪽 안채를 스치고 지나갔다. 안채 끝방의 불이 환하게 켜져 있다. 이미현의 방이다. 한성진이 물었다.

"좀 이상하지 않습니까?"

"뭐가 말입니까?"

"이런 데까지 순순히 따라온 것이 말이오. 나는 아무래도 저 여자가 우리를 끌고 가려는 것 같다는 생각이 들어요."

"그렇다면 저 여자는 누구 앞잡이일까요?"

조재원이 묻자 한성진은 쓴웃음을 지었다.

"북한 측이지 누굽니까? 그런 생각이 안 듭니까?"

조재원이 바짝 다가섰다. 땀 냄새가 맡아졌고 가쁜 숨소리가 들렸다.

"그렇다면 어떤 생각으로 끌고 오신 거지요?"

"중국 공안하고 합동작전은 벌이지 않으리라는 생각이 들었지요."

그때 다시 앞쪽에서 인기척이 나더니 사내 하나가 다가왔다. 유근상이다. 이로써 국정원 멤버는 다 모인 셈이다. 마당 구석으로 옮겨갔을 때 조재원이 서둘러 지금까지의 이야기를 요약해서 유근상에게 말해주었다. 이제 국정원의 긴급회의가 열린 셈이다.

"그렇다면 어떻게 하실 거요? 팀장의 결정을 들읍시다."

유근상이 재촉하듯 물었을 때 한성진이 차분한 표정으로 대답했다.

"이미현이 나한테 호감을 느껴서 여기까지 따라왔다는 건 요즘 막장 드라마에도 나오지 않을 겁니다."

눈만 크게 뜬 둘은 웃지도 않았고 한성진의 말이 이어졌다.

"북한 특공대를 끌고 오거나 아니면 우리 조직을 파악해서 정보를 넘겨줄 작정인지 모르지요."

"핸드폰의 위치 추적을 하면 금방이야."

유근상이 혼잣소리처럼 말했을 때 조재원이 말을 받았다.

"경찰 마약반까지 곧 올 텐데 다 모이면 그야말로 일망타진하기에 적당하게 됩니다."

한성진이 천천히 머리를 끄덕였다.

그 시간에 경찰청 자료반원 주명성이 모니터 화면을 주시했다. 두 눈이 충혈되어 있다.

"이런 시발."

화면에는 여전히 아름다운 이미현의 사진이 한쪽에 떠 있다. 김태희와 전지현을 합성시킨 것 같은 미모다. 그러나 옆쪽에 다시 자료가 떴다.

"첩보, 2013년 7월 11일 중국 엔지에서 역사학회 소속 회원들과 엔지 서북쪽 고(古) 사찰을 방문, 안내원 조선족 황학수, 3박 4일의 일정을 마치고 백두산 관광……."

안내원 황학수의 사진을 확대한 주명성이 인터폰을 들고 버튼을 눌렀다.

오후 9시 50분, 창고로 들어선 양경찬이 주위를 둘러보는 시늉을 했다. 창고는 넓다. 50평이 넘는 창고 벽 쪽에는 옥수수와 감자가 담긴 자루가 쌓였고 양쪽에는 농기구가 놓여 있지만 정돈은 잘 되어 있었다. 복판에 소파와 난로가 놓여 있었는데 불이 환하게 밝혀졌다.

"자, 앉읍시다."

앞쪽 자리를 가리키며 전수남이 말했다.

"마실 것을 드릴까요?"

"아니, 됐습니다."

소파에 앉은 양경찬이 헛기침을 했다.

"11시까지는 돌아갈 수 있겠지요?"

"아니, 힘들겠습니다."

양쪽에 앉은 전수남이 웃음 띤 얼굴로 양경찬을 보았다.

"서울로 보내놓고 도매상 놈들을 잡으려고 했는데 너무 번거롭다고 상부에서 판단을 했구만요."

"……."

"그래서 여기서 도소매상 소탕작전을 시행하기로 했습니다. 그러니까,"

심호흡을 하고 난 전수남이 웃음기가 사라진 얼굴로 말을 이었다.

"자, 하나씩 털어놓으실까?"

창고 안은 잠시 숨소리도 들리지 않았다. 뒤쪽과 옆쪽에 세 사내가 서 있었지만 모두 석상처럼 움직이지 않는다. 깊은 밤, 한낮에도 한적한 마을 어디에선가 개가 컹컹 짖었다.

전화를 받은 유근상이 목소리를 낮췄다. 이곳은 부 노인의 저택 앞쪽으로 200미터쯤 떨어진 길옆이다. 나무 둥치에 몸을 기댄 유근상의 옆에 한성진이 서 있다. 둘은 밖을 정찰하려고 나온 것이다. 유근상이 응답하자 김기찬의 목소리가 울렸다. 김기찬은 지금 부 노인 저택에서 연락을 한다.

"금방 서울에서 연락을 받았는데요."

김기찬은 통신 담당이다. 방금 서울 경찰청의 연락을 받은 것이다. 숨을 죽인 유근상에게 김기찬이 말했다.

"이미현이 작년에 엔지에 왔을 때 안내했던 황학수라는 조선족이 요주의 인물로 분류되어 있습니다."

유근상은 숨만 죽였고 김기찬의 말이 이어졌다.

"황학수가 한국에 네 번 입국했는데 작년 초에 탈북자 후원회장 양석무 씨 주변에 있다가 우연히 경찰의 감시 카메라에 찍혔습니다. 그러다 양석무 씨가 그 후에 중국에 갔다가 실종되었지요."

"……."

"그래서 황학수는 경찰의 감시 대상이 되었는데 눈치를 챘는지 그 후로 한국에 오지 않았습니다."

"……."

"이미현의 주변 사진을 체크하다가 조금 전에야 황학수가 발견된 겁니다. 황학수는 한국에 가는 대신 이미현과 접촉해서 정보를 받았다는 가설이 가능해집니다."

유근상은 숨을 들이켰다.

이미현은 마약수입상 따위와는 비교도 안 되는 거물일지도 모르는 것이다. 전화가 끊겼을 때 유근상이 한성진에게로 시선을 돌렸다. 어둠 속에서 한성진의 두 눈이 번들거리고 있다.

"팀장, 이미현에 대한 정보요."

"좋아, 떠납시다."

그로부터 15분쯤 후에 전수남이 결정을 내렸다. 마약반의 철수 결정
이다. 이미 국정원팀은 철수 준비를 마친 상태다. 유근상이 김기찬의 전
화를 받은 즉시 한성진이 부 노인의 저택에서 떠나기로 결정을 한 것이
다. 물론 안채 끝 쪽 방을 숙소로 정해놓고 들어가 있는 이미현과 함께
다. 이미현은 이제 끌려가게 될 것이다. 한성진이 끝 쪽 방문을 노크한
것은 그로부터 2분쯤이 지난 후다. 오후 10시 15분, 이미현이 저택에
도착한 지 35분쯤 되었다.

"무슨 일이죠?"

문을 연 이미현은 아직 바지에 반팔셔츠 차림이다. 방금 씻었는지 얼
굴은 윤기가 났고 파마한 머리칼은 뒤로 묶어서 갸름한 얼굴이 다 드러
났다. 한성진이 똑바로 이미현을 보았다.

"짐을 싸요. 이동해야겠어."

영문을 모르는 이미현이 눈만 크게 떴으므로 한성진이 심호흡을 했다.

"길게 이야기 안 하겠어. 따라오지 않으면 묶어서 끌고 갈 거요."

이미현은 여전히 시선만 주었고 한성진의 말이 이어졌다.

"북한 특공대가 습격해올지 모릅니다. 자, 갑시다."

한성진이 머리를 돌려 뒤에 서 있는 조재원을 보았다.

"자, 이 사람과 함께 5분 내로 나와요. 5분이 지나면 묶어서 갑니다."

무릉마을 안쪽으로 깊은 골짜기가 이어져 있다. 그 골짜기 끝 부분에
옛날 사당, 즉 고구려 시대의 비석이 세워진 사당이 위치했고 옆쪽 산을
타고 오르면 강줄기가 뻗쳐져 있다. 그 강은 꽤 길어서 상류의 휘서읍까

257

지 닳는다.

"이미현과는 어떤 사이야?"

사당을 지났을 때 전수남이 불쑥 묻자 양경찬이 머리를 들었다. 황량한 골짜기 안의 짙은 어둠 속에서 횡대로 늘어선 대열만 소리 없이 움직일 뿐이다.

"약혼자라고 한 것 같은데."

양경찬의 목소리에 짜증기가 섞여졌다.

"그 여자는 내 일과 아무 상관이 없어."

"그런가?"

"그러니까 놔두란 말야."

"글쎄."

전수남과 양경찬 등 7명은 안내원을 앞세우고 앞장을 섰고 1백 미터쯤 떨어진 뒤쪽에서 국정원팀 다섯이 따르고 있는 상황이다. 물론 국정원팀에는 이미현이 끼어 있었지만 양경찬은 모른다. 모르는 것은 이미현도 마찬가지, 앞쪽에 양경찬이 간다는 것을 알 리가 없다.

"우리 생각은 다른데, 양 변호사."

양경찬의 뒤를 따르면서 전수남이 말을 이었다.

"그 여자, 운동권이야. 보안법 위반으로 2년형까지 살았다구. 친북, 주사파지. 이곳에 올 적에 간첩질한 자료를 북한 측에 넘기려고 왔는지도 몰라."

"천만에."

양경찬의 목소리가 컸으므로 전수남이 손을 뻗어 어깨를 툭 쳤다. 목소리를 낮춘 양경찬이 말을 이었다.

"그 여자는 갑자기 내가 가자고 하는 바람에 따라온 거야. 고구려 유적을 본다고 했어. 그 여자는 역사 교사야. 석사학위도 받았다구. 고구려……."

"시끄러."

다시 양경찬의 어깨를 친 전수남이 말했다.

"거짓말은 그 여자가 당신보다 잘해. 내가 잘 알아. 마약쟁이는 계산이 빠를지 모르지만 빨갱이들의 말솜씨는 현란하지."

"……."

"아마 양 변호사, 당신이 이미현의 거짓말에 속은 것 같아. 내 생각은."

양경찬은 어깨만 부풀린 채 대답하지 않았다. 골짜기 어느 곳에서 부엉이가 울었다. 주위가 너무 조용해서 그런지 바로 옆에서 아이가 우는 소리 같았다.

"내가 지금 말하지만,"

부엉이 울음소리가 끝났을 때 한성진이 입을 열었다.

"당신은 양경찬을 따라온 것이 아냐. 이곳에서 무슨 일을 하려고 온 거야."

뒤를 따르던 이미현은 입을 다물었고 한성진의 말이 이어졌다.

"보안법 위반으로 2년형을 받고 출감한 후에도 전향하지 않았어. 계속해서 친북 활동을 했고 대한민국을 부정해왔지. 아마 학생들에게는 친북, 반대한민국 역사교육을 시켰겠지."

"……."

"이곳에 온 것은 한국에서 빼낸 자료를 북한 측에 넘기려고 한다든가 아니면 다른 음모가 있어."

"……."

"나한테 접촉한 것은 계획적이었지. 내가 다가가자 바로 기회를 잡은 거야."

이미 이미현의 핸드폰은 빼앗아 버려서 위치추적 기능을 폐기시킨 상태다. 한동안 발자국 소리만 들리더니 이미현이 말했다.

"그럼 양경찬 씨도 잡혔나요?"

아무도 대답하지 않았고 다시 이미현이 물었다.

"한성진 씨, 당신 이름이 맞아요?"

"맞아."

"지금 어디로 가죠?"

"널 묻을 곳으로."

"난 겁나지 않아."

이미현이 차분한 목소리에 뒤를 따르던 조재원이 머리를 들었다. 발자국 소리가 잠깐 이어지고 나서 다시 이미현이 말했다.

"물론 나도 당신이 관광객이 아니라는 것을 알았어. 그 웃기는 수작에 넘어간 척해준 거지."

"……."

"하지만 저 밀수꾼하고 같이 있기 싫다는 건 사실이었어. 이 기회에 갈라서고 싶었으니까."

"밀수꾼?"

한성진이 되묻자 이미현이 대답했다.

"하는 짓을 보면 밀수꾼이 분명해. 아마 북한에서 나오는 가짜 고려청자나 이조백자를 가져가는 것 같아."

"……."

"내가 구경했던 가게의 도자기들도 여러 점 예약을 해 놓았으니까."

그때 뒤쪽에서 조재원이 낮게 헛기침을 했다. 이건 또 무슨 수작이냐는 표시 같다.

"잘 들어."

제3지구대장 윤명호 대좌가 한 마디씩 분명하게 말했다.

"방금 평양에서 연락을 받았어. 간부급 동지 하나가 이번 작전에 투입되었다는 거다."

핸드폰을 귀에 붙인 최강일의 몸이 긴장으로 굳어졌다. 엔지의 우의로 뒤쪽에 위치한 안가에서 최강일이 전화를 받고 있다. 밤 10시 반, 옆에 선 부관 윤경태는 숨소리도 내지 않는다. 다시 윤명호의 말이 이어졌다.

"곧 동무한테 연락이 갈 테니까 기다리도록, 알았나?"

"예, 지구대장 동지, 하지만."

입안의 침을 삼킨 최강일이 조심스럽게 물었다.

"그 동지는 어디에 있습니까? 그리고 언제 연락이 옵니까?"

"11시쯤 연락을 할 거야. 기다려."

윤명호의 목소리에 짜증기가 섞여졌다.

"지금부터 동무는 그 동지의 지시를 따르도록, 알았나?"

"알겠습니다. 지구대장 동지."

"그 동지의 비번은 16이다. 기억하도록."

"예, 지구대장 동지."

통화가 끝났을 때 어깨를 늘어뜨린 최강일이 머리를 돌려 윤경태를 보았다. 두 눈이 충혈되어 있다.

"이봐, 이것이 마지막 기회가 될 것 같다."

한쪽 이야기만 들었어도 대충 상황을 짐작한 윤경태가 시선만 주었다. 다시 최강일이 말을 이었다.

"간부급 동지가 이번 작전을 지휘하게 되었다는군."

가슴 안주머니에서 수첩을 꺼낸 최강일이 펼쳤다. 비번에 적힌 암호문을 찾으려는 것이다.

밤 11시, 강줄기를 따라 상류 쪽을 향해 걷던 한성진이 앞에서 번쩍이는 불빛을 보았다.

"한 형이시오?"

곧 전수남의 목소리가 울렸으므로 한성진은 서둘러 다가가면서 대답했다.

"예, 접니다."

두 무리로 나누어진 양쪽이 잠깐 휴식을 취하는 시간이다. 전수남이 상의하자면서 한성진을 불러낸 것이다. 양쪽의 간격은 100미터 정도, 둘은 지금 그 중간 지점에서 만나고 있다. 합류하지 않은 것은 양경찬과 이미현을 그대로 격리시키는 것이 나을지 어쩔지를 결정하지 못했기 때문이다. 갑자기 안가를 떠났기 때문에 앞으로의 계획도 상의해야 한다. 곧 둘은 강가의 자갈 위에 마주 보고 앉았다. 주위는 조용하다. 바위를 치고 흐르는 작은 물소리만 들린다. 먼저 전수남이 입을 열었다.

"휘서읍까지는 8킬로 정도 거리요. 이 속도로 가면 새벽 두 시쯤에는 도착할 겁니다."

한성진이 머리만 끄덕였고 전수남의 말이 이어졌다.

"거기서 버스가 오전 6시부터 떠나는데 북한 국경까지는 12킬로요. 어떻게 했으면 좋겠습니까?"

"우리 팀 유 형하고 상의했는데 북상하면 더 위험할 것 같다고 합니다. 오히려 북한 쪽으로 남하해서 당분간 피신해 있는 것이 낫다고 하는데요."

한성진이 주머니에서 접혀진 지도를 꺼내 땅바닥에 놓고 플래시로 비쳤다.

"국경에서 3킬로 떨어진 이곳 위전마을에 협조자가 살고 있답니다."

"협조자라니?"

"와이프가 한국에서 일하고 있는데 불법체류로 걸렸어요. 그래서 협조하게 된 겁니다."

전수남이 머리를 끄덕였다.

"그렇게 합시다."

"양경찬과 이미현은 따로 떼어놓는 것이 낫겠습니까?"

"당분간 분리시켜서 조사를 하는 것이 낫습니다."

정색한 전수남이 말을 이었다.

"이것들이 서로 말을 맞췄을 수도 있지만 분리시켜 캐면 허점이 드러나게 됩니다. 함께 붙여놓으면 말을 맞출 가능성도 많고 분위기가 달라집니다."

전문 수사관의 말이다. 금방 이해가 갔으므로 한성진이 길게 숨을 뱉었다.

"아무래도 내가 끌려든 것 같습니다."

"아니, 지금은 이쪽이 잡은 거죠."

손목시계를 본 전수남이 엉거주춤 일어서며 말했다.

"우리가 이제는 잡고 끌고 가지 않습니까? 상황을 정신없게 만들면 흐트러지게 마련입니다. 한 형."

밤 11시 반, 마침내 기다리다 지친 최강일이 핸드폰을 들고 버튼을 누른다. 이번에도 옆쪽에 부관 윤경태가 앉아 있다. 핸드폰을 귀에 붙였을 때 신호음이 세 번 울리더니 곧 윤명호의 목소리가 울렸다.

"무슨 일인가?"

"지구대장 동지, 연락이 오지 않습니다."

"그래?"

최강일은 윤명호가 조금 당황한 것처럼 느껴졌다.

"잠깐만 기다려, 내가 확인을 해볼 테니까 말야."

"알겠습니다."

통화가 끊겼을 때 최강일이 핸드폰을 내려놓으며 혼잣소리를 했다.

"도대체 누구란 거야?"

다가선 유근상이 낮게 말했다.

"연락이 되었어요."

한성진이 걸음을 늦췄고 유근상은 말을 이었다.

"마침 집에 있었습니다. 우리 마중을 나온다고 하는구만요."

"잘 되었네요."

힐끗 앞쪽에 시선을 준 한성진이 소리죽여 숨을 뱉었다.

"앞쪽에 연락을 해주세요."

앞쪽이란 전수남이다. 유근상이 국경 근처의 조선족 안병일에게 연락을 한 것이다. 안병일은 한꺼번에 10여 명의 손님을 맞게 되겠지만 그쪽도 어쩔 수가 없을 것이었다. 한국에서 일하는 아내가 인질로 잡혀 있는 상황이나 같기 때문이다. 하긴 이번 일만 잘 끝나면 안병일은 물론 친척까지 '돈길'이 트일 수가 있다. '돈길'이란 돈을 버는 길이다.

10분 후에 최강일은 윤명호의 전화를 받는다.

"동무한테 좌표를 알려주겠다."

대뜸 그렇게 말한 윤명호의 목소리는 다급했다.

"그곳에서 위치추적이 끊겼는데 아무래도 사고가 생긴 것 같다."

최강일의 얼굴이 일그러졌다. 그러나 입을 열지는 않았다. 좌표를 불러준 윤명호가 서둘렀다.

"동무, 출동해라! 현장에 가서 다시 보고하도록!"

핸드폰을 귀에서 뗀 최강일이 이번에도 혼잣소리를 했다.

"작전이 시작부터 망했군."

오전 12시 30분, 다시 10분간 휴식을 할 때 이미현이 한성진에게 물었다.

"어디로 가죠?"

옆을 지나던 한성진이 걸음을 멈추고 말했다.

"우린 당신 이야기만 들었는데 당신이 이곳에 온 목적이 분명하지 않아."

주위는 짙은 어둠에 덮여져 있다. 강줄기와 50미터쯤 떨어진 숲속이어서 더 어둡다. 옆쪽에 조재원과 유근상, 안내원이 있었지만 보이지 않는다. 다가간 한성진이 옆쪽에 앉더니 이미현에게 물병을 내밀었다. 이미현이 받아 쥐었을 때 한성진의 목소리가 숲에 퍼졌다.

"양경찬하고의 관계도 그렇고."

"그 사람, 잡고 있지요?"

어둠 속에서 이미현의 흰창이 드러났다. 한 모금 물을 삼킨 이미현이 다시 물었다.

"지금 어디 있어요?"

"내가 누군 것 같아?"

"한국 경찰이겠지."

이미현의 목소리는 가볍다. 시선을 준 채 이미현이 말을 이었다.

"내가 경찰은 여러 번 겪었거든."

가까운 곳에서 새소리가 났다. 인기척에 놀란 듯 곧 날개 소리가 나더니 다시 조용해졌다.

"양경찬 따라온 것이 아니지?"

한성진이 묻자 이미현이 물병을 건네주며 웃었다. 가까워서 웃음 띤

265

얼굴이 보인다.

"양경찬이 그래요?"

"당신이 약혼자라고 하던데? 당신은 만난 지 얼마 안 되는 사이라고 하지만 말야. 양경찬이 들으면 서운하겠어."

"그까짓 말이 무슨 의미가 있다고……."

"우리 근거지를 알려고 위장 귀순한 건 아니겠지?"

"이 사람이 소설 쓰네."

"나한테 감시를 받고 있는 걸 알고 바로 부딪쳐 온 것도 같고."

"설마 이 강 끝이 한국은 아니겠죠? 밤새도록 강을 따라 걷기만 할 건가?"

"어쨌든 당분간 내가 옆에서 떨어지지는 않을 거야."

몸을 일으킨 한성진이 손목시계를 보았다.

"자, 또 걷지, 강을 따라서."

"아무것도 없습니다."

윤경태가 마당에 서 있는 최강일에게 다가오며 말했다. 부하들도 하나둘씩 마당으로 나오는 중이다. 그때 안채에서 노인의 고함 소리가 울렸다.

"도대체 무슨 일이야! 나가! 이놈들아!"

중국어다. 최강일의 부하들이 사복 공안 행세를 하고 있었지만 기세가 죽지 않은 것이다. 오전 1시, 15분 전에 도착한 최강일의 특수대 12명은 저택을 급습, 수색을 마친 상태다. 이곳이 윤명호가 불러준 좌표상의 위치다. 그때 마루에서 희끗한 그림자가 보이더니 노인의 외침이 어둠 속에 울렸다.

"공안에 신고를 했다! 어디 공안부장이 오면 따져보자! 내가 강도를 숨겨둔 사람 같으냐! 난 공산당원이고 10년 전까지 지역 책임자를 맡았던 간부당원이야! 이 개 같은 놈들아!"

"모두 집합시켜라. 철수다."

최강일이 이 사이로 말하고는 노인으로부터 등을 돌렸다. 이미 최강일도 집안에 뛰어들어 훑어보고 나온 것이다.

"목표가 그동안에 이동한 것 같다."

그러고는 윤경태에게 서두르듯 말했다.

"영감한테 착오가 있었던 것 같다고 해."

진짜 공안이 오면 이쪽이 체포되는 것이다. 신고를 했다면 피해야 한다. 그때 다시 노인이 소리쳤다.

"책임자가 누구냐! 내가 현의 공산당 운영위원 부요다!"

부 노인이다. 처음부터 당 간부라고 소리치는 바람에 기가 죽은 이쪽은 제대로 심문도 하지 못했다. 당 간부를 어떻게라도 한다면 이건 중국 정부가 나설 것이었다. 서둘러 대문을 나서던 최강일은 윤경태의 달래는 목소리를 들었다. 윤경태의 중국어는 유창하다.

"그곳은 현의 공산당 간부 부요의 저택이었습니다."

마을에서 300미터쯤 떨어진 숲속으로 피신한 후에 최강일이 다시 윤명호에게 보고했다.

"저택은 컸지만 안은 비어 있었습니다. 지구대장 동지."

"비었다구?"

윤명호의 목소리는 비명 같다.

"거기서 신호가 끊겼다. 어떤 흔적도 찾지 못했단 말이야?"

"저택 안에는 노인 부부만 있었습니다."

"심문했어?"

그 순간 최강일은 숨을 들이켰다. 오전 2시가 되어가고 있다. 부하들은 어둠에 덮인 숲 속에 쪼그리고 앉아 있었는데 그것을 본 최강일의 가슴이 서늘해졌다. 최강일이 부하들로부터 몸을 돌리고 나서 대답했다.

"예, 했습니다."

이것이 명령만 하는 놈하고 현장을 뛰는 사람과의 차이다. 물정을 모르는 것이다. 이곳이 북조선 땅인 줄로 착각한다. 무조건 가택 수색을 하고 집주인을 체포, 고문해도 되는 것으로 아는 것이다. 그때 윤명호가 말했다. 목소리가 떠 있다.

"허어, 이거 야단났네. 갑자기 호텔에서 남조선 경찰 내부로 침투할 기회가 왔다는 연락을 해왔다는데 말이야……."

무슨 소린지 알 수 없는 최강일은 듣기만 했다.

8장
악마의 변신

오전 3시 반, 휘서읍이 내려다보이는 산 중턱의 바위틈에 국정원팀 다섯이 둘러앉아 있다. 엄밀히 말하면 팀원 셋에 정보원 겸 안내원 고영복과 이미현이다. 이곳은 암반 지형이어서 산에는 나무가 드물고 바위틈이 크다. 이미현과 한성진은 둘이 함께 바위틈에 앉아 있었는데 안으로 파여져서 몸을 감출 만은 하다. 다섯 시간 가깝게 강행군을 한 터라 이미현은 바위벽에 상체를 기대고는 깊게 잠이 들었다. 일 미터쯤 떨어진 위치에서 한성진도 눈을 감고 있었지만 잠이 들지는 않았다. 이미현의 숨소리가 더욱 선명해진다. 이곳에서 100미터쯤 떨어진 바위틈에 경찰청 마약반 팀이 쉬고 있다. 오전 6시에 첫 버스가 떠난다니 그때까지 휴식인 것이다. 5시쯤에 먼저 정찰요원이 내려가 상황을 보고 나서 국경 근처의 위전마을로 남하할 예정이다. 바위에 머리를 기댄 한성진의 머릿속에서 문득 오현서의 얼굴이 떠올랐다. 그 순간 저절로 숨이 멈춰졌고 몸이 굳어졌다. 잊고 있었던 것이다. 지금쯤 허리가 다 나았을지도 모르겠다. 시간상으로는 엿새도 안 되었지만 긴 세월처럼 느껴졌다. 그동안 연락도 못 한 것에 죄책감이 일어났다. 사건이 얽혀서 국정원으로 옮겨갔지만 그쪽에 손을 뗄 수는 없다. 이번 일이 끝나면 오현서를 도와 탈북자 인도를 할 것이다.

"자요?"

갑자기 이미현이 물었으므로 한성진은 눈을 떴다. 어둠에 익숙해진 눈이 곧 이쪽을 응시하는 이미현과 시선이 마주쳤다. 이미현은 이쪽이 깨어 있는 것을 알았던 것 같다. 한성진이 시선만 주었고 이미현이 다시 물었다.

"결혼했어요?"

"그건 왜 물어?"

"그럼 물으면 안 되는 건가요?"

"현실 파악이 안 되는 건지, 머리가 둔한 건지 모르겠군."

"파악이 안 되는 것 같아요."

여기까지는 탁구공처럼 주고받았다가 딱 말이 멈춰졌다. 한성진이 입을 다물었기 때문이다. 그러나 둘의 시선은 이어져 있다. 작은 바위굴 안에서 잠시 숨소리만 들렸다. 그러나 가만있으면 아래쪽 휘서마을에서 올라오는 온갖 자잘한 소음이 다 들린다. 개 짖는 소리, 아이 울음소리, 자동차 엔진음 대신 타이어 마찰음이 난다. 그때 다시 이미현이 물었다.

"한 선생은 몇 학번이죠?"

"난 그런 거 없어."

"그렇군요."

"뭐가?"

"아뇨."

처음으로 시선을 떼었던 이미현이 혼잣소리처럼 말했다.

"아마 지금쯤 날 찾느라고 비상이 걸렸을 거예요."

"……."

"누가 날 찾는지 짐작하시겠죠?"

"……."

"북한 측."

이미현이 다시 똑바로 한성진을 보았다. 얼굴에 옅게 웃음이 떠올라 있다. 한성진은 시선만 받았고 이미현의 말이 이어졌다.

"내가 호텔에서 짐 가지러 간다고 올라갔을 때 연락을 했어. 교외로 이동한다고 말야."

"……."

"무룡마을에서 내 핸드폰을 빼앗겼지만 그곳까지 위치추적은 되었을 거야."

"……."

"지금쯤 그 저택은 수색당했을 것이고 사방으로 흩어져 우릴 찾겠지."

그때 한성진이 말했다.

"자, 이제 털어놓은 이유를 듣자."

25인승 버스는 신형이었다. 좌석 간 사이도 넓고 의자가 큰데다 쿠션도 좋아서 마치 비행기 비즈니스클래스 같았다. 오전 7시 10분, 버스는 남쪽으로 달리고 있다. 그리고 차 안에는 12명의 승객이 탑승했는데 경찰과 국정원팀이 이제야 합쳐졌다. 물론 각각의 인질이었던 양경찬과 이미현도 함께다. 제각기 앞과 뒤쪽에 떨어져 앉았지만 시선은 여러 번 부딪쳤다.

"본부에서는 이미현의 말을 믿지 않는 것 같아, 팀장."

유근상이 한성진의 귀에 입술을 붙이고 말했다. 방금 유근상은 본부의 연락을 받은 것이다. 본부는 이미현의 진술을 듣고 발칵 뒤집힌 모양이다. 지금 유근상이 본부로부터 두 번째 지시를 받은 것만 봐도 그렇다. 오전 7시 10분이다. 시차가 한 시간 있다고 하더라도 새벽 5시부터 8시까지 간부급 회의가 계속해서 열렸다는 증거였다. 유근상이 말을 이었다.

"본부에서 조사관을 파견한다는 거요. 지금 당장 데려가는 건 북한 놈들 때문에 힘드니까 여기서 조사를 하겠다는 거지."

차는 덜컹거리면서 아침의 고속도를 빠르게 달렸다. 아직 이른 시간이어서 차량 통행이 적다. 한성진의 시선이 세 칸 앞쪽의 이미현의 뒷모습에 멈춰졌다. 이미현은 창밖을 바라보는 중이다. 다시 유근상의 입이 귀에 붙었다.

"이 기회에 팀도 보강되겠지. 덕분에 붕괴되었던 국경팀이 재건되겠어."

한성진은 대답하지 않았다. 시선을 이미현의 뒷모습에 준 채로 생각에 잠겨 있는 것이다. 이미현은 자신이 북한 측 정보원이라고 자백을 했다. 서울에서 갑자기 북한 측의 지원 요청을 받고 양경찬과 합류했다는 것이다. 그러다 한성진이 접근하자 경찰인 것을 눈치 채고 오히려 밀착했다고 실토했다. 북한 측 연락 상대는 국경지대 보위부 제3지구대장 윤명호 대좌, 이미현의 임무는 한국 경찰청 마약반의 소재파악이라고 했다. 양경찬은 물론이고 이홍석까지 이미현의 감시 대상이었다는 것이다. 이홍석이 실종된 것도 서울에서 들었으며 양경찬이 출국 준비를 할 때 접근, 자연스럽게 같이 중국에 왔다고 했다. 이미현은 북한산 마약이 한국에 유통되는 것을 감시하는 역할이었던 것이다. 한국 마약 시장의 큰손을 모두 파악하고 있다는 말도 된다. 한성진을 따라 이미현의 뒷모습을 바라보던 유근상이 다시 입을 귀에 붙이고 말했다.

"천사의 탈을 쓴 악마요, 팀장."

검문이 두 번 있었지만 형식적이었다. 공안은 버스에 올라오지도 않았고 운전사한테 손만 흔들어 지나가라는 시늉을 했다. 고급 버스였고 하루 전세비가 일반 버스의 두 배 가깝게 되었지만 그 가치는 했다. 버스회사 배경이 좋은지 위전마을 근처의 검문소는 그냥 통과한 것이다. 오전 8시 반이었다.

"여긴 중국 관광객용입니다."

국정원팀과 동행한 안내역 고영복이 앞쪽 마을을 눈으로 가리키며 말했다.

"저 아래쪽이 한국 관광객용이구요."

오는 길에 이야기를 들은 터라 한성진이 머리만 끄덕였다. 버스가 마을 옆 주차장에 멈추자 앞쪽에 앉았던 전수남이 먼저 일어나면서 말했다.

"자, 천천히."

이미 주의사항은 숙지한 터라 모두 따라 일어섰다. 버스 밖에는 이미 조선족 안병일이 기다리고 서 있었는데 굳어진 얼굴이다. 비슷한 시기에 도착한 버스 두 대에서 관광객들이 내리고 있었으므로 주차장으로 사용되는 공터는 활기에 차 있었다. 개 대여섯 마리가 돌아다녔고 관광객을 맞으려는 중국인들이 이쪽저쪽에서 떠들고 있다.

"어디로 가요?"

버스에서 내린 이미현이 한성진의 옆에 붙어 걸으면서 물었다. 얼굴에 웃음이 떠올라 있다. 뒤를 바짝 붙어 따르는 조재원과 유근상의 굳어진 얼굴과는 대조적이다. 한성진이 머리를 돌려 이미현을 보았다.

"잠자코 따라와."

"양경찬 씨는 어디 있죠?"

이미현이 먼저 내린 양경찬을 찾는 듯이 두리번거리면서 물었다. 양경찬은 5분쯤 먼저 내린 것이다. 한성진은 잠자코 이미현의 팔을 잡아 끼었다. 말랑한 팔의 촉감이 느껴졌고 세게 잡았기 때문인지 이미현이 한성진을 보았다. 일행은 곧 민가 사이의 골목으로 들어섰다. 10미터도 안 되는 짧은 거리를 이동했지만 모두 긴장하고 있다. 민가 서너 채를 좌우로 낀 골목을 벗어나자 곧 산비탈 길이 나왔는데 이곳은 좌우가 황량한 황무지다. 우측이 국경인 모양으로 엉성한 철조망과 함께 팻말이 붙여져 있다. 철조망과의 거리는 20미터도 되지 않는다. 철조망 아래쪽에 작은 냇물이 흐르고 있었는데 바로 건너편이 북한 땅인 것이다. 산비탈을 100미터쯤 따라 걸었을 때 앞쪽 골짜기에 허름한 농가가 보였다. 축사까지 있어서 규모는 꽤 크다. 축사 주변에 서 있는 두어 명의 사내 옷차림이 낯이 익다. 경찰팀이다. 저곳이 새로운 안가인 것이다.

오전 10시 반 한성진이 작전실장 유기준의 전화를 받는다. 유기준은 한성진의 직속상관인 셈인데 지금까지 유근상하고만 연락을 했다. 유근상을 거쳐 한성진에게 명령을 전달하기에는 상황이 긴박해진 것 같다.

"잘 듣게."

간략하게 제 소개를 한 유기준이 억양 없는 목소리로 말했다.

"곧 팀이 가겠지만 북측도 그동안 가만있지 않을 거야. 이미현과 양경찬을 찾으려고 필사적으로 움직일 거네."

새 안가의 축사 옆이다. 옆에 선 유근상에게 시선을 준 한성진이 유기준에게 물었다.

"이미현, 양경찬을 한국으로 데려가는 것 아닙니까?"

"지금 당장은 안 돼."

"그럼 언제까지 잡고 있는 겁니까?"

"자넨 조사팀에게 인계하는 것으로 임무가 끝나는 거야."

"……."

"팀이 갈 때까지만 기다려."

"알겠습니다."

"새 임무를 맡길 테니까."

한성진이 심호흡을 했다. 지금 길림에 있는 오현서를 도와주고 싶다는 말을 하려다가 만 것이다. 이제 그쪽과의 인연은 단절된 상태다. 다시 군인으로 복귀되어 국정원으로 파견된 입장이 되었다.

오후 4시 반이 되었을 때 엔지 공장 입국장으로 관광단이 쏟아져 나왔다. 모두 한국의 단체관광단이다. 9월이면 백두산관광이 많아진다. 날씨가 적당하고 특히 요즘 유행하는 트래킹 시즌이기 때문이다. 갖가지 색깔의 등산복으로 치장한 관광단 사이에 세 사내가 끼어 있다.

이번에 파견된 국정원 조사팀이다. '아리랑여행사' 관광단에 끼어 있었으므로 셋은 버스로 함께 움직인다.

"호텔까지 따라갔다가 나오도록 하지."

셋 중 선임인 장행규가 말했다. 그들은 버스를 타려고 공항 앞 승차장으로 걸어가는 중이다. 나란히 선 셋은 영락없는 단체 관광객이다. 장행규 옆의 오금동은 싸구려 카메라에다 날씨가 흐린데도 선글라스까지 끼고 있어서 관광단과 잘 어울렸다. 주위를 둘러본 장행규가 말을 이었다.

"여기서 우리 회사 조직이 붕괴되었어. 조심하라구."

그들은 대기하고 있는 버스에 올랐다. 관광단은 40여 명이나 되어서 버스에 꽉 찼다. 들뜬 중년 남녀들이 차 안에서 떠들기 시작했으므로 뒷좌석에 나란히 앉은 장행규가 다시 입을 열었다.

"탈북자 인도팀의 경호 역으로 파견되었던 예비역 장교가 설치는 상황이 되어 있단 말야. 우리 체면에 똥칠을 한 곳이지."

"그자, 한 뭐라는 자가 소령으로 특진되었다면서요?"

옆에 앉은 오금동이 묻자 장행규가 피식 웃었다.

"잠깐 동안이야."

"뭐가 말입니까?"

"죽으면 소령이 아니라 중장이 되었더라도 말짱 헛것이지."

그러자 반대쪽에 앉은 문배식이 장행규를 보았다. 문배식은 조사담당 요원으로 내부 근무만 해서 작전부 소속 둘과 처음 팀이 되었다. 문배식이 입을 열었다.

"우린 이미현의 조사를 위해 파견되었지만 이곳에 온 이상 엔지팀의 지휘를 받습니다. 엔지팀의 선임은 한성진이고, 알고 계시지요?"

장행규는 외면했고, 오금동은 문배식의 시선을 받더니 머리만 끄덕였다.

"조사팀이 도착했습니다."

핸드폰을 귀에서 뗀 유근상이 말했다.

"지금 엔지에서 출발한답니다."

오후 6시 15분이다. 축사에는 소를 다섯 마리 키우고 있었는데 모두 여위었다. 한 마리는 병이 들었는지 앉아서 일어나지 않는다. 축사 기둥에 등을 붙이고 선 한성진이 유근상에게 말했다.

"내가 다시 현역으로 복귀하고 진급까지 된 건 국정원 덕분이지만 길림에 있는 탈북자들 걱정이 돼요."

"지금쯤 오현서 씨 허리는 다 나았는지 모르겠네."

이맛살을 찌푸린 유근상의 시선 끝이 멀어지더니 혼잣소리처럼 말했다.

"그 사람들이야말로 숨어 일하는 애국자지. 목숨을 걸고 일하는 애국자."

유근상이 머리를 돌려 한성진을 보았다.

"팀장이 오현서 씨한테 연락해보시죠? 나도 궁금합니다."

"미안해서 연락을 못 했어요."

그때 조재원이 다가왔으므로 둘의 시선이 옮겨졌다.

"팀장, 이미현이 좀 보잡니다."

이맛살을 찌푸렸지만 한성진은 발을 떼었다. 안병일의 농가에 온 후부터 이미현을 마약반에게 넘긴 것이다. 이번 작전의 중심은 국정원이지만 두 포로는 마약반 담당이다. 안채 끝방이 이미현의 방이다. 방문을 연 한성진은 창가의 의자에 앉아 있는 이미현을 보았다. 마룻바닥이 깔린 방은 깨끗한 편이었고 구석에 침대와 탁자가 놓여 있었다. 방에는 형광등이 켜져 있었는데 불빛에 비친 이미현의 얼굴은 그늘이 졌다. 그러나 아름답다. 웃는 얼굴에 눈이 번쩍 뜨인다면 수심에 찬 것 같은 지금은 가슴이 서늘해지는 것 같다. 의자가 하나뿐이어서 한성진은 침대 끝에 앉아 이미현을 마주 보았다.

"무슨 일야?"

"날 데려가기 어려울 거야."

불쑥 말한 이미현의 두 눈이 번들거렸다. 습기 때문이다. 한성진은 시선만 주었고 이미현의 말이 이어졌다.

"북한에서 이미 내 여권번호, 사진을 공안에 뿌려 수배를 해놓았을 테니 빠져나갈 구멍이 없어."

"……."

"그 이야기를 당신 대장한테도 이야기했더니 인정하더군."

당신 대장이란 마약반장 전수남을 말한다. 이미현은 한성진을 마약반원으로 알고 있는 것이다.

"성형수술을 하고 여권을 다시 만들 수는 있겠지."

이미현이 혼잣소리처럼 말을 잇는다.

"하지만 그럴 바에는 여기서 캐낼 건 다 캐내고 죽여 없애는 것이 나을지 몰라."

277

"······."

"저기 저 양경찬이도 마찬가지겠지."

"······."

"지금 조사단이 오고 있는 거야?"

이미현의 눈빛이 강해졌으므로 한성진은 홀린 듯이 움직이지 않았다. 입술만 달싹이며 이미현이 말을 이었다.

"지금 여기에 와 있는 팀은 수사팀이야. 체계적으로 심문을 하고 정리를 하는 능력이 부족해."

"······."

"내가 심문을 당해봐서 알아. 이 상황이라면 조사팀이 와야 돼. 지금 한국으로 출국이 힘드니까 말야."

그때 이미현의 수심에 찬 얼굴이 점점 밝아지더니 눈빛도 부드러워졌다. 찬 아침이슬이 녹으면서 햇살을 받은 꽃잎이 열리는 것 같다. 한성진은 숨을 들이켰다.

승합차가 속력을 뚝 떨어뜨렸으므로 장행규가 앞을 보았다. 어둠이 덮여져 있어서 전조등이 비치는 범위까지만 보인다. 차는 엔지를 떠나 한 시간째 남하는 중이다. 오후 8시 반, 목적지까지는 한 시간쯤 남았다.

"뭐요?"

운전사 옆자리에 앉은 안내원 남일호한테 장행규가 물었다.

"또 검문소요?"

"예, 하지만 그냥 지날 겁니다."

남일호가 앞쪽을 응시한 채 말했다.

"과속만 안 하면 돼요. 과속하면 바로 추적을 해오거든요."

고속도 차량 통행량은 꽤 많은 편이어서 반대편 차량의 전조등이 차

안을 자주 스치고 지나갔다. 그때 장행규는 앞쪽의 검문소를 보았다. 승합차는 이제 시속 30킬로 정도의 속도로 달리는 중이었는데 앞쪽에 차가 20여 대 서진하고 있다. 검문소에 나와 선 공안은 세 명, 느슨한 자세로 서서 하나씩 다가오는 차량을 향해 지나가라는 손짓을 하고 있었는데 이윽고 승합차가 여덟 번째 순서가 되었다. 이제 차량들 속도는 뚝 떨어져서 거의 정지 상태다.

"저 자식들이 뭘 찾는 것 같은데."

30대 후반의 장행규는 10여 년간 외국에서만 활동했다. 중국에서도 3년을 지낸 전문가다. 눈을 치켜뜬 장행규가 가라앉은 목소리로 말했다.

"사람을 찾고 있어."

이제 앞쪽에 차가 5대 남았다.

"검문소 안에 서너 명이 또 있어."

옆쪽에서 앞을 보던 문배식이 말했을 때 장행규가 결정했다.

"수상해. 우리가 이탈한 것이 들통 난 것 같다."

"그렇다면 뒤로."

문배식이 바로 판단했다.

"뒤로 내려서 튀지."

오금동이 재빠르게 승합차 뒤로 굴러가 뒷문을 열었고 문배식과 함께 구르듯 뛰어내렸다. 놀란 뒤차가 멈춰 섰지만 경적은 울리거나 요란을 떨지는 않는다. 마지막으로 장행규가 승합차 밖으로 뛰어내리면서 안내원에게 소리쳤다.

"곧장 가! 나중에 연락할게!"

그때였다. 뒤쪽에서 차 경적이 울렸고 그것이 두 대, 세 대로 번져졌다. 뒤쪽에 늘어선 20여 대의 차 중에서 장행규 일행의 탈출을 본 것이다. 그중에서 의협심이 일어난 운전사일 것이다.

그로부터 30분쯤이 지난 오후 9시 15분, 유근상이 핸드폰의 발신자를 보고 나서 귀에 붙였다. 문배식의 전화다.

"아, 납니다."

유근상이 응답하자 문배식의 목소리가 울렸다.

"검문을 피하려다가 안내원까지 셋이 잡혔습니다. 내가 혼자 남았는데 지금 고속도에서 3킬로쯤 들어간 야산에 숨어 있습니다."

놀란 유근상이 핸드폰을 고쳐 쥐었지만 당장에 대꾸할 말이 생각나지 않았다. 그때 문배식이 말을 이었다.

"거리상으로 목적지까지 직선거리로 10킬로 정도 떨어져 있는 것 같은데, 도로를 피해서 나 혼자 가겠습니다."

"거기 위치가 정확히 어딥니까?"

"사벽마을 우측의 야산이오. 마을에서 300미터쯤 떨어져 있습니다."

"잠깐, 지도를 보지요."

방에서 곧 유근상이 청으로 뛰어 나왔고 마침 모여 있던 전수남 등 경찰팀도 상황을 알게 되었다.

"사람을 보내야 돼."

전수남이 말했을 때 한성진이 자리에서 일어섰다.

"내가 가야겠어."

"아니, 팀장, 제가."

조재원이 따라 일어서자 유근상이 입맛을 다셨다. 그러나 입을 열지는 않는다.

"방금 한국 놈 둘이 공안에 체포되었는데 심문 중이라고 합니다."

윤경태가 보고했는데 최강일과 안태길은 함께 들었다. 안태길은 지금 최강일의 안가로 들어와 있는 것이다. 윤경태가 서두르듯 말을 이었다.

"공안이 동북호텔의 신고를 받고 검문을 했다는 겁니다. 오후에 투숙한 아리랑여행사 관광객 중 셋이 방만 잡아놓고 이탈했다는 겁니다. 그래서 남북으로 뻗친 고속도 검문을 강화했더니 남쪽 하광검문소에서 차를 버리고 달아나는 놈들을 추적, 안내원까지 셋을 잡았다고 합니다."

"그럼 하나는 도망쳤단 말인가?"

최강일이 묻자 윤경태가 머리를 끄덕였다.

"그렇습니다. 지금 공안이 대대적으로 수색하고 있다는데요."

"어떤 놈들이야?"

이번에는 안태길이 묻자 윤경태의 머리가 옆쪽으로 기울었다.

"곧 밝혀지겠지요. 이번 사건과 관계가 있는 놈들일 가능성이 있습니다."

"우리 대신에 공안이 손을 써준 셈인가?"

혼잣소리처럼 안태길이 말했을 때 최강일과 윤경태는 서로 마주 보았다. 최강일의 보위부 소속 특공대, 탈북자 체포조로 악명을 떨쳐 이른바 '사냥꾼'으로 불린 정예 병력은 지금도 무룡마을 근처에서 이미현을 찾느라 헤매고 있는 것이다.

그때 최강일이 자리에서 일어섰다. 안가에서 앉아 있을 수만은 없는 것이다.

"공안에 가 보기로 하지."

윤경태의 시선을 받은 최강일이 말을 이었다.

"공안보다는 우리가 남조선 기관원 정보는 더 아니까 도움을 줄 수 있을 거야."

오후 9시 45분, 국정원의 상황실은 밤낮이 없어서 24시간 똑같은 패턴이 반복된다. 그래서 오후 2시나 새벽 2시나 분위기가 똑같다. 비슷한 숫자의 요원이 일하고 기계음이 울리면서 벽 쪽 스크린에 화면이 뜬

다. 24시간 가동하기 때문이다. 상황실 안쪽 제2자료실, 요원 박문수는 방으로 들어선 간부 두 명을 맞으면서 입안에 고인 침을 삼켰다. 국정원 경력 5년째, 우수한 성적으로 국정원에 채용되었을 당시 이름도 조선 시대의 유명한 암행어사와 같았기 때문에 모두의 기대를 한몸에 받았던 박문수다. 그런데 5년간 지하 2층의 자료실에서 자료만 찾아내는 유령 이 되었다. 자료실 요원은 햇볕을 받지 못해 대부분 얼굴이 흰데다 소리 없이 모든 일상에 끼어든다고 '유령'이라는 별명을 붙였다. 어떤 놈들 은 '귀신'이라고도 한다. 이제는 박문수가 뒤쪽 귀신처럼 붙어 앉은 두 간부에게 제가 찾아낸 자료를 브리핑한다. 그것 때문에 두 간부가 이 시 간에 자료실로 찾아온 것이다. 박문수가 화면을 펼치면서 보고했다.

"이미현은 2010년 11월 15일에 엔지 국제호텔에 투숙했다가 11월 25 일 귀국했습니다. 그런데,"

박문수가 화면에 비친 장면의 한 부분을 확대했다.

"이것은 2011년에 미국으로부터 정찰위성이 찍은 평양 조선노동당 당사 앞 장면을 넘겨받은 것입니다."

당사로 보이는 큰 건물 앞에서 차가 멈춰 서 있고 사람들이 타는 사진 이 정리되어 있다. 박문수가 차 앞에 선 사람들을 하나씩 확대시키며 말 했다.

"이 사람을 보십시오."

마우스를 움직인 박문수가 차 앞에 선 여자 얼굴을 더 확대했다.

"이 여자 말씀입니다."

그 순간 뒤에 서 있던 두 사내의 입에서 동시에 탄성이 터졌다. 그러 고는 그중 하나가 이 사이로 말했다.

"이미현이다."

사진의 주인공은 이미현이다. 이미현이 웃음 띤 얼굴로 차에 오르고 있다. 먼저 오르라고 권하는 사내의 얼굴에도 웃음이 떠올라 있다. 그때 박문수가 그 사내의 얼굴을 확대하며 말했다.

"이자는 당시의 보위부장 박용상입니다. 지금은 숙청당했지만 이미현은 그때도 북한의 거물을 만나고 있었던 것입니다."

"으음."

다시 신음을 뱉은 뒤쪽 사내가 박문수에게 물었다.

"이때가 이미현이 엔지에 있을 시간인가?"

"그렇습니다. 2010년 11월 20일 오후 3시 35분으로 찍혀져 있습니다."

"그럼 엔지에서 비밀리에 국경을 넘어 평양에 들어갔군."

이 사이로 말을 뱉은 사내는 국정원 제2차장 이경훈이다. 그때 옆에 선 해외사업국장 백길성이 말했다.

"이미현은 거물입니다. 차장님."

이경훈은 대답 대신 심호흡을 했다. 실무책임자인 작전실장 유기준은 지금 정신이 없어서 내려오지 못했다. 그것은 자신이 보낸 부하 셋 중 둘이 공안에 체포되었기 때문이다. 그때 자리에서 일어선 이경훈이 박문수에게 손을 내밀었다.

"자네 공이 크네."

박문수가 서둘러 손을 쥐었을 때 이경훈이 힘차게 흔들며 덕담을 했다.

"계속 수고해주게."

박문수는 어깨를 늘어뜨렸다.

오후 11시 20분, 국도를 타고 북상했기 때문에 이쪽은 검문이 없는 대신 길을 멀리 돌아야만 했다. 공사 중인 곳도 많았고 길이 험해서 30분이면 닿을 곳이 한 시간 가깝게 걸린다.

"여보세요."

다시 전화를 한 한성진이 문배식에게 물었다.

"지금 위치가 좌표상 247 · 514라고 했지요?"

"맞습니다."

문배식의 목소리가 크게 들렸다.

"내가 지금 국도변으로 나가고 있어요. 내 앞쪽에 나무 한 그루가 서 있는데요. 눈에 띌 겁니다. 그 뒤쪽입니다."

국도에는 차량 통행이 많지 않아서 좌우를 살필 여유가 있다. 왕복 2차선 도로는 짙게 어둠이 덮여졌고 좌우는 밭이다. 반대편에서 달려오는 차량이 지났을 때 운전사인 김학수가 먼저 나무를 발견했다.

"저기 앞쪽에……."

한성진이 말하자 승합차는 속력을 줄였다. 앞좌석에 앉은 조재원이 좌우를 살피면서 말했다.

"이곳이 사건이 일어난 고속도로에서 직선거리로 8km 떨어진 곳입니다."

지도상으로 산 하나를 넘었고 강줄기 하나를 건넜다. 그때 차가 나무 앞에서 멈춰 섰고 한성진과 조재원이 밖으로 나왔다. 김학수는 차를 유턴시켜 반대편에 세웠다.

"어디 있는 거야?"

혼잣소리처럼 말한 조재원이 주위를 둘러보았을 때 한성진은 왼쪽에서 어른거리는 검은 그림자를 보았다. 20미터쯤 떨어진 제방 위쪽이다. 눈의 초점을 모은 한성진이 그쪽을 주시하자 곧 목소리가 울렸다.

"팀장이시오?"

문배식이다. 조심성이 많은 문배식이 제방 위에 엎드려 이쪽을 살펴보고 있었던 것이다. 목소리를 들은 조재원이 먼저 대답했다.

"예, 우리들입니다."

급한 김에 암호도 없고 대답이 '우리' 다. 그때 그림자가 다가왔다. 조사팀의 유일한 생존자다.

국경 쪽으로 1km쯤 달렸을 때다. 운전사 김학수가 차의 속력을 늦추면서 말했다.

"앞에서 검문이오."

긴장한 차 안에서 잠깐 정적이 덮여졌고 모두의 시선이 앞쪽으로 모여졌다. 과연 검문이다. 올 적에는 보이지 않았는데 10분도 안 되는 사이에 검문소가 설치된 것이다. 길가에 승합차 두 대가 세워졌는데 대여섯 명의 공안이 하행선의 차량을 막고 한 대씩 검문을 하고 있다. 검문대 앞에는 이미 10여 대의 차가 세워졌고 점점 더 늘어난다.

"빌어먹을."

조재원이 이 사이로 말하더니 힐끗 뒤를 보았다. 동시에 한성진도 뒤를 보았다가 눈이 부셔서 이맛살을 찌푸렸다. 차들이 속력을 줄이는 바람에 뒤쪽 차가 바짝 다가와 있었기 때문이다. 전조등 빛에 아무것도 보이지 않는다.

"팀장, 어떻게 할까요?"

조재원이 물었을 때 대답은 문배식이 했다.

"돌아갑시다."

문배식이 옆에 앉은 한성진을 보았다.

"오는 차는 뜸하니까 돌립시다. 곧장 북상해요. 검문을 피하는 수밖에……."

"곧장 갑시다."

한성진이 말을 끊고는 허리춤에 끼웠던 베레타를 꺼내 쥐었다.

"이미 늦었어요. 부딪치는 수밖에 방법이 없습니다. 자, 침착하게……."

앞에 앉은 조재원이 머리를 끄덕였다.

"맞습니다."

"그런데."

문배식이 한성진이 쥐고 있는 베레타를 눈으로 가리키며 물었다.

"쏘시려구요?"

"그래야지 어떻게 합니까? 잡혀갈 수는 없지요."

"투항합시다."

문배식이 정색하고 한성진을 보았다.

"일 크게 만들지 맙시다. 내가 잡혀도 아무 혐의가 없어요. 호텔에서 일행과 빠져나온 것뿐입니다."

"그럼 여기서 혼자 내리시지요."

한성진이 말했을 때 승합차는 정지했다. 검문소가 30미터쯤 앞이었고 앞에 밀린 차는 7대, 머리를 돌린 한성진이 다시 문배식에게 말했다.

"투항한다고 했죠? 그럼 내려요."

문배식은 대답하지 않았다. 그리고 내리지도 않는다. 그때 차가 앞으로 5미터쯤 더 전진했다. 공안과의 거리는 20여 미터, 차량은 4대가 앞에 늘어섰다. 공안은 이쪽에 셋, 반대편에 둘이 서 있었는데 반대편은 차를 그냥 보낸다. 그래서 이쪽만 밀려 있다.

"자, 어서."

한성진이 재촉했을 때 차가 다시 5미터쯤 더 전진했다. 이제는 앞에 2대가 남았다. 공안은 그저 차 안을 굽어보고 손을 저어 가라는 시늉을 하는 것이다. 문배식이 길게 숨을 뱉더니 한성진에게 말했다.

"이미 늦었어요."

그때 다시 차가 전진했다. 앞쪽 승용차가 그냥 빠져나갔으므로 승합차도 뒤를 따른다. 공안 앞에서 멈추려고 했을 때 앞쪽 공안이 손을 저어 가라는 시늉을 했으므로 승합차는 그대로 통과했다. 공안 하나가 힐 끗 차 안을 보았지만 무심한 표정이다.

차가 속력을 내기 시작했을 때 한성진이 문배식에게 말했다.

"당신은 내 지시를 따라야 했어요."

김학수는 백미러로 한성진을 보았고 조재원과 문배식은 숨을 죽였다. 한성진이 말을 이었다.

"조금 전은 전시상황이나 같았어요. 그런데 당신은 지휘자인 내 지시를 무시하고 투항하자고 했어요. 내 지시에 반발했어."

"그건 알고 있지만 권총을 뽑아 공안을 쏘면 상황이 어떻게 될 것 같소?"

문배식도 똑바로 한성진을 보았다. 나이도 문배식이 사 오 년 연상으로 보였다. 엔진음 속에서 문배식의 목소리가 이어졌다.

"이건 엄청난 결과를 초래하게 될 거요. 나도 팀원으로 의견을 말할 권리가 있소."

그때 조재원이 와락 소리쳤다.

"이보쇼. 당신 구하려고 우린 목숨을 걸고 나선 거야. 배은망덕하다는 생각이 안 들어? 조사팀은 상황이 안 좋으면 무조건 투항하라는 지시를 받은 거야? 투항한다고 벌벌 떨다가 같은 요원한테는 어깨에다 힘을 주는구만 그래."

"뭐야?"

문배식이 버럭 소리치자 조재원이 이 사이로 말했다.

"오늘 상황을 본부에 다 보고하겠어. 투항맨."

그때 한성진이 핸드폰을 꺼내 들며 손을 들어 막는 시늉을 했으므로 전쟁이 끝났다.

"귀국하라는데요."

다음날 오전 8시 반, 마루방에서 아침을 먹고 있던 한성진과 유근상에게 서둘러 다가온 전수남이 말했다. 당황한 표정이긴 했지만 실망한 것 같지는 않다.

"베이징으로 옮겨가서 비행기를 타라는 겁니다."

식탁 끝 쪽에 앉은 전수남이 텁수룩하게 자란 수염을 손바닥으로 쓸면서 말을 잇는다.

"고위층에서 정치적으로 해결하려는 것 같습니다."

"그래야지요."

유근상이 머리를 끄덕였다.

"이제 양경찬, 이미현까지 끌어들여 잡았지 않습니까? 한국에서 할 일은 다 한 셈이 되니까요."

"이곳의 마약 공급지를 소탕하지 못한 것이 아쉽습니다."

분한 듯이 전수남이 말했지만 요즘에 일련의 사건을 겪고 나서 능력의 한계를 깨달았을 것이었다. 수저를 내려놓은 한성진이 전수남을 보았다.

"양경찬과 이미현은 우리 조사관이 오늘부터 조사를 시작할 겁니다. 특히 이미현은 특별한 경우라고 하더군요."

"나도 대충 들었습니다."

쓴웃음을 지은 전수남이 한성진과 유근상을 번갈아 보았다.

"우리 일에 연관되어서 국정원 요원들이 공안에 검거된 것을 미안하게 생각합니다."

"아니, 천만에요."

인사는 유근상이 받았다.

"그 사람들 별 혐의가 없으니까 곧 나올 겁니다. 베이징으로 가시는 것이나 조심하시죠."

그때 전수남이 정색한 얼굴로 둘을 번갈아 보았다.

"양경찬이, 이미현이를 맡기고 갑니다."

전수남이 손을 내밀었으므로 한성진과 유근상은 차례로 악수를 했다. 이것으로 작별하는 것이다.

안태길이 담배를 재떨이에 비벼 끄면서 말했다.

"어젯밤에 체포된 셋은 한국 기관원이야. 경찰 아니면 국정원 요원일 거야."

최강일은 시선만 주었고 안태길의 말이 이어졌다.

"안내원이 조선족인데 그놈이 곧 불 거야. 공안이 조선족을 몰아붙이겠지."

"이번 일에 연관된 놈이겠죠?"

최강일이 묻자 안태길은 머리를 끄덕였다.

"틀림없어. 국경 쪽으로 내려가다 잡힌 것을 보면 놈들이 그쪽으로 내려간 것 같단 말야."

무룡마을에서 놓친 놈들을 말하는 것이다. 어젯밤에 고속도에서 잡힌 셋이 놈들의 꼬리 역할일 수도 있다. 며칠 사이에 얼굴이 헬쑥해진 안태길이 핏발선 눈으로 최강일을 보았다.

"엔지와 국경 쪽 한국 국정원 조직을 소탕했다고 기세를 올린 것이 며칠 전인 것 같은데 상황이 개떡같이 되었어."

"……."

"갑자기 우리 사업이 무너지더니 보급조까지 엉망이 되었단 말야."

이제는 외면한 최강일의 옆얼굴에 대고 안태길이 말을 이었다.

"길림에서 금강산무역의 진 부대표도 오늘 이곳에 온다고 했어. 그쪽도 영업에 타격을 받아서 눈에 불을 켜고 있단 말야. 이대로 가다간 소환당할 판이거든."

소환도 곧 숙청이다. 죽음이나 같은 것이다. 이런 죽음은 본인 하나만의 죽음도 아니다. 가족의 몰살이다. 이러니 사생결단의 자세가 될 수밖에 없다. 이곳은 엔벤실업 사무실 안이다. 안태길의 벽시계가 오전 9시 반을 가리키고 있다.

"내가 공안 쪽을 알아보고 오지요."

자리에서 일어선 최강일이 말했다.

"공안에 줄이 좀 있으니까요."

"10시에 평양에서 연락이 오기로 했으니까 대기하고 있어."

최강일의 뒷모습에 대고 안태길이 말했다. 순간 최강일이 주춤했지만 다시 발을 떼었다. 어깨가 늘어져 있다.

10시 정각이 되었을 때 안태길은 탁자 위에 놓인 핸드폰이 진동으로 떠는 것을 보았다. 서둘러 핸드폰을 집어든 안태길이 버튼을 누르고는 귀에 붙였다.

"예, 안태길입니다."

"나야."

굵고 가라앉은 목소리로 단 두 자를 발음했지만 안태길의 심장이 철렁거렸다.

"예, 동지."

감히 직책을 부를 수도 없다. 부동자세로 선 안태길이 심호흡을 했다. 그때 사내가 말했다.

"그쪽에서 실종된 이미현을 찾아라."

"네에?"

"양 아무개하고 함께 실종된 여자 말야."

사내가 짜증 난 목소리로 말했으므로 안태길의 몸이 굳어졌다.

"예, 동지."

"무슨 수단을 써서라도 이미현을 찾아내, 알았나?"

"예, 동지."

"이것은 당의 명령이다. 알았나?"

"예, 동지."

안태길은 숨이 막히는 느낌을 받는다.

상대는 보위부장 김용해다. 그런데 당의 명령이라니? 더 높은 곳의 지시가 있었단 말인가?

엔지 공안부장 구소춘은 공안 경력 30년에 요즘 같은 시련은 처음 겪는다. 공안이 습격을 당해 피살, 중상을 입은 것은 말할 것도 없고 무기까지 빼앗긴데다 백주에도 기습을 당해 만신창이가 되었다. 천만다행으로 고위층에서 언론을 통제하여 사건이 크게 벌려지지는 않았지만 더 이상 막아 낼 수는 없을 것이었다. 한 번 더 터지면 자신의 경력은 산산조각이 나는 것이다. 오후 4시 반, 정보과장 위강이 방으로 들어섰을 때 구소춘은 어젯밤에 국경 남쪽 고속도로에서 체포한 한국인 둘, 안내원 하나에 대한 보고서를 작성 중이었다. 구식(舊式)인 구소춘은 보고서를 종이에 붓으로 쓴다. 그것을 부하가 컴퓨터로 입력시키는 것이다.

"부장 동지, 전문이 왔습니다."

책상 앞에선 위강이 보고했지만 구소춘은 머리도 들지 않고 말했다.

"기다려. 보고서 쓰고 있는 걸 모르나?"

"베이징 공안부입니다."

놀란 구소춘이 머리를 들었을 때 위강은 전문을 내밀었다. 먼저 구소춘의 시선이 아래쪽 발신인을 보았다. 그 순간 숨을 들이켠 구소춘의 몸이 굳어졌다. 발신인은 공안부장이다. 베이징의 공안부장, 전(全) 중국 대륙의 공안을 지휘하는 공안부장이다. 군대식 계급으로 비교하면 구소춘이 소위라면 베이징 공안부장 형보성은 대장이다. 공안부장 형보성이 정보국장 탕우를 시켜 전문을 보냈다.

"어제 엔지 공안 관할 구역에서 체포한 한국인 두 명을 즉시 석방, 귀국시킬 것."

전문을 읽은 구소춘이 초점을 잃은 눈으로 위강을 보았다.

"이, 이게 무슨 말야?"

"적힌 그대로입니다. 부장 동지."

"왜? 왜? 석방하라는 거야?"

"이유를 묻지 못했습니다."

당연한 일이다. 감히 누구한테 묻는단 말인가? '저도 엄두도 못 내면서 왜 나한테 묻는가?' 하는 표정이 위강의 얼굴에 씌어 있다. 한 호흡 시간이 지나고 나서 위강이 말을 이었다.

"체포된 둘은 검문을 피해서 도망치다가 잡혔을 뿐이지 다른 혐의사실이 없지 않습니까? 더욱이 중국에 도착한 지 몇 시간도 되지 않았습니다."

"……"

"근래의 사건과 관계가 있다는 증거가 없습니다."

"……"

"그리고 이건 정치적인 문제 같습니다."

그러자 구소춘이 머리를 들었다. 그렇다. 정치적인 사건이다. 요즘 중국과 한국 간 관계는 최상이다. 골치만 썩히는 북한보다 낫다. 침략전쟁을 부인하는 일본의 아베 정권에 대해서 중 · 한 정부는 공동대응을 하고 있다. 구소춘이 입을 열었다.

"석방시켜."

"이미현 씨, 당신이 엔지에 온 목적은 뭐요?"

문배식이 묻자 이미현은 쓴웃음을 지었다. 마루방에는 둘이 탁자를
사이에 두고 마주앉아 있었는데 이미현의 앉은 의자는 쿠션이 좋은데다
팔걸이까지 높았다. 문배식이 딱딱한 나무의자에 앉아 있어서 오히려
조사받는 것 같다. 다시 문배식이 표정 없는 얼굴로 말을 이었다.

"지금까지 경찰청 측에 한 이야기는 무시하겠습니다. 그쪽은 마약반
이라 마약 중심으로 이야기를 만들려는 경향이 있는 것 같아서……."

"……."

"당신 이야기도 그쪽에 뼈대만 맞춘 소설이고, 그건 당신도 잘 알 겁
니다. 앞뒤가 안 맞는다는 것을 말이죠."

"……."

"우린 위성사진이나 감청기록을 갖고 이야기를 하지요. 그런 만큼 뜬
금없는 진술을 받아들이지 않습니다."

그러고는 문배식이 자리에서 일어섰다. 얼굴에 웃음이 떠올라 있다.

"난 조사 전권을 위임받았어요. 당신을 이곳에 죽여 묻고 가느냐는 것
까지 결정할 수 있다는 말입니다. 이용가치가 없을 땐 금방 끝내고 떠납
니다."

문배식의 시선을 받은 이미현의 얼굴에서 어느덧 웃음기가 사라져 있
다. 그때 문배식이 몸을 돌려 방을 나갔다.

경찰팀이 떠났으므로 안가에는 일곱이 남았다. 문배식에다 안내원까
지 다섯인데다 양경찬과 이미현까지 있었기 때문이다. 안가 주인은 40

대의 중국인 부부로 강가에 여관 겸 식당을 운영하고 있다. 중국인 관광객을 상대로 장사를 하는 것이다. 안가 주인 엄씨 부부는 한국에서 3년 같이 일하고 돌아와 여관을 차렸다고 했다. 한국에 있는 동안 협조자가 되었을 것이다. 점심 무렵, 방에서 나온 문배식이 한성진에게 다가왔다. 마당가 축사 옆에 서 있던 한성진과 시선이 마주치자 문배식이 계면쩍은 표정을 짓고 말했다.

"실장한테 깨졌습니다. 당장 사과하라고 해서 온 겁니다."

한성진의 얼굴에는 쓴웃음이 떠올랐다. 어젯밤에 돌아온 즉시 조재원이 보고를 한 것이다. 문배식의 '투항' 사건이다. 그러자 작전실장 유기준이 직접 문배식에게 연락을 한 모양이었다. 바짝 다가선 문배식이 말을 이었다.

"앞으로는 어떤 지시라도 따르라는 질책을 받았습니다."

"투항하라고 해도 말요?"

"아이구, 이젠 그만하십시다."

진절머리가 난다는 듯이 문배식이 머리를 젓더니 곧 어깨를 늘어뜨렸다.

"하긴 난 작전에 참가한 적이 없어요. 전장에 나가지 않고 사무실만 지켰지요."

"이미현은 얼마나 진행되었지요?"

한성진이 화제를 돌리자 문배식의 얼굴에 활기가 띄어졌다.

"종이를 달라고 해서 줬습니다. 쓰겠다는 겁니다."

"……."

"위성사진 이야기를 했더니 충격을 받은 것 같습니다."

문배식의 시선이 앞쪽 본채의 끝 쪽 방으로 옮겨졌다. 이미현의 방이다.

"본사에서는 이미현이 이번에 다른 프로젝트로 엔지에 온 것으로 추측하고 있더군요. 우린 예상하지도 못한 대어를 건진 것 같습니다. 팀장."

시선을 돌린 문배식의 두 눈이 햇볕을 받아 반짝였다.

진각승은 안태길의 상급자다. 진각승의 금강산무역이 본사 역할이라
면 안태길의 엔벤실업은 본사 직영의 공장 역할쯤 될 것이다. 물론 금강
산무역이나 엔벤실업은 보위부 산하 외화벌이 업체인 것은 같다. 진각
승이 엔벤실업에 도착했을 때는 오후 3시 무렵이다. 기다리고 있던 안
태길과 최강일의 인사를 받은 진각승이 사무실에 들어와 앉았다. 사무
실에 둘러앉은 셋의 분위기는 무겁다. 특히 길림에서도 최강일과 함께
사건을 겪었던 진각승은 심기가 뒤틀린 것 같다. 최강일과 시선도 마주
치지 않는 것을 보면 그렇다. 인간은 대개 싫은 인간은 보지 않는 습성
이 있다. 그때 진각승이 안태길에게 말했다.

"이미현이 이번에 엔지에서 누구하고 만나기로 돼 있었어."

"누구하고 말입니까?"

놀란 안태길이 묻자 진각승은 머리를 저었다.

"그건 말할 수 없어. 하지만 이미현이 실종되는 바람에 엄청난 차질이
온 거야. 당에서 신경을 곤두세우고 있단 말야."

"예, 그건 알고 있습니다."

이미 김용해한테서 들은 것이다. 그래서 밥맛도 떨어졌고 어젯밤 잠
도 못 잤다. 그때 진각승의 말이 이어졌다.

"오늘 밤에 호위대 요원들이 여기 올 거야. 오늘부터 호위대가 이곳을
장악하고 작전을 펼칠 거네."

진각승의 시선이 그때서야 최강일에게로 옮겨졌다.

"동무도 호위대 지시를 따르도록."

오후 8시 반, 안채 거실에서 문배식과 한성진, 그리고 유근상까지 셋

이 둘러앉았다. 한성진과 유근상이 탁자 위에 펼쳐 놓은 종이를 보고 있었는데 바로 이미현의 진술서다. 문배식이 가져온 것이다. 둘이 읽는 동안 방안은 조용했다.

"나는 9월 14일 오후 6시에 북에서 파견된 김 선생을 만나기를 되어 있었지만 이곳으로 오는 바람에 약속이 어긋났다. ……."

9월 14일은 바로 오늘이다. 이미현의 글씨는 달필이었다. 글이 이어 졌다.

"김 선생과 만나는 장소는 호텔로 연락을 하기로 해서 알 수는 없다. 그러나 그 김 선생은 당의 선전선동부에서 보낸 사람으로 북의 최고위 층 지시를 가져오는 것이다."

한성진과 유근상이 서로의 얼굴을 보았다. 마약 도매상 따위가 아니다. 고급정보를 건네주는 간첩 정도도 아닌 것이다. 선전선동부는 북한의 최고 권부라고 해도 과언이 아니다. 선전선동부장은 김정일이었고 지금은 공석이 되어 있지만 북한 최고위층의 몫이다. 그곳에서 이미현과 직접 지시를 주고받고 있는 것이다. 과연 그것이 무엇인가? 진술서는 그것으로 끝나 있었으므로 한성진이 머리를 들었다.

"이미현이 뭔가를 넘기려는 것 아니었을까요? 손톱만 한 USB에 저장해도 책 몇십 권 분량이 되는데……."

"그건 모릅니다."

"나한테 고분고분 따라온 이유가 뭐라고 합니까?"

"잡힌 줄 알고 밀착했다는군요. 먼저 선수를 쳤다고 합니다."

"거짓말."

"아직 확인이 안 됩니다."

"이 진술을 믿어볼 밖에."

진술서를 바라보고만 있던 유근상이 말했다.

"계속해서 말이 다르지만 이번이 가장 그럴듯한 것 같은데."

"뭘 넘기려다가 기회를 놓친 겁니다."

다시 한성진이 말했을 때 문배식이 정색했다.

"양경찬은 이제 효용가치가 없어졌습니다. 데리고 있기에는 부담이 됩니다."

문배식의 시선이 한성진에게로 옮겨졌다.

"본부에서 지시를 내렸습니다."

방으로 들어선 두 사내는 후줄근한 양복 차림에 머리도 꺼칠했고 수염도 듬성듬성 나 있어서 버스터미널 근처에서 흔히 볼 수 있는 실업자 같았다. 40대 중, 후반쯤으로 인상도 평범해서 최강일은 사무실에 잘못 들어온 사람인 줄 알았다. 오후 10시 반, 이쪽은 모두 일어서서 맞을 준비를 하고 있어서 그중 선임인 진각승이 둘에게 한 걸음 다가섰다.

"호위대에서 오신 분들이죠?"

호위대는 곧 김정일, 김정은으로 이어지는 통치자의 경호대를 말한다. 최강일 따위의 보위부 직할 특수임무대하고는 실력뿐만 아니라 혈통까지 다르다. 호위대는 모두 당원이다. 그때 둘 중 하나가 머리를 끄덕이더니 진각승이 내민 손을 무시하고 비워진 상석으로 다가가 털썩 앉았다. 다른 한 명은 옆쪽 긴 소파 위쪽에 앉는다. 무안해진 진각승의 얼굴이 벌게졌지만 어쩔 수 없다. 손을 내리고 엉거주춤 서 있더니 옆쪽 의자에 앉는다. 이러니 안태길과 최강일은 위축될 수밖에, 긴 쪽 소파의 끝 쪽에 나란히 앉았다. 그때 상석에 앉은 사내가 입을 열었다.

"자, 상황 설명은 누가 하겠소?"

"예, 제가."

최강일이 나섰다.

"제가 보위부 소속 특공대조장 상좌 최강일입니다. 보고 드리겠습니다."

"그래? 그럼 동무가 하라우."

내쏘듯 말한 사내가 의자에 등을 붙이더니 무표정한 얼굴로 최강일을 보았다.

"난 호위대 3조장 김진철 대좌다."

사내의 흐려져 있던 두 눈이 번들거리고 있다. 마치 죽은 생선의 눈에 물을 뿌린 것 같다. 사내의 목소리가 이어졌다.

"내가 동무들의 생사여탈권을 쥐고 있다는 것을 명심하기 바란다."

방안에 잠깐 정적이 덮어졌다.

토방에 앉아 있던 한성진이 방에서 나오는 이미현을 보았다. 오전 10시 10분, 햇살이 마당을 환하게 비추고 있다. 이미현이 신발을 신으려고 맨발을 아래쪽으로 쭈욱 뽑는다. 그때 이미현의 목소리가 울렸다.

"산책해도 돼요?"

한성진의 시선을 받은 이미현이 눈웃음을 쳤다.

"뒷산까지 같이 가요."

유근상은 잠깐 밖에 나갔고 조재원은 야간 감시를 마친 후에 지금 잠을 자는 중이다. 당번이 한성진이었으므로 잠자코 자리에서 일어섰다. 뒷산은 울창한 야산으로 언덕 수준이다. 울타리도 없어서 그냥 올라가면 된다. 그러자 이미현이 앞장서 걸으면서 말했다.

"양말 좀 사와요. 양말 빨았는데 마르지가 않았어."

한성진은 두 발짝쯤 거리를 두고 뒤를 따랐지만 입을 열지 않았다. 이미현은 긴 소매 셔츠에 회색 면바지를 입었고 운동화를 신었다. 뒷마당을 지나 제법 가파른 야산을 오르면서 이미현이 말을 이었다.

"한 선생이 다가왔을 때 '아, 잘 되었구나.' 하는 생각부터 들더라구요."

이미현의 엉덩이가 바로 코 앞이었으므로 한성진은 저도 모르게 숨을 삼켰다. 산을 오르려고 허리를 굽힌 상태여서 이미현의 엉덩이는 바지에 잔뜩 밀착되어 있다.

"첫눈에 한 선생이 기관원인 줄 알았죠. 그러고 보면 한 선생의 위장술이 서툰가봐."

"......."

"신경이 곤두서 있었거든요. 지쳤던 것 같아요."

산은 낮았지만 나무가 울창했고 잔 넝쿨이 많았다. 그래서 담장도 치지 않은 것 같다. 몇십 미터도 올라가지 않는데 멈춰선 이미현이 가쁜 숨을 뱉었으므로 한성진이 앞장을 섰다. 그러자 뒤에서 이미현이 물었다.

"저기, 양경찬 씨는 없앨 건가요?"

문득 발을 멈춘 한성진이 뒤를 돌아보았다. 이쪽을 올려다보는 이미현과 시선이 마주쳤다. 이미현은 상기된 얼굴로 가쁜 숨을 몰아쉬고 있다. 몸을 돌린 한성진이 다시 발을 떼었을 때 이미현이 말을 이었다.

"북한에서 날 찾고 있을 거예요. 아마 대대적으로."

마약상 이홍석이 체포된 것은 어제 오후 9시 무렵이다. 익명의 제보를 받고 출동한 공안은 아파트로 들어선 순간 대경실색을 했다. 빈 아파트가 마약 창고였기 때문이다. 이홍석의 여권과 핸드폰까지 멀쩡하게 놓여 있는데다 사방에는 마약 봉지가 쌓여 있었다. 가방에 숨겨 넣으려는 듯이 벌려진 상태였지만 공안에게 보이려는 의도는 뻔했다. 그러나 이홍석이 마약 수입자라는 증거는 확실했으며 마약은 북한산이 분명했다. 이홍석은 마약에 취해 늘어진 상태에서 발견되었는데 변명할 여지가 손톱만큼도 없었다. 당장에 증거물과 함께 체포된 이홍석을 두고 누가 공을 세웠느냐고 공안끼리 격렬하게 다투었을 뿐이다. 그리고 나서 바로 엔지 공안부에 소문이 퍼졌다. 공안은 서로 만나기만 하면 그랬다.

"이제 북조선은 큰일 났다."

"양경찬도 그렇게 넘깁시다."

조재원이 말하자 유근상이 힐끗 위쪽을 바라보는 시늉을 했다. 둘은 마당 끝의 창고 벽에 기대앉아 있었는데 해바라기를 하는 것 같다. 유근상의 시선이 향해졌던 쪽은 뒷산이다. 지금 뒷산에 한성진과 이미현이 올라가 있는 것이다. 낮은 산이지만 나무와 넝쿨이 울창해서 둘은 보이지 않는다. 조재원은 방금 마약 수입상 이홍석의 체포 이야기를 하던 참이었다. 물론 이홍석을 넘긴 것은 국정원 팀이다. 엔지 아파트에 감금해 놓았던 이홍석을 공안에 신고해버린 것이다. 중국에서 마약 사범은 사형이다. 유근상이 말했다.

"이미현과의 관계가 확실하게 정리되면 저놈도 넘겨야지."

저놈이란 안채 골방에 가둬놓은 양경찬이다. 양경찬은 이미현처럼 산책의 자유가 없는 것이다. 그때 조재원이 손목시계를 보는 시늉을 하면서 말했다.

"왜 이렇게 안 내려오는 거죠?"

"이봐, 30분밖에 지나지 않았어."

쓴웃음을 지은 유근상이 눈을 흘겼다.

"같이 있는 것이 좋다고 문배식 씨도 그랬어. 냅둬."

방에 있는 문배식도 둘이 산에 올라간 것을 알고 있는 것이다.

이미현이 앞쪽을 향한 채로 말했다.

"이건 조사관한테도 말하지 않은 이야긴데요."

옆쪽에 앉은 한성진이 풀잎을 뜯어 앞으로 뿌렸다. 이미현이 말을 이었다.

"시간이 지날수록 내 목숨이 위험해져요. 북한은 나를 제거해서 입을 막으려고 할 거예요. 한국 측에서는 모른 척할 것이고."

"……."

"이미 내 효용가치가 떨어진데다 놔두면 한국 쪽 배후가 드러날 테니깐."

"……."

"지금도 한국에선 북한 측에게 요구하고 있을 거예요. 빼내지 못하면 죽여서 입을 막으라고."

"……."

"난 조사관이 왔을 적에도 경계했어요. 지금도 아직 다 믿는 건 아닌데, 혹시 한국 고위층이 내가 입을 열기 전에 죽여서 입을 막으려는 것이 아닌가 하고……."

"……."

"국정원은 믿어야죠. 안 그래요?"

그러고는 이미현이 머리를 돌려 한성진을 보았다. 얼굴에 웃음기가 떠올라있다.

"국정원까지 그쪽 손이 닿아 있다면 한국이 망하는 것일 테니까."

"무슨 말이야?"

마침내 한성진이 손에 든 풀잎을 내던지고 물었다.

"도대체 무슨 이야기를 지어내는 거야?"

김진철이 최강일을 보았다. 무표정한 시선이다.

"동무는 이미현이 어떤 여자인지 아나?"

"모릅니다."

대답은 금방 나왔다. 엔지 시내의 중식당 대원각 안이다. 둘은 방안에서 점심을 먹는 중이었는데 최강일은 나온 요리에 아직 손도 대지 않았다. 최강일의 시선을 받은 김진철이 말했다.

"이미현은 북남 간 고위층의 연락원 노릇이야. 비밀연락원이지. 북남 관계가 심각할 때에도 비밀 통로는 열려 있는 거야. 그 연락을 이미현이 맡고 있었어."

"……."

"하지만 그 사실이 남조선 측에서 드러나면 설령 대통령의 지시를 받고 움직였다고 해도 그 남조선 거물은 매국노, 반역자로 누명을 쓰고 처단되는 거야. 대통령은 모른 척하고 말야. 그자가 과잉충성, 또는 북조선과 내통했다는 누명을 써도 손도 못 대는 거야."

"……."

"남조선 정치인 놈들은 서로 물고 뜯는 개떼나 같아. 그저 상대방만 죽이면 되는 거야. 조선시대 당파 싸움이나 같지."

"……."

"이미현의 목숨은 파리 목숨이야. 남조선의 그 거물급은 말할 것도 없고 대통령도 이미현을 보호하지 못해. 지금 그자들의 심정은 이미현이 빨리 죽어 없어지기를 바라고 있을 거야."

"그, 그런데……."

최강일이 말을 잇지 못하고 더듬었을 때 김진철이 쓴웃음을 지었다.

"내가 왜 구하러 왔느냐고? 그게 아냐. 상황 봐서 죽여 없애려고 온 거라우."

"이, 이미현이 청와대 수석의 지시를 받고 왔다구요?"

놀란 문배식의 목소리가 갈라져 있다. 눈을 치켜뜬 문배식이 힐끗 앞쪽을 보았지만 창고에 막혀 끝 방은 보이지 않는다. 산에서 내려온 한성

302

진이 문배식과 유근상 앞에서 이미현한테서 들은 이야기를 한 것이다. 머리를 끄덕인 한성진이 쓴웃음을 지었다.

"통일수석을 직접 만나고 왔답니다."

"그, 그럴리가…"

문배식이 말했을 때 유근상은 천천히 머리를 끄덕였다.

"일리가 있는 이야기야."

"아니, 유 형."

입안의 침을 삼킨 문배식이 유근상을 보았다.

"그럼 통일수석 송한종이 북한 고위층과 비밀 접촉을 해왔단 말요?"

"그럴 가능성이 있어요."

"그럼 송한종이 반역자란 말요?"

"아니지, 지시를 받았겠지. 확인은 안 되겠지만 말요."

그 순간 둘러선 셋의 입이 모두 닫혀졌다. 이미현은 한성진에게 자신이 청와대 통일수석 송한종의 직접 지시를 받고 그동안 평양에 네 번이나 다녀왔다고 털어놓은 것이다. 두 번째 갔을 때 죽은 김정일까지 만났다고 했다. 물론 김정일이 죽기 전이다. 이미현의 상대는 북측 최고위층, 선전선동부장 이상훈이거나 지도자의 지시를 받은 장관급 인물이었다는 것이다. 그때 문배식이 서두르듯 말했다.

"이거, 보고 해야겠습니다."

"잠깐만."

한성진이 문배식을 제지했다. 문배식과 유근상의 시선을 받은 한성진의 얼굴에 쓴웃음이 번져졌다.

"이미현이 지금까지 믿을 사람이 없어서 털어놓지 못했다고 했습니다."

둘을 번갈아 본 한성진의 표정이 딱딱하게 굳어졌다.

"만일 본부에 보고했다가 본부의 고위층이 청와대 송 수석과 어떤 관계가 있다면 어떻게 될 것 같습니까?"

"그, 그건."

눈을 부릅뜬 문배식이 말도 안 된다는 표정으로 손을 저었다.

"우린 보고만 하면 돼요. 그런 건……."

"상관할 것이 없다구요?"

한성진이 눈을 부릅떴다.

"이미현이 그게 두려워서 지금까지 문 선생한테 털어놓지 못했던 겁니다. 만일 우리까지 입막음을 하려고 사람을 보내 몰살시킬 수도 있지 않겠어요?"

"에이, 그런."

"이건 우리 같은 졸짜들은 상상도 못 한단 말입니다. 만일 이미현이 이곳에 있다는 사실이 그쪽에 알려진다면 어떤 결과가 올지 모릅니다."

"이미현의 말이 사실일지도 모르고……."

문배식이 누렇게 굳어진 얼굴로 말을 더듬었다.

"청와대 송 수석이 반역자라는 증거도 아직 없어요. 한 팀장, 그리고 우리가 우리 회사 지휘부를 믿지 못한다는 건 말도 안 됩니다."

그때 유근상이 입을 열었다.

"좋은 방법이 있어요."

유근상이 굳어진 얼굴로 둘을 보았다.

한성진의 말이 끝났지만 박현종은 한동안 입을 열지 않았다. 전화를 끊지 않았다는 증거로 숨소리가 들린다. 핸드폰을 귀에 바짝 붙이고 있다는 증거였다. 한성진은 유근상의 제의로 동방무역의 박현종에게 상황을 설명해준 것이다. 박현종은 국정원 2차장 이경훈을 움직여 이번 조중 국경의 체제를 다시 재기시킨 주역이다. 그리고 무엇보다도 청와대의 국가안보실장 조무엽과 육사 동기로 지금도 소통하고 있는 인물인 것이다. 이윽고 박현종이 말했다.

"나한테 먼저 연락해준 것 잘했다."

"예, 사장님."

입안의 침을 삼킨 한성진의 귀에 박현종의 말이 이어 들렸다.

"기다려라."

"예, 사장님."

"외부에 이 이야기는 발설하지 말고."

"알고 있습니다."

그러자 수화구에서 긴 한숨 소리가 났다.

"너희들이 큰일을 저질렀다."

그것이 꾸짖는 의미는 아니다. 그렇다고 칭찬도 아니었으므로 한성진은 소리 죽여 숨을 뱉었다. 그 사이에 전화는 끊겨져 있다.

9장
누가 반역자인가?

　그날 오후 7시 반이 되었을 때 눈을 가린 양경찬이 승용차 트렁크에 태워진 채 엄씨의 안가를 떠났다. 양경찬은 한국으로 돌아가는 것이다. 이홍석처럼 중국 공안 당국에 넘겨지지 않은 것은 한국에서 더 쓸모가 있다고 판단했기 때문이다. 본인이 모든 것을 협조하겠다고 약속했을 뿐만 아니라 공안에 넘기면 국정원 활동이 노출될 수 있었고 한국에 대한 여론도 감안한 결정이었다. 양경찬을 칭다오까지 호송하는 임무는 조재원이 맡았다. 엔지나 장춘 등 가까운 공항을 이용하지 않는 이유는 북한 측의 감시를 피하려는 의도였다. 이제 양경찬이 떠남으로써 마약에 대한 수사는 종결되었다. 경찰청 마약팀까지 철수한 터라 두만강가 안가에는 국정원팀과 이미현이 남았다.
　"우리가 저런 거물을 잡았을 줄이야."
　담배 연기를 길게 뿜으면서 유근상이 말했다. 마당 끝의 창고 앞에 평상을 놓고 그곳을 감시 초소 겸 휴게소로 사용했는데 한성진과 유근상이 나란히 앉아 있다. 이미 주위는 어두워져서 안채의 불이 다 켜졌다. 불이 켜진 끝 방을 바라보면서 유근상이 말했다.

"팀장, 이미현이 같은 미모에 몸매까지 잘빠진 여잔 드물죠. 안 그래요?"

"지금 무슨 말을 하려는 겁니까?"

"미인이라구요. 더구나 지적이고 섹시하기까지 하니 말야."

다시 담배 연기를 내뿜은 유근상이 말을 이었다.

"저 미모로 평양 들어가서 온전했을까? 아니면 한국에서도……."

이미현은 산에서 내려온 후부터 방으로 들어가 나오지 않았다. 저녁 식사도 주방 옆 식당에서 깨작거리다 반도 안 먹고 들어갔다. 얼굴에 그늘이 져 있는 것이 한성진에게는 기력이 빠진 것처럼 느껴졌다. 그때 유근상이 혼잣소리처럼 말했다.

"역시 미인은 문제가 많아."

그 시간에 박현종은 청와대 후문 근처의 한정식당 '남산'의 밀실 안에서 국가안보실장 조무엽과 마주앉아 있었다. 방금 방으로 들어와 앉은 조무엽한테서 찬 기운이 풍겨졌다. 9월 중순이지만 밤바람이 차다.

"무슨 일이오? 중대사라니?"

이맛살을 찌푸린 조무엽이 묻자 박현종이 입맛부터 다셨다.

"거, 높은 사람 흉내 좀 내지마. 둘이 있을 때는 말야."

"그것, 참."

눈을 치켜뜬 조무엽이 투덜거렸다.

"뭐야? 시비 걸려고 보자고 했어?"

"엔지에서 연락이 왔어."

바로 본론을 꺼낸 박현종이 목소리를 낮췄다.

"이미현이가 통일수석 송한종의 지시를 받고 들어간 거야."

신중한 조무엽은 눈만 크게 떴고 박현종의 말이 이어졌다.

"지난번에도 네 번 평양에 들어갔다는구만, 모두 송한종의 지시로 말야."

"……."

"가서 한 번은 김정일까지 만났어. 그런데 자네, 그 사실, 모르고 있었나?"

불쑥 박현종이 묻자 조무엽이 먼저 엽차잔을 들더니 한 모금 삼켰다. 그러고는 잠자코 머리만 저었다.

"그럴 줄 알았어. 그 작자, 대통령 지시를 받고 보낸 건가?"

"그럴리가 없어."

"그럼 제 독단으로?"

"반역자는 아냐."

조무엽의 목소리는 갈라져 있다. 어깨를 편 조무엽이 말을 이었다.

"이 사실은 어떻게 알게 된 건가?"

"그걸 물을 줄 알았어."

박현종의 얼굴이 웃음 반, 찡그림 반으로 일그러졌다.

"내 부하가 그러니깐 이번에 엔지에서 국정원 팀에 편입된 부하가 이미현한테서 들은 거야."

"……."

"내 부하가 예비역 대위라는 것 알지?"

"알아."

"그놈이 국정원 고위층도 연루되었을지도 모른다고 나한테 직보했네."

"……."

"그놈이 팀장이야. 부하인 국정원 요원 둘을 설득시켜서 아직 본부에 보고는 안 했어."

"……."

"이거 어떻게 처리할 건가?"

"지금 당장 송한종을 건드릴 수는 없어."

"당연하지."

"그놈들 입 막을 수는 없나?"

"셋이야. 내 부하인 팀장, 그리고 조사관, 거기에다 행정요원."

"……."

"그렇지. 이미현이도 있구나."

"이경훈이는 믿을 만할까?"

불쑥 조무엽이 묻자 박현종은 한숨부터 뱉었다.

"아군에서 믿을 만한 놈을 추리다니, 가슴이 찢어지는구나. 이경훈이
는 믿을 만해. 내가 보증해.

"그럼 그놈한테만 말해주고 애들 입막음을 시켜, 당분간만."

그러고는 조무엽이 입을 다물었고 박현종도 더 이상 거들지 않았다.

밤 10시 반이 되었을 때 평상에 누워 있던 한성진이 인기척에 눈을 떴
다. 야간 경비를 서고 있었던 것이다. 옆으로 다가온 두 그림자는 유근
상과 문배식이다. 둘 다 건성으로 옷을 걸친 모습이었는데 긴장으로 굳
어져 있다. 몸을 일으킨 한성진이 먼저 본채의 끝 방부터 보았다. 이미
현의 방에는 아직은 불이 켜져 있다.

"무슨 일이오?"

한성진이 묻자 평상의 끝에 앉은 유근상이 먼저 입을 열었다.

"내가 2차장님 전화를 직접 받았어요."

숨을 고른 유근상의 시선이 문배식을 스치고 지나갔다.

"내 통화 끝나고 문 형도 직접 통화를 했고."

"……."

"이미현의 진술에 대해서는 함구하라는 지시를 받았습니다."

"……."

"그리고 특별한 지시사항은 팀장을 통하겠다고 했습니다."

그러더니 유근상이 길게 숨을 뱉었다.

"우리가 벌집을 건드린 것 같습니다. 팀장, 우리 셋이 낭떠러지에 같이 서 있는 기분이 든단 말요."

반대편 끝 쪽에 앉은 문배식은 눈동자만 굴리고 있다. 그는 충격이 더 큰 것 같다.

"그렇다면 이 근처가 분명하다."

김진철이 지휘봉으로 사용하는 연필 끝으로 지도 한쪽을 짚었다. 그곳이 바로 엄씨의 안가에서 5킬로도 떨어지지 않은 마을이다.

"이 근처가 중국 관광객들이 모이는 지역이고 유동인구가 많아 은신처로는 적당한 곳이지."

벽에 붙여진 국경 지도에 김진철이 원을 그렸는데 그 원의 끝 부분에 엄씨의 마을도 들어가 있다. 이곳은 옌지 시 남쪽 주택가의 마루방 안이다. 환하게 불을 켠 마루방에는 10여 명의 사내가 둘러서 있다. 그중에는 최강일과 윤경태, 안태길의 모습도 보였다. 그때 사내 하나가 보고했다.

"이곳에는 국경을 넘어 밤 장사를 하는 주점이 많습니다. 부장 동지."

김진철의 시선을 받은 사내가 말을 이었다.

"여관은 20여 개가 성업 중입니다. 모두 주점과 연결된 매음업소입니다."

머리를 돌린 김진철이 다시 지도를 보았다. 며칠 전 도로에서 도망치다 공안에게 체포되었던 한국인 두 명은 공안이 한국으로 추방시켰다. 석방시킨 것이나 마찬가지다. 그것은 중국 정부가 한국정부의 요청을 받아들인 것을 의미한다. 한국과 중국 정부는 서로 협조하고 있는 것이다. 한국인 두 명이 안내원과 함께 체포된 도로는 지도상에 붉은 점으로 표시되었다. 그 아래쪽 국경지대에 이미현이 있는 것이다. 그놈들 둘은 이미현에게 간 것이 분명했다. 왜냐하면 이미현의 자취가 끊긴 무룡마을에서 빠져나가는 길은 강가의 길과 휘서읍 위전마을, 그리고 조중 국경지역으로 향하는 국도로 이어진다. 그리고 그 국도에서 한국인 둘이 잡혔다가 풀려났다. 그 두 놈은 한국정부 기관원인 것이다. 이윽고 김진철의 목소리가 다시 정적을 깨뜨렸다.

"국경에서는 국경경비대의 지원을 받을 수도 있어. 자, 출동이다."

나무문에 가볍게 노크를 했지만 안에서는 응답하지 않았다. 밤 11시 40분, 늦은 시간이다. 호흡을 고른 한성진이 어깨를 펴고는 다시 노크를 했다.

"똑똑똑."

노크 소리가 옆쪽 마루방까지 크게 울렸다. 본채는 비었다. 마룻방 옆쪽이 안방이었고 그 안쪽이 뒷방으로 주인 부부가 사용하고 있지만 오전에만 잠깐 들를 뿐 마을의 여관과 주점을 운영하느라고 밤에는 비워져 있다. 그때 방문이 열리더니 이미현의 모습이 드러났다. 안의 불이 켜졌지만 이쪽은 어둡다. 불이 꺼져 있기 때문이다. 이미현이 똑바로 한성진을 보았다. 반팔 셔츠에 반바지 차림이다. 이미현이 문을 반쯤 연 채로 시선만 주었고 한성진도 입을 다물어서 잠깐 정적이 덮여졌다. 한성진은 저도 모르게 어깨를 부풀렸다가 늘어뜨리면서 긴 숨을 뱉는다. 그러나 이미현에게서 시선은 떼지 않았다. 그때 이미현의 입이 열렸다.

"뭐라고 말을 해봐요."

그때서야 시선을 내린 한성진의 입술 끝이 비틀렸다. 그러나 닫힌 입은 열리지 않는다. 다시 이미현이 말했다.

"답답한 사람이네."

그때 한성진이 문 안으로 발을 내디뎠고 이미현이 비껴섰다. 비껴서면서 문고리를 놓았기 때문에 한성진은 등 뒤의 문을 닫았다.

"좋아요. 허튼말은 안 하겠다는 것 같은데, 거기 불 꺼요."

몸을 돌리면서 이미현이 말했다.

"아마 밖에서 당신 동료들이 침을 삼키고 구경하고 있을 테지."

한성진이 잠자코 벽의 전등 스위치를 내리자 방안은 어두워졌다. 그러나 창가에 선 이미현의 실루엣이 드러났다. 그때 한성진이 말했다.

"싫다면 나가줄게. 물론 난 짐승처럼 끌려서 왔어."

"흐, 짐승."

이미현의 목소리에 웃음기가 섞여졌다.

"적당한 표현이네."

"놀랐나?"

"천만에."

몸을 돌린 이미현의 얼굴이 두 발짝쯤 앞에 떠 있다.

"내가 신호를 보냈는걸 뭐, 짐승이니까 그것을 눈치 챘는지도 모르지."

그러더니 부스럭거리며 옷을 벗으면서 말했다.

"옷 벗고 침대로 가요."

다시 이미현의 목소리에 웃음기가 띄어졌다.

"긴장 풀고, 그렇게 긴장해서 어디 제대로 섹스나 하겠어?"

말과는 달리 이미현은 수줍음을 탔다. 꾸민 수줍음은 티가 나는 법이다. 한성진과 몸이 합쳐졌을 때 저도 모르게 어깨를 움켜쥐었다가 풀었다. 자극이 심해지면서 몸이 풀려지기는 했지만 입 밖으로 신음이 뱉어지지는 않았다. 그러나 방안의 열기는 뜨겁다. 이미현의 행동에 자극을 받은 한성진이 일부러 행위를 길게 끄는 바람에 이미현의 알몸은 땀투성이가 되었다.

"이제 그만,"

마침내 이미현이 한성진의 어깨를 밀면서 허덕였다.

"그만해, 나 죽겠어."

그것이 이미현 식의 쾌락을 나타내는 신호다. 그러자 한성진이 더 강하게 부딪쳤고 기어코 이미현의 입에서 탄성이 터져 나왔다. 마치 껍질이 벗겨지면서 나비가 나오는 것 같다.

"아아아."

저도 모르게 한성진의 허리를 감아 안은 이미현이 턱을 젖히면서 신음했다. 어느새 두 다리가 한성진의 하반신을 감아져 있다. 터지기 직전이다.

"아아아."

한성진이 다시 부딪쳐 갔을 때 이미현은 터졌다. 빈틈없이 한성진을 감아 안은 이미현의 신음이 이어졌다. 방안은 폭풍이 휩쓸고 지나간 것 같다. 한성진은 거친 숨을 뱉으면서 만족했다. 이미현과 함께 도달한 것이다.

"난 양쪽에서 다 노리고 있을 거야."

한성진의 가슴을 손가락 끝으로 문지르면서 이미현이 말했다. 반듯이 누운 한성진의 가슴에 얼굴을 붙인 이미현의 몸은 빈틈없이 엉켜져 있다. 한쪽 다리가 한성진의 다리 위에 비스듬히 걸쳐졌고 한쪽 손은 머리칼을 어루만지고 있다. 깊은 밤, 어두운 방안이었지만 둘의 알몸 윤곽은 선명하게 드러났다. 이미현이 말을 이었다.

"내가 체포되었건 잡혔건 간에 그 시점에서 내 역할은 끝났어. 아무도 날 도와주지 않아."

"나한테 접근한 이유는 뭐야? 만만했기 때문이던가?"

한성진이 이미현의 어깨를 감아 안으면서 물었다. 그러자 젖가슴의 탄력이 가슴에서 느껴졌다.

"내 말을 보고했지?"

이미현이 대답 대신 그렇게 물었으므로 한성진은 먼저 숨부터 들이켰다가 뱉었다. 사실대로 알려 주는 것이 낫겠다.

"그래, 그것 때문에 비상이 걸렸어."

"어디? 국정원에?"

머리를 든 이미현이 턱은 한성진의 가슴에 놓고 시선을 주었다. 한성진이 머리를 저으며 말했다.

"그럼 송한종한테 정보가 들어갈 것 아닌가? 몇 명만 알고 있어."

"누구?"

"믿을 만한 사람."

"힘은 있어?"

그 순간 한성진의 얼굴에 쓴웃음이 번졌다.

"힘보다는 누굴 믿어야 할지 그것이 우선이야."

이미현이 손을 뻗어 한성진의 남성을 쥐었다. 어느덧 남성이 단단해져 있었으므로 이미현의 얼굴에 웃음이 떠올랐다.

"한 번 더 해줘."

"이 여자가 미쳤군."

"내가 맨 정신일 리가 없지?"

한성진의 몸 위로 올라온 이미현이 남성을 쥐더니 골짜기에 붙이면서 물었다.

"내가 몸을 세우고 하는 거야? 아니면 엎드려야 돼?"

오전 4시가 되었을 때 김진철이 전화를 받는다. 목적지에 도착한 부대장 윤재성한테서다.

"부장 동지, 도착했습니다. 지금부터 국경을 따라 수색하겠습니다."

"알았어. 공안을 자극하지 말도록."

다시 한 번 주의를 준 김진철이 통화를 끊고는 벽에 붙여진 지도를 보았다. 이곳은 국경에서 300미터 떨어진 형선마을이다. 두만강가의 큰 마을 중 하나로 직행버스 정류장이 있는 곳이다. 마을 북쪽 민가 한 채를 사령부로 삼은 김진철이 마루방에서 작전을 지휘하고 있다. 방금 윤재성이 도착한 곳은 형선 마을에서 10km쯤 떨어진 두만강변이다. 그곳에서부터 국경을 따라 민가와 여관, 산속까지 샅샅이 수색하려는 것이다.

"보위부 동무들은 어디까지 갔나?"

김진철이 묻자 벽 쪽에 서 있던 최강일이 대답했다.

"이곳입니다."

최강일이 지도의 한 곳을 손끝으로 짚었다. 방금 윤재성 상좌가 보고한 지점에서 동쪽으로 15km 정도 떨어진 국경이다. 두 팀이 동서 양쪽에서 좁혀오고 있는 것이다. 머리를 끄덕인 김진철이 표정 없는 얼굴로 말했다.

"이번에는 실수하지 말라우."

"예, 부장 동지."

김진철은 호위대 3조장이면서 이번에 해외작전부장 자격으로 중국에 파견되었다. 최강일의 생사여탈권을 쥐고 있는 인물인 것이다. 마루방 분위기가 싸늘하게 식었다. 지휘부에 모인 7, 8명의 고급 장교들은 숨을 죽이고 있다. 다시 김진철의 말이 이어졌다.

"이번 작전은 대단히 중요하다. 곧 보위부 국경경비대에서 1개 부대를 지원해줄 것이다."

김진철의 시선이 마루방을 훑고 지나갔다.

"이미현은 보는 즉시 사살, 그 증거만 보고하면 된다."

이미 여러 번 들은 말이었지만 들을수록 그만큼 중요하다는 의미인 것이다. 모두 긴장하고 있다.

"시간이 지날수록 양측은 초조해지고 있을 거야."

한몸이 되어 엉킨 이미현이 더운 숨을 한성진의 가슴에 뱉으면서 말했다. 절정에 오른 후에 몸을 뗀 지 한참이나 지났어도 이미현의 숨결은 가라앉지 않았다. 땀으로 범벅이 된 피부가 어둠 속에서 번들거리고 있다.

한성진이 이미현의 엉덩이를 손으로 움켜쥐며 당겨 안았다.

"계속해."

그러자 이미현이 몸을 늘어뜨리면서 말을 이었다.

"엄청난 일이 시작되고 있어."

"계속해."

"한국에서 20억 불을 내놓기로 했어."

한성진은 숨을 들이켰지만 끼어들지는 않았다. 이미현의 말이 이어졌다.

"내가 머릿속으로 그 명단과 금액을 다 외우고 있어. 대기업 12곳과 할당금액을 말야."

"……."

"금액과 코드번호, 그리고 거래은행까지. 난 평양에 들어가 그것을 전해주려고 했던 거야."

"……."

"지시를 받은 후에는 긴장만 되었는데 시간이 지나면서 가슴이 천근

만근 무거워졌어. 엔지로 가는 비행기를 탔을 때는 비행기가 추락했으면 좋겠다는 생각이 들었어."

"⋯⋯."

"아주 간절하게 말야."

"⋯⋯."

"내가 추구했던 새 세상은 이런 것이 아니었어. 이건 배신, 반역, 아니, 사기야."

이미현의 눈이 반짝였고 얼굴이 굳어져 있다. 그때 한성진이 물었다.

"자꾸 말이 바뀌는데 이것이 마지막이냐?"

오전 8시 반, 국방장관 이규영이 들어서자 조무엽이 웃음 띤 얼굴로 맞는다. 이규영은 조무엽의 육사 2년 후배. 이규영은 육참총장은 거치지 않았지만 연합사부사령관 출신으로 강골이다. 친미성향이 강해서 야당의 비토 대상이 되었지만 대통령의 강력한 지원을 받아 국방장관이 되었다. 이규영은 조무엽보다 박현종과 기질이 같고 친하다. 박현종이 사단장을 지냈을 때 휘하 연대장이었던 사이다. 오늘은 대통령이 주최하는 안보회의가 있다. 9시 반에 회의가 시작되지만 조무엽과 이규영은 한 시간 전에 만나 사전에 보고 사항을 정리하는 것이다.

"이 말씀을 드려야 할지 모르겠는데요."

자리에 앉자마자 이규영이 말했으므로 조무엽은 시선만 들었다. 안보실장실 방안에는 둘뿐이다. 보좌관과 비서관은 들어오라고 해야 들어온다. 이규영이 말을 이었다.

"두만강 국경지대에 며칠 전부터 특이 동향이 보입니다. 중국으로 월경이 잦아졌는데 그것이 탈북자 같지가 않아요."

"⋯⋯."

"미군 위성사진에 찍힌 건데 무기를 소지한 사복군인 같습니다. 거의 300명 정도가 중국 쪽으로 넘어갔어요."

"……."

"그리고 엔지 남방 국경지역에 북한군이 집결하고 있어요. 약 2,000명 정도인데 300명 단위로 모입니다. 무슨 훈련 같기도 하고, 탈북자를 막으려는 작전은 아닌 것 같습니다."

조무엽의 시선을 받은 이규영이 쓴웃음을 지었다.

"작전장교 한 놈은 누구를 찾으려는 것 같다는데 내가 엉뚱한 소설 쓰지 말라고 했습니다."

그때 조무엽이 따라 웃으며 말했다.

"밀수꾼 색출 작전이겠지. 그놈들 요즘 대대적으로 밀수 단속하고 있지 않습니까?"

"내 생각도 그렇습니다."

"그건 보고할 필요가 없는 것 같은데. 6자회담 문제를 이야기하다가 그 이야기 꺼내면 대통령님이 헷갈리실 것 같지 않습니까?"

"빼지요, 뭐."

머리를 끄덕인 이규영이 곧 화제를 돌렸다. 시원시원한 성품이다.

"하긴 요즘 북측이 문제는 일으키지 않았지요."

"안보실장실에 국방장관이 계십니다."

비서관 천동철이 말하자 송한종이 머리를 끄덕였다. 이 시간에는 둘이 같이 있다. 오전 8시 50분이다.

"저기, 아직 소식 없지?"

목소리를 낮춘 송한종이 묻자 천동철은 먼저 심호흡부터 했다.

"예, 아직."

순간 머리를 든 천동철이 송한종을 보았다. 두 눈이 반짝이고 있다.

"양경찬이 어젯밤에 도착했습니다."

"……."

"공항에서 바로 경찰청으로 실려갔습니다. 경찰청이 연막을 뿌려서 양경찬은 언론에 노출되지 않았습니다."

송한종이 잠자코 머리만 끄덕였다. 앞에 선 천동철은 송한종의 심복이다. 한일대학 정치학과 교수로 재직하다가 비서관이 되었는데 독일에서 박사학위를 받았다. 47세, 장래가 촉망되는 학자였다. 다시 천동철이 말을 이었다.

"그런데 경찰청에 체크를 해보았더니 양경찬이 오늘 아침에 국정원으로 넘겨졌다고 합니다."

"……."

"마약 사범으로 국정원에서 조사할 것이 있다고 했는데 이상한 일은 아닙니다."

"……."

"양경찬이 이미현의 소재를 알고 있을 텐데 알아볼 가능성이 적어졌습니다."

그때 송한종이 머리를 들었다.

"내가 알아볼 테니까 당신은 저쪽을 체크해. 저쪽에서는 우리보다 더 급해져 있을 테니까 말야."

저쪽이란 바로 북한이다.

국정원 2차장 이경훈이 혼자서 일을 처리할 수는 없다. 박현종의 지시 같은 부탁을 받고 중국에 있는 요원 둘에게 직접 지시를 내렸지만 만날 그럴 수는 없는 노릇이다. 오전 10시, 이경훈이 꺼칠해진 얼굴로 2차장실에 앉아 방에 들어선 두 부하를 보았다. 해외사업국장 백길성과 작전실장 유기준이다. 전에는 작전에 따라 다르긴 했지만 이경훈이 둘을 이렇게 자주 부르지 않았다. 작전은 실장에게 맡기는 스타일이어서 가끔 국장에게 중간보고나 들었던 이경훈이다. 그런데 지금은 담당 실장까지 함께 자주 부른다. 실장으로서는 고위층 만날 기회가 많으니 긴장하면서도 들뜨는 것이 조직체의 생리다. 둘이 앞에 앉았을 때 이경훈이 방안을 둘러보는 시늉을 했다. 얼굴에 쓴웃음이 번져 있다.

"당신들 오기 전에 감청반 시켜서 방안을 체크했어."

방안에 도청장치가 설치되었는가를 체크했다는 것이다. 2급 이상의 고위층은 자신의 방안 감청 체크를 할 수가 있다. 더 긴장한 둘이 시선만 주었을 때 이경훈이 길게 숨부터 뱉었다.

"참 좆같은 일이 일어났어."

백길성은 처음에 그것이 조와 같은 일이 일어났다는 것으로 들었다. 이경훈이 지금까지 욕을 하는 것을 들어본 적이 없기 때문이다. 그러나 유기준은 그대로 알아들었다. 그래서 숨을 죽였다. 이경훈이 말을 이었다.

"내가 이 말을 당신들 둘한테 해준다고 상부의 허가를 받았네, 그 정도로 심각한 상황이야. 그 정도로 보안유지가 필요한 사항이라구."

유기준의 목구멍에서 침 넘어가는 소리가 크게 났다. 눈을 치켜뜬 이경훈이 말을 이었다.

"우리 회사에서 이 상황을 알고 있는 사람은 여기 앉은 셋, 그리고 지금 두만강가 중국 지역에 있는 우리 요원 셋, 모두 여섯이야."

이경훈이 얼굴을 일그러뜨리며 웃었다.

"죄송하지만 원장님께도 보고 안 했어. 이것은 고위층의 지시다."

"……."

"고위층은 국가안보실장이고 또 한 분이 있어."

이경훈이 둘을 번갈아 보았다.

"이 정보를 맨 처음에 입수한 동방무역의 박현종 사장이야."

"……"

"박 사장은 한성진한테서 이 정보를 듣게 된 것인데 안보실장에게 직보할 수밖에 없었어."

"……"

"왜냐하면 통일수석 송한종이 개입되어 있었기 때문이야."

둘은 숨을 죽였고 이경훈이 이미현의 자백 내용을 처음부터 말해주기 시작했다. 둘은 돌처럼 굳어진 채 숨도 쉬는 것 같지 않았다. 이윽고 이경훈은 이미현이 송한종의 지시를 받고 평양으로 밀입국하려다가 투항한 사실까지 이야기를 마쳤다. 이경훈은 투항이라고 표현했다.

"그리고 이미현이 결정적인 자백을 했어."

어깨를 늘어뜨린 이경훈이 지친 얼굴로 말했다.

"한성진한테 털어놓은 것이지. 한성진은 오늘 아침 6시에 박 사장한테 보고를 했고 나는 조금 전에 들었어."

"……"

"청와대 조 실장의 허락을 받고 내가 당신들 둘은 믿을 만하다고 보증을 섰어. 그래서 이 사항을 알려 주는 거야."

"감사합니다."

마침내 백길성이 앉은 채로 허리를 숙였고 유기준은 따라 절하면서 덧붙였다.

"목숨을 바쳐 신의를 지키겠습니다."

"조국을 지키는 거야."

말을 받은 이경훈이 길게 숨을 뱉고 나서 말했다.

"이미현이 송한종의 지시를 받고 대기업 12곳에서 북한에게 20억 불을 넘겨주는 코드번호, 거래은행, 할당금액을 외워 갖고 들어가려던 참이었어."

놀란 둘의 얼굴이 돌처럼 굳어졌고 이경훈의 목소리가 이어 울렸다.

"이건 엄청난 사건이야. 긴장하고 기다리고 있도록."

엄씨 부인이 집에 온 것은 오전 11시가 조금 안 되었을 때다. 40대 초반의 부인은 곱상한 용모였지만 활달한 성품이다. 외딸 완지가 작년에 한국의 대학으로 유학을 가 있어서 그것이 자랑거리다. 그런데 부인의 표정이 굳어져 있다.

"조금 전에 채소 갖다 주는 사람한테서 들었는데 어젯밤에 옆 마을을 북한군 수십 명이 휩쓸고 갔다네요."

부인이 더듬거리는 한국어로 말을 이었다.

"모두 사복을 했는데 강을 넘어온 것처럼 보였다고 합니다. 누구를 찾는 것 같았다고 하는데요."

마당에서 한성진과 유근상이 부인의 말을 듣고 있다. 부인의 시선이 본채의 끝 방을 스치고 지나갔다. 이미현의 방이다. 부인은 이미현을 안다. 만나서 이야기도 나누기도 했다. 부인이 한성진 앞으로 한 걸음 다가서더니 목소리를 낮췄다.

"피하셔야 될 것 같아요. 공안도 어쩔 수가 없었다고 합니다. 이곳은 국경지대라 북한 쪽으로 넘어가면 그만이니까요. 오늘 밤에는 이 마을을 수색한답니다."

"……"

"채소장사는 국경 마을의 여관과 식당에 물품을 공급시켜주기 때문에 소문을 가장 빨리 알지요. 그 영감님은 믿을 만한 사람입니다."

"고맙습니다."

마침내 유근상이 먼저 인사를 했다.

"저희들이 알아서 하겠습니다. 부인께서는 최선을 다하셨어요."

"잠시 저 뒷산으로 올라가 있을까?"

유근상이 눈으로 뒷산을 가리키자 한성진이 정색했다.

"산을 수색하지 않을 것 같습니까? 더구나 집에 붙여진 산인데."

"그럼 어떡하지?"

이맛살을 찌푸린 유근상이 주위를 둘러보는 시늉을 했다. 한성진의
시선을 받은 유근상이 마침내 어깨를 늘어뜨리며 말했다.

"팀장, 내가 이런 말 하기가 부끄럽지만 지쳤어요."

유근상이 길게 숨을 뱉었다.

"엄청난 사실을 들었기 때문인지 지금 내가 뭘 하는지 현실감이 느껴
지지가 않아. 이건 내가 먼지 같은 존재 같기도 하고, 화가 났다가 갑자
기 기력이 떨어져……."

"……."

"본부에 있을 때 내가 우울증 치료를 받은 적이 있어요."

"계속 스트레스를 받았기 때문인 것 같은데요."

한성진이 유근상의 어깨를 부드럽게 쥐었다.

"이 상황에서 유 형을 혼자 떼어 놓을 수가 없어요. 알겠지요?"

"아, 물론."

쓴웃음을 지은 유근상이 어깨를 비틀어 한성진의 손을 털어 내렸다.

"부끄럽지만 팀장한테 미리 내 상황을 알려주는 거요. 지휘에 도움이
될 테니까."

"알았습니다. 가서 문 형하고 안병일 씨를 데려오세요."

한성진이 지시하자 유근상은 몸을 돌렸다. 짐이 하나 늘어났다. 그 순

간 한성진의 머릿속에 떠오른 생각이다. 그러나 가슴은 감동으로 젖어져 있다. 요원이 위급 시에 자신의 치부를 드러내 보이는 것 얼마나 힘든 일인지 알기 때문이다. 유근상은 용감한 사내다.

 핸드폰을 귀에 붙인 김진철은 부동자세로 서 있다. 그것을 본 사내들은 모두 몸을 굳히고 있다. 지금 김진철은 북조선 정권의 제2인자 총참모장 이장호 대장과 전화를 하고 있는 것이다.
 "아직 찾지 못했나?"
 이장호가 묻자 김진철도 이 사이로 대답했다. 분하다는 표시다.
 "예, 아직 찾지 못했습니다. 동지."
 "찾아라."
 "예, 동지."
 김진철은 주위를 의식해서 이장호의 직책은 부르지 않는다. 다시 이장호의 말이 이어졌다.
 "잡지 못하면 없애도록, 알았나?"
 "예, 동지."
 "절대로 남조선 애들의 손안에 들게 하면 안 된다. 알았나?"
 "예, 동지."
 "공화국의 미래가 걸린 작전이다. 분발하라우."
 "예, 동지."
 그러고는 통화가 끊겼으므로 김진철은 어깨를 늘어뜨렸다. 그러나 눈빛은 강해져 있고 이를 악문 모습이다. 벽시계가 오후 1시 반을 가리키고 있다.

 "저녁 무렵에 수색을 시작한답니다."

안내원 안병일이 말하더니 곧 쓴웃음을 지었다.

"근처의 마을 식당과 여관에서는 소문이 다 났습니다."

"뭐라고 말인가?"

문배식이 묻자 안병일이 담배를 꺼내 입에 물었다.

"공안이 북조선 고위층의 부탁을 받고 당분간 이쪽 지역에 내려오지 않는다는 겁니다. 실제로 옆 마을에 있던 공안 분소가 이틀 전에 본대로 철수했어요."

"……."

"당분간은 국경지역이 북조선 경비대의 영역이 된 것이죠. 아무래도 놈들이 우리가 국경 근처에 내려온 것을 눈치 챈 것 같습니다."

"그건 당연해요."

잠자코 듣기만 하던 한성진이 둘을 번갈아 보았다. 창고 옆 평상에는 셋이 모여 앉았다. 유근상은 방에서 나오지 않았고 이미현은 뒤뜰에 있다.

"무룡마을에서 휘서읍 위전까지, 그리고 국도를 타고 이곳 국경까지의 코스는 도주로를 익힌 사람이면 예측할 수가 있을 겁니다. 더구나 문형 일행이 그 코스에서 잡히지 않았습니까? 놈들한테 확신을 주었을 겁니다."

그러고는 한성진이 손목시계를 보았다. 오후 3시 반이다. 엄씨 부인은 다시 마을 여관으로 되돌아갔으니 집안에는 이들뿐이다.

"우리도 준비합시다."

둘의 시선을 받은 한성진이 말을 이었다.

"여기 앉아서 놈들을 맞을 수는 없으니까 말입니다."

"어디로 가죠?"

이미현이 물었지만 한성진은 대답하지 않았다. 옆쪽 나무 둥치에 기대앉은 유근상이 한성진을 보았다. 수심이 낀 표정이다. 오후 5시 20분 쯤, 일행은 안가에서 우측으로 200미터쯤 떨어진 산 중턱으로 옮겨와 있다. 안가를 나온 것이다. 이미현은 청색 점퍼에 같은 색 바지를 입었고 등산화를 신었는데 표정도 등산하는 것 같다. 주위를 둘러보던 이미현의 시선이 아래쪽 강으로 옮겨졌다. 두만강이다. 두만강이 300미터쯤 앞쪽에 펼쳐져 있는 것이다. 그때 한성진이 유근상에게 물었다.

"준비되었지요?"

"예, 됐습니다. 팀장."

이미현은 대답하는 유근상의 두 눈이 번들거리는 것을 보았다. 긴장하는 것 같다. 머리를 끄덕인 한성진의 시선이 유근상 옆의 조재원에게로 옮겨졌다.

"조 형, 그럼 몸조심하시고."

"우리야 어떻게든 버틸 겁니다. 그런데……."

조재원의 시선이 이미현을 스치고 지나갔다.

"팀장, 괜찮겠습니까?"

"둘이 오히려 편해요, 위장하기도 쉽고."

"그야 그렇지만……."

"일주일만 견딥시다."

어깨를 편 한성진이 셋을 둘러보았다. 유근상, 조재원, 그리고 안내원 안병일이다.

"본부와 연락이 안 되면 A지점에서……."

한성진이 말하고는 먼저 유근상에게 손을 내밀었다.

"유 형, 회사에서 일주일만 버티라고 했습니다. 해보십시다."

유근상과 조재원, 안병일까지 차례로 악수를 나눈 한성진이 다시 손목시계를 보았다. 5시 반이다. 아직 해는 서쪽 능선 위로 반 뼘쯤 높이에 떠 있었지만 산 밑은 그늘이 졌다. 그때 유근상이 말했다.

"자, 먼저 갑니다."

제각기 손을 들어 보인 셋이 몸을 돌렸을 때 이미현이 그들의 등을 응시하며 혼잣소리를 했다.

"나한테는 아무 소리 안 하네."

"어디로 가죠?"

다시 이미현이 같은 말을 물었을 때는 6시 10분, 한성진이 혼자서 산 밑을 둘러보고 온 후다. 이제 해가 서산 위에 걸렸고 갑자기 날씨가 서늘해졌다. 이곳은 일행과 헤어진 후에 산등성이를 타고 300미터쯤 더 우측으로 옮겨온 지점, 바위틈에 두 사람이 나란히 앉아 있을 만한 공간이 있다. 주위로 잡초와 나무가 방풍림 역할을 해서 은신하기에 적당했다. 바위틈으로 들어온 한성진이 손목시계를 보는 시늉을 하면서 대답했다.

"20분만 기다렸다가 출발하지."

"글쎄, 어디로?"

"저쪽."

한성진이 턱으로 옆쪽을 가리켰다. 오른쪽이다. 이미현이 이맛살을 찌푸렸다.

"도대체 어디로 가자는 거죠?"

"여기서 서북쪽으로 오늘 밤 20킬로는 걸어야 돼."

이미현은 시선만 주었고 한성진의 말이 이어졌다.

"거기서 북상하는 거야. 그렇게만 알고 있으면 돼."

"우리 둘만?"

"그래, 우리 둘만."

"왜?"

"왜라니?"

"다른 사람들은 어떻게 하고?"

"여럿이 있는 것이 더 위험하다고 본부에서 판단했기 때문이야."

"본부에서 거기하고 내 사이를 알아요?"

"사이라니?"

정색한 한성진이 묻자 이미현은 눈을 흘겼다.

"시치미 떼지 말고."

"알겠지."

"그런 대답이 어디 있어?"

"알 거야."

어깨를 부풀렸다가 내린 한성진이 이미현을 똑바로 보았다. 좁은 바위틈 안이어서 둘의 어깨는 붙어져 있다. 이미 바위틈 안까지 그림자가 덮여 있었고 바람결에 풀잎 스치는 소리가 들렸다. 이윽고 한성진이 입을 열었다.

"우리 둘은 당분간 조선족 부부 행세를 하고 안가에서 살아야 돼."

"……."

"뭐, 애를 낳을 때까지 있지는 않을 테니까 걱정하지 마."

"……."

"낳아도 다른 곳에서 낳겠지."

"웃기는군."

"양경찬 같은 쓰레기하고 부부 행세를 한 것보다는 낫지 않나?"

물었던 한성진이 제 말에 제가 대답했다.

"그러고 보니 넌 부부 행세 전문이군."

"연락이 왔습니다."

천동철이 다가와 속삭이듯 말했을 때 송한종은 자리에서 일어섰다. 수석실을 나온 송한종과 천동철은 복도 옆쪽의 베란다에 나란히 서서 잔디밭을 보았다. 청와대 비서실동 안이다. 그때 천동철이 말을 이었다.

"이미현은 국정원 요원에게 잡혀서 조중 국경지역에 있다고 합니다."

"그럼 국정원하고 연락을 하고 있을 것 아닌가?"

"그렇습니다. 하지만."

머리를 돌린 천동철이 송한종을 보았다.

"국정원 소스에서는 전혀 정보가 나오지 않습니다."

"말도 안 돼."

송한종이 눈을 치켜떴다. 그러나 목소리를 낮췄으므로 이 사이로 말이 나간다.

"그 위치에서도 정보를 모른단 말인가? 국정원 보고라인도 무시된 거야?"

"예, 아무래도 눈치를 챈 것 같습니다."

"어떤 눈치?"

다그치듯 묻는 송한종의 얼굴은 나무토막처럼 굳어져 있다. 송한종은 북한전문가다. 독일에서 박사학위를 받은 후에 적십자사, 통일부를 거친 후에 청와대로 들어왔다. 대통령이 당선되기 전부터 북한 관계 자문위원을 거친 터라 두터운 신임을 받는 핵심 수석이다. 천동철이 심호흡을 하고 나서 대답했다.

"이미현의 어떤 임무를 띠고 있는가를 말입니다."

"그럴리가."

송한종이 천천히 머리를 저었다.

"만일 그랬다고 해도 감히 터뜨리지는 못해."

그 순간 천동철은 숨을 들이켰다. 송한종의 얼굴에 웃음이 떠올라 있었기 때문이다. 어깨를 부풀렸다가 내린 송한종이 말을 이었다.

"그땐 이 정권이 무너지는 거야. 나뿐만이 아니라 대통령이, 그리고 이 정권까지 말야."

"……."

"아무도 날 어쩌지는 못할걸? 두고 보라구."

그때 천동철이 바짝 다가붙어서 말했다. 이제 흐려져 있던 두 눈에 생기가 돌아와 있다.

"수석님, 알아낸 사실은 있습니다. 조중 국경지역의 요원들과 이미현을 보호하고 있는 국정원 라인 말입니다."

"……."

"제2차장 이경훈과 해외사업국장 백길성, 그리고 작전실장 유기준입니다."

"……."

"이 셋 외에는 국정원장도, 담당 실무자도 모릅니다. 보고가 되지도 않았으니까요."

"……."

"제2차장이 청와대에 접촉한 낌새는 없습니다."

"그렇다면."

심호흡을 한 송한종이 번들거리는 눈으로 천동철을 보았다.

"방법이 있지."

뒤를 돌아본 한성진이 어둠 속에 쪼그리고 앉은 이미현을 보았다. 풀숲에 가린 머리만 보였는데 숨소리가 거칠다. 한성진이 다가가자 이미현이 허덕이며 말했다.

"저리 가!"

"뭐해?"

"좀 쉬는 거야!"

밤 12시 반이다. 6시간 가깝게 산길을 걸은 터라 이미현은 기진맥진한 상태다. 다섯 발짝쯤 떨어진 나무둥치로 다가가 앉은 한성진이 말했다.

"10분만 쉬자."

이번에는 걸은 지 40분 만에 쉬는 셈이다. 6시간 동안 주파한 거리는 직선거리로 15킬로 정도, 국경에서 동북방으로 직진해서 산을 3개 넘었고 마을 3개를 지났다. 목적지인 우청마을까지는 15킬로 정도가 남았다. 오늘밤에 주파하기는 힘들고 내일 밤에야 도착할 것이다. 낮에는 쉬어야 하기 때문이다. 사람의 눈을 피하며 움직여야 하는 터라 어쩔 수 없다. 그때 이미현이 말했다.

"발에 물집이 생겼어."

한성진은 잠자코 몸을 일으켰다. 이미현에게 다가간 한성진이 옆쪽에 앉아 발을 끌어당겼다.

"뭐해?"

놀란 이미현이 물었지만 한성진은 등에 멘 배낭을 내리더니 안에서 작은 비닐 가방을 꺼내었다. 그러고는 이미현의 신발을 벗겼다.

이미현이 다리를 당겼지만 한성진이 거칠게 도로 당기는 바람에 기세가 꺾였다. 주머니에서 플래시를 꺼낸 한성진이 이미현에게 건네주며 말했다.

"네 발을 비춰."

양말을 벗기면서 한성진이 말하자 플래시 불빛이 이미현의 발을 비췄다. 발바닥은 물집투성이가 되어 있다.

"쉴 때 발을 비벼주라고 했잖아?"

한성진이 나무라자 이미현이 왈칵 화를 내었다.

"아픈데 어떻게 문지르란 말야!"

한성진이 비닐 가방에서 꺼낸 바늘로 물집에 구멍을 내고는 탈지면으로 물기를 빼내었다. 그러고 나서 약을 바른 후에 문질러 소독을 했다.

이윽고 발을 말린 한성진이 배낭에서 마른 양말을 꺼내 신기고는 다른 쪽 신발을 벗겼다. 이제 이미현은 발을 맡긴 채 가만히 있다.

오전 2시 10분, 강원도 고성군 향로봉 근처의 제12사단 휘하의 305 GOP, 마악 순찰을 끝낸 이강복 중위가 숙소에 들어와 허리에 썼던 철모를 내려놓은 순간이다.

"쉬이익!"

날카로운 파공음이 울렸고 이강복은 저도 모르게 어금니가 물려졌다. 이 파공음이 무엇인지를 아는 것이다. 다음 순간,

"꾸앙!"

막사가 흔들리면서 엄청난 폭음이 울렸다. 벽에 붙여진 선반이 무너지더니 전등이 꺼졌다.

"비상!"

저도 모르게 고함을 친 이강복이 철모를 집어 머리에 쓴 순간이다.

"쐐액! 쐐액! 쉬이익!"

이번에는 파공음이 한꺼번에 울렸으므로 이강복이 숨을 죽였다. 대구경 포탄이다. 미사일인가? 다음 순간 이강복은 온몸이 떠오르는 느낌부터 받았다. 눈앞이 하얗다.

오전 2시 18분, 국가안보실장 조무엽은 침대 옆에 놓인 비상전화를 집어 귀에 붙였다. 전화벨 소리에 놀란 부인 이정옥도 상반신을 일으키는 중이다.

"여보세요."

응답했을 때 곧 청와대 상황실장 이우근의 숨 가쁜 목소리가 울렸다.

"실장님, 북한군이 동부전선 12사단 소속의 305 GOP에 미사일 6발을 쏘았습니다!"

조무엽은 숨을 죽였고 이우근의 목소리가 더 높아졌다.

"지금 사상자 파악을 하고 있습니다만 GOP가 완전히 붕괴되어서 현재 30여 명이 사망했습니다!"

"그, 그래서?"

겨우 조무엽이 소리치듯 묻자 이우근이 악을 썼다.

"교전수칙대로 12사단은 즉각 반격했습니다. 제144포병대와 제29미사일 부대가 적의 원점을 향해 타격하고 있습니다!"

"……."

"현재 미사일 24발, 155미리 포탄 200여 발을 발사했고 적의 진지도 붕괴 상태라고 합니다!"

전쟁이다.

오전 2시 45분, 청와대 본관 지하 벙커에 들어선 이한성 대통령은 자리에서 일어서는 조무엽을 보았다.

"전황은?"

전황이다. 전쟁 상황인 것이다. 조무엽도 금방 도착했다. 지하 벙커에 모인 고위층은 모두 8명, 외교, 통일장관이 오는 중이었지만 국가안보실 구성원은 다 모였다. 조무엽이 대답했다.

"5분쯤 전에 양측의 포격은 끝났습니다."

대통령은 자리에 앉았고 조무엽의 보고가 이어졌다.

"북한군의 포격 원점인 제636 미사일 기지는 아군의 포격을 받아 궤멸되었습니다. 북한군 사상자 수는 약 700여 명으로 추측됩니다."

벽에는 상황 스크린이 붙여져 있다. 조무엽이 보고를 하면서 레이저 봉으로 한 곳을 가리켰다. 바로 636 미사일 기지다. 조무엽의 목소리가 약간 가라앉았다.

"한국군은 제305 GOP가 붕괴되었고 적의 대응 사격으로 제144 포병대에 약 40명의 사상자가 났습니다."

포격전이 그친 지금 상황으로만 보면 한국군의 압승이다. 약 10배의 응징을 한 셈이다. 대통령의 시선이 국방장관 이규영에게로 옮겨졌다. 시선을 받은 이규영이 입을 열었다.

"지금 동부전선 상공에 작전기 50여 기가 떠 있습니다. 공대공, 공대지 미사일을 장착하고 있어서 적에게 즉각 대응할 준비가 되어 있습니다."

"……."

"또한 한미연합사가 가동되어서 동해상에 조기경보기 2기가 떠 있습니다."

미군의 참전 준비가 되어 있다는 뜻이다. 이것은 분명한 북측의 도발이다. 도발 원점이 붕괴되면서 포격전이 그쳤지만 또다시 북측이 도발한다면 그때는 전면전이다. 그때 대통령이 조무엽을 보았다.

"북한의 도발은 제636 미사일 기지 한 곳뿐이었습니까?"

"예? 예, 그렇습니다."

조무엽이 숨을 들이켰다. 그렇다. 한 곳뿐이었다. 주위에 10여 개의 미사일, 포대가 있었지만 전혀 반응하지 않았다. 한국군이 빗발 같은 포탄과 미사일을 퍼붓는 동안에도 꿈적하지 않은 것이다. 한국군은 교전 수칙대로 일단 도발 원점을 붕괴시켰다. 만일 주변 기지에서 단 한 발이라도 쐈다면 초토화를 시켰을 것이다. 그때 국방장관 이규영이 말했다.

"지금 속단하기는 빠른 감이 있지만 북한은 전면전으로 확대되는 것을 원치 않는 것 같습니다."

그 순간 대통령의 입술 끝이 비틀리는 것을 상황실의 모든 멤버들이 보았다. 그것의 의미는 분명했다. 웃긴다. 또는 이젠 말려들지 않겠다고 해석할 수도 있을 것이었다.

한국군이 대승을 거뒀지만 민심은 급격하게 흉흉해졌다. 제305 GOP 와 144 포병대의 사상자가 사망 43명, 부상자가 65명이나 되었기 때문이다. 위성사진까지 판독하여 북한은 1개 부대가 전멸하고 700여 명의 전상자가 났다고 보도되었지만 민심을 가라앉히지는 못했다. 북한군이 100배의 보복을 받았다고 해도 결과는 마찬가지였을 것이다. 한국이 4명 사망했다고 해도 그렇다. 한국인의 목숨 값이 그만큼 높기 때문이 아니다. 한국 국민의 전쟁 준비가 되어 있지 않았기 때문이다. 그래서 포탄 한 발에 주가가 폭락하고 사재기가 일어난다. 북한은 그것을 노리는 것이다. 굶어 죽으나 싸우다 죽으나 매일반이라고 덤비는 데 반하여 이쪽은 피땀 흘려 이룩한 것들을 지켜야만 하는 입장이다. 그래서 달래고 달래고 또 달래면서 지내왔다. 그랬더니 저쪽은 약점을 잡고 더 세게 나온다. 그것이 지금까지의 남북관계다.

"이 새끼들이 노리는 것이 있어."

청와대 후문 근처의 한식당 방 안에서 조무엽이 말했다. 앞에는 박현종과 국정원 2차장 이경훈이 앉아 있다. 박현종이 데려온 것이다. 그때 이경훈이 끼어들었다.

"이건 송한종의 부탁을 받고 북측이 선수를 친 것 같습니다. 실장님."

둘의 시선을 받은 이경훈이 말을 이었다.

"송한종이 비서관 천동철을 시켜 조총련과 일본인을 접촉했고 그자가 연락을 맡고 있는 것 같습니다."

"어떻게 말인가?"

조무엽도 이경훈의 선배인 터라 거침없이 묻는다. 이경훈이 상체를 세우고 대답했다.

"그놈이 일본으로 연락을 하면 일본에서 북한에 다시 전달하는 것 같습니다."

"송한종을 잡아들이는 것이 낫지 않을까요?"

불쑥 박현종이 묻자 조무엽은 머리를 저었다. 표정이 굳어져 있다.

"그놈도 우리가 알고 있다는 것을 알아."

조무엽이 눈을 치켜뜨며 웃었다.

"해볼 테면 해보자는 거야. 그놈이 독종이라구."

"분명한가?"

박현종의 표정도 굳어졌고 목소리는 갈라져 있다. 박현종의 시선을 받은 조무엽이 머리를 끄덕였다.

"내가 대통령께 말씀드렸어."

그 순간 둘은 숨을 죽였고 조무엽의 말이 이어졌다.

"숨길 수 없는 일이었어. 비서실장, 경호실장까지 참석시키고 대통령을 모셨어."

"……."

"대통령이 놀라시더군, 아마 배신감에 몸이 떨리셨을 거야. 신임을 했던 놈이니까. 대통령의 목소리가 떨리더군."

"……."

"대통령 주변 경호를 강화시켰고 대책위가 구성되었어."

"……."

"자네 둘도 대책위 멤버네, 국정원의 실무자 둘까지."

"청와대는?"

박현종이 묻자 조무엽이 헛기침을 했다.

"송한종이 눈치 채지 못하도록 철저하게 최소 인원만으로 구성되었어. 국방장관, 행자부장관, 경찰청장, 기무사령관, 민정수석이야. 경호실팀이 각 멤버를 보호, 감시하도록 했고 송가놈 주변 감시까지 맡았네."

"정보가 새나가면 안 돼. 그놈이 또 미친 짓을 할지도 몰라."

박현종이 이 사이로 말했을 때 이경훈이 말을 이었다.

"이제 곧 북한의 반응이 나올 것입니다. 그것으로 놈들의 의도를 파악할 수 있겠지요."

모두 입을 다물었다. 아직도 주도권은 북한이 쥐고 있다는 것을 제각기 느꼈기 때문일 것이다.

핸드폰을 귀에서 뗀 한성진이 이미현을 보았다. 오전 11시 10분, 이곳은 목적지에서 8킬로쯤 떨어진 산 중턱, 무성한 숲속이다.

"무슨 일이야?"

바위틈에 몸을 감추고 앉은 이미현이 물었지만 한성진은 대답하지 않았다. 대신 손가락을 세로로 세워 입술에 붙이더니 몸을 돌려 숲속으로 사라졌다. 한성진이 돌아왔을 때는 20분쯤이나 지난 후였으므로 이미현은 조바심치면서 기다렸다. 갑자기 무서워져서 바위틈에서 꼼짝도 못하고 있었다. 새벽 6시까지 다시 걷고 나서 쉬고 있었던 참이다. 바위틈에서 잠은 세 시간쯤 잤고 한성진이 준 마른 빵과 물로 겨우 아침 식사를 했다. 그 사이에 한성진은 본부와 연락을 했던 것이다.

"어디 갔다 왔어?"

다시 이미현이 묻자 한성진이 옆쪽에 앉으면서 대답했다.

"셋이 잡혔어."

놀란 이미현은 숨을 죽였다. 셋이란 곧 유근상, 조재원, 안병일이다.

어깨를 늘어뜨린 한성진이 말을 이었다.

"북상하다가 오늘 오전 6시경에 잡혔다는 연락이 왔다는 거야. 누구한테 잡혔는지 아직 알 수가 없어."

"……."

"본부에서는 놈들이 핸드폰 위치 추적을 했다고 판단했어. 그래서 핸드폰을 버리고 온 거야."

한성진이 얼굴을 일그러뜨리며 웃었다.

"흩어지기 잘했어."

"……."

"하지만 이제 당분간 연락도 못 하고 지내겠다. 본부에서는 3일간만 연락을 끊고 있으라는 거야."

"……."

"그런데 오늘 오전 2시경에 북한군이 동부전선에서 도발을 했다는군."

다시 숨을 들이켠 이미현의 얼굴을 들여다보면서 한성진이 말을 이었다.

"한국군 GOP 하나가 붕괴되어서 40여 명이 사망했다는 거야. 한국군은 대응 포격을 해서 북한군 700여 명을 살상했고."

"……."

"지금 포격은 그쳤지만 남북한은 전시상황이야."

그때 한성진이 손을 뻗어 이미현의 허리를 당겨 밖으로 끌어내었다.

"왜 이래? 놔!"

이미현이 몸을 비틀었지만 저항은 약했다. 한성진이 바지 끈을 풀고 끌어내리자 눈을 흘겼지만 곧 몸을 맡겼다. 이미현이 먼저 풀숲 위에 누우면서 한성진을 올려다보았다.

"그래, 잊을 수 있다면 해줄게."

이미현이 팔을 뻗어 한성진의 바지를 벗겼다. 어느덧 얼굴이 상기되어 있다.

"얼마든지 해."

수석이 대통령 면담을 하려면 비서실장 재가를 받아야 한다. 보통 면담 신청은 하루 전날 오전에 비서실장에게 서면으로 제출하는 것이 원칙인데 송한종이 갑자기 만나자고 한다. 비서실장 유중수는 4선 의원 출신으로 대통령 이한성의 최측근이다. 이한성이 당 대표였을 때 4선 의원 유중수는 스스로 지역구를 반납하고 정계를 떠났다. 이한성에게 부담을 주지 않겠다는 의도였는데 그것이 신선한 충격으로 남았다. 재야 생활 5년 만에 유중수는 이한성 대통령의 비서실장으로 복귀했는데 이것이 마지막 공직이라고 천명했다. 올해 65세, 과묵하지만 빈틈없는 성격이다. 머리를 든 유중수가 앞쪽에 앉은 통일수석 송한종을 보았다. 53세, 한창일할 나이다. 저 나이 때 유중수는 마악 3선 의원이 되었었다.

"대통령께 남북 현안에 대한 긴급보고라고 하셨는데 아시다시피 오늘은 시간을 내실 수가 없을 것 같아서요."

이 정도면 유중수가 말을 많이 한 셈이다. 그때 송한종이 입을 열었다.

"북한에서 제의가 왔습니다. 그것에 대한 대비책을 강구해놓아야 할 텐데요."

유중수는 시선만 주었고 송한종의 말이 이어졌다.

"오늘 갑자기 북한 측으로부터 비밀통신이 와서……."

"……."

"아시다시피 전 북측과의 비선이 있습니다. 그들이 수시로 채널을 바꾸지만 꾸준히 연락을 해오지요."

"……."

"이번 포격 사건에 대한 비밀 고위급 회담을 하자는 것입니다."

"……."

"핵 문제를 포함시켜도 좋다고 했습니다."

어깨를 편 송한종이 말했을 때 유중수가 길게 숨을 뱉었다.

"내가 각하께 여쭤보지요."

송한종의 시선을 받은 유중수가 한마디씩 더듬거리듯 말을 잇는다.

"짐작하시겠지만 이번 북한의 공격은 용납하기 어렵습니다. 핵 이야기를 하자고 하면 한국이 환장을 하고 달려들 줄 아는 모양인데 이젠 그 술수에도 안 넘어갑니다."

말이 길었기 때문인지 유중수가 심호흡을 두 번이나 했다. 그러고는 똑바로 송한종을 보았다.

"내가 송 수석한테는 미리 말씀드리지요. 지금 이 시점에서 북한 주요 거점을 폭격해도 아무도 말리지 않을 겁니다. 그땐 10분 만에 북한 정권은 치명상을 입고 궤멸됩니다."

송한종이 눈만 껌벅였으므로 유중수가 길게 숨을 뱉었다.

"대통령께서는 지금 오바마하고 그것 때문에 비밀 회담을 하고 계시는 겁니다. 그래서 시간을 못 냅니다."

그러고는 입을 꾹 다물었으므로 송한종은 자리에서 일어섰다. 송한종이 몽유병자처럼 흔들거리며 방을 나갔을 때 유중수가 혼잣소리처럼 한마디 했다.

"역적."

10장
마지막 사냥

"여기가 맞아."

오후 11시 40분, 짙은 어둠 속에 선 한성진이 앞쪽을 가리키며 말했다. 100미터쯤 앞에 희미한 불빛이 보였다. 이곳은 좌우가 바위산인 골짜기 안이다. 골짜기를 휩쓸고 내려가는 바람에 머리칼이 흩날렸다. 습기가 많이 섞여진 바람이다. 앞쪽의 불빛은 외딴 농가다. 전등도 들어오지 않는 골짜기여서 촛불일 것이다.

"무서워."

이미현이 몸을 움츠리며 말했다. 오후 6시부터 줄곧 걸었기 때문에 금방이라도 주저앉을 것 같다.

"넌 여기 앉아 있어."

한성진이 이미현을 개울가의 커다란 바위 밑으로 데려가면서 말했다.

"내가 가보고 올 테니까."

"무슨 일이 있으면 어떡해?"

바위 밑에 쪼그리고 앉은 이미현이 한성진을 올려다보았다. 바람결이 더 세어지고 있다.

"내가 무슨 일이 있으면 더 좋잖아?"

불쑥 말했던 한성진이 숨을 들이켰다. 이미현은 시선을 준 채 대답하지 않았으므로 한성진이 헛기침을 했다.

"무슨 일 없을 거야. 만일."

"……."

"무슨 일 있으면 이 골짜기를 나가. 여기서 국도까지는 6킬로쯤 돼. 곧장 나가면 돼."

그러고는 한성진이 몸을 돌렸다. 갑자기 숨이 막혔기 때문이다. 이유는 모른다.

그 시간에 청와대의 지하 상황실에서 대통령 주재 하에 회의가 열리고 있다. 명칭도 없고 참석자 외에는 회의가 있는지조차 모르는 극비 회동이다. 굳이 이름을 붙이자면 '반역진압작전회의' 정도가 될 것이다. 참석자는 대통령 포함 14명, 비서실장, 경호실장, 안보실장, 국방행정장관, 합참의장, 육해공군 참모총장, 기무사령관, 경찰청장, 국정원 2차장, 그리고 일반인이 하나 끼었다. 바로 박현종이다. 국정원장은 당연히 참석해야 될 자리였지만 상황이 급하다. 처음부터 설명할 여유가 없었기 때문에 오늘은 제외시켰다. 먼저 입을 연 사내는 안보실장 조무엽이다.

"예상했던 대로 송한종이 북한의 등에 업혀서 핵카드를 내밀었습니다. 핵카드를 내밀기 위해서 도발을 했다고 봐도 되겠지요."

조무엽이 정색한 얼굴로 대통령을 보았다.

"대통령님께 제의합니다. 지금 즉시 송한종을 체포하도록 허가해주십시오. 그렇게 되면 북한은 더 이상 장난을 치지 못할 것입니다."

대통령이 눈만 껌벅였고 이번에는 국정원 2차장 이경훈이 나섰다.

"송한종을 체포한다고 남북 간 대화창구가 막히는 것이 아닙니다. 통일부나 남북적십자 개성공단을 통해서도 얼마든지 소통이 됩니다."

그때 대통령이 물었다.

"이번 회담 제의의 목적은 무엇이라고 생각합니까?"

이미 대통령을 모시기 전에 구성원도 30여 분 동안 갑론을박을 하고 나서 결론을 낸 상태다. 이번 대답은 비서실장 유중수가 했다.

"핵 포기를 내밀면서 기업인으로부터 모금한 20억 불을 받아내려는 것입니다."

12개 대기업으로부터 받아낸 돈이다. 송한종은 대통령을 팔아 대기업을 압박한 것이다. 이것만으로도 송한종은 수십 년을 교도소에서 보내야만 한다. 다시 조무엽이 말을 이었다.

"송한종은 이미 우리가 알고 있다는 것을 압니다. 그러나 북한이 뒤에 있으니 어쩌지는 못할 것이라고 생각하고 있는 것입니다. 이번 GOP 공격도 송한종이 북측에 요구해서 일어난 일일지도 모릅니다. 북한은 포대 하나가 궤멸되고 700명이 사망한 것쯤은 문제가 되지 않습니다. 보도를 하지도 않을 테니까요."

대통령이 심호흡을 하더니 주위를 둘러보며 다시 물었다.

"송한종을 체포한 후에 일어날 일에 대한 대책은 있습니까?"

"예."

국방장관 이규영이 기다렸다는 듯이 나섰다. 어깨를 편 이규영이 대통령을 보았다.

"자백했습니다."

서둘러 다가선 최강일이 발을 멈추기도 전에 보고했다.

"이미현을 데려간 놈은 특전사 소령으로 국정원에 파견된 한성진이란 놈입니다."

김진철의 어깨가 부풀려졌다가 천천히 가라앉았다. 이곳은 조중 국경에서 5킬로쯤 떨어진 마을 안이다. 10여 호밖에 되지 않는 작은 마을인데다 돈을 번다고 모두 외지에 나가서 사람 사는 집은 절반밖에 되지 않는다. 마당에 모닥불을 피우고 선 김진철의 얼굴은 붉게 상기되어 있다. 김진철의 눈치를 살핀 최강일의 목소리가 낮아졌다.

"둘은 따로 떨어져서 반대 방향으로 북상했는데 목적지는 알 수 없다고 했습니다."

"……."

"나머지 두 놈 말과 같습니다. 부장 동지."

밤 12시 25분이다. 그물처럼 산과 길을 이어서 펼쳐놓았던 포위망에 셋이 걸려들었을 때 김진철은 처음으로 웃었다. 그러나 그것도 잠깐뿐이다. 셋은 그야말로 허당이었던 것이다. 가장 중요한 이미현의 행방에 대해서 아는 것이 없었기 때문이다. 하나씩 고문에 못 이겨 자백을 했는데 가장 늦게 입을 연 것이 유근상이다. 무려 여섯 시간이나 버티다가 토해놓았다. 그때 김진철이 말했다.

"조금 전에 놈의 핸드폰 위치가 발견되었어. 부숴서 버린 것 같은데 이곳에서 서북방 45km 지점이야."

최강일이 소리 죽여 숨을 들이켰다. 핸드폰도 부쉈다면 모래밭에서 바늘 찾기인 것이다. 모닥불을 응시하면서 김진철이 이 사이로 말을 이었다.

"오늘 새벽에 남조선 놈들이 한바탕 당했으니까 회담하자고 달려들 거다."

김진철이 입술을 일그러뜨리며 웃었다.

"그럼 일이 좀 쉽게 되는 거지."

놀랍게도 아랫방은 온돌이다. 비닐장판이 깔렸지만 흙바닥을 달군 온기가 그대로 전해져 온다. 산속은 춥다. 9월 중순인데도 새벽에는 입에서 김이 나올 정도다. 그러나 방안은 아늑했다. 벽의 흙냄새도 구수했으므로 이미현은 마음껏 숨을 들이켰다. 이 귀틀집은 방이 세 개에 부엌 하나의 일자형 구조였지만 꽤 컸다. 부엌 옆으로 방이 배치되었는데 둘은 오른쪽 끝 방이다. 왼쪽 끝 방은 집주인 전씨 부부가 사용하고 있다. 전씨 부부는 중국인으로 둘 다 70대 노인이다. 해외사업국장 백길성이 만들어놓은 안가, 전 노인 부부의 아들 전봉천이 한국 대기업 대성전자에서 근무하고 있는 것이다.

"안 자?"

아랫목에 반듯이 누운 이미현이 물었으므로 한성진이 머리를 들었다. 밖에서 비바람이 불고 있다. 나뭇가지가 바람에 날리는 소리부터 벽에 부딪는 빗방울 소리까지 다 들린다. 밖이 거칠수록 방안이 포근해지는 법이다. 흙벽 사이로 들어온 바람에 촛불이 흔들리고 있다. 전 노인한테서 얻은 반 토막짜리 초다. 이것이 방안을 밝히는 유일한 도구다. 지도를 접은 한성진이 이미현을 보았다.

"여기서 국도까지는 직선거리로 6.5킬로 산길로는 15킬로쯤 돼."

"잘됐네."

반듯이 누운 이미현은 씻고 면바지와 셔츠로 갈아입었다. 물집투성이가 된 발도 씻고 말려서 개운한 표정이다. 이미현이 시선을 준 채로 다시 묻는다.

"새벽 3시야. 안 자?"

"여기서 잡히면 끝장이야."

촛불을 불어 ㄱ자 방안은 순식간에 칠흑 속 같은 어둠으로 덮여졌다. 한성진이 이미현의 옆에 누워 긴 숨을 뱉었다.

"셋한테 미안하다."

"자기 때문에 잡혔나?"

이미현이 한성진의 목을 감아 안았다.

"나 안아줘."

"연락이 안 돼서 불안해."

가슴에 붙여진 이미현의 머리칼을 쓸어 올려주면서 한성진이 말을 이었다.

"놈들이 추적해 올 거야."

"이곳까지?"

"방법이 있긴 해."

이미현의 바지를 벗기면서 한성진이 혼잣소리처럼 말했다.

"영감님의 핸드폰을 빌려 쓰는 거야."

전씨 노인도 핸드폰을 갖고 있는 것이다. 그래서 서울의 아들 전봉천의 연락을 받고 한성진과 이미현을 받아들였다. 둘은 역사학자인 것이다.

"괜찮겠어? 영감님 핸드폰을 써도?"

"마지막 순간에."

한성진이 더 이상 말을 잇기 싫다는 듯이 이미현의 몸을 세게 안았다.

"무슨 일이야?"

술기운이 뻗쳐 있는데다 짜증도 난 송한종의 목소리는 컸다. 그래서 내친김에 와락 쏟았다.

"나, 청와대 수석이야. 바쁘다구!"

이곳은 서교동의 일방통행로다. 국제호텔에서 통일원 간부 셋과 술을 마시고 나온 송한종은 서초동 집으로 가려던 참이었다. 그런데 교통경찰 둘이 길을 가로막은 것이다.

"빨리 비켜!"

다시 송한종이 소리쳤을 때다. 옆쪽으로 사내 하나가 다가오더니 말했다.

"송한종 수석이시죠? 좀 내리시죠."

머리를 든 송한종은 양복 차림의 사내를 보았다. 40대쯤의 무표정한 얼굴의 사내였다.

"당신 누구야? 누군데 날 내리라고 해?"

아직도 송한종의 기세는 죽지 않았다. 그때 사내가 불쑥 열려진 창안으로 손을 뻗어 송한종의 멱살을 움켜쥐었다.

"내려, 이 새끼야!"

그때 경찰 하나가 운전석의 문을 열고 운전사를 끌어내렸다.

"이 새끼 잡아!"

무지막지한 힘이다. 어느새 뒷문이 열리더니 사내 두 명이 송한종의 팔다리를 잡아 끌어내었다. 이제 송한종은 눈만 치켜뜬 채 소리도 내지 못하고 있다. 와락 겁에 질려버린 것이다.

오전 1시, 침실에서 이한성 대통령이 전화기를 귀에 붙였다. 국가안보실장 조무엽의 전화다.

"대통령 각하, 송한종 일당을 모두 체포했습니다."

조무엽의 목소리는 차분했고 대통령은 듣기만 했다.

"비서관 천동철, 행정관 박기술, 윤정진, 그리고 통일부의 국장급 둘을 포함하여 다섯 명, 연락책으로 활동한 여섯 명까지 모두 15명을 체포해서 구속시켰습니다."

"그럼 송한종의 북한과의 통로는 차단된 셈인가요?"

"그렇습니다. 대통령 각하."

조무엽의 목소리에 열기가 띠어졌다.

"내일 오전 8시부터 모든 언론이 송한종의 반역행위를 보도할 것입니다. 대통령을 팔아 기업체에 북한으로 송금할 비자금을 책정시켜 송금하기 직전에 일망타진했다는 내용입니다."

"기업에 피해가 가지 않도록 해야 합니다."

"예, 고려하고 있습니다."

대답은 그렇게 했지만 사건이 마무리되고 나서 대기업 12곳은 비자금을 조성한 책임 추궁은 당해야만 할 것이다. 아무리 대통령의 지시가 있었다고 해도 거액을 조성했다는 것은 탈법, 위법이다. 더구나 20억 불이나 되는 거금이다. 국민들이 가만있을 리가 없다. 심호흡을 한 대통령이 생각난 듯 물었다.

"지금 그들 둘은 어디 있지요?"

사건의 중심인 두 남녀, 한성진과 이미현을 묻는 것이다.

라디오의 스위치를 끈 김진철이 외면했다. 김진철과 시선을 마주치지 않으려고 미리 반대쪽으로 머리를 돌리고 있던 최강일은 어깨를 늘어뜨렸다. 오전 9시 10분, 방안은 무거운 정적에 덮여졌다. 방금 김진철은 한국의 뉴스를 들은 것이다. 뉴스 속보. 청와대의 수석비서관 송한종 일당이 반역혐의로 체포되었다는 뉴스다. 엄청난 사건이어서 이미 인터넷을 통해 전 세계로 퍼져나간 상태다.

"터졌군."

이윽고 김진철이 이 사이로 말했지만 방안의 사내들은 모두 들었다. 마을은 조용하다. 아침이 되었는데도 인적이 보이지 않는 마을이다. 마루방은 어두워서 오전인데도 전등을 켜 놓았다. 김진철이 말을 이었다.

"남조선 놈들이 강수를 두는군."

"……."

"정면대결을 하자는 거야."

김진철이 발을 떼자 모두의 시선이 모여졌다. 반쯤 열려진 문 앞에 선 김진철이 머리를 돌려 방안의 사내들을 보았다. 최강일을 포함해서 모두 여섯 명이다.

"이젠 그년의 효용가치가 없어졌어. 잡아도 쓸모가 없어졌다구."

최강일은 김진철의 얼굴에 일그러진 웃음이 떠오르는 것을 보았다. 자포자기한 웃음이다.

"러시아로."

딱 한 마디만 뱉은 백길성이 통화를 끝내자 한성진이 길게 숨을 뱉었다. 오전 9시 반, 전 노인의 핸드폰을 빌려 백길성과 통화를 한 것이다.

"감사합니다."

전 노인에게 한국어로 인사를 한 한성진이 핸드폰을 건네주었다. 웃음 띤 얼굴로 전 노인이 핸드폰을 받는다. 방을 나온 한성진은 마당 끝에 서 있는 이미현에게 다가갔다.

"통화했어?"

그렇게 묻는 이미현은 이미 등에 배낭을 멘 차림이다. 떠날 준비가 되어 있는 것이다. 한성진이 옆에 놓인 배낭을 등에 메면서 방문 앞에 서 있는 전씨 부부를 향해 머리를 숙여 인사를 했다. 이미현이 따라 인사를 했고 노인 부부는 똑같이 허리를 꺾어 답례를 했다. 몸을 돌린 한성진이 낮게 말했다.

"러시아로 밀입국하라는 거야."

"러시아?"

놀란 이미현이 바짝 옆으로 다가붙었다. 대문을 나온 둘은 곧장 산길로 들어섰고 전씨의 농가는 보이지 않았다. 나무숲이 울창한 골짜기의 샛길은 눅눅한 습기에 덮여졌고 햇살이 비치지 않아서 어둡다. 이미현의 시선을 받은 한성진이 말을 잇는다.

"도청이 될까 봐서 밀입국 통로는 꺼내지 않았어."

"얼마나 먼데?"

"여기서 직선거리로 70킬로 정도."

"70킬로나?"

숨을 들이켠 이미현이 한성진을 보았다. 얼굴이 일그러져 있다.

"그것도 직선거리로?"

"이틀 안에 주파해야 해."

"난 못 해."

"내가 업고서라도 갈 테니까."

어느덧 골짜기 모퉁이를 지나자 한성진이 골짜기 왼쪽 산비탈을 오르기 시작했다. 길도 없는 바위산이다.

"어디로 가?"

뒤에서 이미현이 물었지만 한성진은 돌아보지도 않고 대답했다.

"직선거리로 가는 거야."

"……."

"놈들이 통화추적을 했을 거야. 가능한 한 멀리 떨어져야 해."

이미현은 더 이상 말을 붙이지 않았다.

"저, 이제 움직일 수 있어요."

오현서가 말하자 수화구에서 장병훈의 목소리가 울렸다.

"고생 많이 했어. 그럼 오후에 출발해."

"그럼 제2루트로 가겠습니다."

"내가 준비시킬 테니까."

"출발할 때 다시 연락드릴게요."

"그래. 기다릴게."

그때 오현서가 전화기를 고쳐 쥐고 주위를 둘러보았다. 길림 시 공영 터미널 옆쪽 공중전화 박스 안이다. 오전 10시 15분, 주위가 혼잡했고 소란스러운 것이 오히려 안심이 된다.

"저기, 상무님. 경호팀장은 어떻게 되었지요?"

오현서가 조심스럽게 묻자 장병훈은 잠깐 침묵했다. 주변이 더 시끄러워진 느낌이 들자 오현서는 반대쪽 귀를 손바닥으로 막았다. 그때 장병훈이 말했다.

"글쎄. 나도 모르겠어. 연락이 안 돼."

"……."

"그리고 이제는 경호팀장 역할이 해제되었어. 앞으로 볼 수가 없을 거야."

"……."

"위험하겠지만 이번 일만 잘 마무리 해주고 들어와 쉬도록 해."

"잘 알겠습니다."

어깨를 부풀린 오현서가 배에 힘을 주고 말을 이었다.

"다시 연락드릴게요."

전화기를 걸어놓은 오현서는 공중전화 박스를 나와 인파에 끼어들었다. 그러고는 서너 걸음을 떼었다가 문득 정신을 차리고는 발을 멈췄다. 다른 방향으로 가고 있었던 것이다.

"이곳에서 한국으로 발신을 했습니다."

윤경태가 손끝으로 짚은 곳은 현 위치에서 15킬로, 골짜기의 외딴 농가다.

"통화 시간은 25초, 발신자는 전씨라는 노인입니다."

최강일은 잠자코 윤경태의 손끝만 응시한 채 입을 열지 않았다. 이미 현 수색을 한다면서 동북쪽으로 북상했지만 등을 과녁으로 내놓은 것 같은 상황이 되어버렸다. 대개 이런 경우에는 실무자에게 책임을 뒤집 어씌우는 것이 동서고금을 막론한 관리들의 습성인 것이다. 김진철이 가만있을 리가 없다. 그때 최강일이 머리를 들고 윤경태를 보았다.

"아마 동무하고 내가 처형될 거야."

이곳은 국도변의 임시 휴게소 안이다. 안에는 둘뿐이었는데 주위에 휴지와 쓰레기가 쌓였고 냄새가 진동을 했다. 최강일이 말을 이었다.

"김 부장이 우리 둘을 희생양으로 삼을 거야. 모든 책임을 우리 둘한 테 지우고 말이지."

"……."

"그년을 지금 잡는다고 해도 이젠 늦었어. 남조선 놈들이 터트려버리 는 바람에 그년 가치는 휴지가 된 거야."

최강일의 시선을 받은 윤경태가 팔짱을 꼈다. 지금까지 윤경태는 한 번도 이런 적이 없다. 최강일 앞에서는 언제나 부동자세를 취했던 것이 다. 윤경태가 똑바로 최강일을 보았다.

"조장 동지, 끝까지 저를 끌고 가시는군요. 그렇지 않습니까?"

최강일의 시선이 윤경태의 팔짱 낀 팔에서 얼굴로 올라왔다. 그러나 얼굴에는 표정이 없다. 다시 윤경태가 말을 이었다.

"우리라고 자꾸 그러시는데, 나까지 처형될 것 같습니까?"

"동무도 알지 않나?"

"내가 억울하게 끌려든다는 생각은 하지 않으십니까?"

"할 수 없지."

"죽을 각오를 하면 길이 보이는 법입니다. 조장 동지."

눈을 치켜뜬 윤경태가 똑바로 최강일을 보았다. 이제는 최강일의 눈동자가 흔들렸고 윤경태의 입술 끝이 올라갔다.

"방법이 있습니다. 조장 동지."

"뭔가?"

"김 부장이 5킬로 후방 민가에 묵고 있습니다. 호위는 둘, 지금 정신줄을 놓아서 지휘가 엉망인 줄 알고 계시지요?"

"……."

"말씀대로 온갖 책임을 우리 둘한테 전가하고 이곳저곳에 전화질만 하고 있단 말입니다."

그러고는 윤경태가 목소리를 낮췄다.

"우리 둘이 가서 부장을 사살합시다. 그리고 남조선 놈들이 기습한 것으로 만들자는 말입니다."

"……."

"그럼 당에서는 다시 우리를 찾게 될 겁니다. 우리가 적임자니까 말입니다."

윤경태가 이를 드러내며 웃고 있었다.

오후 4시 반, 산 중턱에 겨우 한사람이 다닐 수 있도록 만들어진 길을 한성진이 한 걸음씩 떼어 나아가고 있다. 두 사람이 두 개의 다리로 전진한다. 이미현이 한성진의 등에 업혀 있기 때문이다. 배낭끈으로 이미현의 몸을 묶어서 마치 잡은 짐승을 메고 가는 꼴이다. 그래서 이미현은 안정적으로 등에 붙었지만 등에 또 커다란 배낭이 메어져 있다. 그 모습으로 한성진이 전진하고 있다 등에 멘 무게가 70킬로 가깝게 될 것이다.

"좀 쉬어."

몇 번째인지도 모르게 이미현이 말했으나 한성진은 들은 척도 하지 않았다. 벌써 한 시간 가깝게 이렇게 걸은 것이다.

"좀 쉬자니깐."

엉덩이를 들썩이면서 이미현이 목소리를 높였더니 한성진이 걸음을 멈췄다.

"그래. 10분만 쉬자."

산 중턱에 짐을 내려놓듯이 조심스럽게 등을 붙이면서 한성진이 주저앉았다. 얼굴이 땀으로 범벅이 되어 있다.

"25킬로 걸었다."

가쁜 숨을 뱉으면서 한성진이 말했다. 배낭끈을 풀고 나온 이미현은 대답하지 않았다.

"난 군에서 70킬로 군장을 메고 산악 훈련을 한 적이 있어, 산길 100킬로를 걸었지."

그때 이미현이 수건을 꺼내 한성진의 얼굴을 닦는다. 앞에 딱 붙어 앉은 이미현은 정색한 채 입은 꾹 다물려져 있다. 한성진이 말을 이었다.

"오늘 밤까지 40킬로 채우고 내일 밤에 국경을 돌파하는 거야."

"……."

"지도상으로 보면 노브시르라는 마을이 우리가 통과할 마을이야. 그곳에서 가까운 도시로 가는 거지. 도시가 숨기에 좋으니까 말야."

그때 얼굴을 다 닦은 이미현이 물끄러미 한성진을 보았다.

"자기야, 고마워."

"뭐가?"

한성진의 시선을 받은 이미현이 대답했다.

"날 이렇게 데리고 가줘서."

"무슨 말이야?"

그 순간 한성진은 이미현의 눈동자 초점이 멀리 잡혀져 있는 것을 알았다. 그때 이미현이 말을 이었다.

"난 돌아가고 싶지 않아."

"별일 없을 거야."

한성진이 손을 뻗어 이미현의 볼로 흘러내린 머리칼을 젖혔다.

"네 머릿속에 든 그 이야기만 다 해주면 돼. 나한테 했던 것처럼."

"……."

"네가 평양 다녀온 이야기도, 넌 이미 한국 정부에 도움을 줬어. 네 덕분에 놈들의 공작이 무산되었단 말야."

"……."

"기운을 내. 넌 오히려 정부로부터 포상을 받을 거야."

"자기. 나하고 같이 있을 거지?"

불쑥 이미현이 묻자 한성진이 눈을 초점을 잡았다. 이미현의 얼굴이 바로 앞에 붙여져 있었기 때문이다. 산 중턱의 기온은 서늘하다. 햇살은 나무그늘에 가려져서 둘은 그늘 속에 앉아 있다. 이미현의 숨결에서 옅게 살구 향이 맡아졌다. 피부냄새인지도 모른다. 그때 한성진이 말했다.

"널 안전하게 떠나보내고 나서 난 돌아가야 돼."

"응? 어디로?"

이미현이 묻자 한성진이 희미하게 웃었다.

"해야 할 일이 있어."

"또?"

"하다가 만 일이 있거든."

그러고는 한성진이 손목시계를 보았다. 그것이 이미현의 말을 막은 효과를 낸 것 같다. 입을 다문 이미현의 눈동자가 흐려졌다. 다시 초점이 멀어진 것이다.

"송한종은 12개 기업에서 20억 불을 걷었습니다. 그런데 이것을 대통령의 지시라고 속였던 것입니다."

흥분한 앵커가 목소리를 높였다. 처음에는 12개 기업을 12억 불이라고 했다가 정정하는 해프닝도 일어났다.

"만일 국정원의 조중 공작팀이 이 사실을 발견하지 못했다면 20억 불은 북한 측에 넘어갔을 것입니다."

이렇게 사건이 결론을 낸 것이다. 이곳은 신촌 홍대 근처의 삼겹살집 안이다. 오후 7시 반, 한창 떠들썩해야 될 식당 안이 조용해져 있다. 벽에 걸린 TV를 시청하기 때문이다. 앵커가 말을 이었다.

"그리고 그때부터 12개 대기업은 물론 한국 정부, 심지어 대통령까지 북한 측에 끌려 다녀야만 했을 것입니다. 왜냐하면 그것을 폭로하겠다고 협박할 것이고, 실제로 폭로하면 대통령은 탄핵되어야 할 것이며 정권이 붕괴될 것이기 때문입니다."

앵커의 말이 끝나기도 전에 학생으로 보이는 사내 하나가 소리쳤다.

"사형제도를 부활시켜야 돼!"

"우리도 북한처럼 기관포로 쏴 죽여야 된다구!"

동석한 사내가 따라 외치자 식당 안은 금방 시끌시끌해졌다. 그것을 기회로 주인이 TV를 껐고 식당은 일상의 분위기로 돌아갔다.

"서류는 다 준비되었지?"

주변이 시끄러워졌으므로 식탁 위로 상반신을 기울인 해외사업국장 백길성이 물었다. 둘은 여론을 들으려고 이곳에 왔다.

"예, 지금 14호가 갖고 있습니다."

작전실장 유기준이 대답했다. 둘은 신촌으로 나와 있는 것이다. 오후 5시에 청와대 회의에 참석한 국정원장과 2차장을 수행하고 나온 길이다. 주위를 둘러본 유기준이 말을 이었다.

"러시아에 입국만 하면 빼낼 수 있겠는데요."

"이번에 한성진이 큰일을 했어."

그러나 백길성의 얼굴에 쓴웃음이 번졌다.

"한성진이 조금 전 앵커의 말을 들으면 기가 막히다고 하겠구만, 안 그래?"

"세상일이 다 그런 거죠. 뭐."

"이 친구가 달관한 것처럼 말하는구만."

"원장님이 인터뷰 하시는 거 보셨습니까?"

불쑥 유기준이 되묻자 백길성의 얼굴에 다시 쓴웃음이 번졌다.

"세상이 다 그렇지. 뭐."

이제는 백길성이 유기준 흉내를 내었다. 오후에 국정원장 황영일은 인터뷰를 했던 것이다. 정치인 출신 황영일은 이것이 모두 국정원의 공적인 것처럼 당당하게 말했는데 자부심으로 가득 찬 표정이었다. 따라서 대부분의 국민이 이번 작전은 황영일의 지휘로 이루어졌다고 믿을 만했다.

"누구야?"

술에 취한 김진철이 눈을 치켜떴지만 초점이 흐리다. 밤 10시 10분, 국경에서 15킬로가량 떨어진 도선리의 안가는 조용했다. 도선리는 직행버스 정류장이 위치한 꽤 큰 마을이다. 안가도 버스정류장 근처의 2층 벽돌집이다. 그때 다시 문에서 노크 소리가 들렸으므로 김진철이 버럭 소리쳤다.

"누구냐구!"

그 순간 김진철은 방안으로 들어서는 윤경태를 보았다. 윤경태는 허름한 양복 차림에 무표정한 얼굴이다.

"뭐냐?"

김진철이 눈동자의 초점을 잡았다. 평소에 윤경태는 김진철을 보면 작대기처럼 굳어지던 인간이다. 그런데 오늘은 거침없이 다가와 앞에 섰다. 두 팔도 엉거주춤 늘어뜨린 불량한 자세.

"이 새끼, 무슨 일이냐구!"

50도짜리 백주를 네 병째 마시는 중이어서 김진철은 술기운이 올라 있다. 다른 때 같았으면 색주가에서 여자를 끌어안고 마셨겠지만 요즘은 그럴 수가 없다. 언제 호출을 당할지 알 수가 없었기 때문이다. 호출되면 숙청될 가능성이 7할쯤 된다. 그때 윤경태가 저고리 안에서 권총을 빼내 쥐었으므로 김진철은 눈을 가늘게 떴다. 아직 상황 파악이 안 되고 있다.

"뭐야 이 새끼야?"

김진철이 욕설을 뱉은 순간이다.

"픽! 픽! 픽!"

2미터 거리에서 소음기를 거친 총탄이 세 발 발사되었고 이마와 가슴, 배까지 차례로 한발씩 맞은 김진철이 의자와 함께 넘어졌다.

이곳은 골짜기 안을 흐르는 개울가다. 개울가의 바위틈에 한성진과 이미현이 들어가 있다. 한 사람이 겨우 갈 만한 틈에 둘이 겹쳐 있는 셈이다. 배낭을 바위 앞쪽에 막아놓아서 바람도 막고 물소리도 작아졌다. 오전 3시 반, 지도상으로 국경까지는 12킬로가 남았다. 하루 반나절 동안 50여 킬로를 주파한 셈이다.

"자?"

죽은 듯이 늘어져 있던 이미현이 불쑥 묻는 바람에 놀란 한성진이 숨을 들이켰다. 눈을 감고는 있었지만 깨어 있었던 것이다. 둘은 포개지듯이 누워 있었는데 이미현의 몸이 절반쯤 한성진의 몸 위로 겹쳐졌다. 마치 관 형태의 바위틈새여서 아늑하긴 했다. 이미현은 한성진의 몸을 깔고 있는데다 머리는 배낭으로 받쳐진 상태다. 안정된 상태로 누웠다.

"아니, 왜?"

한성진이 묻자 이미현의 더운 입김이 옆쪽 볼에 부딪혔다.

"오늘 밤에는 러시아로 들어가겠지?"

"그렇게 되겠지."

이미현이 상반신을 뒤척여 한성진의 몸과 정면으로 마주 보는 자세를 만들었다.

"하다가 만 일이 있다고 했지?"

다시 이미현이 물었으므로 한성진은 소리죽여 숨을 뱉었다.

"그래."

"그 일 끝나면 귀국할 거야?"

"그래야지."

"중국에 남아 있는 건 아니지?"

"아냐."

"그럼 나한테 올 거야?"

그때는 마음을 정돈한 한성진이 겨우 손을 들어 올려 이미현의 볼을 만졌다. 유리잔을 만지는 것처럼 조심스럽게 볼을 만지면서 한성진이 말했다.

"너, 서울에서 말야……."

"응, 왜?"

"밝은 곳에서 옷 깨끗하게 입고, 주위의 일이 다 풀리고 나면 말이지."

"……."

"나 기다리지 않게 될 거다."

"……."

"내 기억이 희미해질 거야."

"……."

"그건 무슨 말인가 하면 너처럼 아름답고 다 갖춘 여자하고 나는 상대가 안 된단 말이지."

"……."

"격이 맞지 않아."

그때 말을 멈춘 한성진이 바로 눈앞의 이미현을 보았다. 관 속처럼 바위틈은 어두웠지만 어둠에 익숙해진 한성진의 눈이 번들거리는 줄기를 보았다. 바로 눈앞에 뜬 얼굴에서 흐르는 눈물이다.

"나, 가고 싶지 않아."

낮게 말한 이미현이 코를 들이켰다.

"자기랑 그대로 여기 있고 싶어."

이번에는 한성진이 입을 다물었고 이미현의 말이 이어졌다.

"이렇게 있는 순간이 편안해. 난 이렇게 편안했던 적이 없어."

통일부 대북협력국장 임기호는 대북업무의 전면에 나선 적이 거의 없다. 왜냐하면 항상 보좌역만 맡았기 때문에 언론에서도 무시되었던 것이다. 더구나 본인 성격이 나서지 않고 뒤에 숨는 형이어서 진급도 늦은 편이다. 남의 공적도 가로채 가는 현실에서 제가 만든 것도 빼앗기는 판이니 어쩔 수가 없다. 그 임기호가 이번에는 대북업무의 주역이 되었다. 청와대 안보회의에서 결정이 되었는데 통보를 받은 임기호는 화장실에서 30분이나 머물다가 나왔다는 것이다. 통일부 안에서는 임기호가 대북 강경책의 주역을 맡게 될 것이라고 소문이 났다. 그러나 임기호가 주역이 된 이유는 간단하다. 송한종에게 철저하게 무시당했던 임기호였다. 역으로 송한종하고 친해야 출세한다고 생각했던 인간들이 벼락을 맞은 대신 소외되었던 임기호가 빛을 보게 된 것이다. 쥐구멍에도 볕 들 날이 있다는 속담이 어울리는 사건이다.

"전문이 왔습니다."

오후 9시 반, 통일부 사무실에 진을 치고 앉아 있는 임기호에게 연락관 오창수가 서둘러 다가와 보고했다. 북한에서 온 전문이다. 적십자사를 통해 왔는데 그것도 조총련을 통해 한적으로 보내졌다. 물론 시간은 얼마 걸리지 않지만 남북 간 직통전화가 세 군데나 있는데도 이런 장난을 친다. 조총련을 통해서 보내면 북한에서 보낸 것이 아니라고 발뺌하기 쉬운 줄로 아는 것 같다. 전문을 받아본 임기호가 벌떡 일어섰다. 전문 내용이 머릿속에 선명하게 박혀져 있다.

"북조선인민공화국은 핵과 당면한 현안에 대한 북남 고위급 회담이 조속한 시일 내에 개최되기를 바람, 고위급 회담 준비위원회는 3일 후에 판문점에서 열기를 기대함."

바로 이런 제의가 올 것이라고 예상하고 있었던 것이다. 이제는 어떻게 나올지 감이 잡힌다.

"저기가 국경이야."

눈으로 앞쪽 개울을 가리키며 한성진이 말했다. 오후 11시 20분, 주위는 짙은 어둠에 덮여 있었지만 멀리 드문드문 불빛이 보였다. 러시아 민가다. 이곳은 황무지여서 시야가 탁 트였다. 앞쪽 개울까지는 100여 미터, 여기서 보아도 개울 폭은 10여 미터밖에 되지 않는다. 물소리가 들렸고 개울 가운데 돌들이 솟아 있어서 발목 깊이도 되지 않는 것 같다. 그곳이 국경인 것이다. 지도를 본 터라 한성진이 몸을 일으키며 말했다.

"자, 가자. 민가를 지나 2킬로만 걸으면 국도야."

이미현이 잠자코 따라 일어섰다. 이곳은 국경에 철조망도 쳐 있지 않은 것이다. 검문소는 위쪽으로 5킬로쯤 떨어진 곳에 있다.

"잠을 자고 싶어."

발을 떼면서 이미현이 혼잣소리처럼 말했다. 돌멩이를 밟은 이미현이 비틀거렸으므로 한성진이 허리를 감아 안으면서 발을 떼었다.

"따뜻한 방 안에서, 깨끗이 씻고."

"도시에 들어가면 목욕하고 자."

한성진이 부드러운 목소리로 말했다.

"내가 깨끗한 호텔 찾아볼게."

"벌써 국경에 다 왔다니 꿈만 같아."

"벌써라니? 50시간 중에서 40시간을 걸었는데."

어느덧 둘은 개울가로 다가가 솟아오른 돌덩이를 밟고 개울물을 건넜다. 자갈 밟는 소리가 울렸으므로 발을 조심스럽게 떼었지만 곧 개울을 벗어나자 잡초가 우거진 황야다. 민가의 불빛이 가까워졌다. 이제 이미현의 겨드랑이에 팔을 낀 한성진이 다시 입을 열었다.

"한 시간만 참아. 국도에 나가면 지나는 차가 있을 거야."

이미현은 대답하지 않았고 한성진이 혼잣소리처럼 말을 이었다.

"국경을 넘었는데도 전혀 감동이 일어나지 않는구나."

한성진의 목소리가 잡초 위를 스치고 지나는 것 같다.

"세관에서 도장을 찍어야 국경을 건넌 기분이 나는 모양이다."

민가 쪽으로 다가갈 수는 없었기 때문에 한성진은 방향을 틀었다. 이미현이 한성진의 몸에 바짝 붙었다.

"우리가 며칠간 함께 있었지?"

불쑥 이미현이 물었으므로 한성진의 걷는 속도가 느려졌다.

"글쎄……."

"이번 사흘 동안 말고."

"그게……."

"한 보름 되었나?"

이미현의 시선이 앞쪽으로 향해졌다. 그러더니 말을 이었다.

"행복했어."

러시아의 블라디보스토크는 한국과 두 시간 시차가 난다. 오후 3시 반, 한국은 한 시 반이 되어 있을 것이다. 손목시계를 내려다본 한성진이 전화기를 들었다. 버튼을 누르고 나서 신호음이 세 번 울리더니 곧 응답소리가 들렸다.

"여보세요."

작전실장 유기준이다. 이제 목소리도 귀에 익었으므로 한성진이 바로 용건을 말했다.

"블라디보스토크입니다."

"고생했어."

대뜸 치하한 유기준이 바로 묻는다.

"동행은?"

"같이 있습니다."

"좋아."

유기준이 마음을 놓은 듯이 목소리가 조금 여유 있게 들렸다.

"하바로프스카야 거리에 아무르호텔이 있어. 찾기 쉬워. 한국인 관광객이 많이 투숙하는 곳이니까. 7층 건물이야."

"……."

"지금 거기 시간이 오후 3시 반이지?"

"그렇습니다."

"5시에 로비에 있으면 사람이 찾아갈 거야. 암호는 신라와 백제라고 하지."

"한국 요원입니까?"

"그래."

그러더니 유기준이 길게 숨을 뱉었다.

"이제 한숨 돌렸어. 정말 수고했어."

택시를 타고 하바로프스카야 거리로 가면서 이미현이 물었다.

"돈 좀 있어?"

"응."

대답부터 해놓고 한성진이 이미현을 보았다.

"얼마나 필요해?"

"얼마나 있는데?"

"미화로 6만 불 정도."

"많네."

놀란 이미현이 눈을 둥그렇게 떴다. 더 많았었는데 안가에 숨겨놓고 이것만 갖고 나온 것이다. 모두 북한 사업장에서 강탈한 돈이다.

"그럼 저기서 잠깐 서."

이미현이 앞쪽을 눈으로 가리키더니 택시 운전사에게 말했다.

"스톱, 플리즈."

이쯤 영어는 남미 원주민도 알아듣는다. 택시가 길가에 멈춰 서자 이미현이 한성진의 어깨를 밖으로 밀면서 말했다.

"쇼핑 좀 하자."

택시는 백화점 앞에 세워져 있는 것이다.

한 시간쯤 후에 둘은 백화점에서 나왔는데 전혀 다른 모습이 되어 있다. 전처럼 관광객으로 차려입었지만 유명 브랜드 제품을 뒤집어써서 분위기가 달라져 있는 것이다. 내복에서 양말, 신발까지 다 바꿨고 이미현은 백화점 안의 미용실에서 팁을 100불이나 주고 20분 만에 머리 손질까지 했다. 돈 쓸 줄을 아는 터라 한성진은 따라다니면서 돈만 내면 다 해결이 되었다. 둘이 아무르 호텔에 도착했을 때는 4시 45분이다. 호텔 로비는 방금 여객선으로 도착한 한국 관광객들이 체크인을 하고 있어서 혼잡했다.

"한국에 온 것 같아."

한국인 사이에 묻힌 이미현이 얼굴을 펴고 웃었다. 관광객 사이에 낀 이미현은 일행 같았고 들떠 있는 표정까지 어울렸다. 한성진이 주위를 둘러보았지만 아무도 시선을 마주치지 않았다.

"저쪽으로 가자."

한성진이 이미현의 팔을 잡고 구석 쪽으로 끌었다. 한국 속초에서 블라디보스토크까지 크루즈 여행에 대한 안내판이 구석에 크게 붙여져 있다. 구석 쪽 자리에 나란히 앉았을 때 이미현이 한성진에게 물었다.

"날 데리러 사람이 오는 거지?"

"그래."

"그럼 그때 자기하고 헤어지는 거야?"

이미현의 시선을 받은 한성진이 쓴웃음을 지었다.

"어쨌든 난 귀국하지 않을 테니까."

그때 사내 하나가 다가왔는데 관광객이다. 가슴에 카메라를 늘어뜨려 놓았고 등에는 배낭을 메었는데 로비에 가득 차 있는 관광단 일행 같다. 40대쯤의 사내가 다가오더니 한성진에게 말했다.

"백제."

10분쯤 후에 사내까지 포함한 셋은 호텔 5층의 객실에 들어와 있었는데 방문 앞 복도에는 사내 하나가 경비를 섰다.

"여기 여권입니다."

자신을 14호라고만 소개한 사내가 탁자 위에 여권 두 개를 놓으면서 말했다.

"입국 스탬프까지 찍혀 있습니다. 두 분은 오늘 오후 3시에 블라디보스토크에 도착하신 겁니다."

여권을 집어든 한성진은 입국 스탬프가 찍혀져 있는 것을 보았다. 14호가 말을 이었다.

"두 분은 러시아 크루즈선 '이반' 호를 타고 오신 거죠. 이반호는 오늘 오전 9시에 속초에서 출발했는데 3일 후에 돌아갑니다."

14호가 다시 탁자 위에 놓은 것도 티켓이다. 그런데 티켓은 한 장이다.

"이건 돌아가실 때 사용하는 티켓입니다. 이미현 씨는 이 티켓만 보이시면 이반호에 탑승하실 수 있습니다. 방은 특실 103호실이죠."

"이분은요?"

하고 이미현이 옆에 앉은 한성진을 턱으로 가리켰지만 시선을 주지는 않았다. 그때 14호가 정색하고 말했다.

"한성진 씨는 이곳에 남으십니다. 별도 지시가 있으시겠지요. 저는 그 이상은 모릅니다."

눈을 뜬 한성진은 창밖이 희미하게 밝아져 있는 것을 보았다. 그러나 아직 어둡다. 건너편 건물의 옥상 위 하늘이 잿빛으로 변해져 있을 뿐이다. 시트를 조심스럽게 걷으면서 상반신을 일으킨 한성진이 옆에 누운 이미현을 보았다. 이미현은 이쪽에 얼굴을 보인 채 모로 누워 있었는데 숨결이 고르다. 방안은 어두웠지만 배까지 드러난 알몸이 선명하게 보였다. 한성진이 시트를 들어 상반신을 덮자 비린 정액의 냄새가 맡아졌다. 탁상에 부착된 전광 시계가 오전 4시 40분을 가리키고 있다. 어젯밤은 오전 2시까지 엉켜 있었던 것이다. 한성진은 옷장으로 다가가 옷을 입는다. 불도 켜지 않고 조심스럽게 입으면서 이미현을 살폈다. 이미현은 깊게 잠이 든 것 같다. 꼼짝하지 않고 고른 숨소리를 내고 있다. 이윽고 옷을 입은 한성진이 탁자에 앉아 메모지를 앞에 놓았다. 그러고는 머릿속에 넣어두었던 말을 썼다.

"잘 살아. 넌 얼마든지 행복하게 살 수 있는 사람이야. 내가 진심으로 빌어줄게. 한성진."

메모지에서 펜을 뗀 한성진이 의자에서 일어섰다. 그러고는 힐끗 이미현에게 시선을 주고 나서 문으로 다가가 조심스럽게 문을 열었다.

문이 닫혔을 때 침대 위에 누워 있던 이미현이 상반신을 일으켰다. 그러나 금방 다시 움직이지는 않고 그 자세 그대로 한동안 창밖을 보았다. 유리창 밖에 안개가 덮인 것처럼 회색빛으로 흐려져 있다. 새벽이다. 어둠이 걷히면서 밝지도 어둡지도 않은 흐린 공간이 잠깐 동안 펼쳐지는 시간이다. 이미현의 시선이 조금 전에 한성진이 앉아 있던 탁자 쪽으로 옮겨졌다. 어둠 속이었지만 탁자 위에 놓인 흰 메모지가 보였다. 그러나 이미현은 시선을 준 채 움직이지 않았다. 읽지 않아도 그 내용을 알 수 있을 것 같았기 때문이다.

벨 소리를 들으면서 한성진은 문득 전화기를 내려놓고 싶은 충동이 일어났다. 이것으로 이미현과의 인연이 끊어지는 느낌이 들었기 때문이다. 그러나 귀에 붙인 전화기는 떼어지지 않았다. 벨이 다섯 번 울렸을 때 응답소리가 울렸다.

"여보세요."

유기준이다. 블라디보스토크 시간은 오전 6시 반, 서울은 4시 반일 것이다.

"접니다."

"응, 웬일인가?"

유기준이 깨어 있었던 것처럼 명료한 목소리로 물었다.

"예, 조금 전에 이미현을 호텔 방에 혼자 두고 나왔습니다."

한성진이 이제 어둠이 가셔진 거리를 둘러보았다. 행인들이 자신이 들어 있는 공중전화 박스를 지나고 있다.

"잘 부탁합니다."

"이봐, 한 팀장, 지금 무슨 말을 하고 있는 거야?"

유기준의 목소리가 조금 다급해졌다. 예상하지 못한 것 같다.

"이미현이 떠날 때까지 같이 있어 줘야 해. 그런데 방을 나왔다니?"

"예, 하다 만 일이 있어서요."

"무슨 일?"

"예, 지난번에."

"탈북자 호송 경호 말인가?"

"예, 그 사람들이 아직도 절 기다리고 있을 겁니다."

"떠났어."

"예?"

"지금 대륙을 횡단하고 있을 거네."

"거기가 어딘지 알려주실 수 있습니까?"

"이 사람이."

입맛 다시는 소리를 낸 유기준이 잠깐 침묵하더니 말을 이었다.

"이봐, 당신은 우리 요원이야. 그렇게 마음대로 행동하면 안 돼. 다 아는 사람이 왜 이러나?"

"제가 할 일은 다 했기 때문입니다."

이제는 한성진의 목소리도 명료해졌다.

"그렇다면 저한테 이 일을 마치도록 휴가를 내주시던지요. 호텔 방 안에서 기다리고 있을 수만은 없지 않습니까?"

호흡을 고른 한성진이 말을 맺는다.

"제가 동방무역에도 연락을 하겠습니다."

운남성 경홍(景洪)은 미얀마 국경과 멀지 않은 도시인데다 미얀마를 통과하여 타이 북부 국경지대로 뚫린 국도가 가까워서 탈북자의 탈출 루트 중의 하나다. 더구나 경홍은 관광지이기도 해서 한국 관광객이 많이 모이는 터라 위장하기도 편리하다. 그러나 그것이 미끼 역할도 해서 탈북자 검거가 가장 많이 되는 지역이기도 했다. 탈북자 체포조가 진을 치고 있는데다 조선족 정보원, 협조자들이 깔려 있는 것이다. 체포조는 탈북자 검거에 현상금을 걸었을 뿐만 아니라 소지품도 신고자에게 넘겨주었다. 탈북자 대부분이 비상금을 지니고 있었기 때문에 중국인들까지 사냥에 나서는 형편이었다. 동방무역처럼 인도적 차원에서 전혀 대가를 받지 않고 탈북자 구조에 나선 단체는 몇 개 되지 않는다. 대다수의 탈북자는 조선족 브로커에게 대가를 지불하고 빠져나오는 것이다. 그 브로커가 강도로 돌변하거나 체포조에 넘기는 경우도 있었기 때문에 탈북자 중 뜻을 이루는 확률은 1할도 되지 않는다. 경홍의 민박집 '아리랑 하우스'는 배낭 여행자들에게 꽤 알려진 숙소다. 배낭 여행자 출신 이윤석이 조선족 아내 조금옥과 같이 운영하는 아리랑 하우스는 방이 12개짜리 2층 벽돌집이다. 2층 옥상에 선 오현서가 핸드폰에 찍혀진 번호를 주시하다가 곧 귀에 붙였다. 그러고는 크게 숨을 들이켜고 나서 응답했다.

"여보세요."

"나, 한성진입니다."

오현서는 숨을 멈췄다. 30분쯤 전에 장병훈한테서 한성진의 전화가 올 것이라는 연락을 받고 옥상에서 기다리고 있던 참이다. 아래쪽 2층의 방에는 이곳까지 데려온 박순실과 아들 안정훈, 윤정옥과 민동호까지 넷이 투숙하고 있는 것이다. 그때 이쪽 응답이 잠깐 늦었기 때문에 한성진이 다시 물었다.

"오현서 씨?"

"네, 전데요."

"지금 경홍입니까?"

한성진의 말이 빨라졌다.

"내가 미얀마 쪽에서 기다리고 있을게요. 장 상무님한테서 그쪽 루트를 들었습니다."

오현서는 어깨를 늘어뜨렸다. 목이 메어서 대답이 금방 나오지 않았다.

밤 12시 반, 강가의 풀숲에 엎드린 한성진이 다시 시계를 보았다. 강물 흐르는 소리가 더 커진 것 같다. 중국 쪽 강물은 얕아서 소리가 난다. 그러나 이쪽 미얀마 쪽으로 올수록 깊어져서 수심이 2미터가 넘는다. 강폭은 50미터 정도로 부근에서 이곳이 가장 좁은 지역이다. 더 좁은 지역으로 가려면 북쪽으로 15km쯤 더 가야만 한다. 칠흑처럼 어두운 밤이다. 강의 양쪽은 모두 울창한 숲이어서 짙은 풀냄새가 맡아졌다. 이곳에서 기다린 지 벌써 세 시간이 되어간다. 블라디보스토크에서 비행기로 미얀마의 양곤까지 날아온 후에 다시 만달레이까지는 국내선을 탔고

거기서부터 승합차를 전세 내어 14시간을 달려왔다. 비행기를 갈아탄
시간까지 합하면 72시간의 강행군이다. 엎드린 채 머리를 두 팔 위에 얹
고 있던 한성진은 어느덧 깜박 잠이 들었다. 습기가 많아서 온몸이 땀으
로 흠뻑 젖었고 숨이 턱턱 막혔지만 피로를 이길 수가 없었던 것이다. 2
시간 전에 오현서와 통화를 했는데 3킬로쯤 남았다고 했다. 숲속 3킬로
를 헤치고 나오려면 2시간 이상이 걸린다. 잠이 든 한성진은 꿈을 꾸었
다. 꿈속에서는 푸른 하늘이 펼쳐진 한낮이었다. 잔디밭 위를 오현서가
달려가고 있다. 흰 스커트가 펄럭였고 활짝 웃는 모습이다. 오현서가 숨
이 막히도록 아름다웠으므로 한성진은 뒤를 쫓았다.

"같이 가!"

"날 잡아봐!"

달아나던 오현서가 돌아보며 소리쳤다.

"날 잡으면 같이 갈게!"

"기다려!"

힘껏 뛰었지만 오현서와의 거리는 점점 멀어졌다. 조바심이 일어난 한
성진이 더 크게 소리쳤지만 목소리가 나오지 않았다. 그때 손에 쥐고 있
던 핸드폰이 진동을 했으므로 한성진은 잠에서 깨어났다. 발신자를 보지
도 않고 서둘러 핸드폰을 귀에 붙였을 때 오현서의 목소리가 울렸다.

"민 선생이 뱀에 물린 것 같아요."

오현서의 목소리가 떨렸다.

"어떻게 해요? 민 선생은 우리더러 먼저 가라고 하는데……."

"거긴 어딥니까?"

"강까지 1킬로쯤 남았어요. 작년에 한번 와본 곳인데……."

"내가 강을 건너갈 테니까 그곳에서 기다려요."

한성진이 풀숲에서 몸을 일으켰다.

"아니, 잠깐만⋯⋯."

당황한 오현서가 불렀지만 한성진은 핸드폰을 끄고 주머니에서 비닐봉지를 꺼내 담았다. 강을 건너려는 것이다.

"한 부장님이 오신다고 했어요."

땅바닥에 누운 민동호에게 다가간 오현서가 말했다. 민동호는 나무뿌리에 머리를 받치고 누워 있었는데 이미 의식이 희미해져 있다. 뱀에게 물린 곳도 허벅지였다. 잠깐 쉬다가 물린 것인데 뱀 종류도 모른다. 맹독성 독사여서 10분도 안 되어서 민동호는 온몸에서 경련이 일어났고 다리가 풀려 걷지를 못하게 된 것이다. 그러더니 곧 의식이 끊겼다가 돌아오기를 반복한다. 그때 민동호가 이 사이로 말했다.

"오 선생, 제발 날 놔두고 가십시오. 이러시면 안 됩니다."

옆에 쪼그리고 앉은 박순실과 여덟 살짜리 아들 안정훈, 그리고 윤정옥은 숨도 죽이고 있다. 민동호의 숨소리가 가빠졌다.

"난 가망 없습니다. 내가 의사란 말입니다. 시간 소모하지 마세요."

"입 다물고 있어요."

오현서가 꾸짖듯 말하고는 민동호의 이마에 젖은 수건을 붙였다.

"난 끝까지 옆에 있을 테니까요."

"다 와서 뱀에 물려 죽다니."

민동호의 목소리에 웃음기가 떠올랐다. 그러고는 가쁜 숨소리만 들렸다.

"선생님."

윤정옥이 불렀으므로 오현서가 머리를 들었다. 어둠 속에서 윤정옥의 두 눈이 번들거리고 있다. 눈물 때문이다. 별빛도 들어오지 않는 숲 속이었지만 이제 모두의 눈은 어둠에 익숙한 짐승처럼 되었다. 윤정옥이 울음 섞인 목소리로 말했다.

"민 선생님 불쌍해서 어떡해요?"

"……."

"민 선생님 아주머니는 두만강을 건너다가 총에 맞아 죽었다고 했어요."

"……."

"저한테만 이야기했어요."

모두 숨을 죽였고 숲속에서는 벌레 소리도 들리지 않는다. 다시 윤정옥의 목소리가 땅바닥에 덮여지듯이 들렸다.

"불쌍해요."

박순실이 코를 들이마셨다. 오현서가 알기로는 6개월쯤 전에 10살짜리 딸을 먼저 탈북 브로커를 통해 한국으로 보냈다는 것뿐이다. 나머지 가족 이야기는 하지 않았던 것이다. 민동호는 먼저 간 딸을 만나야만 한다. 오현서가 민동호의 이마를 덮은 수건을 눌렀을 때. 민동호가 오현서의 손목을 잡았다. 뜨거운 손이었다. 손목을 쥔 채 민동호가 말했다.

"이런 부탁을 안 하려고 했는데."

민동호가 서두르듯 말을 잇는다.

"내 딸 이름이 민영희라고 해요. 예쁩니다. 왼쪽 귀에 점이 두 개 있어요."

"민 선생님, 기다려요."

"고향이 자강도 송원입니다. 송원군 주사산 남쪽 영풍마을……."

그때 의식이 끊긴 민동호의 숨소리가 낮아지기 시작했다.

"민 선생님, 민 선생님!"

오현서가 민동호의 어깨를 흔들었지만 깨어나지 않았다. 그때 오현서의 바지 주머니에 든 핸드폰이 진동을 했다. 서둘러 핸드폰을 꺼낸 오현서가 귀에 붙였다. 한성진이다.

좌표는 알고 있었지만 짙은 숲속이다. 평지 같았다면 찾을 필요도 없이 뻔히 보이는 위치일 것이다. 그러나 이곳은 세 걸음 앞이 보이지 않은 숲속인데다 깊은 밤이다. 더구나 국경초소가 1킬로 거리에 있어서 순찰군이 수시로 지나는 통로였다. 핸드폰을 귀에 붙인 한성진이 목소리를 낮추고 물었다.

"300미터쯤 직진해 왔는데 옆에 작은 개천이 흐르고 있어요. 좌표는 147·235입니다. 맞습니까?"

"좌표는 맞아요. 하지만 여긴 개울이 보이지 않아요. 물 냄새는 납니다."

오현서의 목소리가 선명하게 울렸으므로 한성진의 가슴이 뛰었다. 그러나 같은 좌표라도 오차범위는 150미터 정도나 된다. 밀림 안에서 150미터면 평지의 15킬로 거리와 같다. 손에 쥔 위치추적기의 야광 침이 흔들거리고 있다. 어서 움직이라는 신호 같았으므로 한성진은 다시 발을 떼었다. 발밑은 발목까지 빠지는 질퍽한 늪이다.

"다시 북상하고 있습니다. 개울은 좌측에 두고 동쪽으로 올라갑니다."

핸드폰을 귀에 붙인 한성진이 걸으면서 말을 이었다.

"민 선생은 어떻습니까?"

"의식을 잃었어요."

"내 배낭에 구급약 상자가 있어요. 해독제도 있습니다."

"독사에 물린 부분은 지혈시켰어요. 하지만 독이 번진 것 같아요."

한성진은 손에 쥔 위치추적기의 야광 침이 거칠게 흔들거리는 것을 보았다. 좌표가 바뀌려면 이런다. 방향을 튼 한성진이 이제는 늪지대를 벗어나 마른 땅으로 옮겨왔다. 야광 침이 고정되었다. 숨이 막힐 것 같은 밀림 안이다. 습기도 가득 차 있어서 온몸은 이미 땀과 물기로 가득 젖었다. 숨을 들이켜면 끈적한 공기가 흡입되었다. 한성진이 헐떡이며 말했다.

"내가 온다고 약속했지요?"

잠깐 주춤한 것 같던 오현서가 낮게 말했다.

"네, 그랬어요. 약속 지켰어요."

"부탁합니다."

다시 의식을 차린 민동호가 갈라진 목소리로 말했다. 이제는 입술만 달싹이고 있다.

"민영희, 송원군 영풍마을⋯⋯."

"네, 알아요. 주사산 남쪽."

이제는 오현서가 다급하게 말했을 때다. 옆쪽에서 나뭇가지 부러지는 소리가 울렸으므로 모두 소스라쳤다.

"한 부장님?"

저도 모르게 소리쳤던 오현서는 다음 순간 벌떡 일어섰다. 검은 그림자 둘이 다가오고 있다.

"움직이지 마!"

중국어로 외치는 목소리가 울렸다. 공안이다. 공안 국경수비대인 것이다. 민동호는 이미 움직이지 않았고 오현서를 포함한 넷은 나무처럼 굳어져 있다. 이젠 끝났다. 절망감으로 오현서의 가슴은 쇳덩이가 들은 것 같다. 머릿속이 하얗게 비워졌고 손끝 하나 움직일 수가 없다. 그때 다가온 공안 하나가 거친 목소리로 말했다.

"모두 나를 보고 서!"

공안 두 명은 군복 차림에 손에 총을 들었다. 총신이 짧은 중국형 기관총이다. 다가선 두 쌍의 눈이 번들거리고 있다. 그때 조금 앞에 선 공안이 다시 소리쳤다.

"손을 내밀어! 손을 앞으로!"

그 순간이다. 손을 앞으로 내밀었던 오현서는 공안의 뒤쪽에서 어른거리는 물체를 보았다. 나무가 흔들리는 것 같았는데 곧 그것이 사람인 것을 알았다. 다음 순간 오현서의 심장이 터질 듯이 뛰었다. 한성진이다.

"어윽!"

다음 순간 뒤쪽 공안이 비명을 지르면서 앞으로 쓰러졌다. 이제 한성진의 몸이 앞쪽 공안을 향해 덮치듯이 다가왔다.

"타타탕!"

두 몸이 겹치면서 총성이 울렸을 때 오현서는 다시 나무토막처럼 굳어졌다.

"아악!"

입에서 저절로 비명 같은 외침이 터져 나왔다. 공포감이 온몸을 덮으면서 잠깐동안 아무것도 보이지 않았다.

"아아악!"

이번에는 박순실과 윤정옥의 비명이 동시에 울렸으므로 오현서는 정신을 차렸다. 한 덩이가 되었던 두 몸이 동시에 땅바닥으로 쓰러지고 있다. 두 몸은 떨어지지 않는다. 다음 순간 오현서는 둘을 향해 달려갔다. 세 발짝 앞이었으므로 앞으로 내민 채였던 두 손이 금방 그중 한 사람의 몸에 닿았다. 물론 한성진이다.

한성진이 눈을 크게 뜨고 오현서를 올려다보았다. 총탄은 심장을 관통했다. 곧 숨이 끊어질 것이다. 그러나 의식은 명료했다. 공안 둘도 칼로 심장을 깊게 찔려 이미 숨이 끊어졌다.

"한 부장님."

손으로 한성진의 가슴을 덮은 채 상반신을 기울인 오현서가 울먹였다.

"괜찮으세요?"

"내 배낭에서 구급약을 꺼내 민동호 씨를 처리해요."

한성진이 한 마디씩 분명하게 말했다.

"서둘러요."

"한 부장님을 먼저……."

"난 틀렸어요."

"아녜요, 아녜요!"

소리친 오현서가 한성진의 배낭을 벗기더니 박순실에게 소리쳤다.

"약을 꺼내요!"

박순실과 윤정옥이 달려들었다. 그때 처음으로 안정훈이 말했다.

"아저씨, 아저씨."

한성진을 부른 것이다.

"일어나세요, 아저씨!"

그때 한성진이 손을 뻗어 오현서의 손을 잡았다. 피범벅이 된 한성진의 손은 끈적거렸지만 따뜻했다.

"내가 좀 일찍 오는 건데……."

"차라리, 차라리……."

오현서가 한성진의 심장을 한쪽 손으로 덮으면서 흐느껴 울었다.

"날 여기에 둬요."

한성진이 한마디씩 분명하게 말했다.

"두고 어서 떠나요."

"싫어요."

오현서가 이제는 한성진의 몸 위에 엎드렸다.

한성진은 몸을 덮은 오현서의 육중한 몸무게를 느끼면서 눈을 감았다. 편안했다. 오현서가 감싸 안고 있는 것이다. 이런 느낌은 처음이다. 어머니한테 안긴 것 같다. 그때 오현서의 얼굴이 다가오더니 입이 맞춰졌다. 한성진의 찢긴 심장이 마지막으로 박동을 했고 마지막 숨결이 오현서의 입안으로 빨려 들어갔다. 행복했다. 그 순간 한성진의 의식이 끊겼다.

— 끝 —

용병의 전쟁

초판 1쇄 : 2014년 6월 16일

지은이 : 이원호
펴낸이 : 박연
펴낸곳 : 도서출판 한결미디어

등록일자 : 2006년 7월 24일
등록번호 : 제 313-2006-000152호
주소 : 서울시 마포구 성산동 173번지, 한올빌딩 6층
전화 : 02 · 704 · 3331
팩스 : 02 · 704 · 3360

ISBN 978 - 89 - 93151 - 58 - 9   03810